DEATH MARATHON

逆风跑者

生 死 马 拉 松

刘群 / 著

人民文学出版社

图书在版编目(CIP)数据

逆风跑者：生死马拉松 / 刘群著. -- 北京 : 人民文学出版社，2024 (2024.11重印). -- ISBN 978-7-02-018849-9

Ⅰ．I247.5

中国国家版本馆 CIP 数据核字第 2024XF0712 号

责任编辑　卜艳冰　张玉贞
装帧设计　汪佳诗

出版发行　人民文学出版社
社　　址　北京市朝内大街 166 号
邮政编码　100705

印　　刷　上海盛通时代印刷有限公司
经　　销　全国新华书店等

字　　数　320 千字
开　　本　890 毫米×1240 毫米　1/32
印　　张　13.25
版　　次　2024 年 8 月北京第 1 版
印　　次　2024 年 11 月第 2 次印刷

书　　号　978-7-02-018849-9
定　　价　69.00 元

如有印装质量问题,请与本社图书销售中心调换。电话：010-65233595

谨以此书向欧内斯特·海明威　致敬

"一个人可以被摧毁,但不可以被打败。"

Running is a conquest of time, the pursuit of freedom.

"跑步是对时间的征服,对自由的追求。"

——波士顿马拉松冠军　阿尔贝托

引　子 / 1

第一部　写稿的人 / 11
第二部　无声的马拉松 / 33
第三部　生死荒野 / 343

尾　声 / 403
鸣　谢 / 416

引　子

1

　　晚上 8 点 15 分，暗夜无星。

　　红褐色的巨大山体赤裸着筋骨，千沟万壑如梦魇的裂痕，一直延伸到天边。

　　无人区气温陡然降到了零摄氏度，岩石下的沙鼠冻得四爪僵硬，尽管这一天是 5 月 22 日，已过立夏。

　　风停止了，连荆棘枝和枯草叶子都一动不动。

　　一种洪荒的寂静出现在山岭之上。

　　黑暗中，有一道晃动的雪白光柱滑过空旷地，是手电筒的光！接着，又一道晃动的雪白光柱出现在荒岭上，接着是一片手电筒光柱。

　　伴随着摇晃的手电筒光柱，呼喊声撕破了寂静，是各种口音的人们：

　　"喂——有人吗？"

　　"哎——可以听见我们吗？"

　　"还有活着的吗？"

　　……

　　荒原没有回音，连风吹过灌木丛的沙沙声都没有。

　　由消防队、蓝天救援、村民、跑友组成的混合搜寻队，在黑暗中艰难地跋涉在坑洼的山坡上，泥泞这个饥渴的怪兽试图吞噬他们的脚步。他们每一步都像踩在摇晃的冰层上，不时地有人一个趔趄，站立不稳，小腿撞在身旁突起的怪石上，生起一阵钻心的痛。逾百人的队伍正从山地马拉松第二打卡点 CP2[①] 到第三打卡点 CP3 之间，展开地毯式搜救作业。

雨后的裸山土质松软，一脚踩下去，拔起来会带半鞋帮子的泥。到了晚上 10 点，队员们饥寒暗涌，但他们的步履未有松懈，嘴巴被冻得硬邦邦的，无声地忍受着这一切。

由于手电筒光照不到被遮蔽的沟沟壑壑，一位脸色苍白、竹竿似的搜寻队员在掌心吐了两口唾沫，抖动着八个手指头抠住石缝，死命地攀上一块突起的大岩石，他都不太确信自己可以爬上这样一块巨石，手脚并用爬了一会儿，直起身跳下岩石下的山坡，落脚点是一块凸起的石块，脚一崴，摔进了一片低矮的灌木。但他不顾脚痛爬了起来，搜寻起这条不太引人注目的山沟。

暖白色的手电筒光柱下，一片残破的红布条像黑血一样挂在荆棘刺上。

瘦竹竿队员的心猛地一抽，思绪涌入混乱，恐惧的冲动在他脑海中翻腾。他想逃离这个黑暗的角落，远离那不确定的东西。但与此同时，责任感又推着他跟跟跄跄地往前走。

黑暗中弥漫着一种令人窒息的沉寂。

两三米外躺着一个黑影，好像是个人脸朝下趴在地上，一动不动。

队员屏住呼吸，跨过灌木，手脚的颤抖在加剧，他蹲下去，伸手去摸躺着的人的呼吸和心跳。

[①] CP 是英语 check point 的缩写，意思是越野跑的打卡点。CP1 则为第一打卡点，CP2 为第二打卡点，以此类推，CP 用于采集选手在到达该位置的运动数据，有些 CP 里会设置 SP，即 Support point，提供食物、饮水等补给。

没有一丝热气，显然已经来晚了。

队员把那人的身子翻过来，发现他双目紧闭，似乎还在一场悠长的梦中，只是额头上有一摊黑血，像紫黑色的膏糊，把五六处创口都牢牢地吸住了。此前，他匍匐在砂石地上，手指都抠进了土里，静静地趴在冰冷的地上，像极了一个正在匍匐前进的士兵，等待着总攻的号角。只是现在，他的身体僵硬得像一个冰块，手指白如A4纸片。

他裸露的膝盖不知为何扁了下去，皮肉磨掉了一大块，黑血凝结，其中膝盖突出的地方隐隐露出了一圆硬币大小的白色骨头。

手电筒照着跑者胸口的号码贴，A001，白底黑字的"001"发着幽幽的光，"啊——"瘦竹竿搜寻队员惊恐地嘶叫起来，"啊——来人啊！"慌乱让他有点儿失声，他的喉咙痉挛着，嘶吼声断断续续的，像远山上哀鸣的土狼，脚软得几乎没有力气，他不敢相信自己的眼睛，这位逝者竟是本次100公里山地马拉松的头号种子——宋神，越野跑之王。

队员四肢瘫软，头皮发酥，脚终于站不稳，一屁股跌坐在冰冷的灌木、砾石上，泪水涌出。

听到嘶喊声，人们翻越石头、荆棘丛慢慢地围拢过来……

2

晚上9点27分，被寒冷、悲伤、恐惧、疲惫、饥饿裹挟的搜寻队在泥泞的山坡背风处，发现了一位蜷成虾米的幸存者，灌木掩盖了他的大部分身体，搜寻者差点错过了他。这位广东跑者脸色苍白如死人，呼吸极其微弱，而且已断断续续，生命如沙漏中的最后几粒沙子，随时消失殆尽，但幸运的星星在他头顶上空隐现。

暗夜中，几个搜寻者快速拥了过去，他们脱下军大衣，紧紧地裹住了他，还用塑料绳子将大衣牢牢地扎在他的腰部。六个人奋力抬着，小心地踩着湿泥巴、碎石和塌陷的坑洼土路，深浅不一的沟壑、无规律的荆棘杂草使得每一步都需要谨慎地迈出，他们在路上摇摇摆摆地像波浪中颠簸的小船向前行进着，走了三个半小时才到达CP4——这个最近的通汽车的地方。

后面又陆续发现了7具马拉松跑者的遗体，荒原上躺着一具具已经僵硬多时的躯体。加上下午发现的，令人哀伤的数字在不停地被刷新，"第17具尸体""第18具尸体""第19具尸体"……

"太晚了""来得忒迟了"……队员们哽咽着在荒原上跟着手电筒的光，翻看着石头、灌木和山坳坳的暗处，他们是下午3点后才接到报警出动救援的，从黑石县城赶到CP2或者CP4通车点，再翻山越岭，展开地毯式搜寻，一点一点登上落差达883米的CP3山岭，当中还要不断救助沿途的伤员或安排他们下山，所以，搜索队到达靠近CP3附近最后的荒坡时，时间已经过去了五个多小时。

接近夜里11点时，搜救队的主要目标放在了几处黑暗的山沟处。因为十个小时过去了，人在坡上几乎没有存活的可能，而在山沟避风处的生存概率相对要大很多，这里地势低、风小，有些凸起的地方可以避雨。

在狭小坑洼的山沟里摸索时，一个戴头盔的年轻搜救队员的脚被什么绊了一下，差点跌倒，他扶正摔歪的头盔，再用手电筒往地上一扫，手臂上的汗毛立马竖了起来，像密集的针毛毡——是一条人腿！瞬间，他感到脊背上有一只冰冷的触手在爬行。顺着光柱再仔细一看，他的身体开始微微颤抖，双手紧握成拳头——地上躺着个穿着粉色运动短裤、短上衣的姑娘。

她仰面躺在灌木下的砂石地上,直愣愣地瞪着眼睛,看着头顶的那一片苍穹,像月牙一样弯的嘴角微微上扬,露出一排洁白的牙齿,但眼睛里没有一丝笑意,笑容有点紧绷的僵硬和奇怪,让人感到一丝诡异。她的左手手指弯曲,死死地按在胸口位置。

晃动的手电筒在搜救队员的头盔上泛着微光,光束穿过黑暗石丛,让他的心跳加快。

"这里有活着的!"他无力地叫出声来。

搜救队邹队长是个急脾气,他连爬带跑地冲过来,先伸手去摸姑娘鼻下的呼吸,掐脉搏,再趴下听了一下胸口的心跳,然后立着眉毛站了起来,冲蹲在身旁的年轻队员后脖子就是一巴掌,怒道:"这个也没了。"

年轻队员委屈地摸着发烫的后脖颈,不解地望着邹队长,伸手去握姑娘搁在胸口的手,的确冰冷而僵硬了,却死死地奇怪地弯曲在胸口。他不理解,她为何还在笑?

突然,他的手被某样尖锐的东西划到了,划痕像一道暗红的符文,手因寒冷并感觉不到痛。跟随手电筒的冷光寻去,是姑娘无名指上的一颗小小钻戒,小石头在黑暗中熠熠发光,宛如一颗小星星,孤独地在寒夜中闪烁着冷光。

她胸口号码牌是 A021。

粉色运动短裤下那对颀长的大腿血肉模糊,血凝结成一团团的黑色糊状物,一只鞋子也不知去了哪里……邹队长咬紧了嘴唇,和队员们打着手电筒在四周找,想帮她把另外那只鞋子找到,但是,那片浓厚的黑暗中,几道雪白的光柱叠加下,看到她的身后是一条长达十几米的爬行血迹,血液早已凝结成黑褐色,像大地的伤口一样蜿蜒开去……

3

到了凌晨一点半，黑云渐渐散开，呈絮状。

从 CP2 往 CP3 的地毯式搜寻完成了 7.9 公里，如果再往山顶方向手脚并用攀登 600 米，穿过一片巨大的乱石堆和蒺藜灌木丛，就是 CP3 打卡点了。

邹队长打开手机，仔细对照了一遍长长的失踪名单，他再做最后一次复核：迄今，有 1 人存活下来，13 人的遗体被找到，（加上傍晚前发现的 7 具遗体，共发现 20 具遗体。）但仍有 1 人下落不明，不知生死。

他暗暗希望奇迹出现。

这个国字脸的大汉皱紧了眉毛，他手脚并用像人猿泰山似的爬到一块怪石顶部，挺直了身子，向黑暗中的所有人大声喊道："大家请注意！"

由于风停了，所以他的声音在夜晚的荒岭上清清楚楚地传送了出去，附近的人把头都扭了过来，像一堆黑暗中的向日葵，听见他在大声疾呼："最后一位，A003 还没有找到！"

他停顿了一下，又说："根据后台数据，A003 肯定没有通过 CP3 打卡点，所以他一定就在眼前的这片山岭上。"

他话音未落，一位腆着大肚子的中年男人喘着粗气，四肢并用挣扎着要爬上石头，像一只筋疲力尽的蜗牛，但是石面很滑，他手撑不住，每次都狼狈地滑了下来。一些队员认出来，他居然是当地主管越野赛的负责人黎委员，不知何时摸了上来。在惨白的手电筒光束下，他疲惫地捋了一把耷拉在额头的头发，神情焦虑而慌张。

邹队长略带沙哑的嗓音说："我知道大家都筋疲力尽了，但是，我们一定要找到这最后一位失踪选手，A003，他叫曹关天。"

附近的一个队员惊愕地点头道:"啊,是他,那位聋哑人跑神。"

听见的人把这几句话都传给了附近的搜寻队员,人传人,不一会儿,消息传遍了整个荒原。"是那个听障跑神!""残运会马拉松全国冠军……""天哪!""啊,他啊!""四川的猛将""遇险的话,他叫不出声音来的。"……人们震惊了,不少人的心好像跳到了嗓子眼,然后又突然被拴了块石头似的直沉下去。

还有一些现场的搜救队员不顾疲劳赶上来的跑友们,尽管多数人的腿肚子已在微微打颤,像在冰河上行走的企鹅,体力到了极限,但一听到这个名字,又都深深吸入一口气,重新迈开步子再次投入搜寻。他们攀爬到附近的怪石上,用手拨开刺人的灌木丛,抬脚踏入下陷的沙土石砾中。四下晃动的手电筒光,如一片暗夜荒原上飞舞的萤火虫,人们查看每一棵沙柳、每一丛荆棘、每一块岩石的背面,翻遍这片荒原的角角落落。

这是通往 CP3 的最后的 600 米,最后的筛网式搜寻。

曹关天,你在哪里?

4

时针往前拨十二个小时,回到比赛当天的下午。

1 点 29 分。

荒岭下,那条浑浊奔腾的河流,被千沟万壑包裹着的发亮物正蜿蜒北上,怒江,这沉默流逝着的巨蟒。

姜卓渐渐失焦的双眼无神地瞥了它一眼。

现在的他已迈不开步子，四肢渐渐不听使唤，一次次地摔倒在荒山砾石上，殷红的血从膝盖上迸出来。

他站在令人崩溃的悬崖边。

一个多小时前，刚过 CP2 时，冻雨、冰雹拧成一条条抽筋剥皮的鞭子，狠狠地抽向他裸露的脸、脖子、胳臂、大腿。被雨浇透的身体冻得颤抖，接着被强劲的寒风一吹，他四肢抽搐，牙齿嘚嘚嘚不听使唤地上下磕碰着。

一上来，脸部、大腿和胸口发痛，几十分钟后，这种疼痛忽然消失了。

他颤巍巍地站了起来，摸了一把膝盖上像鼻涕一样粘住的血，为何感觉不到疼？

冷，刺骨的冷，感觉整个世界都在结成冰。

求生的本能在心中发作。

姜卓抿紧嘴巴，突然，用牙齿恶狠狠地咬了一口舌尖，一股咸咸的东西流进口腔，舌头的刺痛感让他猛地一下清醒了过来。

眯缝着眼往坡上看去，哪里是路？从 CP2 开始，他在这条呈十五度向上蜿蜒攀升的碎石荒坡已经攀爬了多久，离 CP3 还有多远？九级大风把整个天地都扯动了，他呼吸困难，这是跑马拉松以来从未遇到过的情况。

而这一天的漫长比赛才开始不久。

他猛然想起包里有一件防晒衣，是出发前，女儿小姜姜塞进包里的，她说："老爸跑步的时候一定要穿哦，防晒！"

"防晒……"他苦笑着，用抖得不听使唤的手去打开随身包，风雨中，拉链拉不开，他躬身背一点风，拉了七八次才勉强打开，找出那件薄薄的防晒衣。强烈的风太猛烈了，呼地一下把这件衣服吹飞了起来，即将吹走的那一瞬间，他冻得不听使唤的食指居然奇迹般地钩住了衣服上的帽子。

把这件衣服套在身上，足足花了二十分钟。

这是一件薄得像纸一样的蓝色衣服，只一秒钟，就被雨水包住了，裹在他身上，寒冷似乎并没有改变。

前后都看不见人，大脑的意识潜流却依然活跃，他知道自己位于100公里山地越野赛（超级马拉松）队伍的中后方。前方有一两批人已经冲上了去CP3的荒坡，其中多位是越野跑大神，包括特殊材料炼成的跑步天才A003，算是他的半个友人，人送绰号"铁皮壁虎"，估计已领先3到4公里，或许五六公里，跑到了山上更高的位置。不知他有没有跑过CP3的打卡点。曹关天，这位皮肤黝黑、神情腼腆的四川跑神，在他眼中，有着不可摧毁的、碾压一切的意志，他曾经推测曹的跑步"核动力"究竟来自哪里——或许都是来自他的听不见，来自他的不能说话，来自他的孤独……

此时冻雨产生的寒雾四处弥漫，像墨鱼汁化开了一样。

舌神经在刺痛地跳动，他添着流血的舌头。

山坡上方约百米处有块大岩石，"避风"，他的脑子里面闪过一个念头。

但是，山坡上方的冻雨、冰雹似乎更大，山顶则完完全全浸没在厉风的肆虐中，那些白色的斜线像生了气的恶灵在狂舞。

他又狠狠心，再次咬了口舌头。伴着刺痛，他一步一步挪动，几乎是把自己拖到了大岩石的后面，整个人彻底瘫在砂石地上。一株荆棘刺扎在小腿肚子上，他居然都毫无反应。

他瑟缩在石下，浑身颤抖着、翻着眼皮往山坡上望了下，一个恐怖的念头流过心头："铁皮壁虎"曹关天和自己一样，只穿着夏天的运动衣短裤，他如果没有跑过山顶就会遭遇更残暴的极寒，施虐的冻雨、狂风和冰雹彻底吞噬了通往 CP3 的山顶，山顶的气温应该接近零摄氏度了。更令他担忧的是，"壁虎"是那样执着、忍耐的沉默跑者，即使不是聋哑人，他也不会轻易喊出"救命"二字……他会怎么样？

曹关天还在奔跑吗？他会倒下吗？姜卓不敢想象这一点。

世上有奇迹存在吗？

冻雨糊住了他的眼睛，裸露的岩石和黄土沟壑一点都看不见了。

这是怒江峡谷附近的荒原上，只有这里的几百里地，南中国的深翠突然消失了，由于海拔陡升，加上百万年的风雨，把这里冲刷成贫瘠、丑陋甚至狰狞的高山沟壑。

现在，到处是灰蒙蒙的，恶魔的眼屎迷糊了一切。

"妈的，这片恶地……"昏沉的他无声地咒骂，他想知道关天是否能跑过山顶的 CP3。

姜卓渐渐陷入昏迷。

第一部

写稿的人

1

这一切的 45 天前。

姜卓一向讨厌春天。梧桐树的吊球棉絮钻进路人的眼睛、鼻孔，搞得满城的人都在流泪，仿佛满城的人都在昨夜失了恋，或者集体输掉了某场重要的比赛。

直到那天，他才发现自己是错误的，因为他找到一条没梧桐树的滨河跑道。

中午，他蹲在水滨道上整理鞋带，一阵微凉的春风刮过，行道树发出沙沙声，空气中弥漫着一股清淡的樟树树叶味，他日渐稀疏的油腻头发被吹乱了。于是，他闭上眼睛，感受了几秒钟这股初春的风，千万只细小的手指轻抚过脸庞，心渐渐变得平静和放松，他深吸了一口气，诧异自己的好恶之心转移得太快，像树上跳跃的猴子。

他直起身，开始沿着苏州河南岸慢跑，大腿带动小腿交替向前，然后逐步加速——这是他在大赛前新增的午间日晒 10 公里跑，尽管今天并没有太阳。

为备战怒江 100 公里越野马拉松，他每周的跑量已接近百公里，因为怒江越野跑海拔在 1500—2300 米，是普通马拉松难度的 3—5 倍，对身体的挑战极大，训练量也得随之猛增。整个人像高高跃起，跳入一个太平洋的无尽漩涡中，然后奋力游弋。

跑完，他照例在大楼公厕里换了件长袖T恤，手里颠着一份罗森的烟熏鸡肉三明治，回到位于沪江金融大厦简陋的《体育月刊》杂志社。这座披着"金融大厦"外衣的写字楼实际上是一座破败的商住混合楼，底楼门口重庆小炒旁新开了一家独立品牌咖啡馆，于是，空气中充斥着油爆辣椒和咖啡搅和在一起的奇怪味道。

在九平方米的编辑部小房间，姜卓一边吞咽着三明治一边想着心事——他将以记者身份挑战100公里越野赛，这样的感觉很奇妙，像是一个美食评论家撸袖子下场，去参加一次饕餮大胃王比赛。尽管备战已开始，但是他两天前才正式书面向杂志社领导请缨。

三明治里的鸡肉妥妥地塞进了牙缝，挤得上排臼齿生疼，他觉得这是个不祥之兆，假如毛大青不同意他的出征怎么办？

果然，想到曹操曹操到，副社长毛大青发短信给他："来办公室找我一趟！"

姜卓心里忐忑，这厮找自己没好事。

见毛之前，他照例先去厕所浇一泡尿，搞搞迷信活动。

杂志、书籍和稿子堆得像垃圾，副社长办公室隐隐有一股糖醋小排盒饭的味道，毛大青开了一罐可乐给姜卓。

这位副社长明显睡眠不佳，眼睛鼓起来如同两个丧钟，沉重地挂在脸上，他说："小姜，还真佩服你。说实话，不瞒你说，有时候让我开车100公里，都会不耐烦！"

姜卓咕咚咽了一口，他其实并不爱喝可乐。

毛大青肥嘟嘟大奶酪似的屁股坐在自己的办公桌一角上，压出一堆肉，他也给自己开了一罐，接着说："你说，参加这种超级马拉松的乐趣在哪儿呢？"

姜卓仔细在大脑里搜寻了一下，说："野性的呼唤吧。"

"野性？像我这样新闻系出身的人，很难理解。"毛大青揉了一下黑眼圈，他的眼光被吞噬了一下。

"原始人就是长距离奔跑追杀野牛的，可能这种血液淌在血管里吧。"

"那么越野跑不成了返祖现象了吗？"毛大青打了一个嗝，空气中糖醋小排的气味瞬间变浓了。

姜卓直愣愣地看着他鼓起的眼睛，就等他双手抽风似的一摊说出"杂志社总共才7个人，你还请假跑步，不好办啊……"之类的话。

毛的喉结上下乘电梯似的动了一下，突然冒出一句："记者跑步对《体育周刊》也不算坏事，不就六天假嘛，我批准了！"

姜卓心头一震，一股暖流腾然而起，几乎要来个长揖到底。

"不过……"毛大青扭过身子去拿了一叠打印稿纸，把手上的稿纸啪地一下丢在桌上，"小姜，这个稿子选题不行，你要另外搞噢！"

有两三张A4打印稿纸在桌角不争气地挣扎了一下，微微颤抖着、晃悠着，飘落到地板上，像暖天下了一场寒雪，雪花打着圈落在他发烫的脑门上。

2

姜卓盯着那份自己特地打印出来的稿子，心里一凉，这下他知道毛大青喊他来办公室的用心了。这篇《无声的马拉松》是他花了几个月完成的一部长篇人物传记，该文讲述了曹关天——一位聋哑跑神不同寻常的人生，本希望可以分上、中、下三篇在杂志上连载，现在可能要泡汤。

"这位听障跑者，马拉松全国冠军，我邮件采访他九个多月了，"姜卓不甘心自己的孩子就这么被毙了，"他的故事就是一部个人史诗。"

"这稿子文学色彩过浓了。"毛大青皱着眉毛说。

"我会增加一部分现场采访，因为五月份我将和他一起跑怒江100公里越野赛，可以当面采访他，增加选题的纪实性。"

毛大青说："我尊重你的选题，但问题是——这样的选题在市场上是没活路的！"

"市场不也是要听故事吗？"姜卓没底气地低下声。

"故事？那也要拎得清啊，"毛大青布满血丝的眼珠子钉在姜卓身上，"小姜，杂志现在是生死存亡期，不能再学瞎子过独木桥了。"他顿了一下，又说："月刊读者关注的是顶流体育明星，谁会想看一个聋哑运动员的破事？"继而，他压低声音说道："孙杨、马龙的选题为何不去做呢？"

那个轻轻的"破"字刺痛了姜卓，他压制着心头的郁闷，眼睛空洞地望着开着的窗户，依然轻声问："毛社，我们只是在办一本体育明星的八卦杂志吗？"

"八卦杂志？"毛大青一摊手，"英国名记摩根采访C罗，让霸道总裁泪洒镜头的那段采访，点击过亿，才是牛逼的。这不是八卦，这是一个流量为王的时代。"他补充道："流量，流量啊。"

"曹关天也是全国冠军，有影响的。"

"算了吧，"毛大青眼珠子突出来，"这样的冠军像新疆大田里的西瓜，像青浦蔬菜大棚里的韭菜，遍地都是！"他的唾沫星子从黑褐色的嘴角挤出来，姜卓看到了七月份暴雨后的城市窨井盖，"我们需要的是明星，顶流明星，费德勒、姚明和李娜，这些自带千万级流量的。"

"写明星喷洒的口水，我有点提不起劲儿。"

一丝阴郁从毛肿胀的眼泡里闪现了一下："小姜啊，口水只要有人喝，那就是琼浆玉液。没有人看的采访，只是杂志上的一粒鸡屎。"

"上期封面关于萨拉波娃情史的稿子才是……"姜卓暗地里冷笑一下，最后几个字还是没敢说出口。

毛大青眉毛拧巴着站起来，晃了下脑袋，说："小姜，你啊，云里放笼屉——天蒸（真）。"他轻拍了两下桌上那本有萨拉波娃封面的杂志，声音压抑得很低沉："还不明白吗？杂志要靠流量明星才能一本本卖出去，只有这样杂志社才能活下去。不好卖的杂志会只变成一堆堆的鸡屎球。"

办公室里一时寂静无声，弥漫着更浓的糖醋小排的气味。

姜卓知道再说啥都是白扯淡，他嘴巴紧闭，低头附身，小心地把自己跌落在地的 A4 稿纸拢起，拾起，像是一个老农在田间拾回自己搞丢的玉米棒子。他捂了一把鼻子，手有点神经质地颤抖。

走出去时，他顺手把桌上那个萨拉波娃封面的《体育月刊》杂志带了出来。

抱着稿子，他把脚一带门，窗外的风推着门，"砰"的一声巨响。门口走廊的墙角有个字纸篓，他把杂志往里面狠狠一丢，吐了一口唾沫："鸡屎球！"那穿蓝色背心的萨拉波娃在字纸篓里面凄惨地卷了起来。

关门的声音把毛大青惹毛了，脸上的血色像突然被人用抹布抹去了，呈现一种苍白，他喉咙里咕噜了两下，像呼呼发作的猫。"杂志不好卖谁负责？一到月底发工资，就四处告贷，我容易吗？！"他把可乐重重地砸在桌子上,褐色的液体溅到了桌上糖醋小排剩渣上,"这样的采访报道牛个屁,还'提不起劲儿',一看就是个'三无产品'。"

他抽了一张有"环保"字样的竹浆纸巾,使劲地来回擦拭着桌子,自言自语:"无买家,无读者。"像是在和桌子较劲,最后,他用力甩开手中的纸巾,内心深处沉闷地憋了句:"无流量!"

3

姜卓在狭小的办公室里枯站了一会儿,下意识地用手指敲击着桌面,声声钝响,他轻声对自己说"不要发火,不要发火"。但一个红色的文件夹还是被突然举起,狠狠地扔在地上,"啪",一只气球被足底踩爆。

他坐在自己的座位上,这样不知过了多久,然后打开电脑,无聊地翻看邮件,嘟嘟两下,最新的邮件跃入眼帘。他点击了一下,一封是杂志社编务发来的,是关于《体育月刊》向某经纪公司申请视频采访日本一乒乓球选手的回信,因后者早已宣布退役,最近一段时间不再安排体育类独家采访,非常抱歉之类的话。

姜卓咕哝了一下,右手"嗒嗒"点击两下,删除了。

另一封邮件是位绵德马拉松跑友鹿湖发来的,邮件里包含了一条视频链接——一场马拉松比赛的解说视频(剪辑),他点击了一下,发现该视频是挂在 B 站上的,有三十七分钟。这正是他最近在寻找的东西,觅了许久,居然今天就冒出来了,像是一只不期而遇的喜鹊,在一个不合时宜的时刻,突然"扑啦啦"地撞入眼帘。

姜卓看办公室里其他三个编辑都不在，估计今天也不再进单位了，就索性走过去把门反锁了，想一个人安静地看会儿。

此刻，凌乱的办公室十分静谧。桌上堆满了各种杂志、样稿和文件夹，它们散乱地摊开或者随意堆叠，形成了一个临时隆起的寂寥山峦。

视频的题目是——《南中国最炎热的一场马拉松比赛目击记》。

在佛山举办的这场比赛，他早有耳闻，因为这场马拉松号称中国十年内最炎热的比赛，他花费九个多月邮件采访了的听障跑神——曹关天参加了比赛，所以，他一直想看比赛视频，给《无声的马拉松》一文做写作参考，不过，直到今天才有跑友在B站上帮忙找到第一手的解说视频链接。

这场比赛由于天气过于炎热，现场发生了失控事件。

看前，姜卓突然想起什么，哦——把手机调成静音，必须像看电影一样沉浸其中。他瞄了一眼办公室那些堆积着的"寂寥的山峦"，躺在"书桌平原"上的打印文稿。

他的心暂时飞离了办公室，飞离了那双突起的眼珠子，飞离开了那一股挥之不去的糖醋小排气味。

他一点鼠标，一场马拉松比赛拉开了帷幕——

4

11月18日上午8点，"当！"一声铜锣响，第六届佛山马拉松正式开跑。

十六根蜿蜒盘旋的巨龙石柱支撑的牌坊下，一股蓝色、黄色、红色交织在一起的人流像流淌的颜料一样奔涌出来。

带有浓郁南方口音的 B 站视频博主"荒野之狼"解说道:"尽管已入秋,但受到一股强烈的暖湿气流影响,佛山这天日出前的温度就达到了 28 摄氏度,而且湿度很大,随着时间的推移,天气越来越热,这对马拉松选手来说是件糟糕的事。"

第一阶段,马拉松选手一般会控制好比赛的节奏,但是近万人一起奔跑的场面还是让多数人肾上腺素分泌增加,多数人感到心跳加快,精神变得亢奋,所以,前 10 公里的速度非但没有因为天气炎热的原因下降,反而提速了不少。"荒野之狼"不无担忧地说:"前面的速度太快了,后阶段选手可能会出现过度疲劳。"

12 公里一过,7 人组成了第一梯队,在各支小梯队的前面遥遥领先。

跑在正当中的是卫冕冠军河北选手张峰,他剃了一个锃亮的大光头,套着天蓝色的背心,身体线条流畅漂亮,脸上洋溢着春天般明亮的笑容。字幕显示,他的个人最好成绩在 2 小时 20 分。去年的佛马,42.195 公里,他像一头猎豹似的在跑道上一路追赶别的选手,有人夸张地比喻——他每追上一个就笑眯眯地吃掉一个的感觉,直到最后,把橘黄色绸子的终点线一口吃掉。

第一梯队前排左边跑着一位高瘦男子,叫李子梁,身材笔直而消瘦,远远看上去像一根移动的晾衣竿,脸上挂着一副黑框眼镜,让人不禁想起动画片《数学家陈景润》里的那个著名书呆子或者《生活大爆炸》中的谢耳朵(不戴眼镜版的)。尽管天气炎热,但他还是习惯性戴着白色的跑步袖套。他的跑步动作有点丑,肩膀绷得太紧,像上了发条的机械鸭子,双臂在摆动的时候有点僵硬,缺乏自然的流畅感。另外,镜头拉近时,你会发现——他的眼皮会有一些神经质的颤动。但是,他的速度非常快,一直跑在第一梯队的最前面。

听障选手曹关天跑在第一梯队右侧,他步伐稳健、轻松,如同一头麋鹿在朝阳的山坡上发足腾飞。这位姜卓笔下《无声的马拉松》的主角,双臂轻摆,大腿有节奏地带动身体往前奔驰,额头上全是细密的汗珠,在这场气氛炽烈的比赛中,他的眼神沉静而坚毅,仿佛川西高原深山密林间的一汪小湖,清澈中透着超然。"荒野之狼"这么介绍他,"来自四川绵德地区的跑神,尽管没有听力,也无法言语,但他像热爱眼睛一样热爱着跑步"。

接近 15 公里时,天气越发湿热,所有选手的速度都明显掉下来了。曹关天锅盖头已经变成了像被汗水浸透的湿巾,黏黏糊糊地搭在头顶,但他的眼神依旧镇定。而本来跑姿就难看的书呆子李子梁,机械鸭的双臂摆动幅度在增大,嘴里喘着粗气,脸上露出了痛苦和绝望的表情,但是,他不停地向前奔跑,眼睛看着前方,仿佛神举了一柄火炬在前面召唤他。

只有张峰潇洒地抹了一把光脑袋上的汗,好像一位芭蕾舞者在台上做了个小动作,他的笑容在转播车的镜头下依然明亮。

"这种鬼天气跑步,我是很有感受的,从里到外的身体都在燃烧,""荒野之狼"解说道,"希望今天千万不要发生意外!"

5

在 20 公里的第二个降温喷淋站,第一梯队的 7 个人被浇得满脸是水,他们一边擦着脸上的水,一边还是像羊圈里的羊一样,紧紧地挤成一堆往前跑,谁也不肯拉下。

"张峰今天前20公里的用时比去年足足多了五分钟！""荒野之狼"解说道。

过水站了，李子梁、张峰和曹关天都拿起外星人电解质水，边跑边喝，以防止中暑晕厥。视频字幕显示，现在的气温已经升到了29.5摄氏度。

南中国的太阳正慢慢地钻出蒸腾的云层，宛如一道发光的弯刀刃。

而后面就是比赛的难点之一，33公里处，需要翻越一座山坡——黑龙坡。那是佛山马拉松比赛中最具挑战性的路段，足足有3公里长，十几度的上坡路，两侧地势险峻，路面崎岖不平，像一条巨大的黑龙懒散地纵躺在山体上，等着运动员们口吐白沫。

在以往历届的马拉松，黑龙坡通常都是参赛选手的一场噩梦。

"第一梯队的7个人，可能将在山坡上拉开差距。今天谁是最强者，冠军会落系边个手上呀？""荒野之狼"连广东话都带出来了。

"西樵山的这座山坡，与其叫它黑龙坡，还不如叫它恶龙坡！"

比赛进入紧张时刻，看到这里，姜卓突然听到一阵"咚咚咚"猛烈而急促的敲门声。

透过哪些堆积的"书报山峦"，他斜瞄了一眼墙上的旧钟，已经晚上7点18分了，早过了下班时间，所以他并不打算去应门。

6

上了黑龙坡，第一梯队出现了分化。

卫冕冠军光头张峰的冲坡状态不错，尽管他的脸上挂满了汗水，但流线型的大腿像发动机一样持续发力，奔跑起来宛如一个追赶猛兽的原始人。仿佛被他的气势所震慑，第一梯队的其他人和他渐渐拉开了距离。

曹关天、李子梁分别跑在张峰后面三四十米的地方，再往后一段距离是 4 名其他选手依然跑在一起。第一梯队已演变成了一个长长的箭头，张峰处在箭头的头部。

书呆子李子梁脸上痛苦的表情在加剧，眼睛和嘴巴仿佛在抽搐，宛如一条跳上岸后脱水的鲤鱼，让观众不忍直视；一个镜头再转向曹关天，他看上去呼吸变深了，胸口微微起伏着，他捋了一下黏糊糊的头发，居然甩出了一把水。两个人都在咬紧牙关追赶，想要赶上张峰，却根本无法缩短和他的距离。

阳光透过赛道两侧山林的树叶缝隙洒落在地面，形成斑驳的光影，让人眼花。风不知躲去了何方，跟所有人玩起了失踪。

坡道结束后不久，在 35 公里处，光头张峰已经领先了一百多米，只要继续保持这样的速度，再跑 7.195 公里，卫冕的荣誉就在眼前了。

但是，他脸上一直挂着那种明亮的微笑在消失，像太阳下山前的最后一缕余晖。

初秋的潮湿炎热天气，仿佛大自然的一场魔法。"荒野之狼"说："沿途呐喊的观众也感到了不适，有些人即使站在阴凉处，皮肤也在往外渗汗。"

一些带狗来看跑步的观众，他们的狗子在湿热的天气下不停地抖动着长长的舌头，神情显得焦躁不安。一对头上绑着吸汗带的情侣手上牵着三条黑色的中华田园犬，它们不安地叫嚷着，相互挤攘着。

天气让人感觉仿佛被笼罩在一层厚重的毯子下，让马拉松运动员的奔跑和呼吸也变得艰难起来。

赛道上，依然一丝风也没有。

38公里附近，张峰的腿似乎变得沉重，步伐有点笨拙。过了一会儿，他的身体突然开始晃动，腿奇怪地弯曲了一下，他试图挺起来，恢复正常的跑姿，但是腿接着又弯曲了一下，接着，所有人都看到了吃惊的一幕：卫冕冠军居然歪歪扭扭地向赛道右侧的人群冲了过去，人群发出一阵惊呼。在人群不到一米的地方，他双眼紧闭，晕倒了，身体软绵绵地瘫在地上。

"张峰好像中暑了。""荒野之狼"着急地解说道。

现场的人都立即意识到发生了什么，急救人员从前方的面包车上猛地跳了下来，带着急救箱狂奔过去，小铝箱外那颗血红色的心脏上画着一个白色的闪电。

"张峰可能觉得自己快接近终点了，他想维持速度，尽可能接近去年的成绩，但是，天气太湿热了。他的身体也许在坡上就已发出了警告，但他没在意，意志力驱使他像奔跑逐日的夸父，伸出大手试图抓住太阳。然而，太阳却在他的眼前不断跑远，太阳的光芒越来越炽烈，他的双手已经伸得很长，似乎随时都可以抓住太阳，但它始终遥不可及。他终于倒下了。"

"荒野之狼"的解说富有想象力，（但弹幕上有网友毒舌道："人家倒下了，你还念诗？！冷血……"）他接着分析道："好在经过救援人员简单地一通拍打，他就恢复了意识。但后面的比赛，他估计无法参加了。"

第一梯队大箭头的头部被抹掉了。

这样曹关天和李子梁并列在队伍的最前面。

"荒野之狼"解说："这是一场极其艰苦的马拉松比赛。目前，听障选手曹关天领先，他的状态不错，尽管今天的速度比他个人最好的成绩下降了很多。他身后十多米处是处于第二位置的书呆子李子梁。"

前者脸上坚定而平静，后者则是痛苦扭曲。

40公里提示牌出现，很快就要跑入终点线所在的五四体育场了。

7

跑在队伍最前面的曹关天，已经被湿热的气息包裹，汗水从他的额头、脖子和背部流淌下来，粘在皮肤上，整个人像一只蒸屉里的粽子。

推断他的身体也开始出现了疲惫，但他没有丝毫松劲。他细小的眼睛盯着前方，用鼻子深深地吸入空气，用嘴巴呼出，呼吸与脚步配合得非常默契。踏着沥青路面，他一路奔驰，仿佛一头羚羊在奔向它的广袤草原。

"这位听障选手目前一路领先，他无声无息地奔跑着，仿佛眼前的世界幻化成了月球上的一片旷野，而广袤寂静的大地上只有他一个人在奔跑。""荒野之狼"诗意地旁白道。（弹幕上有人来了一句："湿（诗）乎乎的……"）

但，在41公里不到几百米的地方，另一场躁动的意外突然降临寂静的月球。

路旁围观人群中的一个小孩，手中牵着一条黑白相间的杰克·罗素小猎犬，可能这种狗生性好动，也可能因为天气过于湿热、闷气，它的短腿在地上烦躁地磨蹭着，舌头伸出来抖动得像一个旋转的打蛋器，突出的小眼睛抵触地看着周围的一切。突然，小猎犬挣脱了小主人的束缚，冲上了跑道。

围观者们扯着喉咙大声喊叫起来，要将小狗赶离赛道，同时提醒曹关天，但他是无法听见的。一刹那间，杰克·罗素狗踢翻了马拉松比赛的天平。

奔跑中的曹关天毫无防备地被绊倒了。

他如同一辆高速行驶的摩托车狠狠地撞在突起的大岩石上，顿时失去平衡，身体飞了出去，在空中划过一道弧线，然后狠狠地摔在了地上。他一动不动地躺在那里，没有了任何动静。

那一刻，赛道上的时间仿佛停止了。

8

经过 2 小时 26 分的苦熬，像一支奔跑的铅笔，书呆子李子梁终于第一个跑进了五四体育场。

他的黑框眼镜镜片上蒙了一半的雾气，眼睛深陷在了眼眶里。在场内奔跑的最后两圈，他脸上扭曲、痛苦的表情让观众不忍直视，感觉他的灵魂正在被撕裂。

他紧咬嘴唇，粘了泥土的汗水从额头滚落，浸湿了他的衣服。额头上的青筋暴起，仿佛要将他的眼球压碎。他的手紧握成空拳，手臂摆动的幅度更大了，如同一辆晃动的列车随时要脱轨，却又总能在最后一刻被拉回轨道。湿热的天气让他最后阶段的呼吸变得急促而苦楚，不知为何，总让人联想起一条在干涸的河床上跳跃的鱼。

但是，他的眼睛里透露出一股扭曲的执拗，让人生畏。

他不停地奔跑着，奔跑着。

"估计他此刻的胸膛像火一样在燃烧，身体已离开地面，飞上了天空。

"他脸上那股战胜湿热高温后的疲惫和坚毅，仿佛他不是在跑步，而是在争夺生命的最后一口气。""荒野之狼"解说道。（弹幕上有人立马讽刺："你是在争夺解说的最后一口气……"）

李子梁第一个冲过终点，撞线的那一刻，他的脖子是梗着的。

9

当蓝天救援队员拎着一只银色的急救箱向曹关天跑去时，后者躺在地上痛苦地扭动了一下，他的侧脸和手掌都是血，估计摔出去时，脸在粗糙的水泥地面擦伤了，手掌擦伤是因身体飞出去滑行时找支撑点时摩擦造成的。他用力揉了揉受伤的腿，试图挣扎站起来，但镜头里，他的身体还在微微颤抖，血红的挫伤从他的眉角一直延伸到耳根。

停顿了一会儿，他咬紧牙关，双腿撑着身体慢慢站了起来，他冲救援队员摆了摆手，然后撩起 T 恤一侧，擦了一把脸上的血，接着就迈开步子，一高一低像中了枪的野兽般慢慢跑了起来。

本来曹关天完全是可以捧杯的，希望却被一场意外打碎了。观众觉得他此刻的内心一定充满了沮丧、挫败、郁闷、灰心，甚至间夹着一股愤怒和埋怨，心像被一场无法逃避的风暴席卷了，估计他在控诉那个小观众和该死的狗，推测他心里会咒骂那条狗一千遍。

但是，当他跑进五四体育场的那一刻，却征服了整个体育场。

他的表情非常平静，看不出一丝愤怒和沮丧。

他汗滋滋的锅盖头已经肮脏不堪，一双细小的眼睛却散发出一种难于言喻的光亮。

刚跑入五四体育场时，他的步伐一高一低的，滞缓而沉重，胳臂摆动得不自然，像一匹受伤的斑马在热带草原上艰难地前行、跳跃。排汗衫全湿透了，搭在身体上也成了阻碍。但是，不一会儿，他逐渐恢复了步伐的节奏，丢掉了滞缓，最后一圈400米，他居然又重返正常速度，并且还不停地加速奔跑。最后，在无数人的注目下，他像一只飞向巢穴的小鸟，跑向终点。

在那一刻，体育场看台上的人们全都站了起来，向他挥手和鼓掌，向他致敬。

曹关天黝黑带有血迹和红肿的脸上浮现出一丝害羞的微笑，他冲过终点线后，仿佛不好意思似的，向看台上的人们小幅度地挥手致意了一下，只有一下，手就缩回去了。

2小时33分，他只得了第三名。

这是一场跌宕曲折的马拉松比赛。姜卓观看时，双眼紧盯着曹关天的每一个跑姿、每一个动作，曹摔倒的那一刻，姜卓的手脚几乎紧张得有些颤抖。看完视频，他还长久地沉浸在比赛之中，仿佛自己也成了这场马拉松的一部分。

他仰靠在座位上，长舒一口气，此时，他才清晰地听到又有人在"咚咚咚"地敲办公室的门，像一把不耐烦的铁锤在门上跳舞，并且在喊他的名字。"姜卓，快开门！"他只好嘟嘟囔囔地穿过那些"寂寥山峦"，走过去。

10

门口出现一双发青的铜铃铛般的牛眼。

"毛社,找我?"姜卓觉得又有啥不好的事情要发生。

"你的电话!她打你好几次手机了,都不接。"毛大青有点生气地说着,把他手里的无绳电话扔了过来。

姜卓突然想到,看马拉松视频前自己把手机搁成静音了,他忐忑地接过毛大青的无绳电话。

里面一个清脆的声音:"爸爸,爸爸,是我啊。"

是女儿小姜姜,姜卓心里咯噔一下,心里连说:"糟糕,糟糕!忘了!今天是星期二!估计女儿打自己的手机无人接听,然后就打到办公室,结果是毛大青接了电话。"

"今天是星期二,爸爸你忘记了啊,我前面好容易排到队了,打你电话没人接。"

姜卓恨不得抽自己一个耳光,连说:"对不起,宝贝。"他知道,女儿在平和小学住宿,每周二晚上7点以后孩子们就在宿舍走廊尽头的一个公用电话排队给家里人打电话,通常要排半个小时队才可以打通一个电话,而且由于孩子多,一次通话不能超过两分钟。

"前面没有打通你,我又排了一次队。"

姜卓脑中浮现出女儿小小的身影挤在一群小屁孩当中的画面,心里陡然增添了一丝歉意。和她妈妈协议离婚后,他因为记者工作不规律照顾不过来孩子,就把女儿送去了住读学校,细想一下,他其实不清楚她在学校里过得可好。

"你在干什么啊?"女儿好奇地问。

"我在看一场马拉松比赛,跟你说起过的,那个听障叔叔的比赛。"

"你在写他的故事啊?"

"是啊,我写信采访他,前后八九个月了。"

"邮递员送的那种信?语文有一课《开满鲜花的小路》,里面有个黄狗邮递员是送信的。"

"宝贝,不是那种信哦,是电脑里的邮件。"

"爸爸为啥要写信给他呢?"

"他是马拉松冠军,但他听不见声音,也不能说话,只能写信。"

"听不见,也不能说话,那一个人是不是很难受呢?"

姜卓一时无言以对,一个九岁女孩提出来的问题,往往是成年人想都想不到的。

"……"

他和女儿又聊了几句学校的情况,然后两分钟的时间立马到了,"嘟嘟嘟……"电话戛然而止,就像一段突然中断的旋律,女儿清脆的声音消失了,办公室陷入一片空虚和寂静,他看了一眼那些灰蒙蒙的杂志和书报稿,慢慢地坐下去,把自己的思想也陷在寂寥的山峦里。

11

"听不见,也不能说话,那一个人是不是很难受呢?"姜卓想着女儿小姜姜的问题,点了一根烟,突然想到女儿不允许他抽烟,就又掐灭了。

他无聊地翻动着面前那堆 A4 打印稿,这篇被毛大青枪毙的采访稿如今像一本沉睡的五线谱,宋体字和标点符号仿佛在指尖间跳跃。

那年八月，听障马拉松运动员曹关天得了全国冠军后，姜卓通过残运会新闻组，找到了他的联系方法。本来打算当面采访曹的，但是他已经和四川队返回成都了。于是，姜卓通过微信和邮件"追"上了他，开始还担心他不乐意说什么，后来发现这种担心纯粹是多余的，每次姜卓问他一个问题，他的回复速度都快得像他的绰号——"铁皮壁虎"一样。一段时间，姜卓打开邮箱，总是有一排曹关天的邮件，每封信都写得密密麻麻的，像一幅幅细致入微的刺绣作品，对于一些略显无趣的提问，曹总是不厌其烦逐条回答，甚至渐渐有了一种倾诉的迹象。

起先姜卓只是例行公事地阅读，但是，两三个星期后，他就明白自己一不小心发掘了一条沉睡在岩层下的暗河——曹关天的人生就是一部跌宕的无声电影。

渐渐地，姜卓被这座岩层暗河的水流冲刷了。

要知道，姜卓并不是一个感情很丰富的人，他前妻离开时，拖着一个沉重的TUMI拉杆箱，回过头，如法官宣判似的、冷冷地盯着他眼睛说："你是一个冷血动物，估计我死了，你都不会哭！"她说这话时，他依然无动于衷地呆立在原地。但是，读着曹关天邮件，他这个"冷血动物"却莫名其妙地发了痴，居然像被一根火柴点燃了（姜卓暗想，常有国人为远方的陌生人抹眼泪，而对身边人的痛苦无动于衷，可能说的就是他自己）。他起先只打算写一篇采访札记《无声的跑者》，后来渐渐觉得一篇人物札记完全不够了。

通过来信，看得出曹关天的语法马马虎虎，但是文字极具画面感。多数时候姜卓只需把他写的信简单编辑整理一下，就加工成了流畅的自叙体传记。可能是因为除了跑步，看书也是曹关天主要的娱乐方式，他说最近几年读过乔恩·克拉考尔的《进入空气稀薄地带》、加缪的《鼠疫》、杰克·伦敦的《热爱生命》，阅读之余，孤寂的他爱在手机里面写点什么。

曹关天这条命运多舛的暗河，始终有着黑洞中的光亮，像一艘沉船中的幸存者，孤独而坚韧地在汹涌的海浪中挣扎求生。——他人生的爱、喜悦和悲伤，都记录在写给姜卓的117份邮件当中；最后，根据这117封信，姜卓耗费几个月时间完成了第一人称长篇传记《无声的马拉松：全国残运会马拉松冠军曹关天的自述》。

写传记时，姜卓曾想到：每个人都是一座巨大的房子，里面住着另一个自己，这个隐藏在深处的自我可能会在某个时刻突然浮现，改变一个人的命运，让他的生命从此变得风卷云起，星河万里。

窗外的夜色渐重了，姜卓忍不住把刚才掐灭的烟又点燃了起来。

他翻动着这份命运已注定的稿件，重新阅读起里面每一个文字，他看见——

一个青涩消瘦的青年，奔跑在寂静的小镇上，奔跑在苍翠的山岭上，逆向的大风刮过来，刮过山冈，刮过松林，用力抵着他，推着他，他什么都听不见，可他感受到了一切，那一刻，寂静的世界涌起壮阔的波澜，他那颗真诚、寂寞而自由的心剧烈且有力地跳动着，他迎着风，加速，加速，加速……

第二部

无声的马拉松

全国残运会马拉松冠军曹关天的自述

记者姜卓　整理

1

你问我为何要跑步？
就好像问人为何要吃饭一样嘛。

这要从我小的时候说起。
老有人问我："寂静无声是怎么样的？"
因为我不知道什么叫喧闹，什么是声响，从来不知道怎样的声响算是一种嘈杂，所以，我也说不出来什么叫寂静无声。我并不埋怨寂静无声，就好像天生眼盲者并不埋怨一片漆黑，因为他们起先并不知道什么叫一片漆黑，如果没有人告诉他们，这是令人伤心的事情，他们大概永远不会知道这是什么不好的事情，因为他们原先就不知道什么是一片光明。

在记忆中，父母总是为了我发生粗暴而恐怖的争吵。
山间五月的黄昏，槐花飘零下来像白雪一样盖着溪水，以至于你看不出溪水是流动的。我们家在门口的老树下支一张竹桌，四口人围着吃晚饭。
鼠头獠牙的蝙蝠扑棱着翅膀掠过头顶，它们也在吃晚饭。
晚霞退去，这本该是一个平和的时刻。
可是，我看到父母的表情越来越激动，母亲的手在空中抖得宛如抽筋，她扶着自己的额头，两个人的嘴巴运动都在加剧，我知道他们在激烈地争吵着什么，最后，父亲猛地站了起来，一伸手把吃饭的桌子掀了。

我面前的馒头、稀饭、咸菜和碗筷突然都飞起来，仿佛被魔法所驱使，在空中垂死挣扎了一秒钟，它们无助而又惊恐，最后不可避免地破碎与离别——重重砸落在地上。父亲还不解气，抓起脚畔的一个粗瓷饭碗狠狠地摔在了地上，那个饭碗无声地凋零成了一朵残花。然后，他一个人气呼呼地蹲在屋檐下，背靠在我们那个土坯屋子的东墙，胸口剧烈地起伏着。

我和妹妹惊恐地抱住妈妈，紧紧地抱着，妈妈颈部鼓起的血管在一动一动地抽搐。

地上的稀饭慢慢向四周流淌，两只不知深浅的芦花鸡迈着小心的步子，前来啄食它们的大餐。母鸡的鸡冠殷红得像透明的血。

我清楚地看到眼泪从妈妈的眼眶里面不间断地滚落下来，滴在土里，摔碎了，溅起一点一点的土花。

那是家里最常见的一幕，后来我才明白，妈妈把家里仅剩的三百多元钱拿去帮我抓偏方了。

她觉得对不住我，一直都想要看好我的耳朵。

在她心里，我的耳聋是她一手造成的。

我一岁半那年，发了一次高烧，超过 40 度，夜里脸烧到红得像一只山猴的屁股。我妈惊慌极了，完全不知如何是好，因为我未出生前，她曾经生过一个男孩，才八个月大就得肺炎死了，被葬在家后门的那片竹林里，隆起的小土坟就是她心头的肿块。

我家在四川绵德冷水县乡下的一座山上，离最近的偏僻小镇——黄岭还要走上十里地。

这个惶惶不安的漆黑之夜，妈妈背了我一路狂奔下山，赶去乡卫生站，拍门把乡村医生从床上叫了起来。睡眼蒙眬的乡村医生抠着眼屎，一脸起床气，简单地量个体温，然后给我打了一针链霉素。烧立马就退了，脸也不红了。但仅仅过了一周，妈妈用拨浪鼓在我耳朵旁晃动时，发现我没有任何反应，顿时慌了，像一只受了惊吓的鹿。她带我去绵德市儿童医院检查，医生用一种小管子似的东西塞进我的耳朵，捣饬了半天，后来又给我戴上一个大号耳机，接着让我平躺在一个会移动的床上拍了片子，最后他摇着大脑袋，写上诊断：一级听障，耳蜗毛细胞坏死。（我妈一直保留着原始的诊断书。）

妈妈当时疑惑地望着医生。

医生说："你要有心理准备，这个孩子聋了。"

妈妈愣在寒气四合的屋里，一把拉住医生的胳膊央求道："求求你，帮我治好孩子。"

医生无奈地摇摇头，每一个字都像一只铅球："药物性耳聋是不可逆转的。"

这是最终的宣判。

那一天，妈妈摔进了一个黑暗无比的旋涡，她无法控制住自己的晕眩、头痛和耳鸣，抱着幼小的我瘫坐在医院的走廊上，眼泪滴在我的脸颊上，像一条冰凉的溪流。

她应该感觉不是我聋了，而是她自己聋了。

那一年，她才二十二岁啊。

2

眼泪是坏人，老天爷也是。

学说话时，我听不见任何东西，于是，牙牙学语也胎死腹中了。

曾有很长一段时间，我的小眼睛常常盯着妈妈的大眼睛看，看到最后很茫然，不理解她亮亮的眼睛里面为何会冒出来那么多的水，打湿了一切。

但是，有一天起，她突然不流泪了。

她坚持不信我从此就是一个聋子了，她提起泥土做的盾牌，要挑战老天爷。

她开始带着我坐长途汽车去省城看耳朵，五官科医院、三甲综合医院和私人大夫处都跑遍了，在那些白大褂出没的地方，我可以闻到消毒水混合金属针头的味道、酒精棉花的味道，甚至个别医生护士身上、手上的血腥味。在那里，我会被抽血、会被关进一个小黑屋子拍片子、会有人拿着一个带光的铁锥子似的东西伸进耳朵看……我特别害怕那个发光的铁锥子，汗毛每次都炸起来了，担心这个铁锥子会伸进我的脑袋里，在里面咕咚咕咚捅上几下，出来的时候带着一锥子的血。有好几年，我只要一坐上公共汽车，一想到那些白大褂、消毒水味的地方，手心就出汗，神经质地抠座位上的塑料皮，心里堆满了焦虑和恐惧。

那阵子，我一直觉得妈妈要害我。

医院治疗毫无起色，妈妈一百八十度转弯，改为迷信偏方和土法。

她总找来些稀奇古怪的药，让我吃，让我喝，或是洗、敷、熏、灸。我不要吃她的黑乎乎的药，趁她不注意，我把药埋在竹林的落叶里，或者倒在山溪里。有一次被她发现了，她用一根竹枝抽打我的屁股，我绕着屋子逃，她在后面追我，结果，她一脚踩在东屋头鸡窝旁的鸡屎上，仰面朝天摔了一个大跤，瘸了好几天。

我的耳朵没有看好，她倒是把全家可怜的积蓄都花光了。

父亲曾多次为了家用以及烟钱和她大打出手，揪住她的头发，一巴掌下去，打出一嘴巴血。

后来有了妹妹，经济就更拮据了。她把陪嫁的银镯子去当铺卖掉了，用唯一有她婆家印记的东西换了几张皱巴巴的票子。山上几户老邻居，像蔡家、张家，到了千禧年后，都盖了新的瓦房。还有一户张家甚至在镇上买了商品房，据说那是一个用钱堆起来的带花园的水泥盒子。而只有我们家还是土坯房子，土褐色的蜘蛛在屋檐下做网抓虫子，或者在一根丝上漫步。外部土墙下部已被青绿色的苔藓笼罩，坑坑洼洼的，有了一个老鼠洞，长年的烟熏火燎已使内墙面近乎漆黑，屋子里面没有几件像样的家具，暗乎乎的北窗下，放着一排农田工具，铲、锹、锄、耙子、筐……那算是家里的大件了。

有一段时间，她突然喜欢和家的那两只芦花鸡说话了。她常蹲在对山的院子里，轻轻抱着鸡头……嘴巴咕隆咕隆地会说上很久。那两只鸡似乎挺能理解她，仿佛明白了什么，会啄米似的点几下头，从她手里下来时，两只脚迈得飞快，像参加 100 米跑步比赛的运动员，去院子里捉虫了……

她瘦了，眼里的光没了，眼睑慢慢耷拉下来。

终于，我也看懂她对芦花鸡说了什么。她双眼失神，其实多数是从这一句话开头："如果我不带他去卫生院……"

3

我七岁时，父母除了山沟沟里种点田外，还在 5 公里外的偏僻小镇——黄岭支了一个葱油大饼铺子。每日天不亮，他俩就爬起来和面，等面发酵时，就收拾好东西，一个扶着小三轮，一个推着小三轮，下山后再蹬上几里地，早早地到东街和西街交会的大街旁设摊，开始一天的忙碌。

那年，小镇上来了一个叫"魔手"的针灸师傅，飞针圣手，神出鬼没的，据说可以包治百病，至于男女不育、眼瞎耳聋，更是不在话下。

于是，一天收了摊，她就拽着我去看魔手。

古戏楼不到的地方，有个巷子，巷子口有一个逼仄的木头楼梯，上去后可以看见一间朱漆的昏暗小屋，屋子中间一把红木的桌子，桌上杵着一个全身裸体的米黄色男人（不害羞，下体安了一个蜡黄的小鸡儿），身体上面布满了黑点点。

师傅脸色苍白如纸，眼睛深凹下去，黑黢黢的眼珠子像是山洞里藏匿着的猫科动物。他年纪并不大，但下巴上却撅着一撮长长的黑胡子，山羊胡须一样。帮我把好脉，他让我平躺下来，侧过脸露出耳朵，我的眼睛正好落在墙角桌子上一个背对着我的小电视机（后来才知道那是台式电脑）。魔手伸出细细猫爪子一样的手，苍白、灵活的手指头捏住一根针，嘴巴一动一动不知在念念有词个啥，银色的长针就扎进我的耳侧，痛痛痒痒的感觉，他一根接一根地扎着，眼睛却时不时地朝角落里那台"小电视机"瞥上一眼。妈妈做手势让我不要动，我看着妈妈的眼睛，知道这又是另外一种迫害的开始。我忍着，一动不动。

坚持三周后，我不再想进魔手的屋子，我弓着背，在门口用十指紧紧扒着门框，妈妈双眼无光，她绷着脸来掰我的手指头，魔手从他那台"小电视机"后面摇摇晃晃地站起来，伸出细长灵活的手也来掰，但他不怎么有力气。我紧抿嘴巴，挣脱了妈妈，甩掉了魔手，咚咚咚跑下楼，不知道为何，我蹿得特别快，宛如一条脱网逃窜的鲫鱼。妈妈在后面撵我，撵了一会儿，就再也追不上了，她站在石板街尽头的戏台下抹着泪水。

我偷偷蹩回去看，她枯萎的脸上挂着泪珠，仿佛光秃秃的枯枝被寒霜打了一层冰凌子。

我只好转身回去，谁让她的眼泪是个坏人呢。

4

直到一天，妈妈愁苦着脸央求起师傅什么，我推测她说自己的钱不够了。

魔手下巴上的胡子（和年龄很不相称）往上抽搐了一下，苍白灵巧的手指头轻轻敲打着脑门，他踌躇了一阵子，像一个被如来佛祥光罩住的蜈蚣精，磨蹭着从破橱里拿出一套针灸，配上一本小册子，居然——免费送给了妈妈。

等妈妈接过针灸袋子，魔手苍白的脸泛出了一丝红润，好像长长地舒出了一口气，他的山羊胡子撅得像理发店的假发一样。他也不等我们完全走出门，就迫不及待地坐回到他的那台"小电视机"后面去了。离开前，我悄悄地瞄了一眼他的"小电视机"屏幕，发现那不是针灸老师的讲课，而是一个长着牛角的魔兽挥舞着发光斧头在和人对砍，他深凹的双眼发出暗夜手电筒的光芒，猫爪子似的手灵活地在键盘上弹着钢琴。

回家后，妈妈按照小册子每天给我弄，我的耳朵是可想而知的毫无进展。

一次，一针下去，耳朵旁的血渗出来了，我发出一阵嗷嗷嗷呜呜呜的怪声音，愤怒地把那些针一把全部拔下来，像拔田里的葱一样，攒在手上。妈妈快被吓死了，她第一次怯弱地望着我，眼神十分绝望，她摸着我的头，摸了又摸，看了又看我，长长地呼出了一口气，眼神里透出绝望之后的幻灭。

后来，她无力地站起来，默默把那一把针灸收进盒子，锁进了橱里。她耷拉着脑袋，挪步到窗口，滞缓地扛起锄头，到山溪旁那块小梯田忙农活去了。

我终于不用再去医院了，不用再吃很苦的中药，告别了那些黑乎乎的令人头皮发麻的东西，那一根根银色小针。

但是，有更大的麻烦在等着我。

5

你吃过狗屎吗？你知道狗屎的味道吗？

爸妈忙着摆摊和种地，妹妹被送去了奶奶家，丢下我一个人在村子里晃悠。

我们这个村子在山里，只有二十多户人家，村子里的人见我嘴巴里永远只是呜呜喔喔的奇怪声音，都当我是傻子。

没有人会和一个傻子玩。

有几次，我经过邻居家，村里没有上学的小屁孩都向我吐口水，嘴巴在努动，做着奇怪的表情。有几次，他们还捡起石头砸我，就像他们捡起石头砸野狗一样，野狗有反应，会嗷嗷叫着跳着脚走开，而我不太会叫，连野狗都不如。我只要一看到小孩子嘴巴在努动、表情奇怪，就知道这帮兔崽子要吐口水，要丢石块，我立马撒腿就跑，跑得远远的。后来读书后我才搞明白，他们永远在喊那一句：哑巴臭，臭哑巴，养个儿子大王八！

如果村子有一根耻辱柱，那被钉在上面的小孩就是我。

村东头的大张伟和小张伟是鞋匠老张的儿子（他们的爸给娃起名字偷懒，其实一个叫张大伟，一个叫张小伟）。

红鼻子老张中年丧妻，脾气从此变得暴躁。他经常像一头愤怒的公牛，高举着硬底皮鞋在后面驱赶两个调皮鬼儿子。十二岁的大张伟恶作剧鬼投胎，带着弟弟偷邻居的西瓜丢在猪圈里当地雷（两个人打赌：大黑猪何时踢爆西瓜雷？），把村妇晒在院子里的内裤绑在土狗头上鞭打，将红辣椒粉抹在婴儿奶瓶子上……老张惩罚大张伟，九岁的小张伟也一起要跟着受罚，他让他们双手扶墙、褪下裤子，用藤条抽屁股蛋，让白屁股上布满一根根的红萝卜条，然后再光腚游村示众。

大张伟和小张伟在前面流着泪跑着，老张在后面狠狠地抽着、咒骂着，在村子里面要奔上足足三圈。这时候村子的人都站在院里屋外看热闹，小孩子踮着脚，狗从孩子的裤裆下钻出头，母鸡兴奋地把翅膀扑来扑去，骟猪在奋力地拱篱笆上的窟窿……全村像过节一样。

没有人知道这场暴力节日的脏水会流到一个哑巴身上。

那天，我也站在竹篱笆外的土路上，看到皮肤黝黑的小张伟光着白亮亮的屁股蛋子，一头乱糟糟的黑发像被野火烧焦的麦田，我不禁嘿嘿地傻笑开了。小张伟扭过头，他的腮帮子鼓起，就像一只被挤压的气球，满面泪痕下一双黑黢黢的眼珠子，冲我狠狠地瞪了一下，那对眼珠子带着深深的恨意，犹如两片刀片，刺向我的内心。我可以清晰地感受到他无处排遣的愤怒和不满，就像一团烈火燃烧。

他瞪了我几秒钟，没有说话。那眼神里带着一种难以名状的情绪，使我可以清晰地感受到他内心的痛苦和挣扎。他的眼神让我感到一种前所未有的冲击，我仿佛被一道冰冷的闪电击中。

我无法理解他为什么会这样看我，只希望这是他被父亲殴打、羞辱后的一时情绪失控。

第二天，大张伟和小张伟在村西头的田埂上堵住了我，看嘴型，他们咒骂着什么，而且他们手上都拿着树枝做的棍子。我害怕起来，大张伟比我高出一头，小张伟也比我高比我壮。我想逃，但是已经来不及了。

他们的嘴巴一张一合间，手上的棍子就朝我的上身抽来，我下意识地去挡了一下，手臂就中了棍子，一股钻心的痛直冲脑门。接着小张伟的棍子打在我的腿上，腿像开裂了似的，我无声地跪在了田埂上。小张伟看着矮了半截的我，又流露出那怨恨如刀片的眼神，死死地盯着我。他俩对我打了几棍子，冲我吐了几口唾沫就跑了。

我眼睛被这恶心的唾沫击中，视线变得模糊不清，我委屈地抹了一把，一瘸一拐地回了家。妈妈不在家，她或许去奶奶家给妹妹送衣服去了，只有几只母鸡在窝外面打着转。

下午，父亲回家，我呜呜喔喔地指着村西头方向比画一阵子，但是他不耐烦地看了一眼我，估计没有理解我费力的手舞"语言"，他推开我，去床上躺着了。或许清早摆摊、下午田里劳作大半天，他已经太累了。第二天起来，伤痛好了一些，我也不再想和妈妈比画，也比画不明白。

过了一周，大张伟和小张伟看到打我没有受到惩罚，推测我是聋哑人说不出来是谁干的。

于是，这两个家伙正式盯上了我，我成了他们天然的出气筒，像一个破碎的靶子，他们把所有的怨气和不满都瞄准我，不断射击。

只要他俩鬼鬼祟祟的身影一出现在苦楝树下，我拔腿就逃。

我玩命地奔跑，不自觉地脚底板上下分飞，我不想被他们抓住，心突突地跳，几乎要跳出体外。

我跑过了村口，跑过山旁的小路，跑过了梯田边的溪流，像弹簧一样在田埂上蹦跳，心脏跳得像鼓点，但还是被他们两面包抄，大猫扑田鼠，大张伟一下子扑倒了我，他们拧住我的胳臂，像捉住了一个小偷，带我来到村口一片荒地上，那里有野狗拉的几堆屎，其中一堆黑褐色的还冒着热气。他们把我的手反剪起来，用力压我的头，把我的头压得很低很低。我突然明白，他们要让我去吃屎！我脸涨得通红，梗着脖子，使出吃奶的力气往上抬，就是不肯吃。

小张伟高举我被反剪的双手，大张伟则蹲下来，伸手抽我的耳光，啪啪啪，腮帮子在阵痛，一下、两下、三下，脸蛋子火辣辣的，眼泪出来了，我嗷嗷嗷地怪叫。他们就又把我的头死命地按在狗屎上，让我的嘴巴去碰狗屎。反复了好几次，我的鼻尖碰到了狗屎，嘴唇粘上了那令人恶心的黏糊糊的东西，一阵腐臭味钻进鼻子，爬进肚子，让我反胃。但是我咬紧牙关，就是不吃！最后，他们两个没有办法，把我推倒在狗屎堆上，用脚狠狠地踹我的肚子，踢我的屁股，我缩成一团，痛得直打滚。

下午，我一瘸一拐地走回家，身上沾满狗屎，整个人都是臭烘烘的。妈妈不在家，在小三轮上卸面粉的父亲看到了我，他可能刚刚收摊回来，看上去疲倦得不想说话，而且他一累脾气就不好，看到我这副模样，气就不打一处来。我看到他的嘴巴在剧烈地动，那是不妙的兆头，我还没有来得及逃，果然，他的巴掌就过来了，我一缩头，他拎起我的领子像扔沙袋一样，往土墙上丢过去，我重重地跌落下来，仿佛一只爬网失败的蜘蛛，滑落在墙根。我蹲在那土墙下面地上伤心地哭着，但只是发出几个奇怪的嗷呜声而已，一阵风吹过河边残破的陶罐片，没有人可以听到我在哭，我忍住不让眼泪往外涌，倔强地把它们堵塞在发热发酸的眼窝里。

连续一周，我都不再到村子里去转。又过了一周，我一个人去村外的那条溪水畔独自跳石头玩。

这时，突然感到一块石头砸在水里，溅起一片水花，我抬头一看，不好！小张伟他们几个又来了，在冲我吐口水、扔石头玩。我一个大步跳到溪水对岸，撒腿就跑。

小张伟叉着腰挥舞了一下手臂，动作像电视里指挥抓捕一只耳朵的黑猫警长，但这次大张伟不在，小张伟带着两个小跟班涉水过溪，掩杀过来。

我怕又被按住吃屎，迈开步子冲着溪水对面的一片狭小的梯田田埂狂奔，身体剧烈前倾，双手大幅度甩动着。

他们紧紧追在我后面，一场猫捉耗子的戏又开始了。我仓皇回望，看到小张伟追在最前面，兴奋得眼睛睁得溜圆溜圆，满脸通红。

我们沿着山岭间的田埂小道追逐了一阵，跑过一棵大苦楝树，穿过一块玉米田，一米高的绿色秧杆儿被我们压倒了一排。

这时，前面出现了一座小茅草棚。

心突突突地狂跳着，我一边跑一边扭头往回看，小张伟头往前一伸一伸的，看样子铆足了劲。

前方田埂路旁杂草丛生，有一个酱色的大缸斜插着，我加速往前猛蹿，大步一跳，越了过去。

跑过茅草棚二十多步后，再一扭头，突然看到一个吃惊的画面，简直不敢相信自己的眼睛——小张伟身子陡然矮了大半截,像是被人拦腰砍了一刀,只有半截不到的上半身露在酱色大缸外,挣扎着,活像一只从梯田地里爬出来的鬼。

6

他满脸黄褐色的东西,两只手也是黏糊糊的恶心物,他的两只手在空中拼命地抓着什么,身体挣扎着,扭动着,嘴巴一张一合,估计在大喊大叫骂着什么。

我忽然明白了是怎么回事,这片梯田是村子里洗头妹蔡家的,她读初中的儿子很有小聪明,和他妈一起在梯田旁搭了个小茅草棚厕所(一来解决干农活时让他妈上茅房方便,二来如果用的人多,茅房的大粪可以用来施肥)。小茅厕后面斜插着一个大粪缸,入地里一两米深。由于长期风吹雨淋,缸口被田埂的杂草盖住了一半。

我常常一个人在这里溜达,对此很熟悉,即使是逃跑慌不择路的时候,也知道这里茅厕后面有一个大粪缸,很自然地一个大步就跳过去了。

小张伟好像没有注意到这个大粪缸的存在,再说他追我追得太急,看我加速猛蹿远去,更是发急,一脚踏空,整个人就直愣愣地掉进大粪坑里了。

那两个跟班小屁孩在后面慢慢地围上去,捏着鼻子,估计太臭了,没有人愿意伸手拉他。我也小心翼翼地走近一点,但是不敢靠得太近。看到小张伟越是拼命挣扎,越是慢慢地往下沉,渐渐只露出胸脯以上部位，满头的黄褐色的大粪，还有一些蛆虫在脸上一拱一拱地蠕动，一堆苍蝇在头上没头没脑地乱窜着。

他惊恐地睁大了眼珠子，手和身体剧烈而胡乱摆动着，宛如临死前的挣扎，但是越挣扎越扑腾，他下沉的速度就越加快，胸脯看不到了，渐渐地，脖子也快没了。

他叫唤那两个跟班小屁孩去救他，但是那两个小孩快吓死了，脸色惨白，知道要死人了，双腿打着哆嗦，扭身就往村子里面逃窜而去。

我在离大粪缸十步左右的地方，看到黄褐色的东西正淹过小张伟的脖子，一点一点接近下巴，小张伟嘴巴里估计也粘到臭乎乎的东西了。

我呆呆地立在原地，心里斗争着是否应该立即上去救他，眼睛的余光开始搜索附近有没有木棍。

犹豫的七八秒钟，他整个人在垂死的扑腾中，即将完全地沉下去。

我的血液在凝固，彻底吓傻了，呼吸都不畅，手脚开始抽搐，惊恐地盯着那黄褐色的缸面，这么短的时间，一个人沉入里面，只有两只手臂和鼻孔以上部分还在外面扑腾着，简直不可思议。我的脑子一片空白，但尚在一丝理智，赶紧去找木棍。

等我从茅草棚侧面扛着一根粗树枝奔过来，看到大粪缸面扑腾的手已经攀住缸壁，两只手一用力，一个浑身散发着臭味的大便人就从里面借着浮力腾了起来，一条腿抬起勾住缸沿口，手扒着缸，另一条腿用力地一撑缸壁，然后一滚，小张伟居然从缸里爬了出来，死里逃生。

我一时看傻了，丢了粗树枝，呆立在旁边。

那小张伟在地上滚了一下身体，抹了把脸上的蛆虫和脏污，然后，一动不动就僵在那里，我们就这样静静地对峙着。突然，他嘴巴一张，像恶狗一样向我扑了过来。我先是闻到一股巨大的恶臭向我袭来，我一阵恶心，躲闪不及，被他抱住了单腿，一种湿滑的腐臭黏答答地箍紧了我的腿，一种令人作呕的味道，我知道小张伟要把全部的愤怒发泄到我的身上，顿时，恐惧从后背上酥酥麻麻地升起来：他是不是要把我也拖进粪缸里面去？！

我一阵大骇，嗷嗷地发出一些怪声音，拼命地挣扎，好在他的手又湿又黏，抱不紧我，来回挣脱几次，终于挣脱开来。

我撒腿就跑，玩命地跑，朝着田埂侧面一条上山的小径，狂奔而上。

小张伟站了起来，完全不顾浑身黏糊糊、臭烘烘，发了痴一般地追在我后面。

我知道不妙，一旦被他追上，估计会被打个半死，于是头也不回，就沿着一条杂树乱丛的山径狂奔起来，跑到上坡处，手脚并用，连摔几跤都没有停下来。而且我越跑越快，越爬越猛，像一头鹿在山林中狂奔。

我似乎感觉到小张伟和他的臭味随时会吞噬我，这是一种腐烂和死亡的双重恐惧，我张大嘴巴惊恐地狂奔，跑啊跑，不知跑了多久，才停下来歇了一口气，回头一看，哪里还有他的影子和臭味。我所在的位置已经在半山腰，这时光线暗了下来，身后的树林陷入了寂静的暮色中，一抹残阳透过密密麻麻的树叶，投射在刚刚跑过的林间土路上，照亮了扬起的尘土。这一刻，林间的麻雀没有扑腾翅膀，蚂蚱没有跳跃，树枝和叶子一动也不动，仿佛时间在这一刻停止了一般。

那年我八岁。

那一刻，我明白作为一个哑巴，生来就是孤立无援的，有时候还不如一条野狗，它们还有朋友，成群结队的，而只有我是没有朋友的，只有被同类欺负的命。

我只知道自己活着就需要玩命地跑，跑得越快越好，跑得越远越好，所有的危险、憋屈、欺凌，还有苦闷（这些人长大才知道的东西），都可以一跑了之。

只是，那时候，我还不知道什么叫苦闷。

7

你和蛇做过朋友吗？

有段时间，我躲小张伟他们，没有地方可以去，只能在家后面的那片竹林和山野，一个人和虫子玩。

那些日子我孤单，但内心平和，不和人接触，有点无聊，但不会被村里的孩子丢石头、恶揍，不会被村妇遇瘟神似的掩鼻诅咒。

那片竹林好像也在静静地等我，雨后地面会长出一大串一大串圆头圆脑的蘑菇，和我一样，呆头呆脑地、静默地盯着这个世界。春天，竹林后面的溪谷旁全是一丛丛的野草，叶子上会停着一片片"枯叶"，我走进，突然"枯叶"扑棱棱飞起来了，原来是一对对的蝴蝶。

竹林里有一条小蛇是我的"朋友"。

它长着圆脑袋，青色夹黄的身子，和我一样无聊，挂在竹林旁的一棵柿子树上，探着头看我，冲我不停顽皮地吐着它的玩具——信子。如果我敲一敲树干，它就吓得缩起来，过不了一会儿就悄悄地溜走了，它的胆子好小，一走就是好些天都不见踪影。有段时间，我常常去竹林看看它在不在，看看它挂在哪一根树叉或者竹枝上。

我心想，不知道它的家在哪里？它有没有妈妈？它有没有朋友？

还有一次，我在苦楝树上发现了它的踪影。

我知道那树上有个喜鹊窝。青色夹黄的小蛇，一伸一缩一拱，努力地蹭着树干往上挪着，估计是要爬上去偷鸟蛋。黑头白肚皮的大喜鹊突然出现了，猛烈地扑腾着翅膀，用力地啄它，它猝不及防地张大了嘴巴、吐着信子抵御，但头部还是被啄了几下，它身体一缩，狼狈地从树干上摔了下来，尾巴在草丛中一抖一甩，逃走了。

后来，我再没有见过它。

天气闷热，我趴在竹根下捅蚂蚁窝，蚂蚁急急忙忙地奔跑着，并不理睬我，长长的队伍接力扛着米粒或者蚜虫，坚定地越过我的竹枝，一溜烟往前爬去；凶巴巴的喜鹊翘着尾巴，一跳一跳过来了，那披着深灰色铠甲、蜷成球状的西瓜虫呼呼呼地猛拍打翅膀，蹿向天空……

竹叶总铺成厚厚的毯子，踩上去柔软而有弹性。

有一天，我赤脚走过竹林的"毯子"，脚掌踩到一条冰凉的橡皮条，我低头仔细一看，吓得跳了起来，原来是一条被打扁了脑袋的蛇，粘在脚底板，青色夹黄的身体，弯曲成一个圈，已经彻底干枯了。

难怪，我想起前几天看到父亲放在墙角的扁担头上，溅到了一些红褐色的黏糊糊的东西。

第一次目睹了死亡，一个熟悉的生命的逝去。

我抱了一把竹叶和枯枝把它的躯体掩盖住，为了做记号，在枯叶堆里插了一根柿子树的树枝。

51

此后漫长的日子里，没有蛇可以看，我不知如何打发时间，只能在屋后的山林里无聊地待上一天。有时扯一杈竹子左右啪啪地拍打、驱赶那些飞虫，那些和我一样不明白为什么要来到这世上的飞虫。有时发痴地摇一摇山旁的那棵槐树的树枝，金黄色、翠绿色或亮蓝色的虫子们不太情愿地停止了觅食，像雾气一样蒸腾出来。

假如不下雨，没有大风，我常常都在这竹林里待着。有时候待了很久才回家，有时候就待到满地上都亮起月光。

妈妈来喊我回家吃饭。她不是喊，她是拿一个破烂的黄色塑料旗子，在竹林的尽头晃动着，那是村里面插在稻田里赶鸟的旗子，我眼角的余光轻松地捕获到那面晃动的旗子，像青蛙看见荷叶上飞过的蚊子一样。我知道该回家吃饭了。

我希望妈妈找到我，又希望她不要找到我。

心在那寂寞的矛盾中踯躅着。

8

每年春天，我家后山满谷都怒放着粉白的野杜鹃，但那里没有花仙子，只住着一个怪老头。

他是个离群索居的养蜂人。

他养了二三十箱的蜜蜂，宛如一个蜜蜂世界的土王。和我一样，他几乎不和人来往，也不和人说话。他又瘦又黑，整天穿一条黑色的灯笼裤，戴一副脏兮兮的断腿黑眼镜。他不是在摆弄他的那些蜂箱，就是在一棵树下慢腾腾地打着什么拳。

我觉得他和村里的其他人不一样，有一次我鼓足勇气，试图接近他的蜂箱，想近距离看看蜜蜂。那时，他慢吞吞地拖着一把竹扫帚，清扫着门前的落叶，动作慢得像一只山间老龟，他看都不看我一眼，一把一把地扫着，仿佛我是不存在的。

扫地时，他的右侧面孔缓缓转过来，突然，我的血液凝固了，惊恐地看到——他脸颊上有一道一尺长短的红褐色伤疤，弯曲隆起像一条恐怖的蜈蚣，从耳朵前一直延续到右下巴，狰狞到让人觉得恶心。

我一阵反胃，撒腿就跑。

那道像蜈蚣一样的刀疤，使得养蜂老人看起来惊骇得像个鬼，或许它隐藏了他离群索居的真正原因。因为四川山里常有这样远方来的异乡养蜂人，有的是欠了债逃出来讨生活的，有的是精神出了问题，还有不乏家乡犯了刑事大案逃亡出来的——这是我长大之后才渐渐知道的。

那些蜜蜂常常飞到我家院子里，时间久了，我知道哪一种蜜蜂是工蜂，工蜂个子小、头部是三角形的；而个子大、颜色深，头部是圆的，那是雄蜂。

但是，我不敢再走近养蜂老人。

我们都在自己的世界里，孤独得像虫子一样地活着。

直到有一天，发生一件事，那是我上学之后的事了。

9

日子胡乱往前滚动着。

村里最小的孩子，比我矮一个头的小土豆都背着书包，每天像模像样去黄岭镇上学了。尽管我不和他们来往，但是我知道，一清早，村里的学生们就结伴背着各种各样的彩色书包，跳跃着、打闹着出发了，到了傍晚才回来。回来后，他们不少人会趴在门口的小桌子旁写字，连大张伟也开始做作业了，我不敢靠近他们，但是我对这一切充满了好奇。

比我小一岁的妹妹不久也加入了他们的队伍。我曾经好奇地摸过她的语文课本，那是一本薄薄的书，封面画了一朵白花，上面有黑色的两个字，下面有四个小孩在放一个橘黄色的鲤鱼风筝。还有一本厚厚的字典，里面都是一个个大字，下面跟着一排排小字，像是一只青蛙，旁边跟着一群蝌蚪。我端详了半天，也是白费心机。我从家里翻出一只烂了半截的圆珠笔，一笔一画模仿书中的笔迹，但是，无法捉摸这些奇怪符号所代表的意义。

妹妹上小学后的半年。

有一天，妈妈给我穿上了一件白衬衫，把我的脏脸洗了又洗，还用毛巾用力擦了三遍，擦得我脸皮都痛了。

她带我下了山。

我第一次走进了黄岭学校。

校长背着手站在校长室门口，眼神像猫头鹰，头发盘绕着中间的秃顶，宛如顶着一个荷包蛋。他听妈妈说完，微微地点点头，眼睛犀利又很和气地看着我，搞得我有点慌。最后他客客气气地把我们送出了学校。

妈妈在回家的路上哭了。

我渐渐明白黄岭学校是不收聋哑人的，但我家附近都是山，我不去镇上的小学，还能去哪里上学呢？

第二年春天，去年穿过的衬衣已经小了，不过这是我唯一一件像样的衣服，妈妈把袖口纽子和领口都放开一点，让我照样穿起来（几乎是绷在身上的）。她让我把脸洗干净，又用毛巾使劲帮我擦了三遍，指甲也剪干净了。

她又带我去了黄岭学校。

校长还是那个猫头鹰眼睛的荷包蛋，他跟去年一样客气，这次我们还是被请进了校长室，坐在黑色皮沙发上。校长看我的眼神里都是同情。

他们嘴皮子翻动着，说了很久，校长努力地解释着什么。最后，他客客气气地把我们送出了学校，我看到风把他的荷包蛋头发吹开了，有几根头发在风中挣扎着、摇摆着，我一度还有些同情他——他头的中间部分为什么长不出头发？

我看到妈妈脸色茫然地站在校门口。

她拉着我的手松开了，泪水似乎要下来，终于还是憋住了。我看了看远处的青山，山腰上笼罩一种阴霾的、不透明的白雾。

我很久以后才搞清楚，校长对妈妈说的大概意思是，不是他不想收，是没有老师愿意带我这样的孩子，现在都抓升学率，这样的聋哑孩子，放在哪个班级，就会拖哪个班级的后腿啊。

我知道我上学无望了。

一晃我九岁了，我踮着脚可以看到土墙外的景色了。我依然在家后面的那片竹林里无聊地度日，偶尔早上跟着父亲去练练摊，或者傍晚下一阵子田。镇上所有人都知道，我是一个没读过书的、彻头彻尾的傻子哑巴。

有一天夜里，妈妈把我搂住，哭了。我不知道她为何哭，现在回想起来，是不是担忧假如她死了，我该怎么办？一个字都不认的聋哑儿子，以后该怎么办？

55

第二天，她起了个大早，给我穿上一件新买的白衬衫，连最上面一粒纽扣都扣好了。我低头去看那粒黑色的纽扣，知道又要去黄岭学校了。

记得那是六月的一天，蕴热得很，小镇的大地被蒸腾出一股怪味。送孩子的汽车、助动车、自行车在学校门口拧成了麻花，一种似雾非雾的灰气浮在空中，令人憋闷。

我们站在校门口。黄岭学校的牌子，白底黑字，干干静静地挂在门口。校门口当中有一个五角星，两边是闪闪的三道光芒。

那些背着红色、蓝色、银色书包的孩子，从助动车、自行车上、小汽车里跳下来，蹦着颠着进了校门。微胖的戴眼镜女老师把手上的煎饼最后匆忙地嚼上一口，脸色苍白、腰板笔直的男老师向同学们鸡啄米似的机械地点着头，一脸严肃地拎着包走向校门。

上学的人越来越多，便道上的尘土飞起老高。当中，荷包蛋头发的校长开着黑色的桑塔纳也过来了，这辆车在人潮中穿梭，像一条被水草影响游速的老黑鱼，不时地在密集的人流中减速，暂时停下，然后再次启动。

就在车辆准备慢慢转进校门的那一刹那。

突然，人群中的妈妈拉着我往前冲了两步，猛拽我的胳臂，双膝弯曲，跪倒在学校的门口。

上学的洪流像被巨大的磁铁吸引住了。

10

那时，我并不懂什么是害羞。

但是，我的脸为何热辣辣的呢？

有一种莫名愧疚的情感如潮水般向我袭来。这时，我想当一只逃进草丛的野猫。我低下了头，不好意思去看那熙熙攘攘的人群，在人们扎眼的目光中，在指指点点的手指头中，我瞥了一眼妈妈，泪水模糊了她的双眼。

荷包蛋头发的校长摇下了车窗，他的脑袋僵在玻璃窗上方，一绺油腻腻的头发搭在脑门上，一种苦恼和无奈从他的猫头鹰眼睛里面流出来。

他梗着脖子扭头望去，逼仄的校门口就像小池塘被丢进了一块大石头，人群像涟漪，一圈一圈地涌上来。

11

终于，我背着一只瘪瘦的布书包走进了学校。教室走廊上贴着一些海报，几位头戴高高怪帽子的古人，其中一个人手上拿了卷纸，还有一个人手拿了棵大叶子草，看起来和我一样奇怪。

像一条狗坐在一堆猫当中，我比同班的一年级同学要高出小半头。

我呆呆地坐在最后一排，像个怪物，头几乎可以枕到后面的黑板报。

开始的几天，同学们都不去看黑板，趁老师板书的时候，不时地偷偷地扭头看我，仿佛他们的脖子上安装了一个摇头电风扇的按钮，脸上露出看见土狼或者狐狸的那种好奇、恐惧、兴奋、嫌弃的神情，还有人冲我挤眉弄眼做怪脸。

老师的教鞭一下一下敲打在讲台上，粉笔灰在空气中飞舞起来。

　　下了课，几个隔壁班的小孩跑过来，趴在门口，对着我点点戳戳。

　　一上来，老师给我安排了一个眼睛有点斜视的女同桌，不到一周，同桌的妈妈就闹到学校去，要求给女儿换座位，可能是嫌她女儿和一个傻子哑巴坐在一起，会受连累变成一个傻子，还有一种可能是，我会把聋哑病传染给她女儿。

　　上了一两个月的课，我不知道老师上课的板书是什么意思。

　　班主任语文老师是个脸色苍白、头发干枯的瘦高个女人，她总是撸袖子在黑板上写了几个大字，然后就带着大家一起念。

　　我完全不理解那些弯弯曲曲的字是什么鬼。如果一个人既听不见也说不出来，是很难理解这些字到底代表着什么。

　　我看着老师的板书，看他们的嘴巴在动，但是我完全听不见他们的讲话，没有人给我解释，我费解地看着他们的嘴巴在动来动去。老师指着一个字，嘴巴动了一下，下面的人都整齐划一地动着一样的嘴型，我也学着一样地动嘴巴，但是换来的都是周边人奇怪和嘲讽的目光。

　　原来上学是这个样子，我完全没了兴趣。

　　我趴在桌子上看着窗外的景物，两只麻雀在蒿草里面跳动，一只小野猫在墙角下跃跃欲试，突然一只大黑猫出现了，小野猫和麻雀都被吓跑了。

　　因为基本不懂老师上课的内容，第一次小测验，整张考卷都是红色的叉叉。

　　班主任老师把我妈叫去，她细细长长、苍白的手指头在空中用力抖动着，指着我的头，像是得了鸡爪疯。

　　妈妈低垂着头，硬撑着不让眼泪流下来。

已经开始微微驼背的父亲，用青筋突暴的手抓起三袋白面粉，踌躇了一下，丢下一袋，放了两袋在自行车后面，推了下山，再踩了几里平路，连夜送去了班主任家里，要知道那是我家摆大饼摊位营生最重要的东西。

　　父亲送完白面粉，回家狠狠打了我一顿。他的巴掌打在我的脸上，火辣辣的，我看他涨红了脸，口水沫都粘在了稀稀拉拉的胡须上。

　　我紧紧地抱着头，蹲在窗口下的竹耙子旁。泪眼蒙眬中，看到土墙上有一只蜘蛛从网上失足跌落下来。

12

　　那次挨打后的某一天傍晚，天气闷热，山色也憋得发青。

　　我去山后面闲转，无意间路过那个养蜂老人的屋子，他的癞皮小黑子在门口烦躁地转来转去，时不时地前脚一跃，跳起一米多高，去扑几只蜜蜂，蜜蜂很从容地飞高了。

　　我一时看呆了，连起风了都没有觉察。

　　过了一会儿，闷雷在头上滚动起来，黑云横扫，雨突然间就劈头盖脸地砸了下来，瞬时，天地间挂了一张无比宽大的水幕大网。我赶紧躲在一棵大樟树下面，看到那些雨点劈里啪啦密集地打到蜂箱上，打到蜜蜂身上，几个蜜蜂粘了水，都滚落在地上，跌进泥巴里了。

　　我看到伤疤脸养蜂老人急忙奔出屋子，打算去拿屋檐下的塑料雨布，这时一阵猛烈的风雨卷着土和叶子狂刮过来，打在脸上隐隐生痛。我看到老人的破屋顶上压塑料布的两块石头被扫落了，在顶部滚动了几下，就要砸落下来，而老人弯腰忙着拖雨布，根本没有留神上面发生了什么。

那两块碗大的石头不情愿地翻滚着，眼看就从顶上面坠下来了。

我怕他的伤疤脸，有点犹豫，但又不知为何，勇气猛地从心底一股劲冒了上来，抱着头顶着雨，我猛地冲了上去，几乎是百米冲刺的速度，一把推开了他，他被推得略微歪了一下身体，但居然很快就神奇地就站稳了，他恼怒地盯着我。

一块黑石头从屋檐上直直地飞落下来，几乎贴着他的肩膀，砸在了泥巴地里，溅起一片泥花。老人站定了，瞥了我一眼，继续去拖他的雨布。我不去看他的刀疤脸，伸手帮他一起拖，拉住雨布的角绳去遮住蜂箱。

雨哗哗的，像倾倒下来一样。他脏兮兮的断腿眼镜蒙上了一片雨雾。

那块黑色塑料大雨布比床单大两三倍，帮他一起用力扯、拽，终于完全盖住了那几十个蜂箱。雨水浇在头上，眼睛蒙住了大半，我也全然不顾。最后，我们用绳子扎紧了蜂箱四边的雨布角。

雨太大，我们浑身都湿透了。

他推我进了他的小屋子，那是一个简陋的土坯草棚子，比我家的还要简陋，充斥着一股浓烈刺鼻的大蒜、墙壁发霉以及潮湿腐烂的气味。室内的顶部张着防雨的绿色塑料布，但是，还是有雨水顺着下垂的角落里滴答滴答淌下来。满屋子的易拉罐、空饮料瓶子装在蛇皮袋里堆在一起，里屋的门口内外堆着各种瓶子、其他杂物，狭小的空间里硬塞了一张行军床。一眼望去，屋里四处阴暗灰冷，唯独对门墙壁上贴了一张红彤彤的三好学生奖状，很是扎眼。

但是，我知道老人是一个人住，家里并没有孩子。

我们先把衣物脱下来，绞干了，晾着。

养蜂老人拿了一个木凳子给我，我不去看他的脸，枯坐着，看了一会儿屋外的雨。那雨下得很猛烈，一会儿朝门的方向飘，一会儿朝树林的方向飘，不时地还抽风似的抽动几下。

小黑子狗很乖，它蹲在我的脚边上，舔着自己的爪子。我看见它脖子后面有几处秃了，露出了一块一块的黄皮肤。

后来，老人开始给我打手势，原来，他也知道我是聋哑人。他打手势时，我侧一点头不去看他的脸，我完全看不懂他的手势，两个人又陷入了沉默。

雨还在哗哗哗地下着。

他拿出一个纸盒子，用断了半截的圆珠笔在上面画了起来，我认出那是一只蜜蜂，然后他又写了两个弯弯曲曲的字。最后，把蜜蜂的画和那个两个字用一根线连在了一起。

我茫然地看着他，那条长蜈蚣伤疤呈暗红色，爬在他脸上。

他浑浊的眼睛透过雾蒙蒙的眼镜看着我。

看我不理解，他缓缓地摇摇头，又在纸盒子上画了一个歪歪扭扭的动物，我认出来那是一条狗，他写了一个字，然后，又把这个字和狗之间，连了一条线。

我依然茫然地看了他一眼，长蜈蚣伤疤似乎变暗了，好像也没那么恐怖了。

他想了一想，画了几道断的斜线，指了一指天，在盒子上写了一个字，然后又连在了一起。

他把纸盒子递给我，画了一个大大的箭头，然后画了几个问号，那是我在学校看过的符号。

我盯着纸盒子，不理解地摇摇头，费解地盯着那几个字和图画，大脑一片空白，像那片白茫茫的雨雾一样。

外面，雨停了，地上一片狼藉的泥泞，我抱着纸盒子，啪嗒啪嗒踩着泥巴走了。临行时，我看见养蜂老人佝偻着背，在门口望着我，他的眉头在脏眼镜后面拧成了一个面疙瘩，脸上的蜈蚣刀疤散发着熠熠的亮光。

回到家，躺在狭小的竹制小床上，我反复看这个纸盒子，这是村里人送的第一个礼物，尽管我不知道上面写着的是什么意思，但是对我来说十分稀奇。我看了又看，想了又想，过了不知道多久，有一刻，我的大脑突然形成了某种链接，那些语文老师上课写的板书浮现在眼前，还有课本上的那些画和字。

一刹那间，我像被闪电击中了。

我明白了，原来世界上的每一样东西都有一个名字，都对应一个抽象符号，不用再画图画，就可以写出它们的名字。蜜蜂有自己的名字，狗也有自己的名字……养蜂人最后打一个问号，那是问我：你认识这几个字吗？

一阵狂喜，我一下子跳了起来，发疯似的拍打着墙壁，原来与世隔绝的日子从此结束了。此刻，世界好像给我打开了一扇巨大的窗户，太阳直愣愣地照射进来。

我开心得发疯，立即去翻自己的一年级小学课本。

上面画着一匹马，下面对应的那是"马"，上面画着一条鱼，对应的是"鱼"字。养蜂人画的那几条斜线，那是书本上的

"雨"字。

我激动得双手捧着书,颤抖起来,眼泪都要出来了。

"我明白了!我明白了!我明白了!"我在心里喊着。

13

我去找妈妈,冲着她嗷嗷嗷地指着课本上的字,一阵怪叫,不知道她有没有理解,她看着我的脸,她知道那是我高兴的表情。

一个聋哑人"傻子"的表情。

养蜂老人成了我在这个世界上的第一个朋友。

他戴着缺一条腿的黑框眼镜,镜片上都是灰,但好像也没有影响他看东西,也许他一个人像老藤似的在村子边缘活着,根本不需要看清楚什么。而眼睛对我来说比其他人都要重要,我需要看得明明白白的,那是我了解外界的唯一方法。我注意到他每顿饭都要吃生大蒜,嚼大蒜的时候,额头上的青筋暴起,弯弯曲曲像一条条蚯蚓,大蒜的碎渣粘在嘴角。他打手势告诉我,吃生大蒜特别好,顺便教我学了一个字——"好"。

我常常把课本带去老人家做作业。记得趴在那张破凳子上,我开始写字,天、地、人、跑、跳、书、土……抄写《小白兔和小灰兔》,小白兔说:"只有自己种,才有吃不完的菜……"还有一课叫《和时间赛跑》,那些文字像一队一队的蚂蚁爬进蚁穴似的,开始进入了我的大脑深处。

抬头看老人,他有时头套一个小蚊帐模样的东西,在院子里弄他的蜂箱，检查蜂王产卵，或在离蜂群几十米外的地方搞引诱分箱。他有时用一把尖刀轻轻一插，割下一块黄腊腊的蜂蜜，一份浓郁的香甜味扑鼻而来，蜂蜜的颜色如同深秋的落叶，表面光滑且闪耀着柔和的光芒，我着迷地嗅着。他脸上那条长长的蜈蚣伤疤还是有一点狰狞，但是，我不去看它就行了。

我那时候还太小，没有想到——他其实是一个满身谜团的独居深山的老人，墙上的那张儿童奖状是谁的？他的家人又在哪里？

日落，他则站在屋旁的一棵香樟树下，两脚开立，双手下垂，打一套稀奇古怪的拳。

他的两只手极其缓慢地画圈子，画了一个又一个，动作非常慢，慢得像一只雨后的蜗牛，慢得像夏天飘过头顶的卷云，看得我心痒痒的，恨不能上去猛推他一把。每次他打这个拳，我只看几分钟，就不耐烦了，继续埋头写我的作业——《小马过河》《狼牙山五壮士》。

直到很多年后，我才完全搞明白，他打的那个破拳叫太极拳。

当年的期末考试，我第一次得了62分，盯着62下面那有力的一道红线，我的眼睛湿润了。

"我及格了！"内心冒着泡，我蹦着、跳着飞奔回了家，记得那天，家门口一抹灰白的斜阳掉下去了。

我把考卷塞进妈妈手里，希望看到她的笑容。

她抚摸着我的头，像摸着一个田里的熟西瓜。

她想努力地笑，但是她的眼睛没有了光亮，只剩下日益耷拉的眼睑以及无法掩饰的沉重。

我茫然地看着她，发现她的头发仿佛一夜间稀疏了，枯萎如茅草。

一年后，我才知道她得了肠癌。

14

妈妈肠癌加重的那一年，我升入了四年级，比同班同学大两岁。班主任在后墙的黑板报上，用触目惊心的白粉笔写道："团结友爱有残疾的同学"。

显然是因为有人不够团结友爱。

同学们像避瘟疫一样地远离我。绰号大脚丫的学习委员李晶（她脚丫大，走起来路来像男人婆）负责收作业本，每次，她都是最后一个收我的本子。我一直不理解这是为啥。有一天，我故意走上去，抢在其他同学前面交作业，结果，我吃惊地看到李晶把我的作业本抖灰似的丢在了讲台上，还是等所有人的作业本都收齐了，才一副不太情愿的样子，走回讲台旁，用食指和中指把我的作业本捏起来，好像上面有毒，迅速地塞在一摞本子的最下面。

原来，没有同学愿意把他们的作业本放在我的作业本下面，我是个哑巴，是个"怪胎"，连累作业本也成了"怪胎"。

六年级时，班级里来了一个熟悉的老留级生——前同村的小张伟，他就像个被时间遗忘的人，总是准时出现在下一年级的开学班级上。

我想，既然我们又做了同班同学了，他该对我客气一点了吧？事实证明，我错了。

15

他现在不和我同村了，老张带着两个儿子搬到镇上的新建商品房小区去了。几年没咋注意他，他个子长了一大截，超过班主任胡老师了，后者是一个脸白胖的卷毛女老师，并且从来不在意自己的身材，酷爱吃肉。

小张伟一头乱糟糟的黑发，勉强抓了一把，像是被狂风刮歪的麦田。他黝黑的脸上安了一对发亮的眼睛，眼神中透着挑衅、戏谑和一丝寒意。他的鼻子扁扁的，感觉像被人扇了一巴掌似的。他的腿似乎有多动症，在课堂里无法安静地入座，胡老师肉嘟嘟的手经常狠狠地拍在他的课桌上。

那天，他斜靠在男厕所入口处的墙上，皱巴巴的领子敞到胸口，嘴巴里老是嚼着一片树叶，（可能是香椿树叶，嚼的时候散发着一股清香，可以掩盖嘴臭），好像在等什么人。我从外面迟疑了一下，走进来站到小便池前解开前襟，他突然就像一条尾随的狼似的从后面偷袭过来，踮起脚尖，双手猛地拎起我的裤子，像提一个土豆口袋似的，几乎把我都给提起来了，害得我的小雀儿一紧张，尿呲了一整面墙壁。然后，我就觉得自己的屁股凉飕飕的、黏黏的，原来他口里的烂树叶吐到了我的短裤里面。

16

放学后，天空灰蒙蒙的，仿佛害了病，塑料袋被风刮在树杈上。小张伟斜靠在校门口的围墙外，眼神冷冷的，旁边蹲着两个跟屁虫（像无所事事在地上嗅尿臭的哈巴狗）。一个照例是隔壁班的臭咸鱼，脏兮兮的头发捋到了额头上方，腋下永远有一股酸臭味，夏天更像是发酵了的豇豆，好在他投靠了小张伟，学校里面没有人因为他臭而欺负他，从上学期起，他就对小张伟忠心耿耿；还有一个头发微卷的魏胖子，下巴、手背和胳臂上都是白花花的肉，一跑步就气喘的家伙，他经常买些冰棍、豆腐串给小张伟吃，来换取他的保护。

小张伟把皱巴巴的衣领敞得大开。

我别过头去，想绕道走，他把口里嚼烂的椿树叶猛地吐在地上，突然蹿了上来，从侧面抓住我的左手；臭咸鱼也是奋勇往前一跳，擒住了我的右手。两个人一起使力，要把我的手反拗在身后，我梗着脖子和他们对抗着，来回挣扎了几次，但是寡不敌众，最后还是被他们反剪了双手，像一个被押送刑场的犯人。

校门口人多，他们架着我就向旁边一条破败的巷子里面走。巷子石板路湿漉漉的，臭咸鱼脚底板一滑，我想趁机挣脱右手，但是没有成功。扭头看到小张伟的嘴巴猛动，他在向后面跟着的魏胖子大声说着什么，我知道不是啥好事在等着我。

魏胖子犹豫着，低下了头，小张伟冰冷的眼神在威胁他，他只好抬起头，目光像是有点对不住我，然后，向后退了两步，再向前喘气猛跑几步，打算一脚踢在我的屁股上。我以为会很痛，但是他软绵绵腾空的时候，站立的左脚却一滑，整个人像个在冰面上滑动的大白菜，失去平衡，平滑着摔了出去，脑袋重重地磕在石板上。

小张伟摇了摇头。

臭咸鱼想了一个馊主意，他让小张伟反剪住我的手，他自己跑去一户人家门口，捡了个铁皮垃圾桶回来递给了小张伟。小张伟高高地举了起来，像举着一个炸药包，唬地一下子扣在我的头上，一股腥臭味罩住了我，碎鸡蛋壳、剩菜、吐痰的纸头、香蕉皮都倒在我的头上、肩膀上和身体上，慢慢往下掉，往下流。

我一瞬间蒙了，呆在原地。许久，不知道是痛，是臭，还是屈辱，泪水止不住地流了下来。我不想让妈妈看到这一切，因为她就在离这巷子不远的两个街口的地方摆摊。我怕她知道我被人欺凌，会受不了。

巷子的那一头，这时走来一个女生，臭咸鱼不自觉地松开了我的手。是同班的陈晓翠正好路过，她的座位就在我前面一排。她齐额的浓密短发下，两道冷冷的目光直射向小张伟他们，她站在巷门一动不动，像一束光照进了巷子。

趁着小张伟、臭咸鱼错愕的瞬间，我把垃圾桶取了下来，用力掷向臭咸鱼，正好砸在他的脸颊上，鸡蛋壳和蛋清搭在了眼角上。趁着他还没有反应过来的空当，我猛地推开了魏胖子，往前一蹿，闯出了三个人的包围。

我跑了出去，嗷嗷地怪叫着，陈晓翠侧身让开一条路。我不管不顾地跑起来，一边跑，一边叫，估计也没有人可以听到我在叫什么。我只觉得耳边的大风吹拂着，碎鸡蛋上的蛋清在顺着脖子下流，但是，我不管，我甩开两条腿，发疯一样往前奔。

小张伟和他的那两个跟班不敢看晓翠，绕过她，冲出巷子，在后面追我。

我仰着脖颈，犹如一只被追逐的野兽，在下午灰蒙蒙的天空下疯狂地奔跑。每一个脚步声都仿佛在我耳边低吼，让我以为他们一直紧紧地贴在我身后，如影随形。我就这样一直跑，一直跑，不敢有丝毫的停歇。

黄岭老街的风儿从我身边掠过，带起一地的尘土和枯叶。我一口气冲过了老街的尽头，直奔黄岭镇口。那里的阳光斜斜地照在地上，拉长了我的影子，却没有拉长我身后的那些"追兵"的影子。

我弓着背，双手撑在膝盖上，大口地喘着气，心跳声在胸膛里回荡，犹如鼓点般密集。我回头望去，却发现他们早已消失在我的视线之外，连影子都找不到了。

次日上学，坐在最后一排的我，目光驻留在陈晓翠的背影上，希望她能回头看我一眼，哪怕目光只是和我的目光碰一下，只一秒钟，接受一下我的感激之情。但是，没有，她连一眼都没看过我。

从此，一放学，仿佛是一种宿命，我和小张伟他们仨在校门口里延续了当年村子里的追逐战。

我对付他们的办法日益果断而坚决——就是头也不回地跑开。

我咬着牙齿发狠，撒丫子狂奔，身体前倾得厉害，心突突地跳着，书包在屁股上撞击、跳跃着。大腿持续带动着小腿，上下翻飞，跑出校门，蹿过巷子，冲出小镇，越过农田，跑的时候大脑一片空白，沿着公路一口气跑到回家的山路，再沿着上山的小道一路疾奔回家。

无意间，从山上的家到黄岭镇学校，两者之间的路，一条逃离欺凌之路，居然成了我人生的第一道跑道。

一放学，憋着一口气狂奔出校园，那一刻，学校仿佛一把枪，身体则像一颗出膛疾飞的子弹。早晨上学，我也背着书包跑步去学校，到了校园附近，更是以最快的速度冲进校园。

有时，你不得不承认，人生充满了奇妙。

17

你想知道我这人生的第一条跑道是怎样的吗？

如果是冬天，需要打一个火把下山，因为早上6点，山里的天还是乌漆嘛黑的，山峦的黑色影子好像剪纸一样贴在暗灰色的天空里。我拿的那个火把是浇了煤油的，燃烧后有一股刺鼻的焦臭味，但可以把山道照得很亮，远看像一个火红的星星在晨昏中移动。

下山的路大约两公里，因为其中要翻越一个山坡，拐过一个山崖，通常小跑也需要二十多分钟，等下了山，在一个种子店门口（院子里有条龇牙的棕色大狼狗），会遇到一条去镇子的公路，那是一条平坦的水泥路，周边全是水田，水泥路像一条孤独而蜿蜒的河流，穿越在亮闪闪的镜片当中。沿这条水泥路大约跑上三公里，就可以到达镇上的学校。

每天一来一去，就是十公里左右。

后来，渐渐形成了一种心理感觉，只要一踏上这条道，在密林、山径、溪流、公路、田野之间，我就进入了一个安全的港湾，疾奔在这港湾里，没有人可以捉弄我、追打我，没有厕所提裤子乱尿、没有垃圾桶扣头、没有丢石头吐口水吃狗屎，没有人欺负我、侮辱我。

逃跑成了我抵抗的武器，这其间，我还收获了一个沉默的陪跑。

18

还记得那条养蜂老人的癞皮狗小黑子吗？

一清早，它就颠颠地跑进土院子，等我把肉馅包子撕一小块给它吃。有时候，如果我喝稀粥，会在地上倒一点，它就伸出舌头舔一舔。它蹲坐在地上，一双热切的眼睛直勾勾地盯着我。它脖子后面一大撮毛没了，估计是和其他野狗打架打没的，露出一块惨白的皮。

　　吃完肉馅，它就站在大门口等我，因为我跑步去学校，它是一定要跟去的。

　　深秋的清晨，寒雾像化开的稀豆浆，人们常常看到村里的哑巴带着一条赖皮小狗奔跑在山道上，对村里人来说，那可能是个滑稽的场面。

　　我们常常比赛，显然，我不是它的对手，因为它有四条腿，祖先是荒原上的狼。它在前面领跑，四脚翻飞，像一匹脱缰的小黑子野马，一会儿就跑得没影了。等跑得太远了，它就趴在前方草丛里或者某棵树下等我，等我呼哧呼哧跑到，它再猛地一蹿，超过我，跑得没影了。

　　有时候，在陪我跑下山的山径上，它会在前面捉蟋蟀、捉虫子，它抓住了虫子，都是前爪子一踢，踢得老远，然后再跑过去观察虫子四仰八叉的样子。

　　我们一起飞奔下山，路过种子店就拐上大路，站在那红色的砖墙旁，我挥手、跺脚，让小黑子回去，它迟疑地侧身后退半步，接着仍不依不饶地跟着我，一直跑到学校，看我走进人头攒动的校门，隔着铁栅栏，它黑亮亮的小眼睛呆呆地盯着我。校门口保安挥舞着竹棒驱赶它，它受了惊吓，才扭头一溜烟地往回跑。

　　那阵子，我跑在学校围墙外的公路、山道间。

　　初冬，山风疾而冷，带着特有的荒凉。它刮过我的脸，像一把把冰冷的刀片，割开皮肤，让神经末梢都能感受到它的粗犷。

我跑着，跑着，像一只被掷入山间的异类蝙蝠。

直到十五岁那年，学校新来了一个"怪人"，比我还奇怪的"怪人"。

19

清楚地记得，那时候我的喉结像一块小石头顶出来了，咕咕咕野兽般的声音估计更奇怪了，嘴巴下有黑色的绒毛，拉尿那货儿有时居然会犟头犟脑地翘起来。

这一年，来了一个新体育老师，欧阳，不过大家都不这么叫，背地里称他"蔫蛤蟆"。

他，黑皮如炭，头发剃得只剩两三毫米，远看就是一个行走的大土豆。据传他小时候就是长跑的好苗子，可是后来他身高体重涨得过快，初二就超了一米八，在省里出不了啥成绩，改练过其他项目，但毕竟时机已逝。他上身短而显瘦，看起来和普通人没啥两样，但是脱下长裤换上运动短裤时，就露出来两条像青蛙一样超级发达的大腿，肌肉鼓鼓囊囊地隆起，整个人从大土豆变成了一只直立行走的袋鼠。

如此强壮的家伙，他每天的精神状态却是蔫蔫的，整个人好像在梦游。

欧阳只要一站在操场上，便立马从口袋里掏出一副深色的墨镜戴上，那时候我们学生都叫这种眼镜为蛤蟆镜。一次，我路过外走廊，看到他戴着墨镜站着一动不动地看着远处，我顺着他的目光看去，天边的云也一动不动，估计云都被他看毛了。

所有人都看得出，他的心不在这所学校。

我一点也不喜欢这个老师，除了"蔫"外，他从来不笑，如果不戴墨镜，他总是低垂着脸，皱眉，眼白比眼黑多，两只手无所事事地插在裤兜里，流露出一种让人害怕的眼神。

我推测他的心情不好是有缘由的，因为据传他以前是省体育学院的，一定是犯了什么事情或者得罪了什么人，才被发配到我们这么偏远的黄岭小镇上当体育老师。只有病人、废材才会来我们这么犄角旮旯的地方当老师，比如说荷包蛋校长（他看上去有神经性焦虑症，开会时小动作比大动作多，总是不停地用手去捋他那只剩下一绺的头发）。

欧阳老师的阴郁就像是乌云遮住了太阳，云的黑影在大地上徘徊，弄暗一切。

上美术课，一张小纸条飘到了我脚下，这是小张伟和他的几个跟班在传看的东西，上面画了一只蹲在荷叶上的戴墨镜蛤蟆，脸俨然是欧阳，旁边歪歪扭扭地写了六个字："蔫蛤蟆爱拉屎"。

第一堂体育课，"蔫蛤蟆"让全体同学在操场上集合，然后前后左右转体，操练了两把。通常，我看其他同学转，我也转。但是，当他命令全体向后转的时候，我反应慢了，所有人都转过去了，只有我一个人呆呆地站在原地。

他不知道我是聋子，大步走了过来，用力拉扯我的耳朵，我痛得喉咙里呃呃呃呃地怪叫，我看到旁边同学嘴巴在动，似乎是在告诉他"这是个聋子"，他的手才像触电一样地弹开。

看得出，他蔫蔫的眼神非常嫌弃我们全班同学，尤其厌恶我。

他的体育课都很简单，热身五分钟后，立即开跑。

我们那时候缺体育老师，同年级两个班的男生女生一起上体育课。于是，大伙儿一起开跑，像一群围栏里放出来的山羊。

女生绕操场跑三圈，男生则需要绕操场跑四圈。

欧阳蛤蟆老师就拿了秒表，懒洋洋地斜靠在升旗台前，等着我们出丑。

跑四圈就是 1600 米。第一圈，小张伟把嚼着的椿树叶子吐在跑道上，他乱糟糟的一头黑发一直跟在我的后面，估计伺机想踹我一脚，以博得哪个女生的笑。但是，我跑得像一阵风，他没有得逞。到了第二圈，小张伟喘得像一只急待散热的狮子狗，但他眼神依然是一种戏谑的神情，他死死咬着牙齿。到了第三圈，他突暴着眼睛，喘着粗气，乱糟糟的黑发像烧焦的麦田淋了一场雨，他踢了一下脚，放慢速度，居然坐在跑道上，不跑了。班长李峰是最努力的学生，看得出他是想玩命地跑出好成绩，脖子像鹅脖子似的往前努力地伸着，一探一探的，呼吸像一只破旧的风箱。而小张伟的跟班臭咸鱼（隔壁班的）也好不了多少，我第一圈超过他的时候，他的腿好像已经被水草给缠住了，有点散乱而没有章法，随时要往前跌倒的感觉，平时欺负我的那股狠劲头荡然无存。

我那时还不知道自己为何跑得那么轻松，跑完第四圈，领先了第二名足足一圈的距离。我在终点线停了下来，给欧阳老师示意：我结束了。

我觉得他一定会很满意我的速度。

但是，昏睡的他像突然醒了过来，蔫不拉几地冲我跑了过来，他的脸一阵惨白，嘴唇上下颤动，而且张得很大，龇牙咧嘴，我知道他是在骂人了。

他挥手示意，让我再跑一圈！什么，再多跑一圈？我简直不敢相信,难道他没有看到我比其他人快很多吗?难道他没有看到我已经完成了吗?难道他前面一直在打瞌睡,没有看整个队伍?

我知道,委屈对自己来说是没有意义的,就像音乐和朗读对我来说一样没有意义。

难道,他不相信我用了别人跑三圈的速度,完成了四圈?

看到他愤怒的、不耐烦的表情,他的眼白,他的嘴唇颤动吐出的几个脏词,我满心愤怒。

他的确没有注意到我已经完成了四圈。

我一跺脚,就又上了跑道,不能申辩什么,这是我的命。我面无表情地在操场周边做着最后的狂奔,我喘着气,像个发神经的公牛,玩命地用上下飞动的前脚掌砸着煤渣跑道,蹬出一阵阵的灰。我撒腿如飞,超过了一个又一个同学,最后仍然第一个跑到了终点。

欧阳老师戴上了蛤蟆镜,看不出他的任何表情。

他让全班列队,在人群中用手拎着小张伟的领子,高我们一头的小张伟在体育老师面前,就像一头骡子站在一头大象旁,欧阳老师似乎在宣布着什么。

欧阳从脖子上掏出哨子,右手伸出四个手指头,嘴巴用力地一鼓,小张伟眼神冷冰冰的,翻了个白眼,衣领口散乱地敞开着,站在那里一动不动。欧阳老师摘下蛤蟆镜,抬起长腿,踹了小张伟一脚屁股,他才像被电击一样的,一脚高一脚低地又沿着操场跑了起来。

欧阳老师让他再跑四圈,全班同学观摩。

小张伟一缕焦黑的头发搭在脑门上,牙齿咬着嘴唇,脸色发白,像是一头精疲力尽的骡子拉着板车在爬大坡,我不禁生出一种报复性的快乐,原来幸灾乐祸是那么的开心!最后一圈结束了,小张伟四肢颤抖地倒在地上，冷冰冰的眼神直勾勾地看着苍白的天空，嘴巴只有出气没有进气，活脱脱成了被喷了杀虫剂的濒死虫子。

小张伟你也有今天？我瞪着他想。

那一刻，我忽然对"蕉蛤蟆"欧阳老师充满了一种复杂的心情，几乎已经忘记了我自己那个被冤枉了的第五圈了。

20

初二下学期开学，学校里传出一个爆炸新闻：小张伟辍学了。

他实在不喜欢读书，一半课目挂红，和老师们的关系又很紧张。小张伟的爸爸鞋匠老张也老了，打不动他了，凑了笔钱，让他和哥哥大张伟在镇上开了一家"兄弟"鞋店——估计幕后的实际老板还是老张。

半年后的某天，我去看看爸妈的大饼摊，无意间路过那间"兄弟"鞋店，一股塑料、皮革和鞋油混合的浓味扑鼻而来，小张伟站在店门口的一辆小货车旁，他头发依然焦黑如麻，嘴巴一动一动地抽搐似的嚼着什么，他眼睛瞥了一下，估计看到我了，果然他一蹲腰，地上有半截红色废砖，我有一种强烈的预感，他要用那块砖头瞄向我的脑门，狠狠地甩过来，把我脑袋砸出血……但是这一次，我的预感失灵了，他蹲了下来，只是向地上吐掉口里的烂叶子，然后左肩一拱，扛起货车上的三组八个又大又重的鞋盒子，摇晃着身子走进店里去了。他进店的一瞬间，我的目光触碰到了他的目光，依然像两片冷冷的刀片，只是和以前相比，钝了许多，仿佛生了锈，完全没有了昔日的光泽。

我惊愕地看着他，发现他长力气了，不由得为以后的打架担忧起来，但同时，我也隐隐约约地感觉，他似乎变了。

小张伟走后，在校门口逼我四处奔逃的三人组合解散了，我甚至一度丧失了跑步回家的动力。

一天放学，我正在收拾书包，教室门口突然出现了一个巨大的戴墨镜的身影，把外面的光线都挡在走廊上了。

"蔫蛤蟆"欧阳老师冲我招招手，我感觉会有什么不好的事情发生，心惊肉跳地走了过去。

他让我跟着他，巨大的身体在我前面晃悠着。

我的心噗噗噗地乱跳，我从来没有一个人和这个老师相处过。

他带我来到学校的操场旁，俯看了我一眼，然后右手掏出秒表，左手伸出四根手指冲我比画了一下。我一时懵了，不懂什么意思。

他又做了一遍手势，这下我看懂了，我冲着操场画了个四个大圈，仰头看着他的蛤蟆镜，他点点头。

接着，他蹲下来，在跑道旁的沙坑里，用手指头戳着沙，写了一个字。

我认得那个字是"快"。

我像子弹一样飞了出去，这是第一次有老师专程来记录我的跑步速度，尽管是我不太喜欢的蛤蟆老师，但是，我再傻也隐隐约约知道这个事情可能比较重要。

我想尽我最大努力。

我满脸兴奋，像一个疯狂转动的机器，开在高速公路上，第一圈跑得飞快，路过"蔫蛤蟆"欧阳，他耷拉着脑袋在看秒表；第二

77

圈比第一圈还要快，路过的时候，瞥见他站在原地，手插在口袋里；到了第三圈，我发现自己有点喘不过来气，前面奔得过猛了，步速渐渐变涩变重，慢了下来。最后，到了冲刺的最后一圈，我在弯道的地方，看见欧阳老师在挪动位置，他改变了终点，他站在了起跑线前 100 米的地方等我，而且非常罕见地向我挥手示意，这带有鼓励的手势居然来自"蛤蟆"欧阳老师，而且还要让我少跑 100 米，我突然感到浑身热血澎湃，又提起了全部的力气，飞也似的冲过了终点。

跑完后，似乎有一股热乎乎的东西提到了嗓子眼，我的心跳得像要逃出胸膛。

我知道这是自己最快的速度了。

欧阳老师面无表情，他的眼睛躲在蛤蟆镜后面，我不明白他是什么意思。

他把闪亮的秒表给我看了一下，长针是个红色的短胖箭头指着 5，长针停在 8 秒上，5 分 08 秒。

他在地上写了几个字给我，"明天放学后练"，然后晃着巨大的蛤蟆腿走了。

一阵轻风吹过灰白的教学楼前的樟树林，拂过我的脸庞，我的思绪也像风一样飘起来了。我独自站在无人的细煤渣跑道旁，仰面看看天，不由得双手手心朝天，上下打水一样摆动了几下。

后来回想起来，那是我人生第一次跑 1500 米，而不再是体育课的四圈操场，因为 1500 米是一个正式的田径比赛项目，就好比小时候扔石头，那不算啥，一旦把石头换成了铅球，那就有着完全不同的意义。

欧阳老师在四百米跑道上往前站了 100 米，这 100 米像阿里巴巴站在石洞前，为我打开了一扇大门，让我进入了一个全新的世界。

21

我们黄岭学校是一所从 1 年级到 12 年级都有的全覆盖一贯制学校，每年 11 月 11 日（和后来的购物节没一毛钱关系，选这个日子，纯粹是容易记忆）有一个特色运动会，叫师生联合运动会，顾名思义，就是老师和同学一起比赛。

欧阳老师帮我报了 1500 米比赛。

可能是因为所有田径项目中跑的时间最久，所以，1500 米每年都像是在树上挂了一个大西瓜灯笼，成为师生联运会上最引人瞩目的项目。

下午 3 点前，跑道上挤了足足 20 人，其中有数学老师李根号，因为他半秃的后脑勺留了一绺头发，头一晃动，就飘起来，连着头顶的一点点残余头发，活像数学的根号；初中、高中部的几个体育健将也来了，好几个是比我高一头的大个子，二班那个短跑健将"闪电侠"戴长腿也在，他刚刚拿了 400 米和跳远两个冠军，穿红短裤的他先甩两下额前的头发，做一个深蹲，然后一跃而起，像条过溪坝的红尾鲤鱼。我第一次和他并列站着，吃惊地发现他的大腿粗得赶得上牛犊子；连班长李峰也来了，塌鼻子上夹着一副细细的黑边眼镜，小眼睛下散发着犀利的光芒，我常常看到他在操场上刻苦地练习跑步，满头卷发的胖班主任汪老师给他递过来一杯水，他一仰脖子，咚咚咚地喝着。

我心里暗笑，班主任汪老师可能不知道，跑步前不可以喝太多的水。

大家都站在起跑线后，跟着李根号老师一起伸胳臂、拉腿，大家此起彼伏地蹿动着，像被渔网罩住的一群河鱼。

对着百米跑道中间位置的临时主席台上，荷包蛋校长鼓着腮帮子，好像在宣讲什么，一阵风刮过，他的荷包蛋散开了，像水草一样无助地摆动着。

操场的周边插满了彩旗，绿的、红的、黄的、蓝的，有几个歪斜了，还有一个直接倒在了地上，无人扶起，依然玩命地在风中抖动着。

跑道外面挤满了围观的同学和老师，不少还是低年级的小学生。

有几个学生指着我，点点戳戳，嘴巴一大一小猛地一收缩，我看出来，那是"哑巴""哑巴"的发音，他们都很好奇：哑巴也来跑步了？

越来越多的人发现了我，嘴巴合不拢地笑着，还有一些同学在挤眉弄眼。

人群中我看到了陈晓翠，她浓密短发衬着麦色的脸庞，那是在黄岭的风日里生长才会有的肤色。她上身一件白衬衫，胸脯微微突起，依然没有正眼看我一下，今天，她全部的目光都在"闪电侠"戴长腿身上，后者低头不停地在人群前甩着前额的头发，像是跟那一缕头发有仇。突然，有人冲我扔了一个半空的矿泉水瓶子，我一下子闪开了，差点砸到屁股，一群人的嘴巴突然咧开了，张开了一个个的嘴洞。

我有点后悔参加1500米，心想如果现在地上有一个洞，我会立即钻进去。但是，内心另一个声音又在抗争，"一定要跑给这帮人看看！叫他们小看我！"

热身结束，大家挤在起跑线上等待裁判老师吹哨子，瘦小的我被挤在最边上，挨着戴长腿，他往右边猛地拱了一下屁股，把我一下子挤了开去，我跌跌撞撞站立不稳，几乎被挤到跑道外面；初三班的牛牛被人一顶，往后退时无意踩了旁边人一脚，旁边人用力去踩牛牛，牛牛居然躲开了，但是他后退时踩到了我的左脚。我看到自己的狼牌旧跑鞋上长了一个黑乎乎的鞋印子。为了参加比赛，我前两天还特地用白粉笔把鞋面刷了一遍。现在，这双狼牌旧跑鞋在所有的脚当中，显得有点落魄，右脚鞋磨损得厉害（我平时跑步时右脚用力多一些），左脚一个大黑印，站在一堆跑鞋当中，孤零零的像被火烧过的破渔船，挤在一群扬帆启航的漂亮帆船当中。

3点整，终于发令枪冒出一点黑烟，人们一窝蜂地蹿了出去。
黄岭学校第五届师生联合运动会男子1500米比赛正式开始了！
我一边跑，一边狠狠甩了一下右手，心想：这一切很快会结束。

"闪电侠"戴长腿不愧是大长腿，他的步子迈得很开，大步流星地跑在最前面，红色的运动短裤特别醒目，吸引了全场的多数目光。第一圈过后，足足领先了我一百多米，我和班长李峰、李根号老师紧跟在他后面，成了第二集团，李峰细细的脖子向前努力地伸着，像是被一个钓鱼竿的线牵着；而李根号的几缕头发迎风飘了起来，像一个数学根号，而他的秃脑袋就像一个"○"，活脱脱是在给"○"开根号。

我进入弯道时看到，牛牛他们已经被我们甩开一大截，小腿谨慎地密集地摆动着，像一群挤在一起的野斑马，有意无意地往跑道的中间位置挤，不时地胳臂碰到胳臂，好像挤在一起，可以找到一种集体安全感。

我目测跑道周边所有同学都在大喊大叫，因为他们的嘴巴一开一合的，感觉像被按了开关。跑过操场升旗台附近的时候，我看到了"蔫蛤蟆"欧阳老师，他蔫不拉几地斜靠在台边上，墨镜朝天，就差翻个白眼了，估计连瞥都没有瞥我一眼，好像这场比赛和他无关。

第一圈被戴长腿带得跑得太快了，我感觉第二圈有点喘不上气来，只有李根号老师死死地咬着戴长腿，我和李峰都放慢了步伐。

转眼到了第三圈，我感觉自己的劲缓过来了，平时那些上山下山的上学路、课后的训练场景都浮现了，这些场景自动赋予了我动能，大腿仿佛被灌进了一种看不见的机油，我加速奔跑起来了，像一头小鹿。

先是超过了李根号，他的一股虎劲正在消退，眼睛凸出，喘着粗气，脸色开始发灰，毕竟是人到中年了，体力不如十五六岁的初高中生们。他后脑勺根号似的那绺头发被汗水搭住了，飘不起来了，只剩下一个"〇"了。

"闪电侠"戴长腿还在领跑，但是速度明显上不去了，红短裤下两条白白净净的大腿，像被风吹散了节奏。跑过主席台附近的时候，他向那些关注他、给他加油的女生们勉强地举起手，象征性地挥一下，那挥手风姿和第一圈不能比了，显得有点潦草。

我和戴长腿的距离越来越近了。

我看到跑道旁，裁判老师举起了手，示意这是第四圈。

我知道这是最后 300 米了，第一圈被带乱的气力完全得到了恢复，我仿佛被打了强心针，心脏开始有力地供血，呼吸调到了最佳状态，我抿紧了嘴巴，大腿发力，打算超过戴长腿。

离戴长腿只有两米的时候，他突然仓促地回头看了我一眼，惊惶混合着困惑的表情，好像我是一只吸血蝙蝠，不声不响地出现在他背后。

他明显在做着最后的提速，略带混乱的步伐被搞得更加支离破碎了。

看来，他毕竟主攻是中短跑，中长跑还是差一点的。

我咬紧了牙齿，提高了步速。

1.5米，1米，0.5米……这两米的决斗也是不容易。

终于，我利用弯道，肩膀微侧，马上就要超过他。并肩的一刹那，我突然感觉自己被拱了一下，身体一晃，不知是有意为之还是无意，戴长腿的左腿在我的腿下方一划，一提，正磕在我的膝盖上，狂奔中的我顿时失去重心，突然腾空飞起来，重重地向前跌了过去，几乎在跑道上往前平摔出一米多远。

我的下巴重重地磕在了跑道旁突出的沿边，牙齿撞在嘴唇上，一阵钻心的疼痛。

22

我抹着嘴巴上的血，呃呃呃呃地怪叫着，想说戴长腿犯规，绊我。但是，没有人会听懂我的奇怪声，另外，操场太大了，距离那么远，即使有人看到，也会认为是身体相挤，我失去重心导致的。

就这样失去即将到手的冠军了吗？

我看到戴长腿正摇摆着红裤头，摇晃着向终点跑去，离我越来越远，他离终点只有200米了。

一种前所未有的屈辱感充满了我的胸腔，我想起了个别女生的嘲弄表情，冲我扔半空瓶子人，挤眉弄眼的同学。

我不能跌倒给他们看，我要让他们正眼看我，关键，我知道陈晓翠也正在场边看着我。

像一头被激怒的困兽，我迅速从跑道边缘爬了起来，指尖无意中抠到了跑道旁的小草。

我咬紧牙齿，玩命地撒开腿，向着戴长腿方向狂奔，像被抢走了猎物的狼，猛追了上去。

最后一百多米，那种长期憋着的深深憋屈感像一颗炸弹在我的内心爆炸了，化作一种强大的冲击波。我前胸挺起来，两条腿像马蹄子一样玩命地蹬着。一边跑，一边仿佛看到小张伟和他的两个小跟班在我屁股后面追我，嘴巴的口型是"哑巴！臭猪！"仿佛看到他们要用石头砸我，我拼命地逃，拼命地跑，渐渐地，他们再也跟不上我了，我用一种嘲弄的眼神回头看看了他们一眼。

现在，我又一次追上戴长腿。

而且很轻松地就追上了他。

我很奇怪他为何没有玩命地跑。事实上，他整个人已经像一头过度疲劳的骡子。

我再次超过他的时候，这次他连身体都没有侧，我推测那一刻，他的呼吸沉重宛如一个面粉口袋。

终点线上有一根细细的红线，我用双臂拥抱了它。那一刻，我抬头看看天，墨蓝的天空上，一丝流云急速而肆意地向山的方向飞去。

原处的青山绿得像一块碧玉，苍翠欲滴。

人们簇拥着我走向领奖台，那一瞬间，我瞥了一眼戴长腿，他灰溜溜地跟在人群后面，头发也不甩了。我长长呼出一口气。

在人群中，我看到了陈晓翠，短发麦色皮肤的她非常醒目，她平淡而清澈的眼神在人群中看了我一眼。是的，我没有看错，她是看了我一眼，真的看了我一眼。我的眼睛也立即触碰到了她的眼睛，可能只有 0.01 秒钟的触碰，我的心怦怦怦剧烈跳动了起来，像是有人用巨大的锤子敲在我的心脏上，咚咚咚，我第一次感受到了这种剧烈的震动。

我想，如果在那一刻死去，也是极好的。

23

在全体同学面前，荷包蛋校长把一枚金灿灿的奖牌挂在了我的脖子上，我看见他的头发比以前更加稀少而干枯了，他用力地拍了拍我的肩膀。

那一刻，我嘴巴舔到了嘴唇上有咸味的血。

这是校长第二次拍我的肩膀，上一次他客客气气地把我和妈妈送出了学校的大门。今天，他还发给我一瓶中外合资的洗发液，一条蓝色的毛巾。后来我知道，个别奖品是大小张伟家的"兄弟"鞋店赞助的（他们的爸爸鞋匠老张一直觉得儿子原先在校读书时整天恶作剧，对不起母校，特地安排鞋店赞助了二十条蓝色的红叶牌毛巾）。

据说比赛这天小张伟也来观赛了，他一头焦黑的乱糟糟的头发在人群中特别醒目，两个昔日的跟班攀着他的肩膀，三兄弟有说有笑的。他们在人群中看了一会儿，估计看到最不想看到的一幕：那个哑巴居然得了冠军。他一脸茫然地钉在原地，向地面吐出嚼了许久、混着唾液泡沫的椿树叶子。

领奖的时候，我去看欧阳老师，他背对着主席台，戴着墨镜在看天上的云，整个运动会好像跟他这个体育老师关系不大，或许他根本就看不上我的这块黄岭学校的奖牌。

或许他的魂并不在这个时空里。

飞奔回家，我想把好消息告诉妈妈。

我从书包里迅速掏出那块金色的奖牌，挂在她的脖子上，她走到脸盆旁拿了块毛巾，擦了擦油滋滋的手，然后抚摸着金牌上凸起的橄榄枝和大大的"1"字，反反复复摸了好几遍。

一颗晶莹透亮的泪水爬过风霜粗糙的脸，犹豫了一下，"啪"的一滴滴在了奖牌上的浮雕橄榄枝上。

那一刻，我仔细看了她的脸，脸色比以前更加苍白了，没有一丝血色，嘴唇皮发紫，由于长期服药，头发已经稀疏，像一块遭了旱灾的田，连头皮都看得见了。

吃晚饭时，我已忘记妈妈的病，重新沉浸在获冠军的喜悦中。

床头的那两个奖品，我拿在手上摸了好几遍了，连上面的生产厂家"宝洁中国"都读了好几遍。我打算明天把洗发液送给妈妈，她洗头的时候可以用，这样对落发或许会好一点；把毛巾送给妹妹，不，我不想理她，她待我太坏了，还是留着自己用，或者送给后山的养蜂老人吧。

但是，在送他们之前，我把这两个奖品放在床头，横看竖看了几天。

次日是周六，金牌在我的胸口晃啊晃的晃了一整天，连我在屋西头的茅坑蹲坑的时候都戴着它。晚上临睡前，我去外屋抽屉里找来一个铁榔头、一个凿子，我打算看看能不能从金牌上凿下一点点值钱的东西来。那个奖牌被我用锤子突突地凿了两下，表面的金色褪掉了，里面露出黑乎乎的铅灰色。原来里面是个铁疙瘩，我心里一凉，把奖牌丢在一边。

但是过了一会儿，又舍不得，重新捡起挂在脖子上，夜里，我赤膊戴着它，胸口肌肤感受着它刺激的冰凉，蜷缩在吱吱呀呀的木板床上沉沉睡去。

第二早上，我发现桌子上照例放着一盘饼，那是我的早饭，盘子下面压了一张小纸条，上面写着："关天，你喜欢跑就多跑吧，你跑起来和平常人没啥两样。"

24

转眼到了十月份，天气渐渐转凉。

一天放了学，欧阳老师（我渐渐不再叫他蔫蛤蟆了）带我来到操场跑道旁，他掏出黑壳子手机打字给我看，"5000米"。我张大了嘴巴，吃惊地看着他，他打字："明年春天，全省中学生运动会在成都举行。"

我疑惑地看着他。

他接着打道："你耐力强，从今起改练5000米，争取参加比赛，懂吗？"

全省比赛？这是我以前想都没有想过的事情，黄岭河的鲫鱼哪天想过要游到长江里去呢？那也太遥远了，我摇了摇头。

他破天荒摘下了墨镜，冲我俯下身子，打了四个字给我看，"全省冠军"。他顿了一顿，打了一个大问号，意思——"你不想？"

看到他墨镜拿掉的地方，黑脸上露出白白的眼皮，我吃了一惊，然而毕竟担心自己这个哑巴在全省人面前丢大脸，我还是缓缓而坚决地摇了摇头。

他闭着眼睛摇了摇头，再突然睁大，俯下身子打字："你今晚回家好好想一想吧。"

晚上，躺在小床上，我用手指甲抠着墙壁上的白灰，陷入了挣扎。

"全省冠军"四个字在我的脑海里翻腾着，仿佛看到了曾在电视里看到的那个场景：巨大的体育馆，无数的观众起立、欢呼、鼓掌，而穿西装的大领导走过来，伸出宽大的手把一块奖牌挂在我的脖子上，记者的闪光灯此起彼伏，说不定还会有电视转播，那样妈妈就可以看到了。我似乎看到了她一边和面，一边眯着眼睛看电视的场景。

但是，我猛地扣下一大块墙灰，搓捏着，转念想到：我跑得再好，卷毛班主任、荷包蛋校长也不一定会对我另眼相看，还有那些欺负过我的人，像大小张伟、臭咸鱼和黄岭学校的同学，在他们眼里，我总归是一个聋哑人，一个比傻子好不了多少的人。

隐隐地，我内心还笼罩着一种深深的恐惧，省城裁判说的话我听不见，比赛规则不明白怎么办？省城的人会不会对我指指戳戳？我最怕别人对我指指戳戳了。而且，如果我只得了倒数几名，那不是丢人现眼死了吗？要被同学们嘲笑死的。

我整夜翻来覆去睡不着。

最后我想到什么，突然睁大眼睛，在漆黑的屋顶上空，我似乎看到了一个人的眼神，明亮而清澈，只要她可以再认真地看我一眼，我就是死了也要去跑这个 5000 米比赛。

陈晓翠，浓黑的短发和麦色皮肤，一脸黄岭姑娘的野蛮和稚气。

只希望她再看我一眼。

25

第二天下午放学后,欧阳老师和我并肩站在了跑道上。

我想,5000米,也就是5公里,相当于我从家跑到学校,这算不了啥吧?

欧阳在一个牛皮纸封面的小笔记本上,写了一个时间:15′55″。

然后,他掏出手机打字给我:"全省5000米中学生冠军成绩"。

我默默地记住了这个数字,看了欧阳的墨镜,用力点了点头。

他写着"注意配速",就让我跑了起来。

这是我第一次正式跑5000米,有点小兴奋,像一匹无声的小马驹,似乎看到那个冠军正在我前面,而我在奋力赶超他。

鞋子摩擦地面产生轻轻的震动感,像愉快的晨风抚过竹林;细密的汗珠一点点缀满我的额头,然后顺着眉毛往眼睛里放任地流淌着。我一边跑一边抬头看浅蓝色的天空,太阳已经西斜,一抹奶白色的棉花云被拉扯着不太情愿地离开天庭。

前几圈跑得太快了,到了第五圈我就有点上气不接下气,远处的青山开始剧烈地晃动。于是到了第六圈,我被迫放慢了步伐,调整了节奏,呼吸开始找到了落脚点。到了第八圈,我的状态有点恢复,我看见有一片绯红在天边烧了起来,又加快了奔跑的步伐。

欧阳老师挥舞着巨大的手臂,远看像个被风吹起塑料袋胳膊的稻草人,他竖起食指,示意"最后一圈"。我迈开大步,向终点跑去,那是我最快的速度了,双臂一前一后地剧烈地摆动着,双脚越迈越快，在弯道的时候，身子向前倾斜着，像要倒下似的。

在最后一刻，我咬紧了牙齿，像离弦的箭一样高速飞奔，估计都可以撵上小黑子了，觉得一定可以超过那个 15 分 55 秒的冠军。

我几乎可以感受到了胸口飘荡着一根细细的终点红线。

一蹦一跳地跑向欧阳老师。

"16′ 49″"，欧阳老师没摘墨镜，面无表情地把铮亮的秒表递给我。

什么？

54 秒的差距？

我的头像被木棍猛敲了一下，振动起来。

26

54 秒，这意味着那个威猛的全省中学生冠军要领先我足足半圈以上，这完全就是一场碾压。

天哪！

我失望地用脚踢着跑道旁的沙土。欧阳老师拍拍我的肩膀，向内握紧了一下拳头，好像是示意加油，然后摇晃着巨大的身体走了。

月亮不知为何这么早就挂在天上了，露出小半张苦涩的脸。

从此，每天放学后，我就开始了强化训练。

一天，欧阳把拳头放胸口，突然原地加速快跑，然后猛地停下几秒钟，再加速快跑。

他扭头看着我。

我不理解地摇摇头。

他只好掏出手机，打字："间歇跑"。后来，我知道这三个字是魔鬼，可把我整惨了。

间歇跑的核心是间歇，就是一上来先跑一个 100 米，然后简短停顿两分钟，立即开跑 200 米，再停顿两分钟，马上开跑 400 米，后面再停歇两分钟，回过头从 100 米重新开始，如此轮流三组，永远只休息两分钟。

间歇跑跑完，休息十五分钟，进行深蹲跳、扶树提脚训练，最后是一个常规的 5000 米。

刚刚开始的第一周，每次一个半小时训练，我跟不上这种节奏的魔鬼变化，多次一屁股坐在跑道边上，彻底瘫了。一看我瘫软在操场上，躲在墨镜后面的欧阳老师就鼻孔里面冒烟，他冲我飞奔过来，挥舞着巨大的手臂（远看，手臂像是在跳一种抽筋舞蹈），跑近了，唾沫星子差点喷到我的脸上。他让我不要停下来休息太长时间，我喘着粗气不理他，依旧瘫着，反正我是个聋子。

他一脚踢掉脚边的空矿泉水瓶，蹲在我边上喘着粗气，掏出起皮的训练笔记本重重地掷在地上，许久……肩膀一上一下的，像一头大水牛。

后来，看我没有反应，他只好又捡起来小本子，埋头记了两笔，我曾经瞄过两眼，那是我的成绩提升对比和训练要点。

我从来没有发现他这么认真过，他是一个上体育课都懒得多对大家训话的人，却愿意在我这个哑巴身上花那么多力气。在我的内心深处，隐隐约约感觉到，这事有一点反常，我不以为意，但我对他的感激其实已超过了那种"隐约感觉"，虽然我还不能达到他的要求。

每天，我都是学校里最后一个离开的学生，精疲力尽到像一条死鱼。我再也跑不动回家的路了，就去搭无证小黑车回家，到了上山的小路口，再从小黑车上下来，疲惫地拖着腿到家，好几次身体几乎虚脱。

父亲把屁股对着我，蹲在门槛外，猛抽烟，那是山里人自制的"土匪烟"，烧出一股刺鼻的浓烈味道，有一只芦花鸡在附近小心翼翼地啄米，一闻到这味道，知道不妙，撒腿就跑。

他强烈反对我跑步训练，连续多日都背对着我，不愿正眼看我一眼。

周五傍晚，他在厨房大土灶旁边和面，看我走进来，累得不成样子，气愤地把手上的面粉团往案板上用力地一丢。

他翻着白眼，厌恶地看着我。

我把书包一放，脚一跺，就跑出了房屋，憋着一口气奔过几排瓦房，穿过山林。

奔了一阵子，我的心渐渐静下来了，怒气像被风扯动的一团乌云，来得快，去得也快！我也不知道该去哪里，就一个人坐在山溪旁边，看着山溪涓涓地向山下淌着，发了好一阵的呆。这时候，突然，感到手背被一个湿乎乎、黏嗒嗒的热东西舔着，我吃了一惊，扭头一看，小黑子狗不知道何时来了，舌头一伸一缩地晃动着，口水粘在我的手背上，它用眼珠子呆萌地看着我，还冲着我高频地左右扇动着它稀毛瘌痢的尾巴。

我头顶的那朵乌云瞬间化了。

练了三个月后，我渐渐开始适应这种"魔鬼间歇跑"，最先适应的是心脏，心律的顶峰来得缓慢了，然后是呼吸，后半程不再像奔狗似的喘了，沉重的腿变得轻松起来。

27

一日训练前,欧阳破天荒把墨镜脱了下来,露出惨白的眼皮,眼睛小得像颗小红枣子,两个浓浓的黑眼圈!看样子,失眠在折磨着他。

他把手机递给我,一股浓郁的烟臭味向我扑鼻而来,我低头一看屏幕,瞄到一句:"全省青年运动会将于 5 月 15 日在省会举行",还有不到两个月的时间,我明白开始倒计时了!

我有点胆怯地看着他,他又捏着个大拳头,在我鼻尖处晃了晃,看样子要给我加码!

他打字:"变速跑"。

我倒吸了一口凉气。

"每天增加一组 5000 米,一圈高配速,一圈低配速,变速完成 12.5 圈。"

我暗想:"这是要跑死我啊……"不知道自己能不能适应这个,也不知道自己可以承受的极限在哪里。

只有咬着牙上了。

可能是年少,我咬咬牙居然在一个半星期之后,就适应了新的训练加量。

每天最后一圈匀速跑 5000 米,尽管已经精疲力尽了,但是比起变速跑来,这几乎是一种享受。

我最喜欢 5000 米的最后一圈,那是快要解放了的感觉,仿佛一道明媚的晚霞。特别已经是春末,耳边一丝暖风,浑身的汗流淌着,有时跑着跑着,会从跑道旁的树林里飞出两只蝴蝶,仓促间,一只扑地一下飞走了,一只擦到我黏黏的脑门上。

奔跑时，大脑的思绪也会飞扬，变得天空一样宽广。慢慢地，我喜欢了奔跑时略过的风景，一圈一圈土红色的跑道和白色瓷砖砌的教学楼。我渐渐喜欢这种肆意的大汗淋漓以及自由而急促的呼吸。甚至喜欢冲刺时的那种小小激动，等待欧阳宣布我当天的跑步成绩。

我长久不安的心，似乎在奔跑中得到了安放。

我的最好成绩到了加量后的第二星期，已经提升到 16 分 01 秒。离冠军只有 6 秒的差距，要知道，对 5000 米长跑项目来说，这完全可以在比赛时通过临场发挥，跑进 15 分，一举战胜那个威猛的家伙。

尽管我并不知道这个威猛的冠军是谁，他长得什么样，他叫什么名字。

我已经跃跃欲试了，心里无数次想象过五月的这场比赛：宏大的体育馆里，无数人在扯着脖子喊"加油"，人群中有一双明亮的眼睛注视着我：我在最后一圈路程中，猛然发力，轻松地超越了他，威猛的家伙喘着粗气，拼命地蹬着蹄子，然而并无卵用，他涨红的脸离我越来越远，像一个被上升的蓝色海水淹没的岛屿。

但是，一天放学，我快要跑完第一组间歇跑时，欧阳老师耷拉着脸出现在操场上，尽管戴着墨镜，我还是知道他的心情看来不好。

我抹着汗跑向他。

他用手在空中狠狠地打了个大叉叉，这是他自己发明的手语。

他不耐烦地掏出手机，打字给我："那个家伙年初参加了全国中学生田径赛，成绩提高到了 15 分 40 秒。"原来，他上次拿给我看的那个成绩，是那冠军去年的 PB（个人最好的成绩）。

我也吃了一惊，自己刚刚适应高强度的魔鬼训练，5000 米成绩也攀升到了一个新极限,却突然被告知,待爬的那座山陡然长高了千尺,——自己和全省冠军的距离又被拉大到了 21 秒,强手之间的决斗,这 21 秒不啻一道摆在面前的鸿沟,刚刚跑完四组短距离间歇的我突然感到了一种强烈的晕眩,我踉跄了一下。

而距离比赛,只有 36 天了。

28

欧阳在本子上用笔狂乱地画着叉叉,瞅着训练计划小本子,他的眉头皱成一个疙瘩。他今天显得有点郁闷,或者是被失败裹挟的一种疲惫。

他把笔咬在嘴巴上,一把把那页画满叉叉的纸撕下来,团成一团,掷在地上。

然后,他脱下墨镜,附身给我看本子。

我脸色惨白,倒吸了一口凉气。

间歇跑的强度进一步加大了,我迷茫地看着他。间歇跑是 5 个 100 米、5 个 200 米、5 个 400 米。我惊恐地看着手机上打出来的数字,摇了摇头,顿时感到呼吸很急促,因为我刚才高速跑完 400 米的时候,突然一阵头晕,一度脚发软,人站立不稳。我不知道发生了什么。

"每天训练结束以后,你跑回家,"他粗得像香肠的手指头在手机屏幕上戳得飞快,"不可以坐小巴……只有 36 天了!"

第二次加量训练的首日,热身运动刚结束,他一挥手,我就像箭一样跑了出去。

一圈又一圈，最后几圈感觉操场的跑道好长，我实在力不从心了，因为前面那 20 个短跑已经耗尽了自己大半的气力。

终于跑完了，我差点儿口吐白沫，身体呈"大"字躺倒在草坪上，长时间没有起来。

我看到自己的狼牌鞋子快破了，大脚拇指几乎要倔强地从前部顶出来了。

感到头晕、肚子饿，我忽然明白我吃东西的营养跟不上，早上出门，妈妈就给我一个烙饼、一个鸡蛋；中午学校里吃得很差，一个番茄炒蛋加一个红烧豆腐，尽管我吃三大碗白饭，但是，由于鸡蛋是唯一的蛋白质摄入，所以，我总感觉没有太多的力气，跑一阵子就没有了。

但是，欧阳老师不管这个，他只有一个目标：让我死命地跑。

我不会抗争，不会说话，也不能抗争，我只能跑。

渐渐地，只剩 20 天，拼了。

"赛前最后强化计划"，我悄悄地走近他，从侧面看到他脱下墨镜，在牛皮小本子上歪歪扭扭写下这几个字，然后他咬着嘴唇，用笔头用力戳着本子，笔尖的油渍渗了出来。

我隐隐觉得欧阳老师有点操之过急，这和他原来"蔫蛤蟆"与世无争的性格相差很远，这到底是为什么呢？他似乎比我还渴望这个冠军。

我抬头看看天，天灰蒙蒙的，盖着无法计算厚度的灰云。

他眼角的余光发现我在偷看他写字，一种蔑视我的表情，不经意间从他的嘴角升了起来。

这是我非常不喜欢的表情。

很多人看到我，他们的内心都是带有这样的鄙视的。难道，欧阳老师内心也是这样的吗？我有点难过。

离比赛还剩7天。

跑完今天第5个400米，短暂休息时，我看到欧阳不在跑道终点，他可能去教学楼尿尿了，这个拉尿精，我祈祷他尿得时间长一点，这样我好多休息会儿。

封面起了皮的训练笔记本放在地上，风翻动着册页。我的好奇心像蜘蛛一样爬了出来，想看看他最近给我记了些什么，就去翻了一下。

只见扉页上有毛笔字写的"奖励"两个字，下面是工整的手写体："欧阳易峰　先生　荣获四川省体院学院龙年田径赛　男子1500米第三名"，下面是一个表彰机构的名称、时间和一个已经褪色的红图章。

正看着，里面掉下来一张折起来的纸，像一片大树叶子一样晃悠悠落在橘色的跑道上，我赶忙捡起来，打开瞥了一眼，原来是政府教育机构印发的红头文件。我看到上面密密麻麻写了很多字，其中欧阳老师在一行字下用钢笔画了一道黑线，那行字写着："各校都要挑选运动苗子，为省队和国家队发现人才。凡是培养出全省冠军的基层体育老师，可以提出申请调到省城各中小学任教。"其中，在"申请调到省城各中小学任教"几个字下面画了两道深深的线，仿佛刻在石头墓碑上的刀痕。

我把纸头放进笔记本，慢慢地合上，那一刻，我像被雷电击中了。

尽管我对整个红头文件看不太懂，但是那句话，我还是搞得明白的。难怪欧阳老师那么热心地训练我！难怪他把这个冠军看得这么重！难怪他玩命地给我加码，增加大运动量，不顾我的死活！他对什么都不感兴趣，怎么会对我有兴趣呢?！原来他只是想利用我，他不想待在这个偏远而穷困的黄岭镇，只想回到省城，而回省城的唯一方法就是培训我，把我训练成一个全省冠军，这样他可以顺利调走。

这样，欧阳老师的全部行为都得到了合理解释，原来他这么魔鬼式地训练我，全都是为了他自己！

从前被小张伟他们追打，被同学们嘲弄、戏耍的情景一一涌现在我的脑海里，这长跑训练难不成又是一次对我的戏耍？

突然觉得胸好闷。

29

我越想越气，把笔记本往地上狠狠一丢，使劲在上面跺了两脚，拧了四五下脚尖，还不解气，又狠狠地朝上面吐了一口唾沫，然后，撒腿就从操场上跑掉了。

我的前脚掌死命地撞击着大地，咬着牙往家跑。

我一边跑一边生气，一边生气一边跑，最后，越想越气，越想越委屈，眼泪不争气地往外涌了出来，我也不管它，任它无休无止地流淌下来，滴在我奔跑的脸上、衣襟上、腿上。

又不知道过了多久，我被一个树桩子绊了一下，重重地摔在地上，脸颊磕在石头上，伸手一抹，脸上都是血。

我再也不要跑什么5000米！

30

这个四月底的春天，天空一点也没有春天该有的蔚蓝和清澈。

我独自躺在窄小而陈旧的床上，目光无神地凝视着渐渐发霉的天花板。

心里空荡荡的。任由时间一分一秒地流逝，仿佛置身于一片荒芜的废墟，整个世界都不再与我有关。

妈妈进来，悄悄把两个白馒头、一碟榨菜肉丝放在我的床头。

然后，就没有人来打扰我了。

我已三天没去学校。

第四天，"蔫蛤蟆"欧阳老师来家里了。

他高大的身影出现在破败的门框里，把微弱的一道白光几乎都挡住了。

屋子里那个脏兮兮、布满油渍灰尘的灯泡亮了。

他和妈妈在屋里交流着什么，当时我坐在屋角的竹椅子上，根本不想理他，背过头去，不看他们的嘴巴，可是他好久都不走，一直在那里。我终于忍不住了，像洞里偷窥外面动静的老鼠一样扭过头，警惕地盯着他们的嘴唇。

我大概读了出来，"蔫蛤蟆"在反复告诉我妈：比赛三天后在省城举行。

妈妈听了欧阳的话，担忧地看了一眼我。

"蔫蛤蟆"的嘴巴反复向妈妈说：明天是必须出发去省城的最后一天了。如果明天赶到冷水县城，第二天再从县城坐长途汽车到省城，这样大后天一早就来得及参加全省运动会了。

"请一定说服他。"欧阳蛤蟆老师最后反复说着，把一样东西塞在妈妈的手上，然后朝我的方向瞥了一眼，戴上墨镜，勾着肩膀走了，我第一次看到这个家伙的肩膀没有摇晃起来。

妈妈看我朝里坐着，就用力掰了掰我的肩膀，想和我说话，我倔强的肩膀就像铆足了劲准备鏖战的公牛，死死地撑着，不想被她掰过来。

她知道了我不开心，默默地站了一会儿，我推断她应该是踌躇了好一阵子后，把一样东西放在我的旁边，离开了堂屋。

许久，没有任何动静。我看到一只黑色的小蜘蛛在土墙的顶部打网，一不留心，从网上滑落下来，悬在一根丝上，荡来荡去。过了很久，它又一点点沿着丝往上奋力地爬去。

好奇心让我转过身来，我摸了摸身旁的那个塑料袋。

里面有一张纸条，"你将是黄岭学校历史上第一位参加全省青运会 5000 米比赛的学生，珍惜这次机会。明早 7 点 10 分，镇汽车站见。"

那个塑料袋里还有一件运动短裤和 T 恤。

那是一件翠绿色的 T 恤，胸口印着"黄岭学校"四个金黄色大字。我呆呆地站在那里，盯着这件衣服。后来，趁家里无人，我把自己的衣服脱下来放在一边，然后穿上了这件 T 恤，我想找个镜子看看穿上是什么样子。后来，在妹妹的房间翻到了一面圆镜子，举在胸口，凝视着那四个大字，用手抚摸微微突起的笔画，摸了又摸。

我想到那个纸条上写着的"你将是黄岭学校历史上第一位参加全省青运会 5000 米比赛的学生"，我有点动摇了，去还是不去呢？

晚上，像有一条痒痒的虫子爬在心里，来来去去吐丝。我发现自己完全睡不着觉了。

我想，是不是应该去参加这个比赛？毕竟，自己第一次有机会去省城比赛，而且已经花了那么多心血，那么多个下午，在操场上跑得像喘气的水牛，自己唯一可以证明战胜平常人的地方，还没有比赛就放弃，是不是有点傻？我应该让班里嘲笑我的人知道我的厉害……我的脑子里仿佛有两个人在打架，他们激烈地掐着对方，撕扯着，翻滚着，让我筋疲力尽。直到最后一刻，黑暗中天花板上，渐渐浮现一双明亮的眸子，默默地注视着我。

陈晓翠。

这个眸子激发的念头，就像烧开水时的水泡，一旦冒了个泡后，接着就一发不可收拾了。

到了后半夜，疲倦不堪的我终于干不过睡魔，沉沉睡了过去。

早晨，等我突然醒来，我一看钟，不好了，已经 6 点 50 分了！

一个强烈的念头在我的心中敲打着，像沉寂于密林深处的火山一样爆发了，"我还是去参加比赛吧，跑一次试试看"。

我一骨碌从床上爬了起来，三两下就把那件比赛 T 恤穿在身上，我看了一眼钟，已经快 6 点 57 分，离开往县城的车 7 点 15 分，还有十八分钟，从家跑到镇上，大约五公里的路程，如果是跑道上，我估计自己可以正好赶到。但是，我从山上下去，因为山路比较难跑，速度上不来，按我平时的经验，需要比平地多跑五至八分钟。

我拿个包，摔开门，冲了出去，玩命地跑起来了。下山两公里估计比平时快了一两分钟，前面就是路口的那个种子站，然后就是平路了。早晨，乳白色的雾气弥漫着田野，那个通往黄岭镇的水泥公路一半淹没在雾气中，像被巨大的蟒蛇吞噬了一半。

用心脏几乎从嗓子口跳出的速度奔跑着，终于看到了镇口的那几户人家，再往里面跑，看到了莲华超市、梅团蔬菜店、李寡妇助动车店和一片杂乱无序生长的矮房子，还看到了爸爸妈妈摆饼铺的那个拐角，再往里面跑，是那个针灸医生的小楼，然后是黄岭学校、花果山水果摊，拐个弯就是薄雾中的小车站。

小车站楼上有一个钟，分针已经指着17分，薄雾笼罩的车站上没有面包车，没有蔫蛤蟆欧阳老师，一个人也没有。

我猛跺了一下脚，今天唯一一趟开往县城的长途汽车走了。

喘着粗气，牙咬紧嘴唇，我想："完了，第一次全省比赛就这样错过了。"失望、失落和沮丧抓住了我，我的胸口像被一块巨大的石块给堵上了。

我一屁股坐在汽车站水泥台阶上，台阶被晨雾浸渍得湿漉漉的，一片冰凉。

31

突然，有人拍了一下我的肩膀，我一扭头，一个巨大而熟悉的身影。

欧阳老师提了个行李袋，慢慢地蹲坐下来。

我依然咬着嘴巴，僵在原地。

坐了一会儿，他指指镇口方向，双手做了一个转动汽车方向盘的动作。

然后，他推了我一把，让我站起来，带头走出了小镇。

我们站在通往冷水的公路旁，等着过往的顺风车，那时，雾渐渐散了。

到了8点，开来了一辆卡车，是去县城的，但是副驾驶位置已经挤了两个中年妇女；还有几辆小汽车，连停都不停，就加油门蹿过我们身边，像是躲避两个有瘟疫的人。

一辆屁股冒着黑烟、浑身剧烈抖动的运猪车停了下来，巨大的骚臭味袭来，热心的胖子驾驶员叼着烟，听说我们是要去县城的，缓缓摇了摇头，嘴巴说了一些东西。我推断，他说他是把这些家伙运到乌峰镇的肉联厂去。我知道那里有个杀猪的地方。

陆陆续续又过了好几辆车，没有愿意载我们的。

我们渐渐失望了。

一辆屎黄色的小货车，加油超过了我们，突然一个急刹车，停在我们前面五六米处，车里面露出一个熟悉而让我生厌的脑袋。

小张伟！

他的头发比以前更加焦黑了，但明显分左右梳理了一把，像是一对洗完澡的乌鸦翅膀，脸比原来胖了一点，可能是腮下多了几两肉。

欧阳一个大步就蹿了上去。

我看到欧阳晃着肩膀几乎堵住了驾驶窗，他和小张伟说了一会儿话，小张伟探着脑袋看了一眼我，他的目光如同一个没有热度的星星，既不燃烧，也不熄灭。他面无表情地思考了几秒钟，然后，蠕动了一下嘴唇，甩了一下脖子，木然地做了一个"上"的动作。

我想坐任何车，猪车、牛车、卡车，都不想坐他的车子。我站在原地不动。

欧阳一把拽住我的胳臂，把我推上了副驾驶，然后，他也跳了上来，我们挤作一团。

小张伟丢了一根烟给欧阳，自己点燃一根，左手把着方向盘，不时地换手往窗外弹一下烟灰。我从侧面偷偷看了他两眼，发现小张伟下巴下长出了密密麻麻的黑胡子，皮肤比原来粗糙了，人结实许多，估计再打架，我也不一定是他的对手。只是，他眼角失去了往昔小流氓的样子，那一头受伤后四处咬人的小狼不见了，多了一些我说不出来的味道和感觉，而他抽起烟来，似乎很纯熟了。

路过乌峰镇，卡车停在一个铁皮仓库门口，他下了车，打开货车后面，拿出一根扁担、两根绿色的塑料绳子。我很诧异，不知道他要干吗。只见他走进仓库里面，不一会儿挑了两个巨大的纸箱子出来，箱子好像挺沉的，扁担都有点弯了了，他侧着头，用左手使劲地撑着腰，一步步挑着，然后高高抬起箱子，小心地推放在小货车里面。

他开车、挑箱子的样子，是一个令我十分陌生的小张伟。

他把货车后门关好，走到仓库墙角背着我们呲了泡长尿，然后矫健地跳上车，冲我们一挥手，接着出发。

后来，他沉默地开着车，把我们带到县城。

下午，县长途车站，我和欧阳搭了一辆老旧的巴士去了省城。

长途汽车不开窗，所有的玻璃都密闭着，一路又都是山路，摇晃加上上坡、下坡、急转弯，到了后来我就渐渐有点缺氧和恶心。进入省城大街时，我半睡半醒之间，瞥见窗外马路当中悬挂着一副鲜红的横幅，白色的楷体大字："庆祝第九届全省青年运动会在蓉城举办！"我抱着个塑料袋，剧烈地呕吐起来，把路上吃的茶叶蛋和玉米都吐了个干净。

在城市宾馆办理运动员报到、入住手续后，我和欧阳老师分在了一个房间。

晚上，我身体已恢复，换了运动短衣裤，打算去附近的理工大操场跑上15圈，欧阳突然拿下墨镜，眼皮惨白，眼白多于眼黑地瞪着我，摇着双手。

他反对我跑步？

看见他的嘴巴说了两个字：休息！

我疑惑地望着他。

32

我们并肩下到宾馆大堂，一个穿着暗紫色小碎花连衣裙的姑娘站在大厅，一脸幽怨地盯着我们。她皮肤如水润一般，只是嘴唇皮儿有点苍白，眼睛微微眯着，眉眼间有一丝淡淡的愁云，似乎隐藏着一些心事。

她站在那里怔怔地望着我，我脑子里顿时一片空白。

我思索着，曾在哪里遇见过这个姑娘？似乎记忆中有这样的一个人。

我往后瞄了一眼，发现欧阳也呆在原处了，像被钉子钉住了。我瞬间明白了，眼前这个紫衣服漂亮而幽怨的女孩是来找他的。

我双手握拳，放在腰间动了两下，意思："我去跑步。"

欧阳愣了一下，突然回过神来，低头用香肠手指头在手机上写了一句话给我："明天比赛，今天切不可多跑！"

我才不睬他呢，从理工大学跑了十圈回来，舒坦。洗好澡，打开电视，正是李连杰《太极张三丰》，字幕上天宝喊了一句"我命由我不由天！"，连出狠拳，而君宝使出太极，以柔克刚，借力打力，最后作恶的天宝长空飞起，却被戳死在乱枪之下。电视看完，欧阳也没有回来。按组委会的要求，是要我们次日六点半吃早饭，七点半坐上大巴，八点前到达省体育场。

临睡前，我给他发短信："欧阳老师啥时候回来？"

他居然也没有回复。

到了早上7点30分，所有运动员和教练都已坐上大巴士了，眼看就要发车，才看见欧阳晃着巨大的肩膀回来了，可能是要掩饰一夜的疲倦，他戴着墨镜，一言不发地坐在了我的边上，他把一个塑料袋塞进我的手里。

我低头一看，是四个茶叶蛋。

我不要吃，将茶叶蛋推还给他。

大巴士加速驶向体育场，我的心开始紧张，可以感受到它剧烈跳动的震动。这是我第一次参加这样的大型比赛，而且比赛很快就要开始了，我开始不受自己控制地感觉到一阵呼吸急促。

我扭头看看大巴里面的其他运动员，虽然年龄和我相仿，但是，很多人长得足足有一米八几，粗胳臂长腿的。其中一两个学生运动员，个子不高，但是胫骨强劲，脖子硬梆梆的，往座上一坐，再拗一拗头颈，感觉就很牛。我不知道去年的那个全省5000米冠军马铁毅坐没坐在这辆巴士上，我已经想象出他一脸刚毅和淡定，不经意间露出对群雄的一种漠视。

心里开始紧张的时候，我瞥了一眼欧阳，他即使戴着墨镜也掩盖不了一脸疲倦，一夜未归的劳累。

我都要比赛了，他却是这个德性，我心里顿生一种深深的厌恶。

推测昨天的那个女孩就是他在省城的女友，她的面孔在哪里见过，哦，对了，我猛然想起来了，是欧阳手机的开机屏幕上，眉眼就是那个紫裙子女孩。难道就是她在等他调回省城？难道她就是那个让我跑步的幕后推手？

　　我想自己反正也跑不过那个全省冠军，就是玩命跑最多也是个第二名。

　　我没有想下去，巍峨雄大的省体育场到了。大巴士停在体育场外的广场上，嘴上长着密密绒毛的年轻运动员们从巴士里鱼贯而出。我仰头看着那巨大的建筑物，翼状的顶端向两侧伸展，玻璃幕墙反射着蓝天和白云，我第一次走进这么伟岸的建筑，感到它似乎会把我整个儿吞噬了，连个骨头渣子都不会吐出来。

　　看台上密密麻麻挤满了人，比赛还没有开始，现场很乱，多数都是各校学生，他们交头接耳、隔着位置招手，不少人还举着各种各样的牌子、横幅。主席台上有一些穿深色西装的中年人彼此寒暄着，陆续落座。

　　我看了一眼跑道，崭新的暗红色跑道像一条奔腾的河流包围着绿色运动场，一股刺鼻的塑胶味弥漫在体育场的上空。

　　我兴奋、紧张，手脚甚至有一点轻微的颤抖。

　　手掌心都是汗。

　　一直在场边等到下午 2 点，才轮到男子 5000 米。

　　一场全省瞩目的比赛马上就要开始了。

33

　　临跑前，翻起自己的脚掌检查鞋子，我吃惊地发现，狼牌运动鞋的底已经全部磨平了，又薄又软，大脚拇指仿佛要从鞋子里突围出来。这可是妈妈今年年初才在镇上给我买的新鞋子，才穿了半年不到，可能训练强度太大，被磨得不成样子了，大脚拇指头这里顶得太紧，鞋子前面有点开胶，我想跑完今天应该不成问题，撑一阵子再换吧。

欧阳没有看我的鞋子，他只顾在那个绿皮小册子上写话，递给我看："咬住那个全省冠军马铁毅。到最后一圈，再冲上去，灭了他。"

等我看完，他忽然又想起什么，在小本子上又写了几个字，拿给我。

"注意配速！"我没有往心里去，盯着我的鞋子。

临赛，他再次冲我挥舞着拳头，意思：加油。

我看了他一眼，低头系紧了紧鞋带。

上场了，他用力拍了一下我的肩膀。

足足有22人挤在5000米的起跑线上，我的心跳加速，像是有人在用一把小锤子使劲地捶打。

我的目光在找一个人，去年的冠军马铁毅，一年来训练的目标对象，想象中威猛的他目光刚毅，四肢健硕，像一头黑马驹，眼神里应该流淌着一种淡然的漠视。

年轻的跑者纷纷侧目我旁边的一个小个子，那是一个精精瘦的猴子，比我要瘦，个子比我还要矮，两条腿略显粗壮，配上一件橘黄色条纹运动服、条纹运动短裤，整个人像一个穿灯笼裤的猴子。

看大家都注目他，我仔细看了一下他胸口的牌子，绿色的宋体字：901 号 MA TIE YI。

这是马铁毅？我惊呆了，这个猴子一样瘦的人就是马铁毅？不敢相信这个"橘色小猴"就是全省中学生冠军。我的眼睛瞪得溜圆。

队伍里面还有一对大个子，都穿着同样的白色跑步T恤，上面印着四个橘色的大字：蓉城五中。他们比我们明显高出一头，像是站在鸡窝里的两只长脖子大白鹅，大腿粗而长，已经长了一些腿毛，如果手上再发一把大竹篙的话，感觉可以参加撑竿跳。

发令枪口的空气振动了一下，一小股白烟蹿出来。

四川省第9届青年运动会男子5000米比赛正式开始了！

22名运动员一窝蜂地跑了出去。

前三圈都是蓉城五中的两只"大白鹅"领跑，从第四圈起，全省冠军橘色小猴渐渐显示出优势，他的大腿像加满了油的发动机，冲了上去，开始领跑。这时，整个队伍分成了三四个集团，我和两个"大白鹅"挤在第二集团，像被吸铁石吸住的一把钉子，紧紧跟着全省冠军。

大约到了第八圈，由于比平时的配速明显高，我感到了艰难，运动极点不按时来临了，胸口发热，双腿乏力，并开始大口喘气，但是，我并没有放慢脚步，因为知道其他人也会有自己的极点。

我想起欧阳的呼吸法，用鼻子深深地吸入空气，然后在胸口停顿一会儿，再从嘴巴里缓缓呼出，如此反复多时，再咬牙瞪眼，挺一挺。速度并没有放慢。可能受益于平时的间歇跑和变速跑，极点很快就过了，我精神大振，觉得马上可以进入发力阶段。

那对堵在我前面的"大白鹅"步伐明显有些缓滞了，我瞅了个空当，打算从他们间的间隙穿过去。

就在我拔腿要过去的时候，突然，他们好像有默契一样，身体往间隙一塞，来了一个关门打狗，两个人像一堵门闭合在我面前。

我咬紧牙齿，打算在第九圈弯道的时候，从旁边绕过去，谁知道在肩并肩的时候，左边"大白鹅"肩膀一挤，像撞小鸡一样，把我弹到了跑道边上，我跟跟跄跄，差一点一屁股跌倒在地上，还好，我调整了一下步伐，稳住了，没有一屁股坐在地上出洋相。

大白鹅在迅速远去。

这一下可把我惹毛了，好胜心瞬间像铁钳子一样抓住了我。

我咬紧了牙关发力追了上去。现在，我的脑子只有一件事情：要赶上那对大白鹅，超过他们。

34

大白鹅的步伐在放慢，他们的身高、体重看来没有帮他们，反而成了长跑的累赘。第十圈刚过，我就轻松超越了他们，他们似乎也没有力气再来关我一次大门了。

渐渐地，前面就剩那个全省冠军橘色小猴马铁毅了，他像一个跳跃的橙色精灵。

第十圈后半程，我和他有五六米的距离，他的腿就像两个奔跑的小马驹蹄子。我瞥了一眼看台上的观众，大家的嘴巴估计都在拼命地喊加油，可惜我什么都听不见，我看到主席台上一个穿西装的中年人弄松了领带，从看台上激动地站了起来，双拳在空中挥舞着；跑道旁翻圈数的细腿女生举了一个大大的"11"字跳到跑道上，然后就像触电一样迅速躲到旁边去了。

我看到欧阳站在跑道旁，大幅度摆动着右手，向我做着"超上去"的动作。

我深吸一口气，把眼睛放在前方跑道，不看他。

我让他抓狂，让他焦虑，让他失落。

但在跑道的最前方，虚空中，我似乎看到了一双枯槁的眼睛，浸渍着浓厚的暖意，穿过灰蒙的空气注视着我，鼓励地注视着，噢，是妈妈。

还有个形象浮现出来，一头乌黑而浓密的短发，蛮野而稚气的乡间姑娘眼神在人群中闪烁着。

那双大眼睛似乎在盯着我，让我的四肢燃烧起来。

是陈晓翠。

我用鼻子深吸了一口气，停在胸口缓缓呼出，又把速度提升了一点。

由于正式比赛远远高于平时的训练速度，这让我身体越来越热，心跳得很快，汗唰唰地往下淌。我不知道自己还有多少气力可以用于最后的冲刺。我明显感到橘色小猴也在加速，对，他的加速比我还要强一点！

我回头瞥了一眼，离我30米距离的第三集团军也在挣扎着往前蹿。

第十二圈的举牌过了。

我离橘色小猴还有两米的距离，看台上有一半人都站了起来。看台上方露出一片雾蒙蒙灰色的天空，灰得没有一点层次。

我的脑子开始清空了，现在只有一个目标，超越橘色。

他在我的脑子里幻化成了一个移动的、跳跃的橘色。

我奋力地迈动着脚，努力榨干体内的最后一点点能量。我想起了在学校操场上一圈一圈的间歇跑，想到了跑回家的那段路，想到了上山下山的小道，想到了早晨奔跑在田野的雾气，想到了回家和小黑子比赛的日子。

这想法瞬间给了我一些力量，宛如翻腾的大海注入河流。

1.8米、1.6米、1.3米……1米，我在一点点逼近他；但是他也不愿意放弃，是不是感受到了海水淹到了喉咙？

但是，我玩命地奔跑这世界上最漫长的1米，就一两个身位，却是那么的折磨人，那么的遥远。

他也在奋力地摆脱我的纠缠，就像一条鱼像摆脱水草的纠缠一样。但是，水草正在一点点把他缠紧再缠紧。

我们的呼吸都达到了极限，体力达到了极限，心跳也到了极限。

这是我最后的拼搏，也是他最后的垂死挣扎。

终于，我的肩膀快要和他并列了，渐渐地，我的肩膀在超越他，和他拉开了一点点距离。

在最后弯道的时候，我已经看到了终点，那根细细的红线笔笔直地绷在两个女生的手掌上，大概还有最后一百二三十米了。

那根宽宽的红带子眼看就要撞在我胸口了。

35

突然，我感到脚下的鞋子变得重了，有点不对劲，狂奔中的我低头一看，天哪！最令我担心的事情终于发生了，右脚的鞋子仿佛张开了一张嘴。

"脱胶！"我心里闪过一丝恐慌，因为，刚才在起跑之前检查鞋子时，就发现有点问题了，我原以为挺过今天应该可以，但没有想到，在最要紧的时候，还是发生了。

我的脚步马上就被拖累，慢了下来，我只好把右脚抬得高一点跑。鞋子像一个因缺氧而张大了的鲤鱼嘴巴，在血红色的跑道上垂死挣扎着。

就这几秒钟的时间,那面无表情的橘色小猴马铁毅从我身边往前一蹿,就超过了我。

我玩命地踢踏着开胶的鞋子,一脚高一脚低地奋力去追,但是鲤鱼嘴巴鞋子拖累了,力不从心,再也追不上去。

眼睁睁看着他的胸口朝着红线撞去了。

15 分 39 秒,他超越了自己。

看台上的人全都站了起来,人们欢呼着什么。

终点线后面,一些记者和摄影师的闪光灯亮成一片,大家拥簇着卫冕冠军马铁毅,走向了领奖台。

我没有去瞅欧阳老师,估计他的心正在一滴一滴地淌着血。我也感到一阵揪心的懊恼。

我独自坐在跑道边的空地上,把脱了胶的跑鞋脱了下来,死命地砸了几下大地,突然,憋红了脸,喉咙里发着古怪的嗷呃嗷呃声,奋力向绿色草坪的上空扔了过去……

36

次日,在省城的北门长途汽车站,我们即将坐车回县里去。

抽烟的人都站在车窗下,云雾袅绕的,欧阳也站在那里,脸色铁青。

几个扛大箱子的人侧着身体上了大巴,有一个人的蛇皮袋横在走廊上,抱孩子的妇女跟我说话,我读了出来,她希望我把包拎到架子上去。

车下面的人越来越少，但是欧阳老师并不上来。司机扭头看反光镜，在拍喇叭，好像在催促他。

他依然站在站台上，往检票口的地方张望着。

我忽然想到，他是不是在等什么人？他一反平时漫不经心的蔫蔫样子，今天似乎异常焦虑，他的墨镜推在额头上，白寥寥的眼眶下二道黑眼圈露了出来。我坐在座位隔着玻璃俯视着他，他发现我在看他，把头别过去。然后，他又伸长了头往检票口看着，我也顺着他的目光往检票口望去，那里挤满了各种各样的脑袋，都是等下一趟车的人。

司机最后走了过来，冲他指一指手腕上的手表。

他恋恋不舍地最后看了一眼检票口方向，好像那里有一个巨大的磁铁，要把他吸回去。五分钟后，司机下了最后上车指令，他像鸭子抖水一样晃了一下脑袋，似乎回过神来了，把墨镜戴好，巨大的身影闪进了大巴。

我心里一沉，明白了，他要等的那个穿紫裙子的幽怨姑娘不会来了。

37

妈妈死的那天，是春末，县城外的山峦上，杜鹃花怒放着，一片粉色的海洋。

坐在火葬场的焚烧炉对面，炉门里面的火光红得像血，我看到妈妈被推进火堆里，火烧着了她枯柴一样的胳臂，她的身体慢慢着火、燃烧，最终变成一堆白色的灰。不知道，火烧着她的胳臂、脑袋的那一刻，她疼不疼？当着工作人员的面，我强忍着不让自己的眼泪流下来。

抱着骨灰盒走出来，柏树枝叶在风中摇晃，风越大，树干越显得镇定。院子里面是燃烧衣物的呛人烟味，我的眼睛被熏得红红的。

妈妈留下的那个磨烂的中兴手机，归了我。

打开短信信箱，那里有她给妹妹发出去的一条短信："关天不能说话，我走后，你要帮我照顾好他。"

我叹了一口气，世界顿时一片模糊。

望着春风吹拂的粉色山峦，父亲脸色枯槁。

他默默地递了一个塑料袋到我的手上，我低头一看，是个扎得很紧的莲华超市塑料袋，袋子已经有点磨损了。

我独自走出县殡仪馆，带着那个塑料袋，想一个人跑回家，用脚掌蹬着水泥路跑了起来。

一个人跑着，跑着，越跑越快，那些河流、树林、田野、农舍都在迅速后退。我跑着，跑着，那些房子、山野、树木也在越升越高。

我跑着，跑着，竟然越跑越不知道什么叫难过。

最后跑到了山上，跑进了家后面的那片竹林里，林子里还是静悄悄的，叶子铺了整整一个世界，像是什么都没有发生过一样。

我摸着竹子上突起的结，想起妈妈以前常来这儿找我回家，她急切的身影穿梭在竹林间，随风晃动的竹竿把她的身影弄得很模糊，她或许是焦急和不安的，眼神在竹林中四处扫视，寻找着我的踪迹。现在想来，她这一辈子过得不比我容易，她一直为我变成哑巴的事而内疚，带我去看了那么多医生，花了好些冤枉钱，我的事情深深地困扰着她。那时候，我真的不懂事，有时故意躲着，不让她看到自己，让她盲目地在竹林里穿梭，让她去着急，去不安。如果能重来一次，我或许会让妈妈每天都知道她对我来说意味着什么。而现在说这些都没有意义了，她再也不用为我着急了，不用为我担心了。

或许现在，她去了一个没有痛苦的地方。

一个快乐的地方。

我坐在小溪旁，打开那个旧兮兮的塑料袋，里面包了一块红布，打开布，我惊呆了，都是钱，有七八张一百的，剩下的全是一张张的小票，五元、十元、二十元，叠得整整齐齐的，扎了一根褐色的橡皮筋。不少票子上还有油渍，看得出是妈妈从大饼摊位上一张张收来的。

橡皮筋下面夹了妈妈的一张字条，歪歪扭扭的字，写着："关天，去买一双好的球鞋。"其中，鞋子右半边只有半个"土"字，估计她最后时刻，身体已经极度虚弱。其实，她到死也没有搞明白，跑鞋和球鞋有什么区别。

我的眼终于开始下雨，吧嗒吧嗒地滴落在纸条上。

那些字都泡在水里了。

38

转眼到了高三，班级里调来了一个新的数学老师，绰号"鞭子"。

黄岭镇学校是全县教育质量倒数第一的学校，每年高考的录取率都在百分之五左右徘徊。去年年终教育总结大会，新上任的县教育局长重点批评荷包蛋校长（已经当了快十五年校长了，因为学校贫困，地处偏远，没有其他学校的校长愿意来接替），据传好多次都把桌子拍得咚咚作响，说黄岭中学拉低了全县在省里的排名，属于拖后腿大王学校。

"倒数第一"校长荷包蛋倍感压力，战战兢兢地开完教育大会，眼珠子充血突暴出来，红血丝包裹着小黑珠子，头发仅剩最后几根了，他神经质地发上两天怔，把头顶的最后几根头发捋了又捋，决定用发 1.5 倍工资的办法从邻县挖一个以严厉著称的老师，来带毕业班，争取一举把升学率抓上去。

这样，"鞭子"侯老师就来到我们班级。

"鞭子"头发出油出得厉害，榨一榨几乎可以炒菜，黑色窄框眼镜后面露出一对似笑非笑的眼睛，眉头永远拧成一个大疙瘩。

和他一同出现在教室里的，是一把竹教鞭。

他的教鞭拍打在讲桌上，桌子都微微震动，几颗大一点的灰尘在阳光中飞舞。

我看那黄褐色的竹鞭子足有 70 厘米长、2 厘米宽，挥舞下来的时候，速度极快，所有的人神经都随着那根鞭子的上下翻飞，变得高度紧张起来。

和以往的老师都不一样，他把比较难的数学题写在黑板上，演算方法教给大家后，抽搐似的迅速擦掉，然后开始点名让同学们轮流上台"过堂"。不少同学们总是在黑板前抓耳挠腮，像站上电椅的猴子。

这一天，又"过堂"了，长得像竹竿一样的班长李峰第一个冲上去，回答得又快又准确；大脚丫子学习委员李晶也不赖，答对了；脑后扎了一根粗辫子的杨子居然也连蒙带猜地过了关。

我前排的"连裤袜"王鹰（家里是开服装小店的，他给两个女生卖过便宜的连裤袜，从此得此光荣称号）被叫上去，演算了两步就想不起来下一步了。看嘴型，鞭子老师在训斥他。"连裤袜"在黑板前，低垂下黑脑袋，更加想不出来了。老师一鞭子打在黑板上，粉笔灰四飞。他接着气愤地踢了一脚讲台，讲台上的门弹了出来，撞在他自己的小腿上，痛得他一皱眉。

鞭子侯老师开始叫其他人继续上台，原来闹腾的教室迅速安静下来，大家都开始屏住了呼吸，死命地盯着黑板，生怕鞭子抽到自己身上。

有一个同学不知道怎么演算，推了推前面的人，好像在询问步骤，被鞭子老师看到，他厌恶课堂纪律被挑战，一个粉笔头就丢了过来，那个粉笔头好像生了眼睛，正中同学的鼻翼。

这幽暗的时间，为了完成数学作业，怕被老师打，我没有再跑步，我把时间都投入搞懂数学题上去了。由于上课不能完全理解鞭子老师的内容，这就需要我下了课自己琢磨当天课程的要点，同时，再完成鞭子老师布置的作业。有时候，做完他的作业，已经晚上10点了。

就是这样，还是不可以完全跟上他的教学节奏。

离高考已不足半年时间，虽然我清楚自己考不上啥学校，但是，我还是想把高中读完。

一天，侯老师讲完高考数学必考的50道题后，冲我友好地招了招手，可能知道我是聋哑学生，我觉得他待我还算客气。我站到黑板前解题，这道是"在平行四边形ABCD中，AB=2，AD=4，

$AB \times AD=4$，E 为 AB 的中点，则 $CE \times BD=$（　　）"。

　　我的大脑一片空白，站在讲台前面发呆，完全对这道题没有印象。我站在黑板前，挠起了后脑勺。突然，感到后脖子上火辣辣地一阵痛，我愤怒地用手去摸后脖子，他的第二鞭子又下来了，重重地打在我的手骨上。我捂着脖子，扭头去看，侯老师的脸很气愤地扭成了一个狰狞的麻花。我就往后缩，然后为了躲他的鞭子，我开始往教室后排蹿过去。他似乎第一次看到学生敢在他面前逃跑，这是对他权威的绝对挑战。愤怒的脸变得像一块冻住的猪肝，他举着鞭子就从台上冲了下来，我就绕着教室后面跑，他就在后面追我。后来，一个讨好老师的"损货"偷偷伸腿把我绊倒，我顿时平飞出去，下巴磕在地板上，嘴唇皮出了血，但是，我顾不得了，紧紧抱着头蹲在地上，团成了一个球。这似乎没有中止他对我的愤怒，他高高地举起了教鞭。

39

　　疼痛的数学课让我有了退学的念头，这念头一旦有了萌芽，就开始日夜见风就长。

　　又到了交本周高考数学习题册的时候，我从书包里掏出那个昨晚赶了一个晚上、弄得皱巴巴的本子，心怀忐忑地走向侯老师。

　　我知道自己练习册的最后几道题目做得潦草，估计都是不正确的。我把本子交上去的时候，眼睛紧紧盯着他的那根教鞭。但是，他这次居然摇摇头，叹了口气，放我过去了。

一直到最后,他都隐忍着没有发作,看来大家都完成了作业。

最后一个迟疑着走上去的是陈晓翠,她的齐耳短发剪得更短了,左边夹着一只银白色的发夹,把头发紧紧地拢在耳朵后面,显出一张麦色的脸庞。下身穿着绿点点的裙子,浑身散发着和以往不一样的感觉。我坐在自己的座位上,目不转睛地看着她一步步走上去。

她的作业本是藏在背后的。

她低头站到了鞭子侯老师面前,站了一会儿,她也没有把背后的本子交上去。

侯老师看了她一眼,一伸手,意思是拿来!

她只好交了出去。

侯老师拿着那本本子翻了几下,好像本子上有剧毒,他的手突然颤抖起来,像是开水烧开了,嘟嘟嘟嘟地动起来了。

我有一种非常不好的预感。

他的手挥舞起教鞭像闪电,我看到那竹鞭子打在陈晓翠露出的麦色手臂上,一条暗红色的印子,她像被毒蛇咬了一口似的,痛得一把捂住被打的地方,眼睛里都是恼怒的光。侯老师又高高举起鞭子,打算狠狠地抽下去。

我的心提到了嗓子眼,宁愿这鞭子是打在我的身上。

陈晓翠在鞭子快要落下来的时候,突然利索地一抬右手,一把揪住了鞭子。

对全体同学来说,这是一个惊心动魄的瞬间。

侯老师用力往回拉了一把,居然没有拉动。

他右手猛地拉扯了两把教鞭,陈晓翠居然死死地拽着,就是不松手。侯老师脸像一只被激怒咆哮的狮子,他从讲台旁转过身子去,绕到陈晓翠的侧面,换了左手去夺教鞭,腾出右手像兽爪子一样一把拗住了陈晓翠飘逸的短发,他把她的头向后拉,她只好半蹲了下来，松手丢了教鞭。

陈晓翠想要挣脱鞭子老师的手，结果侯老师涨着死猪肝脸，硬是活生生地拖着陈晓翠，把她半拉半拽到了教室外面的走廊上。

班级里坐在后几排的同学都站了起来，踮着脚，像看镇上庙会一样，最后面的甚至激动地站到了凳子上。

我猜最后她给关在数学教研室的里间了，那个堆放辅助教材的灰扑扑小房间，一股潮湿和死老鼠臭味。

侯老师再次走进教室的时候，一脸的疲惫夹着暴风雨过后的平静。

我看到他脸上有两道长长的指甲抓痕，红肿红肿的，触目惊心。这两道指甲拉痕显然折损了他的地位，他用教鞭拍打了两下黑板，像什么都没有发生过一样，接着继续人人过堂高考练习题。只是，其他人上台的时候，都忍不住偷偷地瞄两眼他脸上两道红红的印记。

放学后，我故意晚一点回家，数学教研室的灯还亮着，看到只有鞭子老师还坐在里面改作业，其他老师们都早就回家了。不知道陈晓翠是否还在，是回家了，还是继续被关在资料室？

我绕到教学楼外面，看见戴着黑眼镜的鞭子老师似乎恢复了元气，他一边摸着脸上红肿肿的地方，一边在作业本上打着钩或叉叉，他打叉叉的时候，好像有一种极大的怨气，很用力气，而且恶狠狠的，像要用红笔在这个做错题目的学生身体上猛画两个大叉叉。

我看到资料室里面一片黑暗，估计陈晓翠已经被放回家了。一只蜘蛛从窗户外的铁栅栏上垂丝滑落下来，差一点跌落在我的脸上。

但突然，玻璃轻轻地被敲了两下。一双泪汪汪的大眼睛浮现在黑暗的窗口，她像个女鬼一样站在昏暗中。

我吃了一惊。

40

陈晓翠隔着铁栅栏向我招招手,这时,我眼角的余光看到隔壁房间的"鞭子"从办公桌上站起来了,我怕被他看到,忙一低头,朝窗户底下一钻。

心咚咚咚地跳得很厉害。

最后一抹日光快要消失了,我慢慢从窗户底下伸出头。借着天光,我看见她还站在窗口,脸上都是泪痕,和着灰土粘在了脸上,像是两条干枯的河床。额头上有一个紫茄子,局部看来已经破了,渗出一点血丝,头发散乱。

啊,我简直不敢相信这是晓翠,心中的女神。我想起了师生联谊运动会上,我得5000米冠军的那一刻,她在人群中看我一眼的神情,和现在判若两人。

我指指窗户上面的一扇气窗,那是唯一窗外没有铁栅栏的地方,我做了一个爬的动作。

她点点头,接着又摇摇头。

最后,她用牙齿咬紧了下嘴唇。

她终于从室内找了一个凳子,站在凳子上,打开了那扇小小的气窗,她伸手勾住气窗的框,用力往上一跳,脚死命地撑着下面的窗户玻璃框。这搞出了巨大的动静,我忙偷偷向隔壁教研室看去,看看鞭子老师有没有看到,他似乎还在埋头打钩打叉批改作业。

她的下肢慢慢地钻进气窗,一点点挪动,眼看就要过来了,但就是卡在那里,那个气窗太小了,就差一点点,她过不来。看她动弹不得,进退困难,我心里急得发毛。

我站在外面,想帮她,但是我的手够不到,她只能够自己爬过来。

但是，她没能爬过来。

这一刻，资料室的门动了两下，被猛地推开了，日光灯恐怖地跳了一下，亮了起来。黑色的窄框眼镜突然出现了，他小黑眼睛里燃烧着不确定的光。

我惊恐地从喉咙深处发出一两下只有自己才知道的嗷嗷怪声。

心想，完了。

我想绕过教学楼从正门跑进去，一把抱住鞭子老师，让陈晓翠跑掉，但是我没有这个胆，我的脚很软很软，完全抬不起来，我痛恨自己的软弱和无力，痛恨自己没有一点男子汉气概，我就蹲在资料室的窗户底下，拿手指甲死命地抠着自己的腿，直到抠出一道深深的血痕。

我知道，鞭子老师正在一步一步走向陈晓翠。

41

她从气窗上爬了下来，仿佛从丝上滑落的蜘蛛。

鞭子老师堵在门口，白色的衬衫皱巴巴的，神情像一个幽灵。

晓翠的眼泪干了，火焰却在眼珠里慢慢生长。

她抱头蹲在窗户下面。就在鞭子老师试图走近她的时候，积累的火药终于引爆，她突然直起身子，重重地一把推开了他。

她也不知道从哪来的力气，一把推到了他的胸口，他完全没有料到一个女学生会这么对他，腾腾腾向后退了好几步，狠狠地一屁股坐在地上。

陈晓翠立即跑出了资料室,沿着走廊往教学楼外跑。我也赶紧绕过教学楼,去正门那里等着她。我看见她的一头短发蓬乱如草,飞跑了出来,她绿点点的裙子好像在腿下跳舞,这阻碍了她的速度。

鞭子老师也气喘吁吁地跑出了教学楼,他咬着牙站在门廊灯下。教学楼左边的墙壁上悬挂着几个血红的大字,"今天距高考还有85天"。

我突然不知道哪里来的勇气,竟做了一个让自己都吃惊的动作,我醒了一下喉咙,冲着鞭子老师吐了一口口水。那白色的唾沫星子在空中挣扎着飞向他,只一米多就跌落在地。

我脑子一热,又冲上去用右脚脚尖使劲地碾了一碾这口唾沫。

在那一瞬间,我在心里默默地做了一个巨大的决定。

我和陈晓翠担心鞭子老师会追上来,就拼命地跑起来。

一口气奔出了学校的铁门,跑过了学校附近的小街和巷子,镇上的路灯还没有亮起来,黑黢黢的,地上东一摊西一摊都是小饭店泼出来的油滋滋的水渍。

最后跑出了黄岭镇,那一刻,我扭头往回看,看看侯老师有没有追上来,后面空落落的,并没有人影。

然后我们一起往陈晓翠家方向跑,不知跑了多久,跑上一条上坡的小径,两侧的草木在迅速后退,突然,树枝勾到她的裤腿,接着她被裤腿绊了一下,身体彻底失去重心,向前一扑,摔倒在地上。

在黑暗中,我伸出手拉她起来,她的手很凉很凉,像一块冰。我吃了一惊,这是我第一次拉住同龄女生的手,那块冰像是充满了电流，瞬间击中了我。有一种复杂的情感涌现在心头，我不清楚这是什么，但是，觉得手在颤抖。

我怎么拉她，她都没有站起来，她缩回了手，蹲坐在地上，捂着脸，哭了起来。借着微弱的光线，我看见她的肩膀一耸一耸，她哭得十分伤心。我站在黑暗中，不知道该如何是好，我不会说话，只能静静地陪着她。估计时间已经晚上七点多钟了。

后来，我们并肩蹲坐在地上。我用食指抠着地上的泥巴和青草，想着虚无缥缈的心事，筹划着心中的那个决断，不时地瞅她一眼。

这样不知过了多少时间。

月亮升在对面山腰，东边的乌云被风驱赶着翻过山峦，把月亮遮得严严实实的，大地重新陷入黯淡。

我和晓翠都没有再回那所黄岭学校。

反正自己也考不取任何大学，不想再浪费时间了，我选择了退学。

这就是我心里想了很久的事情。

42

天没有亮，我还在梦里被人追赶着，小黑子跟我一起玩命地逃跑，忽然被一只大手推醒了，但我缩头往被窝里钻了一下继续睡。那只手又来了，我很不情愿地钻出头来，睁开半只眼睛，看看窗外黑黑的天，再次闭上，梦里的一切又回来了，我跑上山头，心扑通扑通猛烈地跳动着。

我还闭着眼睛的时候，父亲去院子后面推出自行车，把面、葱油和鸡蛋盒子绑在后座位上，然后，他又过来了，隔着被子用鞋帮子抽打我的屁股。

我把那半只眼也睁开了，晕晕地起床，把左脚伸进粗布裤子里，右脚也伸进，拎了半天裤子没有站起来，发现穿在一个裤腿里面了。我上学时起床也很早，但是还没这么早过。

窗外的天还是黑黑的，山峦上的星星还有好多颗。我半闭着眼睛，用牙刷在嘴里胡乱捣了几下，把一口牙膏泡沫吐在屋外的地上，几只鸡醒过来了，急急忙忙地跑过来，以为是什么好吃的。

父亲推着自行车下坡，到了山下种子店，就拐上公路开始蹬起来了。我就跟着他的车子跑，像一头山林中的鹿。跑着跑着，就微微有些出汗了，这时候的感觉开始好起来，我很明白，一旦跑起来，就会有一种来自心底的快乐，像是从山里悄悄升腾起来的一团白云，自由舒展在蓝色的海洋里。

我一上来跟不上父亲，他就在前面弯道的地方等一下，等我快到了，再往前蹬。

到了镇上，我们把寄放在熟人院子里的手推车推出来，把摊位架在邮局前的十字路口，我负责和面，他负责摊饼。因为摊饼是一个技术活儿，我还干不了。他把掺过杂粮的面粉，舀上一勺，铺在鏊子面上，用木制的小耙子把它推开，手一翻就摊薄、摊匀了。我的工作是和面，把带来的杂粮、白面兑水搅和。面不能太稠，那推不动；太稀，成不了饼。面的浓度到了顺着勺子往下流而不断，稀稠正好。父亲烙出来的煎饼略带一点焦，卷起来嚼在嘴里脆脆的。

到了下午三点多收摊回家，父亲照旧蹬着那辆 28 寸的旧永久，我则在旁边飞快地奔跑着，一上来他都比我骑得快，但是，后来我越来越快。

我让他帮我记录时间。

他不太情愿，因为他一直反对我训练跑步，他老是觉得我一旦训练跑步，就消耗了本应该是劳作的时间和气力。只是最近看我退学，帮他练摊挣钱的分上，才拿出油叽叽的手机，用青筋暴起的手按下手机上的秒表。

我通常下山跑到镇上大约需要十五分钟多一点，训练了不到一周，我很高兴自己第一次跑进了 14 分钟，耗时 14 分 28 秒。而且我用欧阳老师教的变速跑训练方法，在回家的路上，每 500 米就变换一下速度，同时在大腿上用布紧紧地缠了两块扁平的石头，来提高训练的强度。

下午收摊回家时，小镇上其他人都懒洋洋地坐在自己的店前，孩子们在石板街上戏耍着，这时，我和父亲一个骑车、一个跑步从他们面前经过，俨然成了一道风景。

这是一段祥和的日子，没有了作业，没有了鞭子老师，没有了高考的压力，当然，跑着跑着，我的心头会突然浮现出陈晓翠的小麦色脸庞。

退学一两周了，我都没有她的任何音信。

43

四月初的一个下午，天气闷热，我看看天，担心要有阵雨，于是早早地收了遮阳伞。正在收拾面粉、鸡蛋残料，突然，有个人从街对面跑了过来出现在我的摊位上,他问父亲,还可以做饼吗?

父亲摆了摆手。

我抬头望去,这个消瘦的戴眼镜的人,像一根竹竿一样杵在我面前,不是别人,正是班长李峰。

我一惊,心里有点紧张,一种害羞和自卑出现在心头。我埋下了头,默默打开收起来的黄豆酱、葱花和鸡蛋盒子。

我自己给他摊了一个饼。

他脸色白皙,几周不见,他比原来更瘦了。

末了,我把煎饼菓子交到他手里,他小心地放进塑料袋,收好,并不吃。看着塑料袋的蒸腾的一点点雾气,他似乎并没有离开的打算。

我拿出妈妈留给我的旧手机,打字问他:"班里还好吗?"

他看着我的眼睛点点头,但后又突然摇摇头,眼睛里好像堵着一丝踌躇。

我继续打字问他:"怎么了?模拟考没有考好?"

他仍然摇摇头,接过手机,打字:"模拟考出了8个五百多分的同学。"

一种羡慕和吃惊的混合情绪浮上心头,我知道黄岭学校历史上每届就两三人可以考取大学,8个学生模拟考高分,这几乎是半只脚进了大学了。黄岭的天方夜谭。看来那个疯子一样的鞭子老师真有两把刷子。

"你打算报考哪里?"

"复旦。"他打字的时候低垂着头,没有一丝喜色。

"羡慕你啊,"我打字给他看,"我跟不上侯老师的课,考大学无望,就不想浪费时间了。"

"他的教学太严酷了,"李峰突然伤感地落下泪来,打字道,"他倒是要学生好，就是狠过头了。最近，出了一桩大事，侯老师被留校察看了。"

我心里流过一种很复杂的东西，是解气，是愤恨。

"大事？"

"很大的事情……"

"什么事情？"

"陈晓翠死了。"他迟迟疑疑地打了那几个字。

我的头顿时嗡嗡嗡地震动起来，晕眩袭来，大脑一片空白。

简直不敢相信手机上的那五个字，我抬起头死死盯着李峰的眼睛，希望他是在说谎。但是，他镜片后的眼珠子闪烁着暗淡的光。

我的大脑立马去搜寻陈晓翠的样子，想起最后一次见到她：仿佛黄岭风日里长着的小兽，小麦肤色，一头倔强的短发，带波点的裙子。我们从学校逃出来，并肩蹲坐在山坡上的场景历历在目。我似乎还能感受到她手上的冰冷，漆黑夜里，她闪动的眸子。

我的手剧烈地颤抖起来。

"她不想去学校，她脾气暴躁的妈妈骂她，拎着她的耳朵来到学校，当着全校师生的面，当众辱骂她是个废物、不要脸的……骂得太难听了。后来，倔强的她留了绝笔信，上周跳了黄岭河。"

我忘记了摊位的事情，忘记了身后的父亲，忘记了所在何处，忽然觉得一切都很空，自己的身体已不在原地，慢腾腾地漂浮起来，自己的魂在空中俯视着自己。

晓翠，晓翠，我无声地念着她的名字，眼前一片蒙眬。那年的跑步比赛，她在一群人当中，认真地看了我一眼。那年，她倔强地走过课桌甬道，帮我把半条死蛇掷出了窗口。

我死死地盯着李峰的小眼珠子，想要把他看穿似的，希望这一切都是这个家伙杜撰出来的。

他的眼镜镜片很脏,像蒙了一层雾气。

我茫然地看着他的那张脸。

他居然也落下了眼泪。

难道他也曾和我一样暗中喜欢过陈晓翠吗?

我盯着李峰的小眼镜片许久,突然伸手猛地一把推开了他。我失魂落魄地丢下手上的东西、收拾摊位的父亲和呆呆站着的李峰,他们两个对我来说变成了空气。

我跑了起来,使出全部的力量奔跑起来,像一头发怒的公牛,刨动的四肢带着中了枪的躯体,想把心中的巨大痛苦奔跑着抖落在地。

腿上下飞起来,我的胸挺得很直很直,以最大的速度蹬着双脚,玩命地跑着,仿佛有人要把我按在泥土里,按在山峦间。

那就把我按在陈晓翠的坟上吧。

想起李峰给我打的最后一行字:"她在黄岭河下游二里的河滩上找到的,脚上只剩一只鞋子……"

我感到呼吸无比的急促,要大口地呼吸,大口地喘气,像从河里闷了很久很久,猛地探出水面。

我沿着黄岭公路久久地奔跑着,独自狂奔,直到日落……

44

到了四月,黄岭街头拉了两条触目惊心的红色横幅,"镇容整治,向脏乱差告别","黄岭旅游用新风貌迎宾",父亲不能设摊卖饼了，于是我们都暂时歇业在家。

一天，许久未联系的欧阳又发了条短信过来："关天，为迎接北京奥运会，冷水县要搞第一届山地马拉松比赛，冠军有一万元奖金，你可以去试一试。"

马拉松，我听说过，但是从来没有跑过，问他："多少公里？"

"42.195公里，从黄岭镇开跑。"

难怪整个小镇都在驱赶小摊贩，修花坛、搞粉刷，到处缝缝补补。

"不过，离比赛日期很近了。"

"还有多少天？"

"35天。"

我的心在胸膛里怦怦地跳动起来。

45

一早，我和父亲扛起锄头，到后山那几分逼仄的田地上种土豆和玉米，锄掉偷偷冒出来已有一头高的杂草，干到十点多结束。趁父亲不注意，我就飞跑下山，一路往坡下冲，两公里不到的山路，我跑得像是一辆刹不住的汽车。有一段时间，我还双手飞扬起来，跳过两块跑到道路当中的石头上。

自由的感觉，如天上的流云般悠然。

一口气跑到镇上，耗时估计在十五分钟以内了，这段路，前阵子父亲和我一起去设摊时，每天帮我记时间，我感觉自己又快了许多。

和欧阳约好了在李寡妇的助动车店门口碰头（他没有课时常来这里帮忙，可能是和她一起做点生意）。他姗姗来迟，仍然戴着蛤蟆镜，和李寡妇打个招呼，巨大的身子跨上他新买的小电驴，跟在我旁边，带我绕上了黄岭镇的另外一条山路。

山路建在丘陵上，春天有一万种绿沿路铺陈开来，嫩叶的清冽和叫不出名字的野花芳香扑鼻而来。

那些丘陵没有正规的名字，镇上的人都叫它窝窝头山。

窝窝头山全是连绵起伏的上山和下山公路，高度落差累计估计在 1000 米以上。我跑步的时候，欧阳骑着电驴撵在我屁股后面，右手不时地腾出来冲我做着指导手势。这条山道一来一回有 16 公里，每次跑回到镇子上后，我再一口气跑回家。一天的训练量在 26 公里左右，其中八成是山地。

他还让我在家每天练习各种深蹲，增加腿部力量。左右脚单腿深蹲各 500 个，双腿深蹲 300 个，雷打不动。完成后，还有单脚扶树前倾弹跳 500 次（因为跑步是一个向前微倾的蹬腿运动）。

第二周的一天，我的腿很酸，就偷懒没有做深蹲，他第二天知道了，居然有点生气了，摘下眼镜看着我，白眼皮有点吓人。自离开学校之后，我第一次看他发那么大的火，他当场要我在店里补了一组。

我只好硬着头皮完成。

不知道他这次刻苦地训练我又是为了什么。

他是黄岭学校的老师，业余时间帮李寡妇搞这个车行，居然还愿意抽时间来训练我参加马拉松比赛。假如我得冠军，他又有何好处呢？或许我可以把一半的奖金分给他？

不得而知，我又一次陷入了猜测的淤泥之中。

离比赛还有最后 20 天的那个傍晚，昏黄的余晖按时斜射进老屋子的土墙上，蜘蛛在悠闲地织网。

左手夹着一个馒头，我读着碎屏手机上显示的一条短信。

"明天要加码。"我看欧阳这么写道，心想也习惯了，他又不是第一次这么说了。

"为何？"我边回信边喝了口稀饭。

"体院同学告诉我，冷水山地马拉松参加选手的水平不低啊。"

"我和他们水平差距怎么样？"

"难说。赛事组织疯马体育公司邀请了省跑步圈的三大马拉松高手前来会战。"

"三大高手？"我的稀饭从嘴角滑落下来两滴。

"是的，这些人我都听说过。可能是县旅游局要求组织方提高比赛水平，这样可吸引省台记者来报道，趁机宣传当地的旅游。"

"……"我一时懵了。

"吹嘘说是三剑客，我给你透露一下，"他写道，"一个是眉州的大学生，跑圈人称眉州鸵鸟，因为鸵鸟是地球上长跑最牛掰的动物，时速可达 70 公里，跑圈用鸵鸟称呼他，可见他的厉害。他前年拿了全省青运会男子马拉松亚军，据说那还是他第一次参加正式的马拉松比赛。那次比赛中，跑了一个半小时，他和卫冕冠军依然肩并肩，他居然扭头问人家感觉怎么样，卫冕冠军由于速度过快，正在过身体极点，一脸痛苦地看着他，而一面孔青春疙瘩的眉州鸵鸟却云淡风轻的，然后，小碎步加力，风一样就超了过去。结果，卫冕冠军只得了第三名。最有意思的是，这个眉州鸵鸟原来是练竞走的，最近两年才改练马拉松，所以他的跑步姿势非常难看，脖子向前伸，身体僵硬地挺着，耷拉着的肩膀吊着两只猿猴似的手臂，两腿翻飞，屁股微微扭动，有时候身子还会左右摇摆一下，像中了一箭的鸵鸟在飞奔。他是全省的马拉松新秀，目前和马拉松组织方——疯马体育签了合作契约，所有疯马公司组织的马拉松，他都参加。

"三剑客中的第二个人是长腿阿笑，我以前见过他，他平时说起话来总是笑眯眯的，眼睛眯成一条缝，特点是腿很长，后劲绵长。"

"这样的人不是适合短跑和跳远吗？"我打字给他，因为在成都青运会上我看到跳远和短跑的人都是很漂亮结实的大长腿。

"长腿阿笑从小就练长跑，他爸爸是体育器械厂厂长，一直想把他培养成职业运动员。他今年快二十八了，他的特点就是钱多、时间多，每次都把赛道研究透了，再来比赛。我们这次第一届冷水山地马拉松，是从黄岭镇出发，翻越窝窝头山，经过小白龙瀑布，到达泥鳅岭镇结束。由于都是山地，所以，他一般都会提前半个月入住泥鳅岭镇的宾馆，每天在这个赛道上奔跑训练，他要熟悉每一个转弯，每一个下坡，每一个冲顶，每一段公路跑、平路跑，这样研究透了，身体完全适应了，参加比赛就无人能及了。"

"他是个疯子吗？"

"有点吧。他的头上的阻汗条上永远插着一根黑羽毛，据说是川西秃鹫的毛，随风摆啊摆的，和他的笑眯眯的脸配在一起，就是一幅漫画。"

我在脑补这个图像。

"他是成都马拉松前十名的种子选手。"

那是全国重量级高手云集的地方，我倒吸了一口凉气。

"但是，最让我担忧的，是三剑客当中的第三个人。"

"谁？"

"魔女。"

"一个女的？"

"是的，一个女的，比男人还厉害的女人。"

46

从欧阳老师的短信中，我得出了这个魔女的基本情况。

她是一个天生的跑者，多年前成都马拉松的女子冠军。她的成绩即使在男子里面也是位列前列，她把全省的女子马拉松纪录提高了两分钟。

魔女读高中时，只是一个热爱跑步的小姑娘，那时候，全国流行晨练，她也参加了学校操场上的晨跑大军，瘦小的她只是比一般人多跑一个多小时而已。她也根本不知道自己可以跑多快。

那时候，有一个绵德职工马拉松比赛（男女混合出发赛），有朋友用第二毛巾厂的名义给她报了名，因为代表毛巾厂参加比赛可以得到三条毛巾。她第一次参加这样的比赛，完全不知道跑 42.195 公里意味着什么，42.195 公里会遇到什么样的状况。

据说，她参加比赛的那天，天气异常炎热，男女选手都挤在同一根跑道后面同时出发的。到了 30 公里的时候，一些选手已经跑得一瘸一拐的，在烈日灼烧下，人们都像缺水后蔫萎的向日葵，不少选手出现了恶心、胸闷等中暑症状，有个选手甚至直愣愣地向围观群众冲了过去，扑倒在路人怀里。

只有魔女一路奔跑，不但超过了所有的女选手，渐渐也超过了多数男选手。

那些钢铁厂、发电厂、水厂的男选手看见被一个短发小姑娘轻松超过,都备感羞愧、屈辱,像发了急的猴子,全都玩命地加速追赶魔女,结果,有两个高手被彻底搞乱了节奏,失去了对配速的控制,体力透支,倒在离终点只有几公里的地方,口吐白沫。而魔女带着她独有的魔力表情,最后一公里超过了钢厂的穆铁人,第一个冲过了终点线,被欢呼的人群高高举过了头顶。

要知道,这还是她人生的第一场马拉松比赛。

后来,有人跳出来检举她不是毛巾厂的正式员工,没有资格代表毛巾厂参加比赛,于是就被取消了成绩,收回了奖牌。虽然有一点点遗憾,但是,这并不妨碍一个有魔力的女马拉松选手的崛起。

魔女后来越跑越快,她还增加了夜跑训练。每当夜幕降临,她便换上轻盈的跑鞋,走向那无尽的黑夜,像一个幽灵跑者,穿梭在寂静的绵德江边。

夜里,我躺在床上,想象这场即将到来的家乡马拉松大赛,想象那个魔女是什么样子。

她既然叫这个名字,肯定穿紧身的黑色跑衣,像一袭魔袍,裤子上估计还绣着魔法符号,双腿在薄雾中向前飘逸地划动着,跑起来如鬼如魅。

比赛时,她在丘陵上领头冲坡,而另外两个家伙,眉州鸵鸟、长腿阿笑则紧紧地跟着他们,一个脖子一伸一伸的,向前狂奔;而另一个头带上绑着的羽毛在风中跳舞,一笑绝尘。

这三个人简直就是三座不可翻越的高山,似乎随时都可以翻下来,把我压成一摊蚊子血。

我心里忐忑着。

翻身看了一看墙上粘了灰尘的美人年历,本月是一头乌发如瀑的张曼玉,我曾在年历下方记了几个小字,"冷水山地马拉松",在一个日子上我特地用圆珠笔画了个圈圈,那是个星期天。

绵德出大事的前几天。

47

5月4日,令人烦躁的蕴热。

远处的乌云在翻滚,头顶上方的天空成了最后一片挣扎的鱼肚白,风渐被唤醒,开始摇晃满山遍野的树叶。

所有的参赛选手都挤在跑道上,像一群即将被放出水栅栏的鸭子。我目测了一下,足足有七八百只(一半是5公里健康跑和半程马拉松的),由于女选手不多,所以,本次山地马拉松采取了男女同时开跑的方法。

我第一次在人群中见到了三剑客,长腿阿笑比一般人足足高出一头,细长的脖子,眼睛眉毛都是弯弯的,乍一看这个人在笑,其实他不一定在笑,你也感觉他在笑;他头带上插了一根黑色的羽毛,那时川西秃鹫翅膀上的东西,在微风中轻轻摆动,穿了白色的运动裤和运动T恤,特别那双耐克鞋,下设新款气垫,弹性和支撑俱佳,一看就是我永远不可能买得起的。

魔女不是想象中的黑色鬼魅,倒是热情四射的一团红。

她身材矮小,一头红色短发(应该是染的),被风吹起来的时候,就像一簇簇跳动的火焰。她上着粉红色的运动背心,下蹬红色条纹的跑鞋。看一眼她那双黑黢黢的小腿,我震惊了,上面没有魔法符号,只有紧绷着的肌肉线条,仿佛拉紧的弓弦,含着极大的内力。

她扁平的脸上横着一道粗眉毛,那是《美术》课本中毛笔画下的山峰,粗犷而坚毅。

相比之下,鸵鸟根本不像一个大学生运动员,他长了一脸青春痘,脑门贼大,上面汗渍渍地耷拉着一绺头发,细细的脖子像是撑不起这个大头,表情是一脸衰相,完全没有青年人的活力。

看到这么多高手云集,我不禁有了一种呼吸急促的紧张。

尽管赛前一周,欧阳已经安排我大幅消减训练量(储存比赛体力),但是我今天人的精神状态还是不太好,或许昨天晚上太兴奋了,一个晚上脑海汹涌,翻来覆去睡不着,又有一只花脚蚊子要吸我的血,直到午夜,才被我拍得血溅纱门。站在上午混浊而燠热的光线下,头甚至有点轻微地泛晕。不知道在这样的身体状况下,我可以和三位强大的疾风跑者对峙吗?

我看了看人群,欧阳并不在里面。

不知道他为何没有来。

由于这是冷水县历史上第一次举办马拉松,政府高度重视,把省城和县里的记者都请了来,记者端起相机拍个不停。运动员全部到齐,却并不开跑,人们都伸长了脖子等一个人。

终于,一辆黑色的桑塔纳带着一屁股的灰尘进入视线,红脸圆脑袋的县长大人从里面钻了出来。这人在县里当了五年县长,无人不识。我看见人们都踮起脚、探着脑袋看着他。

县长腆着个肚子,穿着灰色的西装,站在人群前面大声念着稿子。县长念完稿子,只见人们一阵鼓掌。他居然当众拧了拧脖子,解开领带,脱掉西装和衬衫,原来里面已经穿好了运动服,人们一通大笑,疯狂拍手、跺脚。

县长把胖胖的右手握了个拳头,挥了挥,人们让开一条道,他站到了起跑线最前面的中间位置,看来,他今天也要体验一把马拉松，不过估计是前面的5公里健康跑。

整个赛事的组织者是疯马体育公司，他们的老总是个留着一字胡的精瘦家伙，额头被晒得黝黑发红，腿部结实得像牛犊子的腿，看得出也是一个田径练家子。赛前几天，我才得知，此人和欧阳在师范大学体育系读书时就是死对头。毕业前，他夺了欧阳的留省城名额，导致欧阳被分配到遥远的黄岭来当体育老师。所以，我暗自推测欧阳那么刻苦地训练我，可能就是想通过这次比赛，让我力克疯马公司邀请的三剑客，替他出一口鸟气。

想到这，我不禁用力地搓了两下手掌心，心想，欧阳去了哪里呢？

疯马老总拿了一把发令枪，我看到他弯曲的食指微微动了一下，枪口的空气晃动了，于是，几百条腿用力蹬了起来，人们像放风的马群一样蹿了出去。

第一届冷水县山地马拉松比赛正式开始了！

48

一上来，由于熟悉地形，我和长腿阿笑、眉州鸵鸟、魔女四人一路领跑，10公里以后，是一个3公里的大下坡，魔女明显下坡的速度比我们第一梯队的其他人要快很多，迅速超了上去，我看见她的两条腿跳着小步舞蹈一样，越过我们，在一二百米的前方领跑。

过了窝窝头山、鹅毛岭，一路都是连绵的上坡路，鸵鸟脖子一伸一伸地在我旁边跑着。

长腿阿笑的笑容依然是似笑非笑。

尽管是上坡路，但是我和鸵鸟明显在较劲，我深吸了一口气，努力加一点速度。渐渐地，长腿阿笑跟不上来了，我回头看了一眼他，他似乎正在渐渐离我们远去，头上的黑色羽毛在风中挣扎。

眉州鸵鸟上坡时身体前倾得厉害，脖子向前伸着，我感觉是在和一个史前怪物比赛，他的腿好像有用不完的力气。

20公里处的标志是一块白底黑字的小牌子，过掉了，我逐步感到胸口有些发烫，身体出现浓重的疲倦感，腿变重了。"该死的花脚蚊子！"我心里咒骂道，"害我昨晚没有睡好觉。"今天早上我也只吃了一碗方便面外加一个鸡蛋、一个肉包子。我希望到前方饮水站可以喝点矿物质饮料。

我用牙齿紧紧咬着下嘴唇，压制着身体的疲倦。

和鸵鸟一起跑到了坡顶，两个人全都大汗淋漓，我调节了一下步伐和呼吸。因为太闷热了，头顶的乌云像是一块要掉下来的黑布，远处明显在下大雨了。他突然扭头问我一句话，我看他嘴巴，好像是"要下雨？"我怕没有看清楚，点点头，最后指指嘴巴，一边跑一边摆了摆手。

鸵鸟死死地咬着我，被一个大头怪物追赶着，我只能使出全身力气，拼命地蹬着地。对于下山跑，我是非常有经验的，重心不能太前倾，如果奔跑速度太快，腿脚发酸并且发抖，稍不留心就会失去重心摔跤。我长期在山区奔跑，脚尖和膝盖下顶的力量得到了较多训练，尽管这样，我还是非常小心。

前方百米处领跑的魔女正在和我们拉开越来越远的距离。由于身材矮小，重心低，所以，她下山跑就比我和鸵鸟有很大的优势。她今天的比赛策略很明显，上坡的时候咬住，下坡的时候发力大大超越我们，看来，她的方法已经奏效。

一下这个大坡，一团火红的魔女已经跑得不见了踪影。

风明显比刚才大了，吹得人直摇晃。树丛里的斑鸠，惊慌地扑腾着翅膀从我们的头顶飞过。这时，我感觉除了困，身体还有一点说不出来的乏力。前面天气闷热，体能消耗太大了，身体有点发虚，现在大风形成的风阻，让人筋疲力尽。

路标提示前面就是30公里饮水站了，离目的地至少还有12公里。

我抬头看了一下天，低沉的黑云正在迅速往前方的天空聚集。空气潮湿，让人更加闷气了，除了身体乏力外，我甚至感到呼吸有点不太舒畅，开始担心自己能否跑完全程，速度也掉了下来。

饮水站在绿色的塑料大棚里，我像一个漂浮在海上很久终于看到岛屿的濒死之人，赶忙跑了过去。

一个熟悉而高大的身影，戴着墨镜，抿着嘴巴俯视着我。

是欧阳！

原来他到这里来了，他知道我跑到这里是极限期，特地等在这里给我加油。

我顿时精神大振，心快活地跳跃起来，但是，沉重的呼吸还是阻拦了我的兴奋。

他递给我一瓶矿泉水，趁我拿着水边喝边跑出棚子的间隙，他伸出左手四根手指，快速做了一个数字4，用右手拇指和食指握成0字，摆了两下，然后指指前面。

我明白，那是说魔女领先我大约四百米距离。

最后，他捏起右拳头，冲我挥舞了两下。

第一次看到欧阳给我现场打气，感激如暖流浮了上来，我咬了一下上嘴唇，心道：给你报仇，让疯马公司老总请的"三剑客"变成"三败客"；只是——那个魔女似乎太强了。

我喝了几口矿泉水，把剩下的水浇在头上，扔掉。然后向他挥了一下手，吃力地调整了一下步子，接着发力去追赶。

为了节约时间，鸵鸟这个饮水站连水都不喝，大头一晃一晃，跑到我前面去了。

看见前面的绿色山路拐了大弯，弯曲着向山脚伸去。该死，又是一个去泥鳅岭的长下坡路，这对魔女来说很有优势。

我估计和她的距离又将被拉大。

35公里饮水站在半山腰的一个竹林旁，一地的青黄相间的铺地竹叶。

在饮水站前，我终于再次追上了鸵鸟，他已很累了，步子开始放慢了一些，头一伸一伸的频率也在下降，而左右摆动的幅度却在加大。

他咕咚咕咚喝了好几口水，弥补了上一站没有喝到水的遗憾。

出了饮水站，我发现喝太多的水似乎害了他，他锁着眉头，步子反而放慢了。

我咬紧牙，挺起胸膛，深深地呼吸了几口气，稳健地超过了他。

我这一切都得益于欧阳的腿部训练。他一直说腿是长跑运动员的发动机，还问我——"你知道少林寺和尚吗？"他教了我一招，在家可以练习'双手徒手举水桶'下蹲，每组10次起立，一天50组。我刚开始做时小腿剧酸，他又让我学下蹲训练后的掰腿拉伸，他说"拉伸就像暴雨后给黄岭水库开闸放水一样重要"，"你小子，再累都记得要给我拉伸！"今天看来，腿部的增强训练让我在关键时候有了超越能力。

并肩的一瞬间，我仔细看了一眼眉州鸵鸟，发现他正在调整步伐，像是一只正在为生蛋而发愁的母鸡，我推断他前面太口渴了，喝急了反而不舒服。

终于摆脱了鸵鸟，我一路下坡，呼吸好像也渐渐调节好了。

两公里的 Z 形弯曲山路，我独自跑着。弯路结束的地方，我抬起头，看到前面是去泥鳅岭的最后一段上坡路，好像有足足的 4 公里持续上坡，漫长的冲坡后，再往下跑，回到平路上，最后一段是进镇子的直路，镇中心设有马拉松的终点。

我从小在崇山峻岭长大，冲坡是我的强项，这又是我非常熟悉的一段路，我迈动步子，奋力向山上的垭口跑去。

尽管天气越来越闷热，但是我感觉一直困扰自己的疲倦没有了，体能发虚、腿变重的感觉突然消失，自己的状态恢复得很好。

突然，我感到身后有个人影，鬼！？

我猛地一回头，看到一根在空中飘荡的黑色羽毛，插在一个人的头带上，那根羽毛已经有些凋零，但仍在风中微微摆动。

49

是长腿阿笑，他不知什么时候又追赶了上来。

阿笑脸上露着一种似笑非笑的复杂表情。由于已经奔跑了 2 小时 05 分，他的笑里看得出饱含了一种苦涩和疼痛。但是，另一方面，他估计为能够最后一段路程赶上我而略有欣喜，这是马拉松运动特有的精神力量。

执着带来力量与快乐。

他一定为追赶我付出了巨大的努力,牙齿都要咬碎了。

终于,他在上坡段超越了我,但是超越我的那一瞬间,我认真地看了他一眼,感到他的笑容正在融化,嘴巴喘气时张得很夸张,他已大汗淋漓,头上的黑色羽毛也在风中颤抖着。

我知道他整个人正处在身体极限状态,上坡赶超是特别消耗能量的,特别是对平地运动员来说,艰难得很。

此刻的他已是强弩之末。

而我已经过了身体极限,内力正源源不断地从大腿里生长出来。尽管天气闷热异常,但我的呼吸却调节到最均匀舒服的状态。我跟着他仅仅再往山坡上跑了四百多米,就再次轻松地超过了他。

这次,他没有侧脸看我,而是挣扎在身体的极限期里。他的新鞋子似乎也暂时帮不了什么大忙了!

我保持着这种良好的状态,前脚掌点地,一路攻顶。

翻过一个小山头,我渐渐看到了前方遥远的地方有一簇小小的火焰,那是魔女跳动的身体。

突然,天暗了下来,一块黑色的棉被遮蔽了苍穹。

狂风大作,吹得树叶横飞。

我站立不稳,几乎要倒地。

山土飞扬。

一滴黄豆大小的雨砸在我的额头上,绽放开来,接着第二滴也落下来,砸在鼻梁上,碎了。

我抬头看天,雨已如无数箭矢,直扑大地,整个世界挂起了一张乳白色的幔帐。

一场暴雨夹着狂风不期而至。

不一会儿,附近的山峦开始腾起一阵白雾,那些黄豆般的大雨点凶猛地砸在地上，溅起水花，水花迅速汇成一条条小溪，往山下流去。

我瞬间就被寒冷的大雨淋透了，头、眼睛、运动 T 恤，甚至内裤全都湿透了，眼睛完全看不到前面的道路，迷迷糊糊的一片，魔女也不见了踪影。

由于看不见路，我马上停止了奔跑，迎着倾盆大雨，慢慢摸索着朝前走。雨太大了，砸得脸上、身上都有点痛！

在大雨中，我手掌搭在前额上，眯起眼睛，仔细观察附近山岭和地形，不禁吃了一惊，发现左边就是去泥鳅岭的陡峭崖壁，这些峭壁当地人叫"死人壁"。由于长期风蚀，岩石已经脆弱如豆腐渣。这一带一下暴雨，就会落石塌方造成道路中断。去年夏天，这里有一辆小金杯车被落石砸中，司机连人带车都侧翻到山下去了。

我不敢离山崖太近，贴着山路外侧，顶着雨艰难地又走了一会儿，山上有一块大石头骨碌碌地滚落下来，跌进马路当中。

这是比赛完全没有预料到的情况。

我瑟瑟发抖地迎风顶雨小步慢走，速度如龟，几百米路花了足足二十多分钟。

一道从山上冲下来的溪水泥石流和倒下的大树拦住了去路，泥石流足足有 5 米宽，横亘在马路上，大雨倾盆还在继续，我一下子傻眼了。

我已被雨淋得打哆嗦，衣服湿了，完全贴在前心后背。刚才还热得浑身是汗，现在身体已发虚，牙齿都开始打颤，体温正在迅速流逝。

我浑身颤栗着站在这个泥石流堆前，琢磨着怎么才能爬过去。我看了一下侧面的"死人壁"、黑黢黢披头散发的杂木森林，心想，如果爬到一半，被泥土冲到山下去就不好了。接着又想到，这下再也赶不上魔女了,她就是慢慢走完最后 5 公里,都比我快。我往后看去,后面全是雨幕,连个人影都没有,长腿阿笑、鸵鸟以及后面的运动员都不知跑到哪里了。

我可能又要辜负欧阳老师了。

这次不能怨我,只能怨天气。

如果不是暴雨,说不定我还是有机会可以追上她的,哪怕只有一线希望。现在可好了,完全过不去,我已经可以想象魔女那两道浓眉毛竖起来,一副飒爽的英姿,接过奖杯的画面。

突然,一道闪电像斧子一样劈开了天空,山林被照得通亮。一块大石头从断崖上方滚落下来,离我十米不到的地方,一头扎进马路当中的泥潭里面。

惊得我冒出一身冷汗。

50

几分钟后,雨突然就收了,乌云高飞,风也停滞了。

天地被云层里的日光点亮,明亮起来了,我清楚地看到山下面有人开始往山上奋力地跑,跑步姿势一伸一伸的,我一看就知道那是鸵鸟上来了,他后面跟着长脚阿笑。

我要立即爬过这个巨大的泥石流路障,注意到刚才的那最后一块大石头插在浑浊的巨大泥巴堆里,似乎可以利用这块石头当跳板。我于是手脚并用,慢慢爬过横在路上的那棵树,然后,站在树上,一只脚搭到了那块大石头上,一借手力,爬上大石头,然后从大石头上往路的那一头看了一下,找到一个可以下脚的小石块,猛地一跳。然而，由于石头十分滑，我一下子摔了出去，摔在泥巴堆里。好在这里的泥巴堆已经在边缘，不流动了，但是摔在那里，膝盖磕在石头上，一股钻心的痛顿时传至全身，左胳臂麻掉了，整个人像是被摔闷，我怀疑自己胳臂断了。足足有半分钟之久，我才能够动弹，从地上爬了起来，左胳臂不可以动，但是好像问题不大。

我跳出泥石流，踏上了山间公路，又开始跑了起来，边跑边看我的膝盖，泥巴覆盖的地方，一道殷红的血蜿蜒着流了下来。

我擦了一把腿上的血，拼命地跑了起来，我知道离终点大约还有三公里，自己的体温也渐渐上来了，身体的颤抖已经停止。

魔女应该到达终点了，我想，人们估计正拥簇着她，反正自己也拿不了冠军了，那就尽快完成这次比赛吧。

下坡路滑得像鱼鳞片，我差点又摔了一跤。好在我是山里长大的，知道这种路下雨天一定要用脚后跟着地，两只脚略微向内扒开一点，呈内八字，小步稳妥交替，切忌加速，即使这样，我也是打了好几个趔趄。

忍着腿痛，下坡路在一些古樟树的掩映下就要结束了，大雨带来的雾气正如潮水一样退去，对面山峦露出了青色的庞大身躯。

突然，我看到了前面有一个缓慢移动的身影，再跑近一点的时候，隐约看清那是一个红点，我用手背揉了揉眼睛，把额头和眉毛上的雨水擦掉，这次，我完全看清楚了，粉红色背心，一头红发，是魔女！

原来，她还没有到达终点！

不知为何，她往前移动的速度非常慢，而且姿势很古怪。

慢慢跑近了，我发现她停止了跑，而是在一拐一拐地往前走。

我追上了她，扭头看她，跟她打了一个手势，意思是问她怎么样。

她皱着眉头，咬着嘴唇，好像很痛的样子。我看她的衣服也全湿了，脸上和胳臂上有大片擦伤的痕迹，估计下山的时候可能跑得太凶了，也摔了一个大跟头，扭伤了脚踝。现在，她只能小步拐着往前挪动，痛苦不时地出现在脸上。

我伸手，意思是：需要帮忙吗？

她摇摇头，冲我苦笑了一下，挥了一挥手，让我先走。

我点点头，慢慢跑过了她。最后两公里是去泥鳅岭镇终点的直道，路还是很滑。我非常小心地足掌着地跑着，希望不要摔倒。

接近终点，需要穿过整个的泥鳅岭镇。

雨后，镇子上看比赛的人慢慢钻了出来，像一群云集在打谷场上的母鸡，或是挤在电线上的麻雀群，他们站满了整个小街的两侧，在屋檐下给我加油。

跑过"北川小面"，店老板站在门口，冲我竖起了大拇指……旁边猪肉铺的麻子老板，正在店里举着一把明晃晃的菜刀，向我致敬，一个头发乱蓬蓬的女人站在他的身边，也盯着我看，那是他的老婆，他们都认识我妈妈。

这个泥鳅岭镇离我们镇最近，不少人认得我就是黄岭镇那个没了妈的哑巴，那个大饼摊头的聋哑儿子，那个会跑步的傻子。

只剩最后400米了，我瞄了一眼小腿，从膝盖上流下的血凝固成了一条细线，不知道停住了没有。

我一边跑，一边想着我的腿。

突然，看到沿途所有的脸都转向我身后，所有人的嘴巴都猛地一张一合起来。不好！我知道那是着急时候的大喊大叫。

我不由得像狼一样，扭头向后看去，天哪！眉州鸵鸟居然追了上来，他的脸色通红，脖子一伸一伸的，像一头发狂奔跑的鸵鸟，不！是犀牛。

现在，犀牛正在冲刺。

51

我顿时双眼瞪大，深深吸了一口气，玩命地跑了起来，在湿漉漉的、充满肉臊味、腌鱼味、酸咸菜味的小街上，我飞奔着，感到从脚下升腾起一股热气，昨夜的失眠、半路的虚脱、雨后的寒冷、摔跤的剧痛和膝盖的流血，都无法阻拦我想第一个冲过终点的热情，我越跑越快，越跑越疯。

感觉自己像鸟一样地腾空了起来，飞过了田野、山峦和小镇。

我不管不顾地用脚底猛蹬着泥鳅岭镇的石板路，我第一次忘记了身体，甚至忘记了时间，忘记了空间，完全忘记了我自己。

我飞翔了。

那两个拿终点线的女孩还没有回过神来，她们踩着街上的积水，刚刚把线绷直，我已经用胸膛拥抱了它。

欧阳，我帮你报了仇！

52

外间唯一可以被夕阳照亮的那面墙上，有一颗生锈的钉子，钉子下挂着妈妈的遗像。

　　我拿毛巾小心翼翼地擦着黑色相框上的灰，擦的时候感觉碰到了她的脸，她好像在看着我。她消瘦的脸上有那么多皱纹，像干枯的河床，一对和我神似的眼睛，只是深深地凹了下去，满是生活的苦难。记得临走的前几天，她痛得在床上翻来覆去的，后来就很困难地喘着气，像拉破风箱一样，她那艰难的一生啊……

　　记忆中，她最后几天看我的眼神都是涣散的，嘴巴嗫嚅着，好像在说："关天啊，妈以后不能再照顾你了，你要自己看好自己了……"

　　我把配着红黄两色绸带的金牌挂在了那颗钉子上，奖牌自然地垂下来，我往后退了一步看，那块奖牌像挂在她的脖子上一样。

　　桌子上那一叠红彤彤的钱像是燃烧的火。

　　蓦然想起小时候妈妈带我四处看医生的情景来，那些去县城、省城的颠簸的长途汽车，那个针灸店的猫胡子医师，那些躯干上暗红的伤口，以及她知道做错事后的惊慌失措。我想起，那年自己在黄岭镇街上夺门逃跑时，妈妈在后面追我。那个时候，我一点也不明白妈妈的心思，老觉得她在害我，现在终于明白了一切，可她也不在了。

　　我多么希望可以让她看到我在家乡马拉松夺冠的这一天。

　　心想，妈妈为什么就不能再多活两年？等等我，看看那块来之不易的冠军奖牌。

　　不知不觉间，我又跑到屋后面那片竹林里来了。

　　踩在松软的竹叶上，发现竹林还是过去的老样子。午后的微风摩挲着竹子花簇状的顶部。

　　想起小时候，我孤孤单单的一个人，像野兽一样没有朋友，无所事事地赖在林子里不回家。夕阳的光斑在竹叶间跳动,圆满的或是残缺的,像是月光撒下的金花和银花,我盯着那些银花和金花痴痴地要看上半天,常常如此呆呆地玩上一天,直到山头上落满黑暗,雾气浮起,月牙东挂。

妈妈就到竹林找我回去吃晚饭,我不明白,那时候她的心该有多着急。

她总是拿着那个破旧的黄色农田旗,远远地在林子的那一头,使劲地挥舞着,每一回,我都假装没有看到她。

如今,破败的黄色农田旗不知烂在哪里了。

小时候,那些竹林的傍晚,我在那些寂寞的矛盾中踯躅着。

因为,我隐隐知道,她是妈妈,她一定会回来找我的。

回到家,打开抽屉,翻出她留给我的那个纸条,纸头已经泛黄:"关天,你喜欢跑就多跑吧,你跑起来和平常人没啥两样。"

妈妈,今天,我不但和平常人跑起来没啥两样,可能跑得还要快一点呢。

你在天上看到了吗?

53

马拉松比赛后的第八天,我一早起来,跑了个 20 公里(最近一周的跑量徘徊在 120 公里左右)。

屋门外,不远处的天空中长着许多鱼鳞状的粉云,一片一片或一坨一坨地堆在天上,天地间一丝风都没有,那些云久久没有散去。这种云平时很少见,我一边往山下跑,一边瞥那云片,觉得它像顽皮的龙女从海里探出了漂亮的脊背。

　　邻居家的两条土狗百无聊赖地趴在地上，张大了嘴巴，向外不停地抖着舌头，像两个偷吃了朝天椒的小孩。

　　黄岭镇西街包子店的屉笼冒着白色的蒸汽，河边倒映着刷马桶女人的腰身，摆菜摊的农民在街边铺了一溜儿的翠绿色，最大的一家土菜馆张着彤红的灯笼，看来今天有人要摆宴席。街旁的残垣围墙里，一只胖乎乎的橘猫从睡梦中惊醒，从墙头窜出，在屋顶上警惕地爬着，然后蓦地跳入人家院落，消失在花草之中。

　　下午大约两点多，父亲让我和他一起下大田。村口李家红砖墙旁的小道上，我弯腰扛着平头锄跟在他后面。

　　梯田闪着亮光，稻秧呈现层层叠叠的青翠，空气中散发着大地呼出的气息。我俩注意到梯田山脚下的路上，有一支穿深红色衣服的队伍在行进，像一串会走路的糖葫芦，在梯田和山峦的浓翠掩映下，这支红色的队伍显得出格，甚至有点触目惊心。

　　于是，我和父亲放下锄头，并肩瞧起来。

　　队伍最前面的四个人穿着不太齐整的红衣服，两个吹唢呐的摇着头、晃着脑，使劲地鼓着腮帮子；后面跟着两个男人，一个打锣，一个敲铙，歪歪扭扭地往前踢踏着脚走着；打锣敲铙的后面，跟着一个矮小的老太婆，穿着旧式的红袍子，头戴绛色的头巾。有一刻，她转过脸看了我一眼，那是张惨白、毫无血色的面孔，像一具陈年的石雕；队伍正中间是唯一一个骑马的——着深红色中式礼服的男子，他头戴一顶黑檐红顶帽子，可能路上颠簸久了，将那帽子颠歪了，他在马上一前一后地晃着。他后面还有六七个走得跌跌撞撞的人，其中一个显然力气已尽，落在了后面，歪斜地举着一块红色的牌子，上面写着"迎亲"两个字。

父亲凝视许久，冲队伍前头吹唢呐、打锣敲钹的几个人，吐了一口口水，好像骂了一句：这是镇上的那几个混混！

我正皱眉琢磨他是否说了这句话，蓦地觉得有人在旁边重重地推了我一把，我顿时站立不稳，差点摔倒。梯田下，那骑在马上的新郎身子猛地往前一冲，几乎从马上滑落下来。四个吹唢呐、敲锣打钹的人一时呆滞在原地，放下了手上的家伙，惶然地看着四周。刹那间，大地剧烈地晃动起来，山峦、梯田、村庄、围墙、马和迎亲的人，一切都跟着晃动起来。

接着，我惊恐地看到，不远的山上石头滚下了坡，起了白烟。

"地震了！"一个可怕的念头抓住了我。

紧张和颤栗像蛇一样缠住了我。

心剧烈跳动，像被一个大锤子死命地捶着，呼吸急促，腿却不知怎么那么不争气，软得迈不动步子，仿佛钉在原地一样。

我扭头看父亲，他站立不稳，摇摇晃晃，一头要向身旁低矮的秧苗田栽下去。我后来回想，当时不知道是哪里来的力气，一把拽住他的手，硬是把他拖住了。但是大地在剧烈地摇，像遭遇暴风雨的船。

世界在眼前旋转，李家的红砖围墙看样子要倒了，我拉着父亲的枯手，往前猛地一蹿，因为腿软得蹿不了多远，被突然凸起的田埂路绊了一下，我们根本站立不稳，双双摔了出去。这一摔，头磕在地上的小石头，刺痛让我清醒，腿软倒是好了，我死拽着父亲的胳臂就往远离围墙的地方跑，但是地面像海浪一样起伏，我们站不住，再次摔在地上，我瞪圆了眼睛，使出浑身最大的力气，腿部爆发出活像子弹出镗的力量，拖着父亲往前冲，这得益于欧阳老师指导我每天做的蹲立训练，腿部力量今非

153

昔比。

　　干瘦的父亲被我拽得几乎手臂脱臼，我们跌跌撞撞，摇晃得像醉汉似的走出红砖围墙的范围。

　　围墙齐刷刷地倒下，卷起一阵灰土。

　　接着，远处李家屋子的土墙开始破裂，晃动中，屋顶最先开裂，像龇牙咧嘴的怪兽一样挣扎了两下，整个房子坍塌了，掀起巨大的尘土，灰尘满天满地的，遮住了我的视线，整个世界变成灰扑扑的一片。

　　我完全被眼前的景象给震趴下了。

　　浑身汗毛竖起来了，打着哆嗦，脖子后面都是虚汗。我看看身旁的父亲，他骨瘦如柴的手在灰尘中微微地颤抖。

　　那支红色的迎亲队伍也看不见了，梯田下方的土路上巨大的灰尘弥漫着，像是有人把面粉袋套在了大地的头上。我揉了揉眼睛，怀疑自己之前是否真的看到了一支诡异的红色迎亲队伍，像一场幻觉，又像一场噩梦。

　　几十秒钟，地下行走的怪兽走了，剧烈摇晃的世界归于平静。

　　我们沿着变得歪斜、扭曲的小路往家的方向疾奔，家前面那户人家在摇晃中居然奇迹般地立住了，而后面那栋熟悉的房子，黑瓦、黄色土墙和木色斑驳的门窗，均倒塌在地，卷起一世界的尘土。

　　家没了。

54

　　隔壁蔡家阿妈站在废墟前，嘴巴在大呼大喊着什么，两只手高举，发了疯似的抖动着。

我和父亲奔了过去，在完全坍塌的屋子前，倒吸了一口凉气。

蔡家儿子被一堵砖墙和一道混凝土预制板死死地压在下面了，他只露出半个脸在外面，满头是血和灰土，不知是死是活。我知道这房子是蔡家去年新修的，现在全垮了。

父亲把手伸进洞里，想把蔡家儿子拽出来，但是他被卡得很紧。我们爬到废墟上，先搬掉一些碎砖，再动手去搬那堵混凝土预制板，那板接近三米长，估计原来是二楼的地板，怎么使力它都纹丝不动。村里的其他人都赶来了，其中几个胳臂和脸受了外伤，大家站在瓦砾中，各自找到着力点，一起搬那堵预制板，但还是太重了，仍旧一动不动。

蔡家阿妈头发蓬乱，眼神抓狂，端了一碗水，趴在乱石堆里，小口喂给儿子喝，但儿子的嘴巴只蠕动了一下。（所有人都知道，蔡家没有爸爸，他的儿子是妈妈在深圳做洗头工时怀上的，然后毅然回老家生了下来，二十年多来一直陪着阿妈。）

蔡家阿妈丢了水碗，绝望地抠着砖块。

早有人拿起手机拨打110或者119，但是，整个地区的通信早就不通了。

蔡家阿妈趴在地上，满面皱纹里都嵌满了泪水和灰土混成的泥，她双手合什，不停地给邻居们上下作揖，请大家一定要救她儿子一命。我知道她近四十岁才得子，对这个儿子宝贝的不得了，以至于儿子二十多岁了还待在家，每天陪陪老娘，种田养猪，母子俩相依为命。

过了一个多小时，人们没有办法了，精疲力尽地呆立在废墟里外。

蔡家阿妈找到一个脸盆和毛巾，把毛巾绞了个把子，慢慢地趴在地上，用湿毛巾给儿子的侧脸擦了又擦。他还在半睡半醒中，脸向下静静地趴着——在断墙和预制板当中露出一个人头，灰尘迷雾般弥漫，周围每个人都是灰扑扑的，宛如从末日废墟中走出来，令人感到惊恐不安。

看来要去镇上叫人来帮忙，父亲用手机打字给我："去镇上叫人！你跑得快。"说完，把手机塞进了我的手里。

我点点头，蔡家阿妈摇晃着身子挪了过来，像一个失去灵魂的人，她双膝一曲一下子就跪倒了，死死地抱住我的大腿，眼神空洞地看着我。

这么一个鹤发鸡皮的老太抱着我的大腿求我，枯萎绝望的凄厉眼神让我十分不好受。

我浑身激灵着，抹了一把眼泪，用手指甲掐了自己一把，点点头，紧紧攥着手机，撒开腿就跑。

大家都知道我的速度，我是全县跑得最快的人。

我和父亲去镇上练大饼摊位的时候，他踩着自行车，每天记录着我的速度，我大约十五分钟就可以到达镇上。

跑出村口，不一会儿就遇到蝙蝠群飞的那个山崖，眼前的景象令我吃惊，山崖居然挪了位置，被整体推到了路边上，并且局部坍塌，路被阻断了。

我手脚并用，小心翼翼地爬过这片坍塌地带，又回到了下山的路上。

原先在山路旁静谧流淌的溪水改了道，溪水的位置抬高了，以至于溪水全部流到了水泥铺的山路上，路面变得湿滑无比。我无法跑了，踮着脚尖踩着水往前走。

这样下山就花了二十多分钟，到山下公路前，照例是那个种子商店，但是，种子商店不见了，出现在眼前的只有一堆凌乱的废墟扬着灰，它已经被抹平。

　　坍塌的废墟里，我看到砖下面有什么奇怪的东西露在外面，跑近一看，一道可骇的景象：一条灰土色的人腿凄凉地伸展着，恍若从地底深处挣扎而出，那腿部的皮肤呈现出灰败的颜色，小腿部分的衣物破破烂烂的。

　　我把乱砖一块一块地捡起来扔到一边去，慢慢露出那个人的身子，最后，在灰尘弥漫的废墟间，我看到了一张灰黑的脏脸，像一股深渊里的黑雾，看了许久，我才认出来是开种子店的李老汉。他倒在一堆种子当中，很多种子已经扎在他的眼睛里，像小石子镶嵌在水泥里一样。

　　我摸了摸他的呼吸，已经停止了。

　　我感到一阵脊背发凉，浑身颤抖着往后退了几步，不敢再看第二眼，转身飞快地往镇上跑去。

55

　　田野裂了一道大口子，形成一米多宽的沟壑，由东北往西南延伸着。

　　马路也被拦腰砍了一段，十几辆汽车被阻挡在深沟的两侧，动弹不得。我连续向两个司机打手势，并打开手机，打字："蔡水村有人被压着，请去救援。"但是，那些开车的人都摇摇头，他们个个心急火燎,要回到镇上去查看自家受灾情况,并不能跟我去一个乡村。

我决定继续往镇上跑。

观察了一下裂沟的宽度,我觉得可以尝试一下。向后退了十几步,先来了一个助跑,然后腾地一下跳过了深沟,到了马路的另一头。

想到蔡家儿子灰白的脸,我就拼命地跑起来,两条腿像马犊子一样不停蹬地。

不一会儿,天下起了雨,闷热中,冰凉的雨水打在脸上,落在田野上,打在远处山上腾起的尘土上。整个世界灰蒙蒙的,闷热潮湿,像在一个抑郁的脏梦当中。

我抹了一把脸,脸上的灰土被雨水淋湿了,变成了薄薄的泥,粘在皮肤上,自己已变成一个从泥塘中钻出来的怪物。

一边跑,一边看远处的山,一切都浸泡在蒸腾的烟灰和雨雾中。

这种感觉好像很熟悉,因为我以前常常梦见:山里的溪水陡涨变成洪水,足足十多米高,向我冲来,我拼命地奔跑,奔跑,那些水在后面翻滚着,龇牙咧嘴地追赶我。最终,我跑不过山里的洪水,被它淹没、吞噬,我在水中挣扎,双臂拍打着水,要人救我,想吼,却连那些古怪的喉咙震动声都发不出来,我渐渐沉到水中去了,像一片被风刮落的樟树叶子,随波沉浮。

现在,我在梦境一样的世界中奔跑着,已经有一点分不清这是梦还是现实。

这种感觉让我抓狂。

但是,无论是梦中还是现实中,那张垂死的脸都刻在我的心里,一刀一刀地,我要挪开这把刀,只能以最疯的速度向前奔跑。

用最短的时间冲进黄岭镇。

渐渐跑近镇子了，镇口那棵老樟树远远在望了，它远远地耸立在细雨中，好像没有发生什么大事。

通往镇口的马路平坦，地上只有一些小裂缝，好像没有啥大碍。只是没有一辆车子经过。

我想一口气跑到镇派出所（就在黄岭学校斜对面），去那里求救，让所长派出一个带上切割工具的救援队，如果可以，一个小时不用就可以赶到山上，希望可以救活蔡家儿子。

想到这里，我加快了奔跑的速度，推测比平时的跑速提高了两成。

绕过那棵老樟树，就是直通镇中心的西街了。

细雨形成交织的水线，如银丝般飘来荡去，像一层舞动的薄纱将整棵老树紧紧地包裹着。那老树枝叶繁茂足有三层楼高，树干需要两三个人才能合抱起来，仿佛一位慈祥的老人，满脸都是世间的风霜，它挺拔地伫立在那里三百年了，守望着一切——这是黄岭镇的地标。

但是，今天，我满头灰泥地站在镇口西街入口处，居然没有看到黄岭镇，我揉了一揉眼睛，不敢相信这是真的，是的，我没有看到黄岭镇。

那个熟识的，充斥着炒辣子味、肉膻味、泡菜坛子味，下水道泛着酸腐味，石板路面永远湿漉漉的老街不见了。

黄岭镇已经不在了。

56

黄岭镇的大地都拱了起来，像剧烈发酵的面粉团。

那些老旧的房子倒了一地，剩下几堵残墙没有倒，倔强地站在废墟中，像是小镇的墓碑。活着的人都是满头灰尘、血迹和泥泞，露出黑洞洞、恐怖而受惊的眼神，我看见他们的嘴巴一张一合大叫大喊，不少人站在废墟上奋力搬动着坍塌物，清理瓦砾，用双手在废墟里玩命地扒着、抠着，呼喊中泪流满面。那些侥幸被人救出废墟，抬出来后，有的头破血流，有的腿断了，惨不忍睹。

镇中心被扯开了一条巨大的裂缝，歪斜的街道、坍塌的房子和墙壁像是又被天魔用斧子劈了一通。

废墟中的黄岭老街还依稀可辨，我踩着碎砖、瓦砾堆、烂门框，往派出所方向走。遇见大张伟，他像是从面粉堆里钻出来的，浑身是灰和泥，估计地震前他已从小店里蹿出来了。大张伟脖子上像鞋带一样粗的银链子变成了脏链子，他怔怔地站在一堆破碎变形的门窗前，眼睛直勾勾地盯着那堆瓦砾，似乎不相信自己的铺子已经彻底垮掉了。他的爸爸像发了疯一样，扑到店铺废墟里面，两只手在里面翻腾着，把新的鞋盒、衣服包着的塑料袋子拣出来，但是，雨一淋，就将那些鞋盒子都淋透了。

没有看见小张伟，估计不在镇上，通常他都是开着小货车去冷水县城和绵德市进货。我推测，如果他在路上的话，倒是能逃过镇上的这一劫。

细雨像麦芒尖斜刺下来，和灰尘混在一起，变成泥浆，顺着我的眼睑、脸颊往下淌。

艰难地走到派出所的位置，三层楼的派出所裂成两半，其中一半完全倒了下来，估计压着人了，几个大檐帽正在接力传砖头，用力地搬，看来已经搬了许久，横梁被近十个人抬了出来，人露出来了，人们叫嚷着跳了过去，团团围住。我也探头看了一眼，依稀是派出所周所长的模样，我见过他几次，上次马拉松比赛，他还到现场维持秩序，小眼睛，两道浓黑的剑眉，是小镇上的厉害角色。我跻身往前想看得仔细点，周所长满面是黑红色的血和灰泥，剑眉塌陷了，头被横梁砸瘪了，凹进去整整一半，那顶警察帽子被嵌入了脑子里。我感到胃部一阵强烈的痉挛，仿佛一只无形的手在紧紧握住我的胃，中午吃的馒头和菠菜在胃里翻江倒海。

我不敢相信周所长也死了，思维开始变得混乱，浑身颤抖着从废墟上半爬半滚下来，也完全不知道哪里可找人帮忙——上山去救蔡家儿子。

茫然中，我放眼看着周围的废墟残瓦，灰蒙蒙的天地间，在几十米开外的地方，突然，我依稀看到了一个矮小的、穿红色旧式礼服的老太婆，她在废墟上缓慢地走动着，脸扭过来，那脸像一张惨白惨白的纸。我受了惊吓，嘴唇开始不听使唤地战栗，这样不知过了多久，也许一分钟，也许十分钟，我揉了揉眼睛，定睛再看去，却发现废墟上空空的，只有一些腾然而起的尘烟，并没有什么穿红衣服的人。

此刻，我发现身边不少人都开始骚动，一些人跑了起来，跌跌撞撞地朝一个地方跑。

天！那是黄岭学校的位置。

黄岭学校！

57

  很多镇民、学生家长脸色惨白地往学校方向奔过去，不少人自己也受了伤，用布包着头，一瘸一拐地跑着。

  我也跟着跑了过去，眼睛惊恐地张大了：校门和围墙都已不存在了，那熟悉的五层中学教学楼垮塌成了三层，斜插在地面上，那一、二层的整个初中年级教室不知道去了哪里。

  漫天的灰尘，整个学校像一个被轰炸后的巨大废墟，浸没在黯淡的小雨中。

  逃出来的学生、老师和陆续赶到的小镇居民团团围着教学楼废墟，乱成了一锅粥。大家在废墟上用手扒，用木头撬，用力拔和拽，个个嘴巴都在大呼大叫，不少人脸、胳臂上的血和泥灰凝结成了一团团、一条条血污。

  地震那一刻，七百多名学生正在上课。整个初中部由于在一、二层，直接被压在地下，没有活几个，活下来的都是跳窗逃生的。

  我不敢相信这一切是真实的，四肢不听使唤地颤抖着，腿肚子发软，几乎抬不起来。

  像从泥浆堆里爬出来的荷包蛋校长眼睛鼓出来，布满血丝，白泥浆的脸上看不出任何表情，他站在废墟下面，不停地挥舞着手臂，指挥老师同学救援。后来，我才得知，事发时，他正在给高二（2）班的学生上古文课《兰亭集序》，他刚念到"古人云：死生亦大矣。岂不痛哉！"教室门突然被谁猛地一下推开，又突然合上，接着整个教室剧烈地晃动起来，天花板在吱吱咯咯抖动，他脑子反应很快，大喊一声"地震了，快跑！"，同学们还不知道怎么回事，他已经第一个冲出了教室，像一头中枪后受惊的野猪，仓皇奔下楼梯，在大楼垮塌之前，他第一个跑到了学校的操场上，而班级里面跟他跑出来的人，只有一小半。

人群中，我看到了欧阳老师那大高个子，他正忙着救人，我放下了心。地震那一刻，他当时正带着戴长腿他们班的学生在操场上练跳远，逃过一劫。现在，他和上体育课的同学们冲在废墟上，往外搬砖、掏人，戴长腿和两个同学一起，用双手抠砖，把大砖头、碎木头往外丢，徒手扒出一个洞来，向困在里面的同学喊话。

高中部多数班级伤亡过半，活下来人数最多的还数位于三层楼的高一（2）班。他们得救的原因很侥幸，地震剧烈晃动时，他们班的楼板居然卡住了，没有突然掉下去，而那个有名的捣蛋鬼（据说有多动症）、成绩门门挂红灯笼的李二毛特别机灵，他用课桌抵住了掉下来的门梁，让（2）班32个同学从课桌下爬了出来，而他自己后来则在余震时，被门旁一块飞坠的窗户玻璃横空击中，一块板斧一样大小的尖玻璃插在他的大腿上，血流不止。

很快，我找到了自己原来所在的高三（1）班了，几个老同学正焦虑地围着废墟堆，我急奔过去。

由于一楼、二楼不见了，本来也在三楼的高三（1）班直坠下来，变成了一楼，而四楼的水泥预制板全部断裂、掉落，盖住了整个三楼，叠在一起像错乱的蛋糕。我和几个同学爬上一堆烂砖、变形的门窗框，通过一个灰蒙蒙的洞，往惨不忍睹的坍塌废墟里望去，我闻到了一股刺鼻的尘土味，间夹着人体的气味甚至还有一些血腥味，黑暗处感觉有个别活物在扭动、挣扎，刹那间，我惊恐地明白：（1）班没有跑出来的人都被压在了下面！

除了被课桌、横梁支撑保护着的同学，多数人都趴着，动弹不得了。天哪！这就是我的高三（1）班啊，如果我没有退学，地震前应该也坐在这个班级里，和他们一起在废墟里挣扎，想想就一阵头皮发麻。

班长李峰、学习委员大脚丫李晶、扎蓬松大辫子的杨子，还有令我感到恐怖的鞭子老师，不知他们是死是活？

在废墟上，几个逃出来的高三（1）的老同学，何广大、田肖凤几个人，拿着木棍和断钢筋在翘一块巨大的水泥板，我也跑过去帮忙，用手掰，用脚蹬，但是那块水泥板纹丝不动。

扒开一条水泥板的缝隙，我看到两个同学蜷缩在水泥板下，不知死活。突然，有人动了一下，借着微弱的光，我看到了一张脸，眉毛头发都是白灰，依稀看清是李峰！天！他的位置已经比较靠近门口了，好像还活着。李峰上身压着一个成年人，成年人的背上压着一个巨大的水泥板，我推断那水泥板下坠后把成年人砸中后，又把他们两个人严严实实地拍在地上了。

黑暗中，个别同学压在附近的乱砖横梁下微微蠕动。

压在水泥板下的中年人一动不动，微光照着他肩膀上一摊暗红的液体，他后脑顶在水泥板上，脑颅凹进去了，正汩汩冒着血泡。漫天的灰尘消停一会儿，我依稀看到中年人的黑眼镜镜片碎了，一大片玻璃扎进眼睛里，血正从眼窝里渗出，一滴一滴流下来，流到了李峰头上、脸上，然后滚进水泥地面。

我嘴唇打着颤，上下牙齿不听话地敲打起来，这个人应该已经死了，他那副黑框眼镜，变成灰我都认得出来。

他是鞭子老师。

58

　　我浑身一阵颤抖，一阵恐惧，一阵悲凉，先是嘴巴哆嗦，接着变成全身的抽搐，我最怕、最讨厌的老师居然死了，而且死在我的面前。我曾经在梦中无数次和他搏斗揪打，我在前面逃跑，他总是一手拿着教鞭，一手拿着数学作业本，在后面追赶我，我无路可跑，回头和他摔打于一处。

　　但是，那都只是梦而已。

　　现在他居然浑身是血地惨死在我的面前。

　　我怀疑眼前的这一切是否真实，现实怎么比梦境还要恐怖？是我的梦魇在现实中上演了，该死的、被诅咒过的事情都显灵了吗？眼前的一切远远超出我的心理承受能力。这一场景让我良心备受折磨，胸口充满了矛盾而复杂的情感。

　　学校成了一座人间地狱。

　　我们几个撬不动水泥板，只好挂着手上的木棍，歇了下来。

　　我伸头到狭窄的水泥板缝里去看李峰，他还活着，静默地卡在水泥天花板、鞭子老师、地板和课桌之间，只是随着时间的推移，嘴巴动得越来越少。

　　在我的印象中，他一直是学校里最刻苦的学生，每天5点就起床看书、背单词，连吃饭、上厕所都在学习。他可以连续八小时做题目，每年全年级考试第一名，是所有同学老师眼中的学神。他文静的外表下，有一颗强大的心。另外，他也喜欢跑步，常常一口气在学校的操场上跑上10圈，短跑速度应该不亚于我。他家比我家还要寒苦，父亲早逝，只有一个行动不便的妈妈，住在泥鳅岭镇的深山里，全家几乎没有什么收入。学校免除了他的学费，但他还得自己去搞生活费。周日他从不回家，靠给低年级同学补数学赚一点家教费；此外，还有同学多次看到他利用周六的下午，一个人在收集宿舍楼的空矿泉水瓶子，到废品站找李河南换点零角钱。

我觉得李峰最强大的地方，不是读书成绩第一，不是跑步很快，而是不顾同学们的眼神，敢于从宿舍楼抱着一捆可乐、矿水瓶子，坚定地走出去，这个走廊长30米，那么多双眼睛瞅着他，他需要什么样的勇气，可以战胜自己的羞耻心？换了我，也绝对难为情。

由于没钱，李峰只吃食堂的素菜，以前还去我爸的饼摊买大饼凑合一天，几任班主任老师知道这个事情后，都自己拿钱给他的菜里加个鸡蛋、添个鸡腿啥的。他是吃学校老师的百家饭长大的孩子，当时几个不太懂事的镇上孩子很嫉妒他，觉得老师偏心眼儿（我也一度这样想）。可他的确是碾压式的优秀，高考模拟卷的最后一道压轴难题圆锥曲线，他都做得出来，不愧为一代学神。他的目标是考取复旦大学数学系。如果可以考取，那他将是黄岭学校历史上破天荒的大事，就好像黄岭的淡水河里冒出来了一条海豚。

但是，眼下，这位学神在高考前几天，却被水泥板死死地压在地上，他的能解圆锥曲线难题的脑袋正在出血，呼吸也越来越微弱。

59

除了李峰，在废墟中压着的还有杨子，黑窟窿里依稀看到她扎了一根大麻花辫子的脑袋在动，估计也还活着，脾气泼辣的她是班级里的女生头，那根辫子是她的标志，她曾经和陈晓翠是同桌。此外，很多其他同学都不知去了哪里，我没有看到以前坐前排的"连裤袜"王鹰。

整个楼板压下来，他们唯一活下来的可能是躲在残破课桌、歪斜楼板临时挤压出的缝隙里。

我和几个同学小心翼翼地爬到压住李峰的那堵楼板的根部，由于没有大型工具，我们用木棍撬，用手刨，用指甲抠，指甲都抠出血来了，但那断的楼板一动也不动。

他的血在变黑，在慢慢地凝结，我心里一阵酸楚，一阵剧痛，眼泪止不住扑簌簌地落下来。

我突然想起什么，离学校一百多米不到的地方有个五金店。我飞快地跑了出去，那个五金店已经垮塌了，我搬开几个碎砖头、烂木板，看到了一堆玻璃下面的柜子，已经被压歪了，但里面的五金都还在。我高高举起一块砖头，砸烂了玻璃，拿了4个手电筒、3个榔头和1把老虎钳，一溜烟跑了回来。

戴长腿接过我的手电筒，一一试了一下，只有一个有电，其他三个都扔了。欧阳老师也过来了，他高高举起榔头，冲着压着李峰身体的那堵水泥墙上的边缘用力砸了起来，但敲了十分钟，只把水泥砸出些碎末，换了一个学生家长来，他发了疯似的砸起来，但是，也没有多少作用。我心里暗恨，这水泥板是故意用来压人的，不是用来承重的。

我们都累瘫倒在废墟旁。不行！没有大型工具，根本不行！废墟外的同学、家长嘴巴张得老大，都在吼叫，鼓励里面的人坚持下去，不要睡过去。一些现场的人暗想：坚持一下，大型吊车就要来了。

但是，大型吊车在哪里？救援队伍在哪里？

有些人不时地掏出手机，双眼死死盯着屏幕，或者不停转换着

167

角度，查看有无信号。但是，很快就知道这一切都是徒劳的。

估计黄岭附近手机信号站被毁了。

地震后，黄岭镇或许已经成了一座孤岛，外界根本不太可能知道这里发生了什么。

我看见满脸泥巴的荷包蛋校长流了泪，他双腿下跪，拍打着废墟的水泥板，手都要砸出血来了。欧阳、戴长腿和同学们都泪流满面，有些家长用力撕扯着自己的头发，扑倒在废墟上，哭喊着自己孩子的名字。

到了下午5点钟，雨骤然变大了，豆子大的雨点没头没脑地砸下来。

这时，我瞥见一个家长冒着大雨，慌乱地呼喊着跑了过来，眼神极度惊恐，像是大白天见了鬼，他用手不停地戳着街东面、黄岭河的方向，冲着校长说着什么，看样子那里出了更可怕的事！

60

那个家长拉上荷包蛋校长，跌跌撞撞地就往学校对面的小街跑，我和一些人也跟了去，艰难穿过十几栋倒塌的房子，跳过一条废墟小街，就是黄岭河的一处河岸。

顶着倾盆大雨，我们站在河岸上一看，彻底惊呆了，往常十多米宽的黄岭河不知何时彻底消失了，河水流光了，露出肮脏的淤泥和瓶子、废马桶等垃圾，往上游方向看，河上断裂了几个巨大的口子，估计水都从那里流掉了。

顺着那个家长的手指方向，我撑开手掌在眉间遮挡着大雨，眯着眼睛往河床的上游眺望。虽然雨水迷茫,但还是依稀可以看见:那里的山坡间不知何时出现了一堵不规则的巨型堤坝,腾空悬浮在小镇的高处。我推测,地震导致上游的山体滑坡,滚下来巨大的泥土和巨石把黄岭河的河道堵塞了起来,形成了一道自然的堤坝,挡住了河水,一个临时的堰塞湖估计正在形成。

而我们的小镇就在这个堰塞湖下面。

雨哗哗地下着,所有人都湿透了,悲哀而惊恐地静默在干枯的河床边。

我以前遇到过山溪在暴雨和塌方后形成的局部堰塞,但是这么大的堰塞湖还是第一次遇见。

可以想象,这个堰塞湖的水位正在上升,如果遇到余震,泥石堤坝可能会随时坍塌,大水冲下来,直接就把黄岭镇给淹没了,届时,所有人都将死去。

这个堰塞湖就像悬在黄岭镇头上的一把利剑。

现在余震不断,大地每一个多小时,就会颤抖一下。人们已宛如惊弓之鸟,只要一抖动,很多女生就抱着老师、同学,发抖不已。

所有人的精神都在崩溃的边缘。

荷包蛋校长手脚颤抖地回到学校塌楼现场,决定组织家长、老师、同学撤退,但是,多数人不愿意离开废墟,这些水泥板、砖墙、课桌下面还挣扎自己的儿子、女儿、丈夫、妻子、学生、同学,哪一个人愿意在这个时候忍心丢下他们跑掉呢?

一个女人流着泪,双膝磕在废墟上,反复哭喊着一句话,我看明白了,她说:"娃子,你要死了,我还活个啥呀?!"

老天爷呀!王八蛋啊!你这是咋想的?我心里骂道。

这是要把我们黄岭人斩尽杀绝啊。

61

废墟旁，那棵屹立未倒的老樟树的巨大冠盖下，从来不抽烟的荷包蛋校长一把夺过了欧阳老师刚刚点燃的一根香烟，颤抖着手，猛吸了一口。

他冲戴长腿和我招招手，我们从一堆烂木头、残砖上跑过去。我看见他双眼布满血丝，唯一的一绺头发和泥巴一起搭在眼皮上了，冲着我们激动地说着，污浊的手不停指戳着冷水县城方向，我大概明白他的意思：让我们两个立即出发，跑到县城去求援。

这里到县城有四十多公里路，八成是盘山路，一般人根本跑不动，他知道，只有戴长腿和我可以胜任。因为我是全县跑得最快的马拉松选手，而戴长腿也是中短跑外加足球健将，如果在道路畅通的情况下，我们两个人大概可以在四个小时以内从黄岭镇跑到冷水县城喊救援。但是，目前道路全毁，到处是山体滑坡，其实没有人知道我们可以多久赶到县城。

他在一个破损课桌里找到本未湿的语文练习册，撕下来两张纸条，再借了一支笔，蹲在倒了一半的食堂小楼挡雨处，在上面重复写下了这一句话："黄岭学校地震垮塌，堰塞湖随时溃堤，上百学生被压，速来救人——黄岭学校校长　周奋。"

他犹豫了一下，瞪圆了眼睛，狠狠心咬破手指，按了两个血指印在上面，分别交给戴长腿和我每人一张。为了防雨，我们把纸条套进塑料袋，扎好口，塞进自己的口袋。

临别前，他按着戴长腿的肩，语重心长地嘱咐了一遍。最后，他突然各抓住我们两个人的一只手，人陡然矮了半截，跪在地上，头撞地三下。

看着校长跪下，我们也流着泪，双双跪下。

泪水和着泥水、雨水，一起往下淌。

所有人，都潸然泪下。

62

已经五点半了，雨变小了，暗灰色的雾气罩在远处的山峦上。

我和戴长腿拿上了唯一还亮着的手电筒，出发了。

踩着废墟，我们努力地往镇的西面跑。那里有一条县道蜿蜒往北，约三分之一的路都是沿着黄岭河，东拐西绕，穿过崎岖的山谷，通往冷水县城。

路过镇西的李寡妇助动车店，昏暗中依稀看到这个二层楼的房子被巨斧劈了一刀似的，临街的一面坍塌，堆成了堵住进出屋子的巨大废墟，另一半却惊险地矗立着，像一个怪物咧开了黑黢黢的大口。

满身灰土的李寡妇淋着雨，枯坐在废墟里，怀里抱着孩子，眼神呆滞而空洞，两三个邻居围着，几个小孩站在远处吓得瑟瑟发抖。

那孩子的小小身躯睡在妈妈怀里一动也不动，头上绑着一块红布，脸上全是灰尘和泥，眼睛紧闭着，看上去不知死活。借着微弱的光线，我发现他额头上绑了两块止血布，其中外面的一块竟然是条小学生的红领巾，红领巾是暗红湿润的。

孩子已奄奄一息，那个跳到欧阳身上捏鼻子的调皮孩子，前阵子还看见他活蹦乱跳的，我心里一紧，像是有人从黑暗中突然伸出一只手,直直地伸进我的胸膛,一把揪住了我扑通扑通跳的心脏。李寡妇整个人像要死了一样,苍白秀美的脸上写满了苦涩、疼痛和绝望。我理解李寡妇,如果孩子死了,生活对她已是第二次暴击。黑夜笼罩着这个女人,丧夫、丧子的悲痛如两把枷锁,将她牢牢钉在绝望的深渊。我仿佛看到她站在一片黑暗中,人们对她指指戳戳,而她脚下躺着的孩子,鲜血越流越多。

我的心剧烈地抽搐了一阵。

欧阳还在学校里救学生,没顾得上回来帮李寡妇,如果他赶来的话,或许可以把孩子送去医院,但这黄岭镇哪里还有医院呢?只有废墟世界。

我来不及细想,喉咙里发着怪怪的嘶吼声,最后看了一眼她孩子,浑身颤抖着就跑了过去。

戴长腿也跟了上来,他额前一绺标志性的头发被雨水打湿了,耷拉在脑门上,脸上都是泥浆,已经完全看不出校体育队的万人迷的样子。

我们只有以最快的速度跑到县城去喊救援,李寡妇孩子、李峰、杨子、蔡家儿子,还有很多生死不明的同学才可能被救活。

只有这样,我们才能救更多的人。

想到这里,我们咬紧了牙齿,在废墟掩盖的路上寻找着空白地儿,向前蹦跳奔跑着。

这里到县城有四十多公里,其中 32 公里是山路。

地震后到处是滑坡、落石,余震不断,山路异常险恶,而堰塞湖即将溃堤,时间对我们来说像一块沉重的石头压在头顶。

63

出了镇子，山边的公路有好多拱起、开裂。地上的落石大的像面包车，小得像土豆，好在这里地势开阔，我们可以从公路上下到右侧的田野上去，绕过落石。

跑了七八公里。

天完全黑了，雨和风也忽然停了，天气变得阴飕飕的。

乌云压着天空，宛如夜王带着鬼兵黑黢黢俯视着大地。手电筒的灯光开始有点昏暗，像是一只在魔窟中东奔西撞的萤火虫。

我们两个人沿着公路继续往前小跑着，由于不知道前面的路况，怕路上突然出现的大断裂，不敢跑得太快。

去县城的公路会路过一个大村落，叫下角村，就在老龙头山第三高峰的山脚下。黄岭河在这里来了一个九十度的急转弯，掉头向北，直奔冷水县城。

往常的夜晚路过这里，会看到亮着灯火的几百户人家，像一条山间的璀璨银河。

今夜却是一片诡异的漆黑。

等我们两个跑近了，发现下角村也全毁了，活下来的人有的打着手电，有的点着了火把，在废墟上扒着残砖、断瓦，掏着土墙，那些黯淡的光、摇曳的光，像极了一个巨大无比的坟堆上的鬼火。

戴长腿在前面，我跟在后面，小跑着经过村庄。

公路旁黑暗的废墟里，一个中年女人躺在一块毯子上一动不动，一个小姑娘跪在一旁，拿了一个伊利盒装奶在喂她，但她并不张嘴。戴长腿停了下来，他慢慢地蹲下来，手电筒光照了过去，突然，那个女人睁开了眼睛，眼珠突暴，伸出手在空中舞动着，像要抓住什么东西一样,我看到她的嘴巴剧烈地动着,通过嘴唇,好像在重复地喊四个字:"我的儿啊!我的儿啊!……"过了一会儿,她的眼睛闭上了,脸上没有一丝的血色,嘴唇干裂,除了膝盖偶尔抖动一下,整个人像死人一样了。

戴长腿被吓了一跳,慌张地立了起来。

我们两个正要加速离开这个下角村,旁边暗处里面跌跌撞撞奔过来两个人,打手电仔细一看,是一个老头和一个老太,都流着泪,分别拖住了我们的手,一个单膝半跪,一个连连哀号求帮忙。

我们被他们连拉带拽地攀爬过两座老房子的废墟,来到了靠山脚的一户人家下面。地震导致的大滑坡把那里的房子给挤塌了,一根长达十米的老木梁和黑瓦、山土压着整个废墟。三四个人团团围着废墟,在搬那根木梁,但是木梁纹丝不动。那个老太婆往前一蹿,用瘦弱的肩膀猛顶老木梁,歪着嘴巴使着全身力气。天太黑,我看不清她的神色,但是可以推测废墟下面埋着她儿子或女儿。

我和戴长腿也赶紧冲上去,脚踩实了,梗着脖子一起扛。

那根大梁被雨浇透了,泥泞而又滑溜溜的,六七个人连催几次力,由于吃不上力气,它纹丝不动。

我看到了碎瓦下露出一个破窗帘,跳下去把窗帘拆下来两片,分别包住大梁的两头。七个人再一起用力,由于大梁包住后不滑了,那根梁就吃上了力,慢慢地挪动了一下,我很振奋,再和人们一起使劲扛,大梁又挪动了一下,大家立即再一起用力,最后,大梁抖动了一下,被推到一边去了。

下面露出一堵倒塌的矮墙,那个老太像发了疯一样,用手拼命地刨砖头,我看到她的手指甲有几个已经没有了,中指和无名指都是鲜血直流。我和戴长腿也跪在废墟里,扒废砖、抠泥土。后来,那个老太婆不知从哪里找来一把菜刀,发了痴一样,抡起菜刀,使出浑身的劲在敲那堵残墙。刚砍了几下,突然余震来了,山体又开始滑坡,一个来帮忙的男人害怕了,丢下我们撒腿就跑了。大地摇晃的时候,我也害怕,抬头看看黑黢黢的山坡,咕碌碌滚下一个小汽车大小的石头,跳过一个坑,离我只有七八米远,飞过眼前这片废墟的侧面,往下面的房子和公路上滚去了,惊得我一身冷汗。

我和戴长腿腿肚子打着颤,等余震过去后,接着帮老太一家扒土、抠砖。

戴长脚接过老太婆的菜刀,狂砍着残墙,砖渣四飞,不一会儿菜刀卷皮了,变成了一把三角铁。

又有人找到一把种地的锄头,抢起来砸那堵墙。猛抢了八九下,锄头的木销子就松了,抢的时候向后面飞了老远,差点砸到一个前来帮忙的村民。

好在那土墙终于松垮了,大家加紧用手扒土和砖,我的手指抠着土,右手掌出血了,食指指甲反过来了,奇怪,我居然感觉不到痛。

大家把砖一块一块地扒出来,递到外面扔出去。

终于,在火把和两三束手电筒光的照射下,我看到了铺满灰尘的长头发和花被子。估计这家老太的女儿下午正在床上休息时,地震突然发生了。

这个女人背朝天,头朝下,双手向前匍匐着抓紧被子,跪在床上,一动也不动。

她的跪姿十分诡异,有点像古代的跪拜,她的周围是花被子,蚊帐还罩压在她的身上。

我和老太婆用碎瓦片割开蚊帐,去拉那个女人起来。

她一动也不动地跪着,可能后脑中了砖头,已经死去。我心里

175

涌起一阵恐惧，一阵悲凉，看来我们全都白忙活了半天。

我看见那个老太婆嘴巴里呼号着，从后背抱住跪着的女人，硬要把她拽起来……我实在不忍看下去，今天是过于残忍的一天！我把头别了过去，默默地从废墟上直起身来。戴长腿在昏暗的手电光中，来回抹了好几把眼泪。

突然，火把的光重新照向了废墟，我发现现场所有人的目光都重新投向了那张床，戴长腿脸上出现了不可思议的表情。

64

我也急忙扭头去看，彻底惊呆了，那个跽跪着的女人身体下面居然有一个小孩。

老太婆用颤抖的双手把那个小孩抱在手里，大家都聚拢过来看，原来是一个才一岁不到的婴儿，还在酣睡，双眼紧闭，鼻翼一张一合，呼吸均匀。他眼睫毛很长，小手臂胖得像一节节白色的莲藕。他穿着一件深红色的中式小褂，红的好似一团暗紫的火焰——我依稀记得今天好像在哪里看到过这个红色。

他可能一点都不知道发生了什么。

他的怀兜里插了一只手机，人们打开一看，里面有一条事先编好的短信，上面写着："宝贝，如果你还能活着，请一定记住妈妈爱你。"

老太的眼泪扑簌簌地流下来，头剧烈摇晃了两下，身体站立不稳，被老头和邻居们一把搀住。

我和戴长腿离开废墟，往公路上跑去。

我一边跑，一边胡乱想着，或许有一天，那个获救的孩子会长大，长得像山上一棵挺拔的树，他或许会了解他的身世，知道妈妈在生命的最后一刻，踞跪成一个躯体三角形护住他，挡住倒下的世界。

她用她最后的力量点亮了那漫长而昏暗的一天，让他有机会见到第二天的曙光。

晃着手电筒，我们沿着路继续小跑起来。

忽然我想起了妈妈，想起她最后留给我的那个塑料袋，里面油腻腻的纸币，我一直放在床底下的盒子里，不知道大地震后，还找得到吗？不知道她在天上，过得还好吗？可有钱花？

我跑着跑着，眼睛酸了。

公路出了下角村，就沿着河进山了。我们起先很顺利，往前慢跑了几公里。尽管忙了半天，没有吃任何东西，身体有些发虚，但是，戴长腿和我还是相互较劲似的往前进。我跑起来速度控制得很均匀，这样比较省力；而戴长腿是中短跑选手，爆发力强，跑着跑着就落在我后面一大截，过一阵子再发力追上来，这样气力消耗得反而厉害，时间一长已经气喘如牛了。

这黑暗中的弯曲山路是如此熟悉，又是那么陌生。

看了一下手机时间，晚上 8 点 25 分。

雨后，一轮上弦月拨开浓云，露出半截小脸，开始用微弱的光照着山岭。我跟爸爸学过一些阴历知识，知道这是初九或初十的月亮，下半夜不久就会沉下去。

仰头看那些山岭，暗黢黢、巨大而恐怖的黑影，像要把山路一口吞噬掉。

我和戴长腿一前一后小跑着。这一段的黄岭河估计有支流注入，所以又有水了，只是水位比以往低了很多，几乎贴着河床，暗夜里泛着灰白亮的光，迅速向下游——冷水县城方向流淌。

我知道，目前雨暂停，对黄岭镇来说突现一线生机，因为这样上游的堰塞湖不至于马上垮塌。但是如果明天继续下雨的话，水位持续上升，那么就又悬了。我们得加紧跑，跑到县城把救援喊来，在下一次下雨前把黄岭学校的师生救出来。

9点17分，我们到达龙王庙一带，我知道这里离县城还有十九公里左右。

突然，黑暗仿佛真的吞噬了道路。

前方道路竟消失了，黑黢黢一堵小山拦住我们的去路。我看到好几辆途经这里的车子都困在这里，个别车辆亮着雪白的大前灯。

我和戴长腿打着手电来到小山跟前，惊得咬紧了嘴唇：这个黑黢黢的家伙不是一座山，而是山上滚落下来的巨大的山石，最大的几个都有房子那般大，完完全全把路给堵上了。

我们没有了去路。

那八九辆车子看样子已被困在这里好多个小时了，这些人舍不得弃车，但又担心余震引发山石崩塌，于是女人们钻在车里面，男人们则在一辆卡车背山的一面蹲着，抽烟、聊天，有人的眼睛死死地盯着手机显示屏。戴长腿和他们聊了一下，发现他们有的是县城的，有的是泥鳅岭的，个个焦虑而崩溃，不但对自己的处境提心吊胆，同时还担心家人出事，说手机根本打不通。不知道天亮以后的道路会疏通吗，但是由于不确定有没有车会来，他们的眼睛里布满了困惑和忧愁。有个骨瘦如柴的司机站起来提议，明天一早弃车徒步翻山越岭，返回县城。

明天？不！一想到明天，我心里一阵慌张。水泥板下挣扎的李峰，他流血的脑袋出现在我面前，还有生死未卜的杨子，重伤的李寡妇儿子，蔡家的儿子，还有那上百个学生啊。明天的话，又有多少人要死去？

戴长腿也发急了，他跳起来用手去攀那些巨大的落石，想从上面爬过去。但高耸、湿滑、泥泞的巨石，手无法着力，爬了两次，不到半腰就跌了下来，落在马路上新砸成的水塘里，屁股全湿透了。

我们两个一筹莫展，同时又饥又渴，心急如焚。

戴长腿摸着屁股，耷拉着不再帅气的脑袋，跑到那几个卡车司机处，问他们有没有干净的水喝。他们都摇摇头，半天时间过去了，身边的水早喝光了。

这时，我看到有块大石头把公路砸了个巨大的坑，坑里积了不少雨水，我就走了过去，蹲在地上，用双手捧着水喝了起来。雨水也好甜！凉凉地滑进我的喉咙，滋润着几乎要燃烧的胸膛。戴长腿也学我喝了几口积水。

我们蹲在那里，用积水洗了两把脸，抬头看到路上还有几条巨大的裂缝，一直延伸到旁边的山体上，消失在山林间。其中一条大裂缝足有半米宽，我打手电往里面照了一照，缝隙里暗得像地狱鬼门。正在想这骇人的力量为何可以撕裂大地的时候，地面又忽然筛糠似的颤抖起来，余震来了，我的汗毛孔全部竖起来，身体栽了一下，我努力稳住，只见那条裂缝居然在我面前慢慢地合上了，过了一会儿，又诡异地张开了。

一块松动的山石在黑暗的山上滚动起来，向下面的车辆和人猛冲下来，却撞在一棵大树脚下，大树震颤，石头终于停住，不再动弹了。

我蹲在那里的时候，借着月光，抬头观察山坡，朦胧的山坡上有好几棵黑影子大树，还没有倒下，我觉得可以先爬到山坡上，攀住那几棵大树，跨过裂缝，翻山梁，通过这一段巨石塌方的地段，回到山石那边的公路。

我跟戴长腿比画着商量了一下。

他点点头。

于是我们两个人咬咬牙，手脚并用，奋力向山坡上爬去。

戴长腿的左脚踩在一块松动的石头上，石头受力后往下面的公路滚去。车子里面的人估计都在惊呼，这两个小子简直不要命了，不顾余震，冒着黑夜往满是滚石的山上爬。

但是，我们没有办法，要把沦为孤岛的黄岭镇的受灾消息送出去，我们需要吊车开进来救援李峰、杨子他们。

我们好不容易爬到那棵大樟树上，树干有戴长腿腰身这么粗，树下是大小不一的滚石，距离樟树五米不到的地方，是那条大裂沟。我和戴长腿正要爬过去，这时候一次大余震来了，山仿佛肚子剧痛，抽搐颤抖起来，我和戴顿时站立不稳，立即张开手臂抱住了树干。我的位置高，抱住了树的上半部，而戴长腿的位置低，他只抱住树的下半部，所以他的身体有点向下掉。

此刻，余震还在持续，我们抱着树干的手都有点支撑不住了。

树下方那条裂缝，像地狱的嘴巴一样慢慢地一张一合起来。

大地波浪式地战栗着，树干太粗了，戴长腿的站位不好，抱不紧树干，滑了一次，他又挣扎着用力往上一攀，但是，大樟树一晃动，我看到他的嘴巴一张，眼睛在月光下闪着恐惧的微光，整个人还是失手掉了下去，向着黑黢黢的裂缝坠了过去。

65

我的心猛地一沉，担心他整个人掉进深不可测的裂缝。

好在裂缝不宽，他的两条腿全卡在张开的缝隙中。

戴长腿的眼睛瞪得像牛眼那么大，嘴巴激烈地尖叫着什么，牙咬紧了嘴巴，整张脸痛苦地抽搐在了一起。他攀着缝隙壁，把一只脚从裂缝中用力抽了出来，蹲在缝外面，另一只脚死命地往上拔，却被渐渐合上的地缝死死卡住，大地在缓缓地闭上嘴巴。

估计整个山区所有活着的人都感受到了戴长腿那撕心裂肺的吼叫。

他抽搐的脸像被车裂了一样。

我松开树干，跳下拱起的土包，去拉他。但是，任凭我怎么拉，他的脚始终被死死地夹在地缝里，感觉已经被压得骨折，因为一拉他，他就疼得龇牙咧嘴。

估计他的叫声把山坡下避落石的人都喊来了，终于，有两个不怕死的好心司机也爬了上来，六只手一起拉他。但是，还是拉不动，手电筒的照射下，我看到戴长腿脸上黄豆一样的汗滴了下来，可以感受他的右脚那种钻心的痛。

他痛得翻着白眼，几乎支撑不住。

我们只有等下一次余震来袭，等待地缝再次张开。

过了大约半个小时，余震这魔鬼又跟着来了，但是，那条缝不但没有打开，闭得更紧了。

戴长腿龇牙咧嘴地叫着，往日帅气的脸已抽搐成团成一团的白纸。我不敢去看地缝里的那条右脚，应该废了，我不再忍心看他，难过地转过了头。他是黄岭镇财税所所长的儿子，算是小镇上的富裕家庭出来的,除了擅长中短跑,他还是校足球队的,常常穿着一件阿根廷队 10 号球服在校园里晃来晃去,特别是额前一绺飘逸的头发,每隔几分钟就甩一下,曾博得了无数女生的好感。

但是,今天,他一生的好运气似乎全部用完了,他用来跑步、罚球的右脚,被挤在裂缝里面,脚掌估计完全粉碎性骨折了。

我扭头看了一眼痛得满头大汗的他,心里徒生一阵恐惧,因为,刚才如果我抱住树的下半截……不敢去想,我已经是又聋又哑了,如果老天爷再把我的脚拿去,我的生命或许也该结束了。

戴长腿人很硬气,我看他嘴巴,张开叫了一阵子,就不再叫了。他瞪圆了眼睛,忍着痛,仍在使劲地往外拔自己的脚。

又一次余震来了,天地颤动,山上的小石头和土再次往下落。

他脚下的那条裂缝先闭上,接着慢慢地张开了。

趁着这一点空隙,我们把他的脚从地缝里拔了出来,但鞋子还卡在缝里。

他痛得咬牙切齿。

我借用手电筒看他的右脚掌,脚掌骨头完全被挤断了,接近于压扁,软塌塌的,和袜子粘在一起,像一块没有骨头的生肉。脚踝那里在大出血,迅速肿得像个巨大的馒头。他想把脚放下来,试一下看能不能支撑住身体,然而我看得出一种钻心的疼正在摧毁他,一着地,他的脚就像遇到了一块滚烫的烙铁,立即反弹了起来。

他不能跑了,甚至连站起来都不行了。

他用痛苦而无助的眼神看着我,显然,他只能在山坡下的汽车里等待救援了。我给两位好心的司机大哥作了揖,掏出口袋里那张荷包蛋校长给我的字条，借着手电筒的微光，给他们看了一眼，他们的脸色一下子凝重起来。我请几位司机大哥搀扶戴长腿慢慢地走下山坡。

我站在山上那棵老树下，指指县城的方向，和他们作别。

我明白，后面的路，我要独自往前跑了。

我摸了摸口袋里的纸条，悲凉地想到黄岭小学数百名被压的师生，还有山上村子废墟下的邻居，那么多生死未卜的、那么多急需送往医院的人，都留在孤岛一样的黄岭，等待我把消息送出去。

这个夜是那么苦长而焦虑，时间一刻都等不及。

嘴巴叼着手电筒，我手脚并用，穿过山坡的密林，爬到了山坡上方一条不通汽车的废弃山路，这条老山路路况一般，但是由于位置较高，所以受损情况反而不严重。

我忽然想起，如果沿着这条老山路一路往北，再翻两座山，过一个海拔约两千多米的垭口，应该可以看到冷水县城的灯光了。

66

夜里 11 点 07 分，月亮在翻滚的云海中时隐时现。

沿着老山路一路慢跑，人越来越疲惫，远处出现了一座黑黢黢的山岭，我知道这就是附近的最高峰——鸡冠岭，通往冷水县城的公路地标，因为鸡冠岭往下就是一些起伏不大的小丘岭，连着冷水县平原，往常无论是新公路还是老山路，只要站在鸡冠岭东头一眺望，就可以看到县城的灯光。

我想，终于可以看到县城了！心情激动，于是加快了速度，踩着一些落石跑到了老山路的垭口，垭口的风很大，有点儿冷，我搓着手，缩了脖子，往县城方向看去，却什么也没有看到，四下里一片漆黑。

我顿时懵了，揉了揉眼睛，再次睁大眼睛观察远方，仍然是乌漆嘛黑的。我知道，尽管夜深了，县城的路灯应该都是亮着的。

但是，县城方向一片死寂。

我开始有点儿不相信自己的眼睛，怀疑是不是黑夜让我跑错了方向？

一种不祥的预感笼罩了我。

忽然想起老山路下方垂直几十米就是新公路，那里是鸡冠岭目前的主垭口，前些年修了一个开阔的停车场，还有一个绿顶的八角亭，站在那个八角亭子可眺望县城全貌，我前几次来县城时，看到不少汽车都临时在这里停靠，一些游客站在亭子里远眺县城的景致。

我手脚并用，沿着山坡一点点攀爬下去，雨后的土和灌木根部都很松，一抓住，就被拔了出来，整个人往下滑坠。连滚带爬下了坡，手和脸都被擦破了好几块。

打着手电筒，我找到了鸡冠岭观景点那个著名的八角凉亭，亭子上面的匾额掉了下来，砸碎了，亭子看样子没有大碍。我站在亭子的石栏上，往县城方向眺望，倒吸了一口凉气，县城方向依然是漆黑的一片，一点点光都没有。

偌大的冷水县完了？！

我两眼一黑，第一次感到了崩溃，浑身无力。和训练马拉松时的身体崩溃不一样，那是可以抗拒的、咬紧牙关挺得过去的，而今天这样的拼命奔跑、攀爬，像从一个黑暗的隧道中跑出来，又进入了另一个黑暗的隧道，一个接一个的黑暗隧道，没完没了。

　　我感到了前所未有的无助、乏力，浑身疲软。气温凉得刺骨，我浑身发冷，伴随着一阵低血糖的头晕。尽管长期马拉松训练，我的体能很好，但是从下午开始，已经奔跑、救援近十个小时，只喝了两次积水，一直没有吃任何东西，没有补充能量，胃也停止了翻腾，两眼开始发花。

　　我感觉自己有点不行了，像被一只无形的手掐住了脖子，头被按进水里。

　　第一次如此虚弱，打了一阵寒战，我从八角凉亭的石栏上站起来，脚底软绵绵的，不由自主地钻进石头长凳下部的空当里，这里风比较小。

　　我缩在那里，昏昏欲睡，仿佛有人在耳边轻轻地跟我说：睡过去吧，睡过去吧，睡过去永远不要醒过来，再也不要置身于这个令人绝望的世界了。

67

　　离高考还有 56 天的横幅高悬着，黄岭学校中学部教学楼稳稳地站立在炽热的阳光之中。"自强不息　知行合一"八个大字张贴在侧墙上，唯一奇怪的是教学楼顶部的时钟不走了。我往楼顶望去，阳光消失，操场渐渐被一团混混沌沌的浓雾笼罩。鞭子老师的黑脸在教学楼里某个层面隐隐显露了一下，我惊慌地背着书包冲进教室，有几个熟悉的同学挤在我的前面，挡住了去路，我想推开他们，却推不动。其中一个男生慢慢地转过头,他戴着黑框眼镜,消瘦的脸很苍白,我看不清楚,等凑近了,"李峰!"我心里一惊。原来我没有退学,还在读高中?我心里一阵疑惑。

我们并排坐下,李峰冲我打了一个招呼,他的另一半脸慢慢地转向我,我的心刹那间被揪痛了,他脸上全是暗黑的血,一滴一滴正在往下淌着,滴在嘴角,滴在身体上,滴在课桌上,淌在地板上……我嚯地站起来,呼吸急促,完全喘不上气来。再扭头去看教室里面的其他人,发现好多个女生都躺在地板上,一动不动,课桌不知何时全部倾倒了,一地的文具、砖头和腾起的灰尘。空气阴冷无比,天地摇晃得让人站不稳,天花板和巨大的石头滚落下来,我吓得连忙蹲在课桌下,头紧紧地抵着一个课桌底部,好冰凉的课桌。

这时,我突然发现一头短发的陈晓翠也躺在地板上,她微微侧着头,眼睛很亮,像是清晨没有落叶打扰的河水,一个孤独的酒窝深刻地嵌入她的嘴角,我痴迷地瞅着她的短发,渐渐地,她的眼睛变得灰暗不堪,没有任何光泽,黯如雨雾中的街灯,我低头想去握住她的手,她身上居然盖着一床湿漉漉的花棉被,一只毫无血色的手伸在外面,那一刹那,我感到了空虚,感到了无比阴冷的寂寥。

我的头不知为何越来越冷,像被冻住了。

这时候,有一个瘦小的老太婆从黑暗中缓缓走出来,好像没有遇见任何障碍物,她冲着陈晓翠身旁的一个人俯下身子,向那人的鼻子吹了一口冷冷的气,那冷气仿佛能穿过鼻腔,直达骨髓。

接着,她转过头来看着我,面孔白得就像石膏像一样,僵硬而诡异。我突然想起在哪里见过她——在梯田下方的道路上,迎亲队伍里的那个老太婆。我感到一股寒意从背后脊梁升起,仿佛有一条冰冷的蛇一点一点爬上了我的身体。我赶紧闭上眼睛,不敢再看她。她的面孔在靠近我,轻轻地向我呼出一口冷飕飕的气。

我屏住呼吸,身体僵硬得像一块石头。

我知道,必须采取行动了,只有跑出去找帮手才能救晓翠他们,我最后看了一眼晓翠,心道,对不住了。我猛地推开老太婆,拔腿就跑,蹿出学校,但不知要奔去哪里,前面依稀是黄岭小街,拐角有一个人骑在马上站在那里一动不动,拦住了去路,他穿着红色的中式礼服,带着暗红色的礼帽,我只好调头跑,跑着,跑着,蓦地一脚踩空,就重重地摔下了山坡,头咚地一下撞在石头上……

遽然,我惊醒了。

原来,我的头撞到了冰凉的八角凉亭石条凳的底部,想起刚才的梦,心剧烈地跳动,一阵余悸。梦和现实,我已无法区分。我一摸口袋,发现纸条还在。摸着它,发了好一阵子呆。

一阵大风吹过,我打了一个哆嗦,这下完全醒了。

揉了揉眼睛,感觉身体的力气有点恢复,我猛地想起,父亲不是说那个迎亲队伍里敲锣打镲的,是村子里的混混吗?!如果是这样的话,那支队伍应该不是亡魂的冥婚队伍,但是,父亲那天说的是这一句话吗?

看看时间,手机的钟表指针指着3和4中间。天哪!我居然靠着石栏睡了三个小时!说好的去求救呢?我着急地抬起头,头又一次剧烈地撞在长石凳子。一股钻心的痛,该死!身体还在长石凳下面。

我手脚并用，爬了出来。肚子实在太饿了，想找点东西吃。

想起这里是观景台，常有附近的村民在停车场旁边设摊卖玉米、茶叶蛋，吃完了都会扔在垃圾桶里。

亭子三米外就有一个大熊猫垃圾桶，已经倒在地上碎掉，一堆臭烘烘的垃圾流了出来。

我走过去，用手电筒照着，蹲在地上仔细地翻着垃圾。有几个脏兮兮的茶叶蛋壳，其中剩有小半个蛋白，但是，用鼻子一闻，一股腐臭的味道。我忍住不去吃，知道这样的东西吃下去，要闹肚子的。再翻，有一个康师傅饼干盒子，里面一片饼干都没有，只有一点的饼干屑，我一骨碌全部倒进嘴巴，用口水化了吃下去。饼干屑到了胃里，只让我更加渴望食物。

我像狗一样发疯似的翻着，所有的垃圾都被扒了一遍，一点点可吃的都没有。我失望极了，愤怒地踢飞了几个垃圾袋和空瓶子。脏兮兮的空瓶子绝望地翻滚了两下，掉到观景台下面去了。

我用手电筒在观景台附近来来回回照了几下。

什么都没有。

我绝望地关上了灯光。

68

手电筒的光越来越暗，借着余光，我看见离亭子的十多米的地方，黑暗中还趴着一个黑乎乎的圆家伙。

我冲了过去，这个熊猫垃圾桶也倒在地上，里面掉出一堆被人啃完的玉米棒子。可能这个垃圾桶离摆摊的小贩距离近，所以，多数嚼完的玉米棒子都被扔在这里了。

我睁大了眼睛找寻，终于看到一根玉米棒子只被啃了一半就扔了，也不顾上面都是咬得烂糊的牙印子，往嘴巴里一塞，就啃了起来。牙齿发力嚼着，像在风干的骨头上舔肉的野狗。

我完全不管不顾地吃起来，此刻这简直是世界上最好吃的东西。我的舌苔贪婪地感受着淀粉的香甜，牙齿激动地上下用力粉碎着玉米粒，而且完全等不及嚼烂，就咕咚一下咽了下去。结果，一上来的两口卡在喉咙这里，吐不出来，咽不下去，双目被挤出了眼泪。

我又从垃圾桶里找到一瓶喝了只剩一小半的盐汽水，一仰脖子，吞服了硬邦邦的玉米粒。

把玉米棒子啃得干干净净的，我感到力气有点儿恢复，在想下一步该怎么办。

我站在山垭口往山下俯视，冷水县方向依然是一片漆黑。我沿着垭口的山坡往上爬了起来，大约走了七八百米，到了垭口的西峰，我登上了这个制高点，山上都是灌木，风呼呼地扯着我的衣服。我眺望着山下的平原，黑暗笼罩着大地，月亮已经沉下去了。启明星挂在地平线上，像是一只不动的萤火虫。我把头转向东北方向，终于看到了一大片黯淡的灯光，推测不出离我有多远，我揉了揉眼睛，感觉那片灯光比一个冷水县还要大。

我想，那可能是这里最大的市，绵德。

只有去绵德求救了。

对，绵德！

69

下了山，我看了一下手机，电池条变红了，时间显示：5 月 13 日 4 点 04 分。

地震过去十四个小时了，不知废墟下的李峰、杨子他们怎么样了，还有那座悬在黄岭镇头上的堰塞湖。

一想到压在水泥板和砖墙下面的同学和老师，我的心沉甸甸的。

天上的月亮不见了，漆黑一团。

我算了一下，从这里还需跑 20 公里左右到达绵德市，在我体力已经透支的情况下，不知两个多小时内能否跑到？到了绵德，找谁可以把求救消息递出去呢？我隐隐有一层担忧。

唯一的利好是，跑到绵德市，那里也该天亮了。

咬紧牙关，借着手电最后一抹暗光，我又跑沿山路跑了起来，手电的电池快没了。

跑了一会儿，天色有一丁点鱼肚白，山脚下的水泥公路笔直地伸向远方，路面是浅色的，泛着暗光，我基本可以看出路的走向和轮廓。如果地上有一个黑乎乎的东西，那多半是山体滑坡的落石。

这里地震造成的山体滑坡不算厉害，路上的大石头比黄岭镇附近少，不过，通车是没可能的。

我用前脚掌着地，奋力蹬着地。山和树在往后迅速退去，前面是一条裂缝，我一跃而过。跑着跑着，仿佛自己又在冷水县马拉松的感觉了，全身每一个细胞都绷紧了，脑子里面只有一个目的地，那就是绵德。

路上遇到中小型的石头，我就一跃而过，遇到倒下的大树，我就手垫一下树干，翻身过去。我知道，时间越来越紧迫了，那些水泥墙下压着的年轻脸庞和躯体在呼喊我，他们流淌的血涂满了大地，溅向天空，那些血正在追赶我。我拼命地跑，跑得上气不接下气。

我刚才已经耽误了三个小时，我越跑越懊悔，觉得有负罪感。尽管那是因为体力不支和饥饿乏力，但是，我觉得不能完全原谅自己（居然睡了三个小时），而我睡着的时候，他们还在废墟底下苦苦挣扎。想到这里，我就使出了全身最后的力气，玩命地蹬着脚丫子。有好几次，我都差一点摔在石头上。还有一次，被什么东西给绊了，我整个人飞了出去，在水泥路面上滑了一米多，左手掌磨破了，火辣辣地疼，我借微弱的手电光一看，血渗了出来。

用高配速来跑长距离是大忌，而且在奔跑了六七个小时以后，再这样的中高速奔跑，我不知道身体能否吃得消，我不知道自己身体的潜能到底有多大。

记得欧阳老师有次短信跟我说："每一个人都要比自己想象得强大得多。"但是，一个人究竟可以强大到什么程度呢？

跑了一个多小时后，视线开始不争气地模糊起来。

有一点头晕，周围的山、树和路好像在旋转，我闭上眼睛，旋转好了一点，但是我又怕往前跑的时候撞上什么东西，马上又睁开了眼睛，但是，旋转又开始了。我只好放慢一点速度，缓一口气，有一个声音在我的脑海里，提醒我要停下来休息一下，但是，另一个声音却告诉我，不要停，不要停，快点跑，快点跑到绵德市。

绵德，这个微弱的希望和目标支撑着我。

我挣扎着继续往前跑。

天渐渐亮了，一抹暗红的血色出现在天边。

再往前跑了几公里山路，路旁一块路标显示：一线天村，省道

S247，距绵德 8 公里。

时间是早上 5 点 21 分。

喉咙里好像有一团火，舌头很干燥，整个嘴巴开始泛苦。

我一眼瞥见路边山旁有棵像野树莓的小灌木，上面稀稀拉拉挂着几颗暗红色的浆果，我冲上去一把揪下来，不管不顾地塞进嘴里，吞了下去。

浆果一到嘴巴里就化掉了，甜中带苦还有一点麻嘴，汁水流进了喉咙，好舒服。

过了不一会儿，嘴唇皮开始发麻发酥，我知道不好了，紧接着整个嘴巴都开始僵硬起来，喉咙也开始发麻发硬。

果子有毒，脑子闪过这个念头！我走到一棵树旁，赶紧一抠喉咙，把浆果全都吐了出来。我仔细看了一下这些浆果，亮晶晶的，没有小绒毛，看上去是野树莓，其实不是。

我扒着树干，剧烈地呕吐着，把胃酸都吐出来了。

吐完，我的头更晕了，脚有点打飘。

在公路附近，我看见一座倒塌的房屋，一个人被从里面抬了出来，躺在门板上，搁在大樟树下，不知是死是活。那家人围着枯坐在樟树下，脸上露出似笑非笑的表情，神情呆滞中透着一种怪异。

我想靠近，看看他们有没有水或者吃的。

但是，他们看我跑过去，全都是那个表情，一动也不动，好像我是不存在的，而他们都已经死掉了一样。

我看到了门板上睡着一个十多岁的男孩，他的脸色灰白，双腿像被石碾子碾成了两条平平的血布。

震后，一个黯淡的早晨。

我不想打扰这家人，继续往前跑。

前方的马路上，有四辆废弃的车辆堵着，其中三辆小轿车被山上的巨大落石给彻底砸扁了，车里的人要么被砸死了，要么已经吓跑了，只有一辆小货车没被完全砸毁，歪斜在路上，里面好像还有动静。

这辆车的挡风玻璃碎了，驾驶室顶着一个小圆桌这么大的巨石，边上围了两个人在和里面的人说着什么。我觉得这辆小货车有点眼熟，好像在黄岭镇看到过。

等路过车子的时候，我往驾驶室里瞄了一眼，立即就站定了。

我揉着有点发花的眼睛，再掐了一把自己的脸，确信自己没有看错。

驾驶员是小张伟，他脸色苍白，眼神痛苦而呆滞地望着窗外，一头焦黑的头发像混乱的藤蔓似的缠结着。

70

他的下肢被巨石死死地卡在驾驶座位上，只有头和手可以动。

副驾驶上坐着另外一个男人，看不出是谁，上半身都陷在石头里了，血顺着石头的裂缝触目惊心地往下滴淌，凝结了，估计人早已死了。

小张伟显然认出了车窗口的我，他明显压抑着自己的巨大痛苦，眼神苦楚而空洞，眼睛就像一口被抽干水的井，可能他不想在一个哑巴面前丢脸。但是，他眼角在轻微的抽搐，每一次抽搐都伴随着他明显的一次阵痛，微弱的眼泪在眼角上发着微光。

他微微动了一下嘴巴:"哑巴。"

我平生最讨厌别人叫我哑巴,但现在看他这样子,整个人已经像半个死人了,我也不顾这些了。

我厌恶地看了他一眼,仔细观察起来,发现那块大石头穿过小货车驾驶室挡风玻璃,斜斜地砸下来,先砸死了副驾驶,然后向左下方滚动下沉,把小张伟的左腿卡在方向盘下面,他的右腿死死地压在石头下面。

驾驶室里布满了已经干涸的血迹,东一摊西一摊,有些弯弯曲曲如黑褐色的死蚯蚓。我呆呆立在车窗旁,觉得光看着都痛死了,不知道他是怎么挺过来的。

小张伟无力地晃了一下头,精神渐已在崩溃的边缘。

那条被压的腿露出来的部分,看上去已经发暗、发黑。

我想起这辆破旧的东风小康小货车,就是前年顺路拉我和欧阳老师去绵德的车,那次,如果没他,我差点没赶上成都的青运会。小张伟一直跑绵德拉货,难怪地震后在小镇上没有看到他的身影。

前方道路早就因山体塌方全断了,手机也不通,小张伟估计被压在石头下十多个小时了。

对于这么大的石头,路人曾一起用绳子拉,用手推了半天,都无能为力。

路人当中有个大光头,脑袋后面一撮毛,他从别人的汽车里面找到一个千斤顶奔了过来。他钻进车子,给千斤顶选了个比较合适的位置,开始起重巨石,可巨石一动也不动。他连续换了好几个新的支撑点,并在巨石下面安装了一块平整的垫石作为支撑,用力地拉摇柄,巨石纹丝不动。

小张伟的嘴唇干裂了,脸色越来越白。

我爬到附近两辆废弃的车子上,搜索到一小盒子蒙牛牛奶递给他，看到牛奶，他的眼睛里有了一丝微弱的光，他的喉结上下动了两下就喝完了。我接过空壳子来，也仰脖子朝天抖了几下，剩余不多的稠厚白色液体往嘴巴里淌了一些，苦涩的舌苔瞬间滋润了起来，一股禾苗被浇灌感涌现在心里。

头晕，还是头晕。

这时，我看到一辆直升机从天上盘旋着飞过，应该不是幻觉。因为，一撮毛站在风中，朝着飞机边喊边挥手，还脱下上衣，跳着向飞机拼命地挥舞着、叫喊着。但是飞机盘旋了一会儿，还是飞走了。

我们围着巨石束手无策，我想得赶紧跑起来了，我还有任务，去绵德市求救是自己最急迫的事情。

"对不住了！"我心里说，然后偷偷看了他一眼。

这时，小张伟似乎也看出来我们几个要走，要不管他了。他眼里微弱的光顿时没了，他伸着血迹斑斑的手，从上衣口袋里面慢慢地掏着，居然掏出来一沓钞票来，他咬牙抿嘴冲着车窗拍打着，说："这两千元给你们，救兄弟我出去！"

我看到他眼角的泪花，比前面多了，宛如孤狼被绞杀前的绝望。

我明白，他不想死啊。

这时候，马路、货车又震动起来了，大地前后晃了起来。余震来了，我往山上望去，山体上腾起一阵白色的灰尘和烟雾，接着沙土、石块裹挟着矮树和灌木，就往下滚了起来。

小张伟在车里一抖，伸到窗口的那叠钱，顿时被风吹跑了，红色的毛主席头像被刮得在公路上到处跑，和滚落的山土、灰尘混在了一起。

我立即蹲在小货车的侧面，两手捂着头。

几分钟后,有几块落石飞坠在附近,静止在离我几米的地方。

大地停止了摇晃。余震过去了。

我用手机打字给张伟看:"我跑去绵德市给你喊救援。"

他猛地拉着我的衣领,不让我走,指指挡风玻璃上的巨石,说:再震一下,石头往左边再动一动,我就被压成泥巴了。我盯着他的眼睛,那是一双空洞失神、死人一样的眼睛。

怎么办?我打手势问他。

我看见他的口形:"把我的腿弄断。"他用手在腿部来回拉动了几下,比画了个"锯"的动作。

心里起了一堆鸡皮疙瘩,我把头摇得像个拨浪鼓。

锯腿,我不敢哪!

71

余震刚过,我看见有两个人沿着公路喘着粗气跑了回来,领头的那个后脑勺头发在风中像旗帜一样飘摆,还是那个一撮毛,他手上扛着向别人借来的钢锯和钢杵。

一撮毛和小张伟争论了起来,原来他决定把张伟腿下面的那根卡着的钢管锯断。小张伟反对,他认为锯了钢管,石头就会侧滚,然后把他活活压死。

气氛死沉沉的。最后,小张伟说:"来吧,还把我的腿锯断!"

没有人敢动手,一撮毛说:"你以后出来会恨我、打死我的。"

张伟脸色苍白地摇着头说:"不会。"

一撮毛连连摇手，退在后面。

这时候，张伟看着我，向我招招手，他问一撮毛借来钢锯，一下子把钢锯塞进了我的手。

他用死鱼的眼睛盯着我，吃力地挥着手，打着手势，意思："你来！我不会怪你的。"

我低头看着他的腿，裤子已经剪掉了，暗紫的大腿上长满了汗毛，被压几小时的小腿露出部分已经完全变成黑色了，呈坏死状。

我摇摇头，垂下了钢锯。

我只低头看他的嘴巴，他发紫变黑的嘴唇在颤抖："十五个小时了，我快要死了……"

我不断地摇头，试图避开他的眼神。

"哑巴，我小时候欺负过你，你记得吗？我以前打过你，让你吃狗屎。你现在锯我的腿，你可以报仇了！就当是报仇吧！"他嘴巴吃力地说了好几遍"报仇"，这次我看得清清楚楚。

我连连后退，咬紧了嘴巴，还是一个劲地摇头，仍然不敢看他的眼睛。

他连说带比画，做了一个锯子的动作。

"你是哑巴，锯我的腿，我叫，你听不见，你可以不停下来。"

我闭紧了眼睛，还是不敢看他，好一会儿才张开。

他突然流眼泪了，两行泪像肮脏的地沟水一样淌下来，我不敢想象，小张伟居然会在我面前流泪，那泪扑簌簌地滚落下来，"你来吧！"我看见他的嘴唇皮剧烈抖动着，他说："我还要讨县城的李凤花做老婆，我还不想死！！"

恐惧和担忧，踌躇和不知所措抓住了我，几乎把我掀翻在地。

最后，我看他的嘴巴在骂我："胆小鬼！臭哑巴！"

"臭哑巴！胆小鬼！"

我被激怒了。浑身颤栗着。

72

我先找了一条毛巾，抖抖索索地塞进小张伟的嘴巴里，让他咬紧了。

然后我右手拿着锯子，小心翼翼地爬进驾驶室，趴在变形的方向盘和车体上，他的身体散发着一股刺鼻的血腥和汗味混合的臭味，几只讨厌的小虫子凑热闹似的飞来绕去。巨石死死压着他的小腿，只有一条窄窄的缝，前后都是变形的车体和座位，我尝试着把锯子塞进缝里，但是，空间太小了，锯子根本无法上下拉动。

我满头大汗地爬了出来，头又开始发晕了。

我做了一个喝水的姿势，一撮毛跑去灌了一瓶水奔过来，拧开盖子一闻，一股汽油味。原来是他打开小货车的水箱，用管子从里面抽取了一些水，这个时候我也不管了，饥渴、恐惧和压力已让我快要发疯，我一仰脖子，喝了个够。

嘴巴里一股该死的怪味。

这时候一撮毛点燃了一根烟，塞进我的嘴巴。我胸脯激烈地起伏着，猛吸了一口，一股又苦又呛的烟一下子涌进喉咙，我猛地咳嗽了起来。

我猛吸两口，然后把烟丢在地上，用脚尖碾碎了。

拿过那根钢杵，半蹲在地上，把它在水泥地上用力磨一磨，让它的头稍微锋利一点。然后，再小心地爬进驾驶室，几乎就趴在小张伟上方，高高举起钢杵，一下就插进那条大腿上去了，那发黑发紫的膝盖下的位置，还有细细的毛，我不敢多看。用力就戳了起来，一下、两下、三下……我不去看小张伟的表情，我知道他一定痛疯了。

戳几下，我喘一口气。一撮毛他们都把头都别过去了，没有人敢看。

我感到身体下面小张伟浑身抽搐着，剧痛正在吞噬他。

这是他妈的怎样的一种剧痛啊？他可真能忍。

我瞥见他额头的血管突起，脖子和头都在痛苦地扭来扭去，像一条濒死的蛇，眼睛几乎要突出眼眶了，黄豆大的汗珠滚下来。

戳了十多下，我不知道断了没有。

拿下他嘴上的毛巾，他叫喊着，深呼吸了好多口，我疑问地看着他，意思是：断了？

他深呼吸一下，嘴巴颤抖着蠕动了一下。

我明白，他在说"继续"！

我的牙齿已经咬到肉里去了，又一下、两下用力地戳了起来，感觉钢杵戳在一个水泥板上一样。

终于，他挥手示意我停下，我一看，他的腿已经断了。疼痛一定比火烧还痛，深深击中了他。他痛得死去活来的，脖子更加疯狂而失控地摆动着，像是绞刑架上的人在做着最后一刻的挣扎。

最后，他的大腿突然可以动了，我赶紧停下来，大家一起伸手把他的腿从巨石下面拔了出来，几个人抬着他放在马路边上。

一撮毛把衣服脱下来，塞住他的伤口，然后找了根捆货的绳子，扎紧。

小张伟解脱了，他的脸苍白并且布满了肮脏的汗泪痕迹，他难以置信似的、像做梦一样地望着自己的腿。我丢下血淋淋的钢杵，身体极度虚弱，扶着小货车的后厢，捂着胸口呕吐了起来，我没有吃什么东西，吐出来都是苦水和一点点残存的玉米粒。

我的整个人都在颤抖，根本无法停止的颤抖。

整个人几乎抖得散了架。

73

两个人抬着小张伟往附近乡里的卫生站奔去了。他安静地躺在晃动的担架上，两眼圆睁，嘴巴微张，表情凝固地看着渐渐发蓝的天空。

我看了看手机，已经早上 6 点 40 分，又耽误了一个多小时。天全亮了，空气湿乎乎的，远处的一团乌云像是被火烧过的棉花团，缓缓地向西南高原方向压过来，不好！黄岭附近如果又要下雨，堰塞湖就惨了。

我咬咬牙，拔腿往绵德奔跑。

翻过一大片塌方区域，腿变得重得像灌了水泥，好在公路终于出了山，往平原方向蜿蜒而去。

跑着跑着，前面突然出现了一条新形成的河流，秽浊的河水覆盖了马路。

我低头看看脚上的 361° 跑鞋，吃满了泥巴和稻草，这是上次为了跑冷水县山地马拉松才买的，尽管是最便宜的国产货，但对我来说很珍贵，鞋子对于一个跑者来说，不亚于枪对于一个战士的意义。于是，我在浊水这一头先脱去了鞋子，把袜子塞在里面，两只鞋子的鞋带绑绑好，一前一后地甩在肩上，把脚伸进了水里。水好凉，凉得有点冰脚。

蹚水往前，不知从哪随水流冲来那么多的泥巴和石头，在脚底滑溜溜的，我一脚踩在一块圆石头上，身体剧烈地摇晃了一下，两只手像在空中要努力地抓住些什么，然后，终于完全失去平衡，一下子摔进水里，溅起巨大的水花，下半身全部泡在了水里，那两只鞋子其中后面的那只也灌满了水。好在水不是很深，我双手一撑水底的路面和泥巴，挣扎着爬了起来，我愤怒地摆动着两条腿，踢着水，要摆脱它对我的牵绊，大摆幅涉水到对岸的公路上。

把裤子脱下来绞干了，然后穿上湿漉漉的鞋子，一只鞋子里面还有水。

我不管不顾地跑了起来，就这样一直沿着平路跑进了达摩镇，这已属于绵德地区了。

镇口，一块蓝色路牌上的白字写着：距绵德还有6公里。

一辆卡车正在镇口掉头，司机探头看着反光镜，镇口居然有汽车在开！估计这是进入震区的最后可通车的地方。达摩镇上人乱糟糟的，大街尽头好像有人陆陆续续地从卡车上跳下来，扛东西，卸货。

我看见斜对面一家店还亮着灯，这里居然没有断电！

我头晕眼花地跑过去，发现那是一家超市，门口还支着一个大蒸锅，一股诱人的肉香钻入我的鼻孔，笼屉里蒸的大包子冒着蒸腾的热气。

我的腿像被钉住了，站在店门口，眼睛直勾勾地望着肉包子。蒸锅后面忙着的是一个黑乎乎的瘦小女人，我向她打手势，问我可以吃一个包子吗？"

我盯着她的嘴巴，等待她回答。

但是，她的嘴巴像僵住了，一动不动。

她看着我，怔了一会儿，突然伸出双手，也向我打起了手语："你吃吧。"

她打的手语非常标准，看到她的手势，我的眼泪立即奔涌出来了。一瞬间，十四个小时以来身体和心理所承受痛苦和煎熬，像海潮一样翻滚起来。我哭着打手势告诉她："我是连夜从震区跑出来喊救援的，黄岭镇全垮了，整个学校的多数学生老师都被压在地下，太惨了。"

她估计也是聋哑人，吃惊地瞪大了眼睛，打手语说："你是我第一个看到从黄岭来的人，前面只有从冷水县城跑出来的。"她递给我一个包子。

我用肮脏的袖子擦了一把泪，接过包子，忙去胸口口袋掏黄岭校长的那张纸条，塑料袋里皱巴巴的一团，除了边缘渗了一点点水，纸倒没有湿掉。

那黑瘦的女人拿着纸条看了一眼，就奔到超市里间去了。

趁她跑进去，我猛地一口咬下去，包子咸滋滋的肉汁滴了下来，我贪婪地吮吸了一口汁水，烫得舌头尖火辣辣的。我太思念食物了，整个胃绞痛得已经失去了知觉，滚烫的包子毫不停留直接就进入喉咙，落入了肚子。第一口包子在肚子里的时候，我想起了被水泥板压着的李峰、杨子他们，他们吃上东西了吗？泪又滴下来落在包子上。

那黑瘦女人叫了一个秃顶男人出来，估计是她的老公。

他向我打手语说："我前面看到有人往冷水方向跑，去救援县城了。据说县城太惨了。黄岭镇的，还真没有看到一个！"

我流着泪，打手语说，"黄岭镇没了，更惨，一个学校都在废墟里面，上面还有一个堰塞湖要溃堤。"

那秃顶店主看后，一脸着急。

我手势打得飞快："因为黄岭远在山里面，没有什么人知道那里发生了什么。"

"你是怎么出来的？"他的手势也回得飞快。

"我几乎跑了一整夜过来的。"

他突然停止了打手势，张嘴说话了："你是黄岭的听障马拉松冠军？"

74

我看明白了，不好意思地点了点头。

心想，原来他不是听障，应该他老婆才是，他可能后来学的手语。

秃头店主冲我竖了个大拇指，打手语说"你等一等"，拿着我的救援纸条就跑进了小店后面。

"跑了十四个小时了，实在太饿了。"我不好意思地打着手势，吞咽着包子。

黑瘦女人点点头，同情地看着我。

她手语打得飞快，说："这里电话手机都不通了，电也是临时柴油发电机发的。不然，我老公帮你打电话喊救援了。"

我回道："我看看能否搭车去绵德市找政府部门喊救援。"

第三个包子下肚后，胃开始胀气了，像是有一个人戴了个手套在里面擒住了胃。与此同时,我担忧地瞥了一眼小店里面,她老公拿了我的救援纸头,许久没有出来。

"你等一下。"黑瘦女人的"等"字打得很用力。

八九分钟过去了,她老公还没有出来。

我打算向她老公要回校长的纸头,自己马上出发。

这时候,秃头店主大哥奔了出来,手上挥动着一大叠纸条,有一本书那么厚。他打手语说:"隔壁有一台复印机,我把校长求救纸条复印了100份,我和你一起去找人救援吧。"

我接过他的复印纸头,低头一看,已经全部切成了A4纸一半大小。校长的字迹印得十分清晰,连雨水和我的汗渍渗入的纹路都被复印出来了。

我们并肩快步跑出超市,打算出发去找政府部门。突然看到一辆一辆的军用卡车开过来,停在店门外的主街上,足有二三十辆,一溜排到了镇口。上面跳下来几百名头戴钢盔、身穿暗绿色迷彩服的武警,打开卡车后翻盖,几个精壮的汉子开始从车上卸装备,有锹、铁杵、电锯等各种各样的救援工具。然后几百人迅速列队,看样子是受命立即就要往震区进发。

部队前面一个四十多岁的上尉军官正在严肃地训话,他脸侧面有伤疤,像个小土坑,肩膀上有一根金线和三颗星星。

秃头店主大哥拿着复印好的纸条,就朝上尉奔了过去。

我看见上尉读着纸条,眉头渐渐拧紧,脸色凝重起来,伤疤在那一刻更暗了,他沉思片刻,然后一挥手,从队伍中叫出一位肩头一星一杠的军官,和他说了一番话,然后从口袋里拿出张大地图,指着地图叫店长过来,估计是核实地址,他们三人埋头商量了一阵子。接着,一星一杠的军官就小碎步跑步回队列,叫喊了几句话,大队列一分为二,小队列约有八十人不到,扛着各种工具跟着他朝山里方向紧急出发了。

秃头店主大哥跑回来,打手语对我说:"他们本来是受命去冷水县城的,听说黄岭中学的事情危急,立即分出两个排的兵力跑步进山区,前往黄岭救援。"

我激动地站在原地,充满了感激。但是,此刻不争气的胃在胀气、翻腾,然后伴随着一阵阵绞痛。

秃头大哥告诉我,手机信号全没了,如果需要更大规模救援黄岭,要去绵德喊人。

他从超市后面的院子开出一辆小面包车,我们就开始往绵德市狂开,一路上开开停停,不断有对面的车过来。

一路上,我都忍着胃的剧痛。

又遇见一支消防队伍,我们就停车奔过去,秃头店长大哥找到长官,说明黄岭的情况,然后把手上的复印好的纸条递了上去。(我在纸条上补了一句,黄岭镇上雀角村的蔡家儿子被埋在房子下面,也急需救援。)

上午8点30分,我们到了绵德市,市里的房子也倒塌了一些。这里车马大乱,各地救援的志愿者和部队都陆陆续续赶到,天上盘旋着直升飞机。秃头店主大哥把面包车停在了绵德市人民政府门口,我们冲了进去,找到一个值班干部,秃头哥负责解释情况,我则把纸条递上去。

然后,我们又去了消防局。

上午前,又跑去了绵德市第一人民医院,那里的第一救援队已经出发去冷水县城,第二救援队刚刚集结完毕,年轻的白大褂们听说了黄岭学校的事情,就立即决定派一支小分队改去黄岭了。

我们还在路上碰到一辆大卡车,车上挤得满满的,全是戴黄头盔、穿蓝工作服的大叔,一问原来是绵成高速公路的修路工,他们自愿赶赴灾区救援，我们也找到了领头的队长，把纸条递了上去。

午前，我们把能跑到的政府部门、部队、医院全跑了一遍，此外，还有消防局、派出所、公路部门、大学生救援队、工人救援队、吉普车车友自愿救援者组织等，一小半抵达绵德整装出发的队伍，都收到了我们的救援条子。

"黄岭！""黄岭中学垮了！""黄岭危急！""堰塞湖可能垮塌！"最后，到了下午，纸条只剩5张没有送出去，我已经在胃痛的无边折磨中，累得趴在副驾驶上睡着了。

睡得断了片儿，像被一个榔头敲晕了过去。

75

不知过了多久……等我醒来时，发现身上盖着一件军大衣，车窗外光线刺眼，晃晃悠悠地从座位上挪下来，我四肢虚弱地站在路边上，像立在了一大团棉花上。

车子停在绵德去达摩镇的主公路旁。

我发现已经是第二天的中午了，见不到首尾的车辆正逆向缓缓进入绵德，看样子经过一昼夜救援，冷水县第一批获救的人正被转移出来。

车多路窄，车辆像缓慢流淌在公路上的泥石流，一辆车窗破裂的农用小车上，探出两个脑袋，我认出是黄岭学校一位摆花生瓜子摊位的家长和他读初中的女儿，他们劫后余生的眼神中满是受惊的仓皇，但是，看到我以后，突然转为微笑，他们一直扭头注目着我，直到车子渐渐开远了。

我一时不太明白,心想,终于有第一批的黄岭人出来了,真好。

后面一辆奇瑞车经过,一扇车窗摇了下来,露出一张横肉脸,我认识是黄岭的那个胖城管,一直驱赶我爸爸摊位的那个家伙。此刻,他的眼睛肿起一块淤青,旁边坐着一个额头上贴了膏药的孩子,他们默默地注视着我,胖城管居然也露出了微笑,是的,我没有看错,是一种和蔼的微笑,淤青的左眼眯成了一条缝,然后他突然想起什么,把肮脏肥胖的手伸出车窗,向我奋力而古怪地挥舞了一下。

我愣住了。

后面,不少黄岭出来的车子,司机都摇下了车窗,微笑地注视着我,我还瞅见,个别司机看我的时候,像拍皮球一样,用力地拍打了几下方向盘。

午后2点,一辆浑身泥巴的吉普车挣扎在车流里。

车窗摇下来,探出一个熟悉而又油腻的脑袋——那个参与追打过我的臭咸鱼,旁边估计是他的爸爸。臭咸鱼头顶上耷拉着一绺泥巴拧成的毛,满脸是土,他的爸爸则额头上绑了白色的绷带,血迹已干,看得出他正忍受着疼痛,但当他的目光与我的目光交会时,如寒冰在初春的阳光下慢慢融化似的,从一瞬间的呆滞转向了和煦的微笑。

忽然,臭咸鱼的爸爸缓缓而郑重地从车窗里伸出一只手,冲我竖起大拇指,那个大拇指弯得很厉害。车子慢慢驶过拥堵区,渐渐远去,他的脸始终转向我,像一朵会转动的向日葵,左手的大拇指一直向我竖着……

我不禁抬头看看天,天色幽蓝,再揉了两下肚子,胃痛似乎正在消退……

76

下午，秃头店主大哥把车开到了体育馆，他打手语说："你就住这里吧，现在体育馆是临时救灾中心。"

我走进人山人海的体育馆，找了个空的地铺，昏昏沉沉又睡了过去。

不知过了多久，时间像是丢失了。

夜半时分，我醒过来揉揉眼睛，蒙眬间看见巨大的体育馆里，无数人在地铺上睡着，睡得死沉沉的，不远处，一些人在游走。体育馆墙上都是白花花的东西，像一片一片的雪花粘在上面没有融化掉，一片荒原的凄凉感。

体育馆怎么变成了冰雪世界，这是不是在梦里？我狠狠地掐了自己一把，疼！这不是梦境。

那些墙上的雪花，把巨大的体育馆变成了一个脏兮兮的冰雪山洞，诡异得很。

我摇晃着身体走向那一片片墙上的白雪。

跨过横七竖八躺着的人，迈过一条条的人腿，脚尖在脑袋之间找缝隙踮稳了，向脏脏的雪花一步步走过去……靠近了，才发现那些白色的都不是雪花，而是一张张的白纸，无数的白纸上面写满了寻人启事，贴在了体育馆的墙壁上、石柱上、大门上，密密麻麻不计其数，我顿时感到整个体育馆像一个祭奠的灵堂，触目惊心。

电子大钟高悬着，显示时间：5月14日凌晨2点16分。

体育馆灯火通明，那些没睡觉游走的人，像被绳子牵住脖子的木偶，仰着脖子，急切地一张一张地看寻人启事，这么大的体育馆，那么多白色的雪花，他们却好像一张都不想错过。

那些寻人启事，大都这样："冷水县漩平乡五村一组李玉梅，你的亲人在找你！！电话13332089***""白玲：爸爸妈妈找你！电话18241982***……"

走出体育馆，建筑轮廓在射灯下半明半暗。抬头看天，绵德夜空像被墨汁浸透一样的，冷风四起。

体育馆外面没有休憩，上千人在流动着。

5号看台入口处，有人用四个木头箱子搭了一个临时的台子，打着煞白的灯光，一个脸带擦伤的中年阿姨走上去，黑眼圈旁都是未干的泪痕，她高高举着一张白纸，上面用黑色毛笔字写着"冷水一中：雷宇中"七个大字，下面是个电话号码。

她举着纸，声嘶力竭地喊，我通过她的嘴唇清晰地读出她的话，"谁看到我家雷宇中了吗？"她冲着人群嘶吼了几遍，下面没有任何回应，几分钟后，下面的人开始拉她的脚，她恋恋不舍地、磨蹭着从台上跳下来，仿佛一离开这个台子，就再也找不到雷宇中了。

一个衣服都已破烂的戴眼镜中年男人窸窸窣窣地爬上木箱台子，举着一块淡蓝色的鞋盒子，鞋盒子上写着粗体字"老婆你在哪里？冷水医院田秀娟，电话……"，他推了推眼镜，有点害羞地喊叫起几句："田秀娟！田秀娟！"我看到台下面已经排起了长长的队伍，人们一个挨一个，紧紧地挤在队伍里面，身体疲惫，眼神各异，恐惧、悲伤、呆滞、困顿、迷茫……人群的缝隙间，依稀闪过一个穿血红色衣服的男人，只有背影，幽幽地一闪就不见了。

那个台子像是漂浮在大海上的一个救生筏子。

我慢慢地走离那个台子，渐渐远了。灰黑色的夜幕下，人们手脚并用，慢慢地爬上那个简陋的木箱台子，泪流满面地呼喊着亲友的名字，像一个个被抽掉了灵魂的躯壳。

这一切像是一场梦境。

体育馆的东门，有几个志愿者搬了液化气罐过来，支了口大铁锅，把红枣、赤豆、大米熬成粥，饥饿的人们聚上去，眼珠子紧紧围着锅子。等了许久，锅盖终于打开，一股甜蜜的香气扑鼻而来。于是，各种盛器都来了，碗、用过的方便面桶、茶杯、矮瓷花瓶、矿泉水瓶子……

我在地上捡了一个空八宝粥罐头，去厕所冲了一把，也跑去盛了一碗。

红枣粥入肚，胃顿时像躺在春天的暖阳下。我去体育馆东入口帮着大家卸救援物资，居然是一箱箱的王老吉，旁边还有人扛了一个巨大的木桶，里面全是他做的白馒头。

到死都忘不了那个诡异的夜晚，白雪覆盖的体育馆，人们悲伤地流动着，我坐在一处高高的看台台阶上，一口白馒头，一口王老吉。

77

那几天，累了就在体育馆的地铺上昏睡一阵子。

那几天，所有的人都在等待，在煎熬中等待。

等待只有两种东西的光临：惊喜，或是噩耗。

那个晚上，我躺在角落里，梦见地震又来了，大地就像在筛筛子，波浪般地抖动。无边的黑暗笼罩着黄岭镇，整个世界陷落，我站在大街上，烟尘腾起，山石滚落进大河，一种无法控制的、摧枯拉朽的翻滚，到处都是猴子在桀桀地怪跳。

我张大了嘴巴想呼喊陈晓翠、李峰、杨子的名字……但是喉咙里只是一些气体的乱流，发出嗤嗤嗤的动静，有什么东西堵塞着出不来，我拼命地打着手语，像是溺死前的人挥舞着双手。令我自己毛骨悚然的是，一只手从废墟坟墓里伸了出来，猛地拉住了我的手，我挣扎着，摔打着，喉咙嗤嗤嗤地嘶吼着，却完全无法挣脱。

突然，我醒了。

5月15日晚上10点，很多人突然拔腿往体育馆门口奔跑。

我也跟着乱糟糟的人流跑了出去，看到体育馆门口来了一辆大巴士，上面下来很多人。我站定了远远一看，发现全是黄岭镇的。

这是黄岭镇第二批转运出来的轻伤员。

多数都是陌生而苍白的面孔，他们脸上还没有消退惊恐，我认得有几个是初中的同学和老师，他们头上、手上都是绷带，相互搀扶着走下来，但是，没有高中部的同学，一个也没有。

我失望地一屁股坐在了冰凉的台阶上。

人群久久没有散去，都在等下一辆车。

深夜12点钟刚过，又来了一辆大巴士。

十多位低年级同学和老师跳下了巴士，和前来迎接的亲朋抱在一处，人群有哭有笑。我焦急地盯着巴士的出口，眼睛几乎盯出血来，人都将走光了，也没有一个高三（1）班的。我的心仿佛沉到了黄岭河的河底，难道高三（1）班剩下来的人全军覆没了吗？

就在最后一刻，我终于看到了一个熟悉的身影，粗大的辫子在脑后，前面的头发乱七八糟的，脸色苍白，眼睛迷茫地眯成一条缝，站在大巴士的后门口上，脚步迟疑，她抬头张望着通亮的体育馆。

我像弹簧一样跳了起来,使劲地向她挥舞着手臂。我拨开人群,往大巴士发了疯地跑了过去,旁边的人纷纷避让我,我跑得跌跌撞撞。

那人也正往我的方向奔过来。

我们狠狠地撞在了一起。

78

身体相碰的一刻,我的嘴巴撞到了她的额头,她乱蓬蓬灰扑扑的、肮脏无比的前刘海,粘到了我的牙齿上。

我居然不知害羞地一把抱住了她!是杨子!我们班的杨子!

她一把抱住了我的肩膀,痛哭起来。

杨子,你还活着!我的心颤抖着,抽搐着。

她紧紧地抱着我,我不敢动,任凭她肮脏的头发里粘在我的门牙上。

我呆呆地站在那里一动不动,她一起一伏的肩膀,她的呼吸和温度,以及她散发出来的古怪刺鼻混合着某种香甜的气味,让我明白:她活了下来。

啊!废墟下高三(1)班第一个出来的人,我的泪水再也止不住,开始无声地流淌。

许久,她松开了我,我看见她的嘴巴在颤抖,一遍一遍地喊我的名字:"关天!关天!"她开始捶打我,"我以为自己活不下来了,我以为我自己活不下来了!"

我们班的杨子还活着！杨子还活着！我心里一遍遍地念叨，双手飞舞着快速地打着手语，打了一遍又一遍。

我望着她，她的眼睛红肿着，细小的眼珠子像浸在一汪清水当中，睫毛上下一动，一串珠子不可阻止地汹涌滚下来。

周边都是哭喊和拥抱的人群，一个女人知道了自己孩子被梁压死的确切消息，当场昏厥了过去。

后来，我们一屁股坐在水泥台阶上。

她侧着身子伏在我的右肩膀上，仿佛我是一张可以依靠的课桌。

她趴着啜泣了很久，肩膀从剧烈地抖动不停到慢慢地平静下来。我不敢动，也不想打扰她，就这么静静地坐着，眼前的人群和世界仿佛都消失了。

杨子的眼泪和鼻涕都滴在我的脖子上，凉凉的。

我心里涌现了一种温暖而害羞的潮水，悄然浸没了我。

今年我二十岁了，第一次有姑娘趴在我身上啜泣，一切发生得太突然，在这魔幻而恐怖的日子。曾经自卑如虫豸的我，还从没想过我居然也可以被别人依靠。

或许，地震后的奔跑改变了我？

那一刻，我抬头，看到墨汁般的天空被大地的灯光照得灰亮一点了，甚至有一颗星星，从云雾后面升起来，点着了它闪亮的眼睛。

"谢谢你连夜跑出黄岭，喊来救援！"她对我说了两遍，我不太敢盯着她的嘴唇多看。

我不好意思地低下了头。

后来，我和杨子并肩坐在体育馆高高的看台上。

在漫长的等待时间里，她用手机打着字告诉我，那天教室里发生了什么。

79

　　5月12日下午是鞭子老师的数学课,他正在给大家做高考前的总复习。说到三角函数的恒等变形,他让李峰抄了几道习题在黑板上,用鞭子"啪"地狠狠地敲了敲黑板,大家的神经立即绷紧了。此时,杨子发现教学楼晃动了一下,她起先以为是幻觉,但鞭子老师显然也感受到了。他提着教鞭,走到门口看一看发生了什么。就在他走到教室门口的时候,教学楼突然加剧晃动了,教室里一片尖叫,他看到右墙裂了个约一米长的大口子,右前方有一张课桌"轰"的一声,像坐电梯一下坠了下去。

　　鞭子老师叫了一句:"不好!地震了,快跑!"濒死的恐惧瞬间捉住了所有人,大家想往门口跑,但是地板晃动得像遭遇巨浪的船甲板,人根本就站不稳,杨子想扶住一张桌子,但是这桌子一下子就滑到最前排去了,她顿时摔了出去,爬起来蹲坐在地上。鞭子老师使出全身的力气打开了门,他应该可以第一个往外跑,完全有时间出去,但是,他用身体的后背死死地抵着门,让前排的同学先走。大楼来回平移得很厉害,有七八个同学跑了出去,多数人根本就站不住,都和杨子一样蹲在地上,挤在门口,田肖凤当时腿都软了,被鞭子老师猛烈地一脚踢出了教室。有一个同学蹲在地上,抱着头不肯走,被鞭子老师呼地一教鞭打下来,痛得他往前猛地一蹿,也跑出了教室。

　　鞭子老师一松背,门就晃动着要关闭起来,于是,他就一直用背死死地抵着。石梦富、李小山等几个同学也在老师的帮助下跑出去了,这时候,突然,讲台那堵墙发出一声惊人的巨响,完全倒了下来,天地顿时一片漆黑。李峰和杨子等几个挤在门口没出得去,还有一些同学还在教室后面,印象中,鞭子老师暴喝一声,最后张开双手，像一只丛林里倔强的怪鸟，身体往前一扑，护住了堵在门口还没有来得及跑出去的李峰几个人，四楼的那个水泥地板直落下来，砸在鞭子老师的脑袋上……黑暗中，到处是撕心裂肺的呼喊声和呛人的灰尘……鞭子老师当时离门只有一步的距离，他只要往前一步，说不定就活下来了，但是他好像没有打算离开这间教室，独自逃生。他四十多岁了，脾气暴躁，在学校宛如一个数学暴君，他没有父母，没有老婆，也没有孩子，尽管已经被留校察看，但学校毕竟就是他的全部世界，宛如一头受伤的斗牛面对最后的角斗场，现在学校没了，他似乎也不想活了。

当时，杨子感到有一股巨大的力量，拉扯着整个教室向后甩去。

那一瞬间，她蹲坐在地上，死死拽着一张课桌。

然后，一阵剧烈的摇晃，一声更大的轰隆声，她也失去了知觉。

醒过来，觉得外面天黑了，整个世界都是灰，耳朵里都是尖叫和哭喊声。杨子眼睛看不见东西，一摸额头，黏糊糊的，都是血，头部、肩膀开始一阵阵地刺痛。

她试着挪动身体，一张课桌和墙板把她死死地压在下面，仅有一个小小的三角形空间，肚子被一个桌脚顶着，疼死了。她努力地去把脚转一个角度，但是并不能。

四周漆黑一团，只有一条缝透出一点点光。她感到裤子底下有什么东西湿乎乎在流，就伸手去摸了一把，黏稠得很，鼻子一闻，全是血。"是我的吗？"她被一阵恐惧抓紧了，"要死了吗？"

后来，杨子听到隔壁李峰在说话，他被压得一点也无法动弹。他说鞭子老师好像不行了，他的后脑勺被压凹进去了，正在大出血，血流到了李峰和旁边的同学身上，顺着楼板在往她的位置流过来。

杨子的手刚才摸到的一摊黏稠的东西，心抽搐起来，可能是老师的……

一阵余震袭来，有人又痛得尖叫起来。

最后，李峰忍着剧痛，说，"我是班长，大家再点一次名吧，看班里还有多少人在？"

于是，大家就像是上自修课一样，一个接着一个报起了自己的名字。"李峰""杨子""田力""周敦义"……其中好几个声音虚弱而轻微了，这是黄岭学校08届高三（1）班最后一次点名。点完名后，杨子知道当时有12个人还活着被压在教室里，当天除了逃出去的近十人外，全班约有三分之一的同学已经被楼板和墙砸死了。

到了14日晚上，教室里声音已经越来越稀少了。

李峰在靠近门口的位置，他的喉咙像被堵了石头，断断续续地说"口……渴……"，杨子什么都做不了，只能够使劲地从缝里把手伸过去，碰到了李峰的手指，抠着他的手，不让他睡过去，她说："李峰，李峰，你是班长，你不能死啊。你是学神，我们全校就指望你考取复旦呢，你不可以死啊！"

李峰居然笑了一下，然后就咳起来了。

杨子抠着他的手指头，冰冷地蜷曲着。后来她发急了，用头去顶、去撞那堵墙，撞得发晕，额头上的血又开始流出来，她感到死亡在走向自己，感到无助。

"我很冷。"李峰突然又说话了，杨子只能静静地听他说什么。

他的声音很虚弱，但勉强还可以听清楚，他说："杨子，我妈死得早……爸爸养活我不容易，我的书包铅笔盒里面……有三十八元钱，如果你可以出去，请带给我爸爸，他一个人又做爹来又做妈，供我读书……"

另外，他还说："杨子你如果能够活着出去，遇到校长，转告他，李峰不能考大学了……不能了……对不起了……"他的最后一句话已经没有气力了，很弱，很轻："杨子，请答应我，你一定要活下去……读大学……代我们这些死去没机会读大学的人，完成夙愿……"

杨子含着泪点点头，后来他就开始大口咳血。到了15日早晨，他就没有动静了。她再去抠他的手指，僵硬了，没有一点点温度。

杨子后来经历了两次救援，第一次是12日当天下午她听见有人喊："下面有人吗？"她赶紧回答："叔叔快救我们，我们同学都快不行了。"

上面的声音却调皮地说："叫哥哥就救你们。"原来他们是高三（2）班上体育课幸运逃脱的同学。但是他们没有工具，推不开那些倒塌的墙和水泥板。

第二次是14日傍晚，杨子记得很清楚，那倒塌的墙和桌子之间居然射进来一缕亮光，可能乌云之间出了一小会儿太阳。

一名武警救援队员在上面对着洞跟她说话，说有一个聋哑人带着校长的血书跑了十四个小时，连夜翻山越岭，把黄岭学校震塌的消息带了出去，武警救援队伍收到消息后，第一时间翻山越岭赶过来了。杨子猜那个聋哑人就是曹关天。

水泥板太重了，救援队束手无策。接着，雨又开始下，堰塞湖当时有溃堤的可能，救援要放弃了。

后来，杨子的爸爸瘸着腿也赶过来了，他跪在碎砖上，对着瓢泼的大雨，仰天大哭。因为堰塞湖的水位太高了，救援队需要撤离。只有她爸爸趴在废墟上不肯走。

他用一根橡皮的自来水管子，把牛奶灌进去，从缝里伸过去给杨子喝。

杨子在废墟下面使劲地吮吸那根管子，奶居然还是温热的，一股带有橡皮味道的奶流进嘴巴,她的眼泪无声地流淌着。

不知又过了多久,雨停了,给黄岭商品房施工的大吊车开了过来,钢丝开始绞动,在场所有人都心惊肉跳地盯着吊起的巨大水泥楼板,它在缓缓升空。

15日清晨7点05分,历经漫长的六十五个小时,被压在黄岭中学部大楼最下面的杨子获救了,在场所有人都哭着抱在一起。后来,她才知道她是他们班最后一次点名的12个同学中,唯一一个活下来的。

记得出废墟的那一刻,她爸爸把一个早已削好的、生了厚厚"锈"的苹果,递给了她。

他拿着这个苹果站在废墟上已经很久很久了。

80

我打字问她:"你爸呢?"

她说:"他赶去堰塞湖挖渠,说水位很高,让我先随被救师生来绵德安顿。"

"堰塞湖水位还在上升?"

"好在这两天雨渐渐停了,镇里组织了数百人的突击队,分三班日夜在湖东侧挖渠……"

说着说着,她细小而红肿的两眼开始发直,怔怔地看着远处,处于一种半痴半呆的状态,大辫子乱七八糟地耷拉在脑后。我明白,要摆脱李峰和那些同学离世的阴霾,是多么不可能的一件事情。

这时，巨大的绵德体育馆突然又晃动起来，余震来了。

杨子像受了惊的鹿，猛拽一把我的手，拉着我从高高的看台上飞奔下来。

不少人都慌乱地从体育馆狂奔出来，实际上，那只是一次很小的余震，体育馆坚固得像一块石头，并没有任何危险。但是，多数人一脸的慌乱不安，有些人甚至手脚颤抖，站在体育馆外的空地上，瞪着惊恐的眼珠子。

地震后遗症。

杨子的手紧紧攥着我的手，掌心都是汗。

后来更大的余震来了，估计在6级以上，我们看到体育馆晃动着，顶部的灰和树叶稀稀落落地飘下来。

杨子呼吸急促，两眼惊恐地瞪圆了，她一把抱住了我的肩膀。十指几乎掐进了我的肉里，抱得让我窒息。

我站在原地不敢动，这是她今天第二次抱我，手掐得我生疼，这让我触摸到了她的痛苦，闻到了她身上的少女气味和从废墟中爬出来的汗味，感受一颗紧张而剧烈跳动的心。

不知怎么，这一刻却令我想起一双眼睛。

初中的那次5000米长跑比赛，我从终点线走向领奖台的那一刻，陈晓翠从人群中认真地看了我一眼，那一眼曾像闪电一样击中我，让我感到无法抗拒的震颤。这一瞬间，时间仿佛凝固，世界也变得静谧无声。

我只想凝固在那个时光里，什么也不说，什么也不做。那一刻，我曾暗暗地希望地球停止旋转。

如果我面前的人不是杨子，而是陈晓翠……那会是什么样的感受?！可是，她却撒手去了另一个世界105天了。

我心情复杂地站在那里。

杨子并不松手，仿佛一松手，全世界又要坍塌和倾斜。

她的胸脯起伏着，蓬松而浓密的大辫子搔着我的脖子，痒痒的。

一种特殊时刻的慰藉和静谧。

我们一动不动地抱着，在体育馆外面的人群中，等待余震过去。

天边朝霞爬了出来，大片大片的血红色延伸到天际，燃烧起整个世界，慢慢罩住了我们的脸。

81

待在体育馆的第十五天，午后，一个鬓角杂毛横生、戴着啤酒瓶眼镜的中年男子挤过人群，爬上大看台，挥舞着双手，激动地喊着话，我好奇地盯着他的嘴巴，原来他反复在重复一句话："所有的高三学生同学请注意！所有的高三年级请注意！民政部门给各校安排了大面包车，接大家去长虹培训中心复课，参加高考。"他还说："我有一个好消息告诉大家：今年四川的高考推迟一个月举行，给灾区的高考学生多一个月的复习期"。

我立即挤出人群，去找杨子。

人们在体育馆临时浴室门口排了几十米的队伍，等了很久，我才看到杨子出来。她抱着一个蓝色的塑料脸盆，衣服放在盆里面，乌黑的大辫子不见了，头发湿漉漉地搭在脸颊旁泛着亮光，往下滴着水。

在人群中，她的脸有一种烟尘洗净的苍白。

我一时看呆了，像被一只手按住了。

立着"黄岭学校"纸牌的大巴士停在体育馆的五号门外面的马路上，所有黄岭的高三毕业班学生都上了同一辆车，我知道原来有三个班大约一百一十人，现在一辆49座的大巴士都坐不满。

　　我陪杨子从体育馆走出去，她已经收拾好行李，头发也吹干了，粗大的辫子束在脑后。

　　她坐在车窗边，细小的眼睛眯缝着，呆呆直视向窗外的空处，显得迷茫而忧伤，一个高三女生那种稚气的闪闪的光没有了。这场灾难改变了太多的人。

　　车里其他的高三学生，仿佛一夜间全部长大了。

　　突然车子动了一下，出发了。

　　我站在下面送别的人群中，呆呆地看着杨子的面包车远去，突然有了一种离别的惆怅。

　　不觉中，我两条腿上下翻动，跟着车子奔跑了起来，越跑越快，跑出了绵德，跑向通往黄岭的平原和山脉。

　　脚蹬在大地上，反弹回来的那股力支撑着我，在这一刻，我仿佛成为了大自然的一部分，内心被一股柔和而安定的力量包裹了。

82

　　我一口气跑上了坡，看到了村口的那棵大樟树。

　　往村子里面走，发现房子比我离开时倒得更多了，有几处靠山的都被新的山体滑坡吞没了。

　　我从邻居蔡家倒塌的房子前经过，废墟前放满了白色的野花，白色的床单布撕成一条条的，在风中飘舞着。头发蓬乱的蔡家妈妈坐在木头板凳上,她的眼睛失去了生命的火花,空落落的,显得极为疲惫。

我呆呆地看着她。

她一看到我,怔了一下,突然像醒过来的春虫,嘴巴颤抖着,居然摇摇晃晃地站了起来,把身体转向我,一双枯手伸出来,像两只无力的鸡爪子。

她深陷的眼窝已无法透露出任何信息,只剩下一片寂静的黑暗。

我赶紧拔脚往家跑去。

家已经没有了。

余震彻底毁了那栋土房子。父亲在家门的空地上支了个民政部门发的蓝色帐篷,顶部有白色的四个大字"救灾专用"。看来这些天,他都固执得像一根扎入木头的老钉子,坚持住在村子里,为了抢收扭曲不堪的玉米地和饲养家里仅剩的七八只芦花鸡,他压根没有想过"离开"两个字,村里很多人都这样。

家右后侧那片竹林依然十分茂盛,只是位置比原来足足高了三四米,这是地震形成的隆起。而一片山体直接滑在我家房子废墟的正后方。

我怆然地站在家的废墟前,推断着原先的堂屋在哪里,我的小房间在哪里,厨房在哪里。

傍晚,我悄悄去了后山洼的养蜂老人家。

远远地就看见那座土平房倒塌了,原来放蜜蜂箱子的地方被斜刺里滚下来的山土埋了,成了一个连绵的大土堆,估计蜜蜂都死了。

我找了一圈,才发现老人在远处的菜地旁搭了一顶帐篷,孤零零地立在山坳里。

他的小黑子狗也不见了，以往只要我一来，它就往我身上扑的。可怜的小家伙，不知去了哪里。

地震改变了太多东西，我的心像进入了一个黑暗的隧道。

那顶军绿色的帐篷扎在一片山间平地，一对老樟树形成了天然的保护屏障。养蜂老人在帐篷外立着，右脸旁的那条长蜈蚣伤疤被光照得发亮发红。他裤脚管像两个面粉口袋，双脚牢牢地扎在地上，慢腾腾地画圈、转身、推手。

他居然还有心情打太极拳！

我站在帐篷旁，手指摆弄着帐篷的尼龙绳子，不想打扰他。

灰色的云正飘往北方，一阵微凉的山风吹来，老人带洞的圆领汗衫微微摆动，黑塑料眼镜的右腿绑着一根橡皮筋，镜片蒙着雾似的东西。

他慢腾腾地施展开拳腿，以腰为轴，含胸拔背，双掌徐徐推出。我以前看过好多次，大概知道这个动作是野马分鬃，那个是白鹤亮翅。

他双手推出时，气定神闲，一点也没有经历过大地震的那种忧伤、慌张、焦虑或者灰暗。仿佛这里并没有发生过什么八级地震，一切都像五月某个普通的早晨，醒来，给蜜蜂清理完蜂箱后，在雾气袅绕的山涧旁边推手、打拳。

打太极时，他的呼吸缓慢、深沉，脸上带着微笑。他的双手起伏如柔和的波浪，他专注于每一个动作的变化和流动，享受着每一个动作带来的体验。有时，他的双眼甚至半闭着，仿佛已经进入了另一个世界。

他身上充满了一种让我无法言说的东西，一种既平静又深邃的感觉，一种很久很久以前就曾经在峰峦、在山风、在田野、在天空中感受过的东西，但又无法具体描述。

我第一次看痴了。也隐约看懂了。

大约二三十分钟后，他收拳向我招手，问了我一句话。

我没有看懂。

他又问了一遍。

这下，我紧紧盯着他的嘴唇，看明白了。

他问："你想学吗？"我一阵伤感。

我迟疑着，头却不听使唤似的摇了摇。

83

那天，我从黄岭河掉头往西面的下角村慢跑，村头那里乌压压聚了一些黑脑袋，好像在看啥热闹。

我也凑了上去，臭烘烘的一股骚味扑面而来，一阵恶心，我走近一看，原来人们围着一个倒塌的猪舍。

两个村民用绳子绑住一块水泥预制板，绳子的另一头挂在一个滑轮上，他们一起在用力拽滑轮，那个预制板一上来动也不动，看来被卡在那里了，一个瘦高个村民走了过去，往手心吐了两口唾沫，举起大铁锤，死命地锤了两下预制板，再拉那个滑轮，预制板微微地动了一下，接着被缓缓地拉起。

我的好奇心像一只长出四脚跃出水面的青蛙。前阵子，通常这么一堆人围着，那就是在救人，难道这块板下面还有活人？但一推算，地震都过去四十三天了，谁还能在地下不吃不喝存活四十多天啊。我在镇救灾中心的电视里看到，此次汶川大地震，最后一个被救出的人在地下被埋了一百七十九小时。

要么在挖亲友的遗体？我心里一阵紧张。但是，这么臭烘烘的一个猪圈，难道是一个猪倌被压死在里面了吗？

我满脸疑惑地站在人堆当中。

水泥预制板被缓缓吊起来以后，上来几个人一起用力把坍落的石头搬开，我也挤了上去帮忙。

这时候，很奇怪的事情发生了，一头猪的耳朵露了出来，从缝隙看进去，有一头黑猪扑在猪圈的地上，它没有死！还在摇晃脑袋！有个村民抱着两块长条木板跳了下去，给它搭了一个斜坡，又推又拉地把它弄到了地面。这估计是一头成年黑猪，已经饿得皮包骨头，像孙猴子了，走路摇摇晃晃，随时要倒下的感觉。

跳下去的村民用铁锹把预制板和一段倒塌的残墙之间的碎砖搬开，接着就大叫起来，原来，里面还有一头猪，它正在用嘴拱断墙，好像在找吃的。于是，他们拉着猪鼻子，抬猪腿，推猪屁股，硬是把第二头猪也拖了出来。

两头猪都饿得一身骨头架，估计体重比我还轻，而此前，它们应该是标准的大肥猪。后面出来的那一头猪的鼻子都变平了，精神也很不好，站了几次都站不稳，休息了约五分钟才站起来。我和两个村民去附近的矮垛上找来了猪草，两头猪就毫不客气地吃起来。

它们在倒塌的废墟里活了四十三天才被救，这是怎样的生命洪荒之力啊？我仔细看了一下它们生活了四十三天的地方，泥巴地面高低起伏，有几十处坑洼，很可能它们饿极了用鼻子在地上拱土找吃的，天！难道它们一直在靠啃泥巴，才活下来的吗？

我估计，地震后猪圈垮塌，预制板被没有倒的砖墙支撑着，形成了一个高约半米，长、宽约三四米的空间，两头猪刚好被困在这个空间里，只有些小蹭伤。由于根本站不起来，不能动弹，所以猪没有消耗太多能量，否则可能早就死了。后来，连续的下雨救了它们，那些雨水顺着缝隙流了进去，猪估计被泡在水里一段时间，才没有被渴死。

我给它俩拍了张照片，发给杨子："村里的猪，在废墟下居然活了四十三天！"

"二师兄已经像猴一样骨瘦如柴了。"她回复。

"活着，就算胜利吧。"她接着说。

我回道："好在是两头，估计无聊时还能相互拱一拱。"

"两头猪求生宇宙能量大爆发……"

我感觉心里的那个黑暗隧道被点上了灯，亮起来，这是地震以来最明显的一次，后面往家跑的 8 公里，轻快而流畅，步子像被安装了弹簧。

过了几天，看电视新闻，说肉联厂要把这两头猪买走杀了，但是它们的主人坚决不愿意，他决定将这两头猪养在旁边没有垮塌的猪圈里，好好喂起来，还要给它们养老送终。

杨子发来短信："有没有觉得，生命是一种奇怪的东西？"

我回："？"

她说："有时它脆弱得像初冬黄岭河的薄冰，不堪一击，有时又如山峦一样结实强大，不易被推倒。"

84

我决定去后山找他。

老人站在大樟树下，站了个弓步，打手势对我说："你来推我。"

我迟疑了一下，上前伸双手去推他的双肩，我只使了四分力气，他一动不动。

他摇摇头，接着打手势说："用力。"

我手上使了七分力气，推在他的肩膀上，他还是一动不动，点头示意让我再用力。

奇怪，我心里嘀咕着，用脚跟顶住，双手重重地去推老人的肩膀，这次使出了我全部的力气，但是他居然还是一动不动。

我很好奇地看着他，眼神里充满了不解。

他的眼珠子在脏兮兮的镜片后面闪动着光，"我把气沉在这里了……"他戳了戳肚脐的位置，说着，做了几次深深的呼吸，然后伸手比画那股气缓缓地沉入肚子的样子。

我也模仿老人，深深地吸入一口气，但是没有沉下去，才到胸口气就散了。

他盯着我的表情看了一会儿，似乎明白了什么。他扭头先走了两步，然后回头冲我招招手，带我来到了那棵大樟树下。

他用干瘦的食指戳戳自己的心，一字一字慢慢地说："你这里，难受吧？"

我读着他的话，看着他的眼睛。

他思索了一下，点点头说："先教你吐纳吧！"

我茫然地看着他。

他接着说："人难受时，可以深深地吸入一口气，把意念集中到气上，然后把这口气慢慢地沉入丹田。"

我完全看不懂，第一次接触这句话，觉得太复杂了，我只能呆呆盯着他。

"跟我做。"他打着手势给我。

我似懂非懂地看着他，也学着他的样子，深深地吸入一口气。

227

来回吐纳了几十次，他一直用温和而鼓励的眼神看着我。

开始我没有感受到什么，我只是机械地跟着练习。或许自己还是太年轻了，特别是现在这个时候，地震后心绪乱得很，有时情绪会像涌起的海浪所掀起的船只，所以，一时无法领会养蜂老人讲的"吐纳法"。

当然，更不会想到，这个吐纳法在不久会影响我的马拉松比赛。

85

夜晚，我和父亲头对脚并排睡在帐篷里，褥子有点湿，过了午夜，我仍然翻来覆去没有睡着。

脑子里面一会儿是陈晓翠，一会儿是杨子，一会儿是李峰，乱得很，越到晚上越睡不着，我蹽着身子翻看手机，看到了杨子发来的一条短信："你好吗？"

我死死地盯着屏幕许久，想回信，却不知回什么好。我知道，地震后，她的精神非常不稳定，夜里会突然惊醒，睡不着。

我手脚并用爬出帐篷，一阵凉风袭来，打了一个哆嗦。

对面黑黢黢的山横亘在灰白的夜空里，连绵环抱村庄一周，月亮西挂。我深深吸入一口长气，沿着山路开始慢跑起来。不明朗的月光下，山蛙在草丛中跳跃着，忙碌着什么。蚂蚱受了惊，从我跑鞋左边一蹦老高，几下就弹入了远处的溪边。跑着，跑着，露水渐渐爬上了前额的头发。

又跑了一阵子，起风了，月亮不知躲去了哪里，天空突然缀满了繁星，在黑幕下闪着水晶石一样的光芒。

旷野的风中，那些忽明忽暗的繁星，让我想起陈晓翠的眼睛，但随着天色变白，繁星消退，脑海不知为何却蓦然浮现出杨子的模样，陈晓翠仿佛正和繁星一起渐渐融化在灰白的日光中，从天空中隐去。脑子里挥之不去的是杨子抱着我肩膀的模样，头发散发着薄荷洗发膏的味道，身体因为哭泣而微微地颤动，还有我感受到了她的心跳和体温，以及地震后她茫然而空落的眼神。

第一次，我触碰到了别人心中的荒凉。

86

六月的最后一天清晨，太阳还没从山坳那头升起，一种宜人的清凉弥漫在山谷间。

栗树盛开着一丛丛白色小花，发散出醉人的浓郁花香，我被这股诱人的气味包裹着，跑去了后山。

养蜂老人在打太极，一缕晨光照在他右脸上长长的蜈蚣状伤疤上，暗红得弓起来像老榆树皮。他最后一招金刚捣碓打完，双拳放下，丹田的气缓缓吐纳出来，腹部瘪进去一大块，悄立不动几分钟，我也学他深深吸一口长气，然后慢慢吐出来，奇妙的感受。

他并不正眼看我，把黑眼镜的橡皮筋和断脚重新绑了一遍，打手势说："我们种菜去！"

于是，我跟在他后面，上山去巴掌大的山间梯田。路上，一只橘红尾巴的鸟飞过林梢，扑棱到草丛里去。

我们爬到山腰那块平坦的小田，这块地在地震后隆起了不少，但并不妨碍种丝瓜和西红柿，我从小溪里挑水，老人给搭了竹架子的秧苗浇水。休息时，我把扁担垫在屁股底下，坐在山腰上眺望这一片丘陵，满目都是深沉的苍翠，景色壮阔。一阵风吹来，我看见空气在加热中微微地弯曲了景物，这是夏天才有的独特感觉。

老人让我迎风站一个桩步，深深吸入一口气，沉入丹田，然后再缓缓吐出来。他怕我看不懂，重复教了我好几次，我依葫芦画瓢，让气在丹田里待一阵子，转一转再缓缓出来，一阵山风刮过，自己感觉把整个大山的气韵都吸入了肺中，体内的浊气被洗净了，浑身是和自然融为一体的舒畅。

随着吐纳次数的增加，我发现自己一次次呼吸的时间在变长，有了深度。

下山后，他找了个空香烟壳子，反过来在空白处一笔一画地写了两句话——

上句："逍遥自在、以心行气"；下句："吐纳自然，绵里藏针"。

他对我比画了一个开花的动作，说："勤练习，太极吐纳的心法会像花一样开放。"

"像花一样开放！"我这个时候是完全不懂的，等懂这个是很久以后的事情了。

开始学太极吐纳的一周后，我忽然收到一条手机短信，冷水县残联让我去一趟办公室，说给我安排了一份工作。

满头大汗地跑进冷水县城，我口渴难当，在一个小店里喝了一整瓶的盐汽水，一抹头上的汗，宛如雨水淋过一样。这四十多公里的山路，用时 3 小时 18 分。而且为提高自己的成绩，我在最后十多公里，每跑 3 公里，就改变一下速度，增加了 4 次 200 米短跑，今天气温在 30 摄氏度以上，对自己的体能也是一种严酷的考验。

我最近把日常所有乘坐车子的机会都用来训练跑步，除了可以省钱外，也可以节省时间，因为地震后，多数道路都是单向限行，有些路口和塌方地方，车辆往往要排队四五个小时才过得去，以至于很多司机在排队过拥堵段的时候，拿出了扑克牌，玩起了斗地主。

县城的东片有一片河谷平地，上面搭建了密密麻麻的临时板房，按一个街道一个街道编排着。我找了很久，终于在一个三开间的板房外面，看到了"冷水县残疾人联合会"的牌子，这是地震后的临时办事处。

这间板房没有门槛，我站在门口敲了两下门，向里面探望着。

估计是午间休息，没有人在。

又敲了几下，一个人滚着残疾车轮子从里间转了出来，昏暗的灯光照着一张圆润而暗紫的脸，嘴巴一动一动的，在嚼着什么东西。

87

居然是小张伟。他变胖了，下身穿着宽松的深色裤子，右腿裤子瘪了下去，空空荡荡的。

见了我,他的嘴巴张得老大,说:"锤子哦!我在医院熬了一个半月,才出来撒!"

我紧张地挠了下头,担心他后悔了会恼我,毕竟不管怎么说,是我把他的腿砸断的。

他似乎看出来了,抬脚踢了踢空洞的裤腿,说:"老子怎么会怪你!是你救了我撒!"

我们两个待在那里许久,不知该怎么交流下去,过去的事情像浓郁得化不开的油渍浸泡着我们两个,空气中弥漫着一阵尴尬。

后来,他突然想起什么事情,在桌子抓了一支塑料圆珠笔,飞快地写了个地址给我。"去找这个人,试试看撒,"他比画说,"我在这里有个哥们,让他给你推荐了一份工作。"

我低头一看,是泥鳅岭镇的麻子肉铺。

我伸出大拇指,向他弯曲了两下。(感谢)

他明白了我的意思,狠命地摇摇头,接着又突然点点头。

后来,我走到他的轮椅车后,推着车慢慢地走出了残联的板房。他的车又沉又重,我们沿着板房间甬道往前走着。一些小孩在板房之间玩着铁滚轮,拎着桶的女人在公共水站打水,还有老人早早地去公共食堂门口张望着什么,这座临时县城的烟火气正在恢复。

在离别的时刻,当我与他的眼神交会时,两把曾经冰冷的刀子仿佛完全失去了锋利,变成了散发着柔和哑光的木制材料。他的双目冷静而柔和,像遥远的星星。焦黑的头发局部变浅了,捋成一边倒。但他依然保留了当年的那个习惯——往嘴巴里丢了一片椿树叶子,慢慢地嚼着。他看着远处一个奔跑的孩子,反复低声重复着一句,"我腿残了后,才明白了许多……"

他身体前倾,双手奋力地转动着轮子,额头上渗着细密的汗,轮椅像船一样缓慢地划走了。我试图回忆起他以前的模样，脑海中却是一片空白，我再也无法勾勒出他的样子。我意识到，那个被父亲游街示众的小狼崽，那个玩命追打我的坏孩子，那个冰冷眼神的男孩，那个老街鞋店的小店主，以及黄岭镇所有的旧时光都一起死掉了，如同幻灭的泡沫，最终都成为被时间深深掩埋的秘密。

88

麻子圆眼睛暴凸，一脸横肉，说起话来唾液直飞到别人的脸上。他赤膊穿了一条油腻腻的黑仿皮围兜，可以双手剁肉。

地震那天，肉铺内弥漫着灰尘和混乱的气息，尖锐的断片扎进他老婆的心脏。此后，他的精神出了岔，像是一艘失去了方向的海轮，随时可能被卷入无边的漩涡。

前几天，有一个头发乱蓬蓬的女人从他的肉铺前面走过，问了下肉价，就走了。他直勾勾地看那个女人背影，其他买肉的人以为那个乱发女人说话惹毛了他，因为他突然转过柜台，提了切肉刀就奔了出去。那个女人站在板房甬道上吓得发出凄厉的叫声，麻子把刀扔了，咕咚一下跪在女人面前，抱住她的腿痛哭了起来，这么一个一脸横肉、赤膊穿围兜的人哭得像一个孩子，一边哭一边死死地抱住女人的腿，许久也不放手，最后他只含糊着说了一句："这么久了，美娟，你去哪里了啊？"

李美娟就是麻子死去的老婆，和他起早贪黑开肉铺二十多年了。

7月3日，清晨4点30分，一轮残月还挂在青色的天上。

我和麻子踩着电动三轮车来到了附近的一个屠宰场排队，周边几个镇的肉铺店主都在这里等肉。付了钱，轮流扛了几扇猪肉往三轮车上奋力一丢，我坐在三轮车后面，和猪肉一起晃动的时候，收到一条杨子发来的短消息，"今天语文高考，保佑我吧"。我知道，由于地震今年高考延迟了一个月，今天开考。

猪肉运回来后，麻子教我分骨、去毛、切开，到了7点就开始有人到店门口来买了。

我一边干活一边想，杨子和那些活下来的高三生，此刻正坐在简易的板房里，而门口或许有武警站岗。她前几天发短信说，一个同学右腿做了手术，还未拆线，左脚踝关节以上也无法动弹，她在临时医院的大病房里参加高考，将试着用四十五度坐姿在那里完成高考。

我给她回复："还记得李峰临走前说的那句话吗，加油吧！"

晚上，吃过饭，洗完澡，麻子再拿着收到的钱给屠宰场的猪主。这是一份辛苦钱。麻子告诉我，猪肉必须当天卖完，因为冰柜被地震震坏了。

第二天凌晨，我独自在屠宰场背起了一扇猪肉，重量让我的脊背深深地弯曲着，我咬着牙奔向电动三轮车，一边跑一边想，再过三个小时，杨子他们就要在板房考场里面摊开2008年的数学高考卷子了。我看了看天上的残月，心里默默地祈祷。

我在心里说着，再坚持一天，就好了。

……

一周后，我能独自看肉铺了。天气的闷热在加剧，大雨没有来，一群红头苍蝇倒是飞进了肉铺，它们想把子孙播种在充满腥气的肉上，我挥舞着两把蒲扇。

案板旁的手机屏闪亮了一下，一条短信。于是，我停下蒲扇拿起手机，是杨子发来的："我回来了。"

四个字加一个句号，让我的心起了一片波澜。

89

傍晚，关了肉铺。

我把油叽叽的手用硫磺肥皂洗了两遍，换了一件干净的T恤，就向黄岭镇的临时板房区飞奔过去。

一个多月没有看到杨子了，不知她考得如何，我跑得有点神情恍惚，像奔跑在一场碎梦中。

天比上午更加闷热了，狗在路边的树荫下不停地吐着鲜红的舌头。云层黝黑黝黑的，压在头顶上，起了一点点风，但全是热辣辣的气旋。

雨还是没有下来。

跑到黄岭镇的板房区时，浑身都湿透了。板房区设在黄岭河滩附近的一块平地上，不远处就是村民的庄稼地，地里栽有玉米和土豆，地头还散栽着青灰的樱桃树、墨色的水杉树。

几缕乳白色的炊烟从铁绿色板房顶部袅袅冒了起来。

杨子家的临时板房在西一区，我一间间地找过去。由于天气闷热，多数人都在门口纳凉，还有人搬了小桌子在门口打麻将。我全都找了一遍，看到几个熟悉的村民，但是没有看到杨子。

　　她可能还没有回来，我有点失望地从板房的甬道上走了出来。

　　我往布满碎石的河滩走了过去。河滩的水清澈白亮，和我一样沉默的野梨树叶子飘落下来，几片旋转着落在河水上。

　　枯坐在河滩上，望着傍晚闷热的黄岭河，高悬的堰塞湖早已不见了。

　　一只手轻轻地搭在了右肩膀上，我一回头，看到一个穿碎花连衣裙的姑娘，一根粗大的辫子搭在雪白的脖子上，一双茫然的细小眼睛。

　　心，突然剧烈跳动了起来。

90

　　我们默默在河边坐了很久。

　　傍晚，杨子粗大的辫子甩在右肩上，浑身散发着一种淡淡的空谷花香，从侧面看，她的脸颊丰满，长着少女特有的细密的绒毛。一种神秘的东西在空气中颤栗，我的心莫名地欢愉起来。

　　河滩边，不知何时有了两头黄牛，它们在河边埋头喝水，间或尾巴甩一下，驱赶着蚊蝇。还有四五个小孩来了，脱得赤条条的，拿了蓝色红色的塑料小桶，站在河滩边的水里，俯身抓鱼；后面是两个大一点的孩子正扛了黑色的汽车内胎，准备到河心上去漂流、跳水、扎猛子。

　　一切像梦境一般。

　　我们往上游望去，河水映着灰黄的天色，一条黑色的川条鱼由于闷热，奋力跃出水面，碎了一片波光。

她把头扭向我，我盯着她有棱角的嘴唇。

"高考结束了，我有一种很难受的轻飘飘的感觉。"她慢慢说。

我用食指指指自己的太阳穴，敲了两下，意思：明白。这些基本手语我在绵德体育馆的时候，教过她。

她说："考试前压力好大，一会儿是鞭子老师，一会儿是李峰，总在我眼前晃来晃去。好多次梦中都地震了，自己无处可逃，醒来时要么在尖叫，要么在发抖，要么在流泪。或许，活下来对我来说是一种折磨。"她怕我不理解，接着掏出手机，打字给我："前阵子，我还去了趟圣水寺，可是地震毁了观音殿，没烧成香。高考题目真的很难，我尽力了，但估计也考不上啥大学，不可能代李峰完成他的心愿了。"

打完，她伏在我肩膀上哭了，那是一种强抑许久却终于抑制不了的哭。

她哭了许久，后来，我把她扶正，两手握拳放于腰两侧，并前后摆动几下。她看明白了，擦了一下眼睛，甩了两下头发。

她说："一起跑步吧！我想发泄一下！"

我盯着她的嘴唇，点点头。

于是我们离开河滩，一起奔跑起来。

6点了，墨色的天空远远地卷着一道亮边。突然，闷热的空气中起了风，树枝剧烈晃动起来，远处的乌云在急速地往我们这边聚拢过来。

两人逆着风往我家方向奔跑起来，公路上一个人都没有。

一起跑步的感觉真好。我能够感受到她的鞋子碰击在路面的弹动，看到她细细密密的汗出现在额头上、脸颊上、后背上，然后汇成一条条线流下来。

公路边上就是田野,快要成熟的稻子一片暗绿色,这里的一切像是什么都没有发生。除了一处地震造成的巨大断裂,一米的深沟从公路延伸到山坡底下。

我们沿着裂缝上的木板跑过去。

后来,我越跑越快,她慢慢地落在了后面。

跑着跑着,我抬头看天,云像铅色的厚布,现在它把天铺满了,闷热的空气感受到快要到来的大雷雨,路旁的树梢上出现了愈来愈强烈的震动,那些田野的稻子都一起颤抖起来了。

幽暗降临大地,远处天空突然亮起一道刺眼的闪电。

风越来越大,把树涛吹得像巨大起伏的海浪,有时候把我们吹得在原地踏步。

我放慢速度,她在后面,大辫子被风吹乱了,她伸出手,一把拽住我的手。

我感到手心热乎乎的,一阵害羞,我头也不回,就拉着她奋力往前跑。

乌云压得更低了。

渐渐已可以感受到细密的小雨扑面而来,打在我们的头发上、脸上,连睫毛上都是小小的雨珠子。

我想,看样子马上要下大雨了,得找个地方躲一躲。

远处路边的小缓坡上,就在山脚旁,立着那棵老苦楝树,我从村子里下山几乎每天都会看到它,足有二十米高的大树冠,树腰两个人才能环抱,疙疙瘩瘩的皮,巨大蓬乱的头发,俯视着这一片田野和丘陵。

一道闪电,正在头上划出一道光,白亮亮的雨点紧跟着落下来,极硬地砸起许多尘土,土里微带着雨气。风带着雨鞭子抽着大地,扯天扯地垂落，天地落下万千条瀑布。不过几分钟，天地已分不开，白亮亮的一整个水世界。

我拉着她的手爬上山坡，向那棵老苦楝树跑去。

雨水把我们都全都打湿了，开始她还用左手遮着额头，后来，我们索性都放开了手，不管不顾那雨，跑到了树下面。苦楝树的树盖大而密，但是雨太大了，我们还是湿透了，我的T恤里面都在流水，杨子的碎花连衣裙也紧紧贴在身体上。

那雨没头没脑地下着，把天地都挂上了雨帘子，近处的山岭、农舍和树海都看不见了，乳白色的一片天地。

我们站在大树底下，拉着的手并没有松开。

91

雨水冰凉地流淌着，我却感到她手心暖暖的温度。她抿着嘴，大辫子散乱地垂在后脑，眼睛失神地望着远方。

天地在猛烈撞击。

我们站在苦楝树下，头上的水直往下淌，后来，她扭头仔细看了我一眼，淡淡说了句，"你跑得可真快啊……"

我不敢再看她，而是去看雨，雨水已经完整地勾勒出她瘦削而结实的腰身。雨太大了，根本无法遮蔽这场天地的猛烈碰撞。脚下的草和土都横着飞，雨顺着山坡往下落，风、土、雨混在一处，交织成一片。

她头上的汗水在蒸腾，雨水正在浇灭她的体温。她的胸脯剧烈起伏着。

"冷！"她打了一个寒颤，拉了一把呆呆的我。

我们紧紧偎依在一起。

这样过了许久，许久，不知道是多久。

两人就一直这样呆呆地相互倚靠着，感受着彼此的体温。

后来，她看了看害羞的我，说了一句什么，然后突然伸出一只手，扳住了我的头，完全猝不及防，两片冰凉的嘴唇贴在了我的嘴唇。这是我人生第一次接吻，来得这么突然，这么意外，世界迅速在眼前旋转起来。

我不由得闭上了眼睛。

我们在暴雨中的树下，激吻着。

一切太突然，和想象的那么不一样。

之前，我曾在夜晚无数次想到过陈晓翠，想着在天国的她，她的明眸，但生活却把我推向了别处，让我遇见了活下来的人儿，最终和杨子热烈地抱在了一起。

命运是如此奇特。

我浑身剧烈颤抖着。

牙齿先是磕在了她的牙齿上，接着又磕在她的舌头上，她的舌头出血了，咸味流到了我的嘴巴里，我吮吸到了她的舌头和血。我们嘴巴和舌头搅和在一起，彼此的身躯立在那里，整个人犹如去了宇宙的另一个空间。

这个吻，不知持续了多久，到最后感到窒息，她也不愿放开，仿佛放开了，就放开了全世界。我们两个人的呼吸交融着，雨水从苦楝树上流下来，打在我们的脸上，我无法睁眼，也不愿意睁眼。

杨子，古灵精怪的杨子，我在心里默念着。

吻完，我们紧紧抱着对方，嘴巴都吻肿了。

在黑沉沉的巨大天幕里，闪电一阵一阵地燃烧着。抱着杨子时，我寂静的耳朵深处突然听到了一种沉闷的声音，没错，是声音，我确认那就是声音，仿佛从遥远的另一个宇宙传来的一样。我听见了那声音在孤寂的天上，隆隆地滚动着，好像被那密密层层的浓云紧紧地围住，挣扎了许久，终于沉闷而又猛烈地爆发了出来，在我的耳蜗深处嗡嗡地震动着。

我突然明白，那是雷声！是雷声！在我生命的洪荒中，第一次清晰而强烈地感受到了的一种声音。

这是杨子带给我的礼物吗？

事后，她发信来说："活着真好。"

92

八月，由于全年整体气温低，打谷子的日子推迟了。

我有一个远房大舅在黄岭镇邮电局工作，我每天都托他查查有没有杨子的录取通知书，如果有信，请第一时间告诉我。震后交通不畅，很多信件要积压几天才发出去，新闻里说，四川多数被录取的同学都拿到了通知书，但是，就是没有杨子的。

连我也渐渐开始觉得杨子没有戏了。

那天下午，我正在肉铺举刀剁肉，收到远房大舅的一条短信，只有两个字：来了。我看看旁边的麻子，他今天还算正常，于是，我就放下刀离开了肉铺，一口气跑到黄岭镇临时邮局。远房大舅眯缝着眼睛，在一堆信中，递给我一份红彤彤的录取通知书，下面有"成都师范学院"字样。我激动得像是自己被录取了一样，那份通知书鲜红得像燃烧物，我拿了身份证和杨子的身份证复印件，领了出来。揣在怀里就往板房区跑。

我跑过乱石河滩，跑过临时的帐篷区，像闪电一样地跑着。

一路奔到板房区，汗水都湿透了衣服。杨子不在板房。我想起她爸爸在旁边的公共食堂烧饭，杨子空下来就会去给他帮忙。窗户里望去，她正穿着绿色的围兜在水斗旁洗碗、刷锅，粗大的辫子甩在脑袋后面。

我重重地推开门。

她转过身，手里还捏着个小铁锅。我向她晃动了红色的录取通知书，她茫然的眼睛突然睁大了，颤抖尖叫了起来，小铁锅翻腾着掉在了地上，一摊水渍。

拿着录取通知书，我们去了一趟已经荒弃的老街和黄岭中学的废墟，才几个月，荒草长得老高，几株爬藤从断窗烂门里、裸露的钢筋和初三（2）班的挂牌间不管不顾地钻了出来，占领着这个世界。新的一切都在炽热地生长，那些过去的生活痕迹渐渐变得模糊不清。

一阵风吹过，荒草、水杉和废墟上的破布、塑料袋抖动着。

那些细小的瓦松倔强地从残破的水泥缝隙里长出来了。

"李峰！"我看见杨子一甩大辫子，嘴巴一动，她忽然对着教学楼呼喊起来，她流着泪大声喊着，每一个字我都看得非常清晰，"李——峰！李——峰！你——听见吗？我要读——大学了！"

她的嘴巴一张一闭很慢，我可以感受到那种声嘶力竭的呼喊喷涌出来，一点晶莹的光，在杨子的眼睛上跳跃着。

"李——峰！你——听见吗？我要读——大学了！"

风，在瓦松草上静止了一会儿。

93

夏天很快结束了。

泥鳅岭镇的西头,打桩机像巨大的螳螂一样开来了,但是打第二排房子桩的时候,打到一半出了问题,怎么都打不下去了。镇上的人纷纷认为是前一根桩打在太岁头上了,于是,打桩停止了,人们围着建房的地基,连说带比画,激动地说着什么,商量着对策。

在麻子肉铺,铁挂钩上的肉越来越少,因为麻子有时会忘记和屠宰场结账,于是,他们惩罚麻子,只让我们逢每周一、三、五去扛肉。

9月3日,杨子要动身去成都了,而这一天是周三,又碰到麻子前天发病,我只好天蒙蒙亮就去蛤蟆陵镇的屠宰场选肉、扛肉,没有办法送她了。

出门时我抬头看看天,星星还亮着,东方有点发白,我知道杨子也该出门了。一想到她拖着行李离开黄岭的板房,坐上长途车沿着山路渐渐开远,就不觉有了一些惆怅。

我扛着两扇猪肉,奋力地丢在电动三轮车上,搓了两下手,看云层有了淤青色,风一吹,一阵凉意袭过来。

呆呆地看了一会儿天,想起那场雨,白亮的雨幕覆盖着无人的山野,闪电、利剑似的刺破黑暗的田野,沉闷的雷声乍现,杨子的吻被定格在那里。

这时,我收到她发来的短信:"大树下有块石头,你去拿一样东西。"

94

　　这一整天我都混混沌沌的，恨不能立即飞到那棵大樟树下去，看看是什么东西。

　　下午收摊，我飞奔向黄岭镇，一阵难以抑制的本能驱动着我的双腿。抄近道，从泥鳅岭镇到黄岭的18公里起伏路，我紧紧地咬着下嘴唇，只跑了一小时二十分钟不到。

　　我再沿着公路跑出黄岭，不一会儿，看到了黄岭河旁的那个高高的山坡，那棵枝繁叶茂的苦楝树站在天空下面，云的影子在田野和山峦上迅速移动着。

　　心咚咚跳着，走进了那棵苦楝树。树下并没有什么大石头，我一阵紧张，一阵失望。我怀疑自己是不是找错了地方，又掏出手机来，仔细看了一遍那条短信，是大树下面。但是，没有石头嘛。

　　突然，我想会不会是大树的后面？

　　树后有两块突起的大石头垒着，里面露出一个火红的塑料袋。

　　迫不及待地打开，里面套着一个紫色的信封，我小心翼翼地打开信，一股茉莉花香扑鼻而来，除了信还有一张照片，不知何时拍的，火红的枫树下，杨子忧郁地低头看着地面，粗大的辫子甩在右肩，脖子上是一条蓝色的围巾。

　　我把照片捏在手里，用拇指长久地抚摸着这张七寸照片，看了又看。

　　一个惆怅而忧郁的女孩。

　　我依靠在那棵大树下。山峦被余晖镶了金边，鸟从远处盘旋而回。一种从未有过的甜蜜感从心底慢慢地升起来，胀满了整个胸腔，每一个毛孔都苏醒了过来，使得我全身因发热而微微感到了颤抖。我打开她的信，尽管只有薄薄的一页。

一遍一遍地读着。

暗蓝的墨水,细细斜斜的女子笔触,一笔一画地映在纸上。

记得里面有一句:"等我回来当老师。"

结尾的签名是英语:Yours。

我一时竟痴了。

95

于是,我也开始动笔给她写信,一笔一画,信封是在镇上文具店买的,那种老式的蓝白条的航空信封。

我们约好,写信给对方,不到万不得已,不用手机给对方发短信。

由于我住在山上,肉铺又比较乱,担心信件遗失,就让杨子的信直接寄到黄岭镇邮局工作的远房大舅处,每次,他给我发短信:来了。我就利用肉铺中午比较空的时间,一口气跑到设在黄岭板房区的临时邮局。一来拿信,二来正好做一定量的奔跑训练。

杨子给我的信,那些细斜的蓝色小字,仿佛临时邮局埋藏着的一株株奇异草,让我奔跑的时候注入了一股动力。

从泥鳅岭镇出发拿信,一来一回18公里,我用时1小时25分;到了十二月中旬,尽管北风呼啸,我的速度提高了足足五分钟;到了夏末,又提升到了1小时16分,我的目标是跑进1小时10分。

有一天,我还收到了一条短信,是欧阳老师的。震后我们一直没有联系上。

他告诉我："我在成都。"

原来，震后他离开了伤痛之地——黄岭，去成都陪李寡妇给孩子看头伤，后来他就在青羊区一个健身俱乐部找了个教练工作，如今慢慢地安顿了下来。

欧阳说："老师以后不能陪你跑步了，你自己好好跑吧。"

记得我初次目睹他的出现，他戴着蛤蟆镜的巨大身影懒懒地靠在学校操场旗杆边，现在想来，居然有了一股暖流，往事就像昔日周六黄岭石板路上的集市，纷繁而热烈起来。

而现在，这里只留下我了，在墨绿的山岭和血红的夕阳下，寂寞地奔跑着，翠树、农舍、坟上的杂草和都一晃而过。

"关天，"奔跑时，我脑子出现了欧阳的短信，"老师送你一句话——跑步是上天给你的最好的安排。"

到了第二年，野梨花在春风中染白了山野，从泥鳅岭到黄岭的18公里，我轻松跑进了1小时10分。

家里的新瓦房也大致盖好了，只是外墙还是毛拉拉的红砖头，我们没有钱贴瓷砖。泥鳅岭、黄岭到冷水县的交通完全恢复了，一切有了地震前的繁荣气象。

后山凹的养蜂老人也盖起了一间红砖平房，比从前的还要小，但毕竟是新的。

蜜蜂又回来了，空气中飘荡着一股芳香。

每周二是肉铺休息日，我都会跟老人在樟树下学习太极拳。

他下半身穿着一条破旧的黑色灯笼裤，一双布鞋，神态洒脱，黑框绑橡皮筋的眼镜脏兮兮的，右脸颊的蜈蚣状伤疤却在我眼中日益显得熠熠生辉。

大部分时间里,他都让我练习蹲马步、吐纳法、金鸡独立……这些简单的动作,常常一练就是半个多小时,让我略感枯燥。但是,两个多月时间下来,我发现自己烦躁的心居然渐渐安静下来了,对一呼一吸的气沉丹田,也有了一些朦胧的体会。

一天,我们练完功,休息的时候看着对面的山。一阵猛烈的山风吹过,山坡上那片杂树林里的松树、梧桐树、樟树的树冠都蓬头摇曳起来,一起一伏,时而向东倒,时而向西摆动,海浪一般地起伏。

老人若有所思,他从口袋里翻出一个芙蓉牌香烟壳子,小心地撕开口子,铺好,用圆珠笔在上面写了一句话给我:"逍遥自在、以心行气",然后顿了顿,想了好久,接着写了一个下句"吐纳自然,绵里藏针"。

"这是太极吐纳的心法!"他写字告诉我。

我接过有一股浓郁烟味的烟壳子,看着上面弯弯曲曲的字,似懂非懂。

由于到处都是工地,杨子一直没有回黄岭,来年的春节,他爸爸去成都陪她过的节。

尽管我们的通信不如开始的时候那么频繁了,但一个月总还是会有好几封,都直接压在了远房大舅办公桌上。有时,他出去办事,我就直接跑进他堆满旧杂志、报纸的办公室,如果有信,办公桌玻璃下"成都师范学院"六个红色的大字就像暗夜里发光的小灯笼,信封上那细细斜斜的小字,曹关天的"天"字那一捺,拖得老长,把一股蜜桃感拽进了我的心里。

只是,那细细斜斜的小字,在某些晚上悄然化作噬心之蛇,打乱了我从前的安宁。

96

到了五月，手机一亮，来了条短信："记得我吗？绵德的陈萍水！"

魔女！一个形象漂浮在我眼前：一头红发，扁平的脸上横着粗眉毛，漆黑壮实的小腿。我回信："谁会忘记魔女！去年冷水马拉松，你的腿最后扭伤了，否则冠军是你。"

"不提了，那次比赛之后，我花了好久才养好伤！"

"现在恢复了？"

"嗯，11月2日川西的琼海马拉松开始报名了！一起去吗？"

我知道这就是欧阳提起过的那个西部重要的赛事，顿时心潮澎湃起来。

"不知道自己状态行不行？"我写道。

"不许太谦虚噢！冷水马拉松后，你可是绵德一哥！"

"是吗？我都不知道。"看到这句话，我心里还是起了一片激动的涟漪，比平常人跑得更快，这其实一直都是我作为一个聋哑人内心深处最想做到的。

"听说高手很多。"我打字道。

"战高手才好玩嘛！一直听说肯尼亚马拉松选手很牛，这次就来了几个。"

"黑人都来?！"我倒吸一口凉气，中间又夹着跃跃欲试的复杂心情。

"我们都试一下撒！"魔女说，"最近热个身，你有兴趣吗？"

"有。"我打字道。

"如果你来绵德的话，我们一起跑个42公里？"

"嗯，但是最近忙着卖肉，不知何时路过。"

97

天气有些蕴热了，麻子爬到肉铺摊位上面，在黑乎乎的电风扇叶子下挂了一根红色塑料绳，打开电风扇，塑料绳子就飞起来，驱赶着苍蝇。那个头发乱蓬蓬的女人可能一直绕道走，好久都没出现在甬道上，所以，麻子最近一阵子都没有发病。

但是，我有些发病了。

我想念杨子了。一想起她的大辫子，她迷茫的眼神，我做事情就散漫了一些，常梗着脖子望着肉铺窗外的那一片天。

六月的云一会儿狼头，一会儿海豚，变化无穷，看了很久，勾起一桩往事：欧阳老师，他刚刚来到黄岭学校当体育老师那会儿，常戴着一副墨镜，站在操场边，惦念着远方，痴痴呆呆地望着天空。

我现在能够理解他的感受了。

就像在大海上航海许久的人，终于明白了星星为何闪耀。

她有一阵子没有写信给我了。

那天，跑过黄岭河，我脱光衣服，一个猛子钻入了水里，畅游半个多小时后，我爬上来坐在河岸上，捋着湿漉漉的头发，无意间看见自己的两条大腿，黑亮黑亮的，像一对青蛙的后肢；手掌由于每天干粗活，长了两个老茧。盯着手心，我忽然想到，杨子现在不知道在干什么。一想到杨子，想到她的脸庞，她的大辫子发尖垂在胸前的样子，一丝道不明白的忧郁像一团暗流涌动起来。

这些天，我常常问自己同一个问题，我配得上杨子吗？她现在是省城的大学生了，天之骄子，而我又聋又哑，除了跑步，啥也不会……

我无聊地捡起一块石头，用力砸向树荫里的那片河水，光影碎了一波。

只穿短裤，我抱着衣服狠命地跑了起来，沿着黄岭河畔猛蹬双足，我发现只要一奔跑起来就可以使自己逃离那些自卑、困惑和不安，逃离对未来的疑惑。

在认识杨子之前，我曾有一颗自由自在的心，孤独地自转着，但是这个心现在丢了，不知去了哪里？那时候的我活在自己的寂静的世外桃源里，无拘无束，但是现在我不对劲了，常常满脑子杨子的模样、气味、和她激吻的甜蜜感觉。我不能停下奔跑，只要一停下来，又立即回到了那个自我疑惑的现实中去了。

奔跑是我的黑洞，一钻进去，就忘记了些烦恼。

到了六月，我们决定不通信了，两个人开始和普通人一样，只靠发短信联系了。

"现在学业忙，"她修的是教育心理学，"或许未来，有一天，我会回黄岭当老师。"

站在肉铺柜台后，盯着那旋转的塑料绳子，有一个念头突然从心底涌起来——我决定跑到成都去看她一次。

从家到成都大约一百四十九公里。

98

黄岭到成都，需先经过绵德，然后再沿 108 国道往西南跑，通成都。

"明天，路过绵德。"我突然想起了什么，提前给魔女发了一条短信。

清晨，天气还算凉快，我只背一个小小的双肩包，就跑步出发了。我一口气跑到了绵德，找了一间便宜的地下室旅馆凑合了一晚上。

第二天6点钟不到，我在绵德体育馆一号门等魔女，我们约好往成都方向跑42公里。

巨大的体育馆横亘在眼前，一个人也没有，空空荡荡的，只有风吹动着地上的叶子。

我想起一年前的这里，彻夜人山人海，人们排着长长的队伍，一个接一个地爬上一个木头台上，嘶喊着亲友的名字；那体育馆的墙壁上，像雪花一样的寻人启事，被风吹得颤抖着；杨子和我坐在高高的体育看台上，看到玻璃墙外天空上的第一丝朝霞，以及，她趴在我肩膀上哭泣，那伤痛的一刻。

一切都像是一场梦，轻烟似的被风吹散了。

体育馆外大街的灌木丛里种了十几株茉莉花，粉白粉白绽开在翠绿叶子里，风起时，淡淡的香味弥漫了一整条街，占领了空旷的广场。

一头短红发、着火红色跑步服的魔女一颠一颠地跑来了，她结实得像一颗子弹，两条牛犊一样的腿有力地蹬着地。

两根横亘的粗眉下，是漆黑而生动的眼睛。肤色黝黑，一个小巧的跑步水袋包紧紧地绑在她的后背。

魔女早就计算好了公里数，她提出沿着108国道，比赛谁先跑进德阳的骑马镇，因为到那里正好42公里左右。

起跑前，我把随身携带的小双肩包带子抽紧了（里面放着水和一件替换的衣服），确保贴背，以减少对双肩和后背的摩擦和撞击。显然背这样的包，这是难以避免的，但我已经习惯了长距离荒野奔跑，皮粗肉糙，对于衣物的摩擦、撞击，多数时间浑然不觉了。即使是长距离运动，也是如此。

我对谁先跑进骑马镇不太看重，其实我心里有一个目标，就是以最快的速度跑到成都，见到杨子。今天到了骑马镇，离杨子近了三分之一，一想到杨子，而且后天就要看到她，近一年不见的人，我就感受到自己那颗心加快了震动。

但还没有告诉她，我会到成都去看她。

我感觉和魔女的这场比赛，有一个观众，那就是杨子。

99

像飞翔向靶心的箭一样，我们飞奔了起来。

魔女和我一前一后，一团火红，一团漆黑，先是等速跑了五公里，出绵德市区的马路，然后就拐上了向南方的108国道。

清晨的国道缺了运货卡车，感觉还没有完全苏醒过来，附近的小山笼在一层薄薄的雾气中。白色的山花开在公路附近的山坡上。

我有心试一试魔女的速度，5公里后，腿部悄悄地加力。汶川地震后，我的训练没有落下，每天往返于黄岭镇和泥鳅岭镇之间奔跑，加上一些变速跑训练。日常回家上山，通过加速登山跑添加一节强度课。此外，空余时间，根据欧阳老师指导的，进行腿部下蹲举水桶训练，目前的马拉松速度估计比以前高了许多，但是，具体高了多少，我心里也没有底。

此外，我对养蜂老人教的太极吐纳法，渐得一点要领。每天清晨，我对着大山练习吐纳，舌抵上颚，用口鼻缓缓地吸入气体，把气沉到小腹处的丹田，呼出气时，小腹鼓起来像是一个皮球，我用意念轻轻引气，使每次呼气都有一股暖流送往丹田，一呼一吸，把呼吸调节得缓慢而绵长。

通过这种吐纳，大约可以提升10%—20%呼吸深度，对应增强心肺功能和体能。但是，这能否在马拉松最后10公里身体进入"地狱极限"时起到作用？

另外，老人写在香烟壳子上给我的"逍遥自在、以心行气"，我依然似懂非懂。

今天这个难得的私下约赛，我想测试一下太极吐纳法。

于是，我提了一口气，把配速提高到了每公里约三分钟，在起伏路地带，这是一个比较高的速度。

果然，不一会儿，就把魔女甩开了一大截。

十分钟以后，我再往后看，道路拐弯，巨大的行道水杉遮蔽了视野，已经看不到她了。我松了一口气，想起上一次比赛，她的速度还应该在我之上，不免有些得意。

正想着，我感到身体右边有人影晃动，我一扭头，一团火红，是魔女追了上来，又和我并驾齐驱了。我侧脸观察她，只见她两道浓眉没有皱在一起，脸色轻松，呼吸均匀，显然还不是很吃力。

跑过拱形大桥，跨过往西延伸的交叉公路，看见田野上的稻田呈现一大片一大片蛋黄色，像是煎锅上的鸡蛋饼，令人神怡而不心旷，因为我的肚子此刻好像有一点饿了。

到了二十多公里时，我深吸一口气，像太极吐纳那样，把气压入丹田，然后再缓缓地吐出，如此反复，腿再次提高了速度，把魔女又远远地甩开了。忍着饥饿，我越跑越快，前头是最后一片进入成都平原的丘陵，我扭头看的时候，魔女似乎已经不在视野里了。

我一边跑，一边从包里取出盐汽水喝了起来，然后，一连打了几个嗝。离骑马镇近了，离成都也不远了。抬头看看天，不知道现在杨子在干什么，她也会看这一片天空吗？

路牌显示，离骑马镇还有最后 10 公里。

进山前，往身后看看，没有魔女的身影，但我突然感到一阵虚脱，看了一下电子表，32 公里，我比冷水马拉松的速度足足提高了二十分钟，前面跑得太快了！心觉得不妥，一紧张，呼吸失去节奏，腿变得沉重起来。

我放慢速度，努力用太极吐纳调整自己的呼吸。我试图把气沉入丹田，默念"腹部鼓如气球"，但是，心里一乱，气没有沉下去，反而更混杂了，呼吸变得有点急促。我屡次用吐气鼓腹，让气绵长缓慢地出来，但是气依然短促凌乱，方法一点也不奏效。

前面是一个小小的隧道，我没有头灯，只好硬着头皮往里跑。好在隧道尽头的光看得见。对面，一列大卡车亮着刺眼而恐怖的车灯向我猛烈地驶来，我赶紧往隧道的墙壁上一躲。又有一辆卡车从我的后方开了过来，大灯雪白雪白的。我趴在水泥壁旁一动不动，卡车过去，我可以感受到整个隧道的拱形墙壁都在颤动。

趴着的时候，我注意到一个跳动的头灯在隧道里面一点一点地靠近我，灯光匀速地一上一下，原来是魔女又追上来了。

这次，她跑到了我的前面，用头灯引领着我，我们两个飞快地跑出了隧道。

出了洞，我的地狱极限期也过去了，我们两人再次并肩奔跑。

魔女的红发在我左边跳跃，扭头看她的脸色，依然黑里透红，呼吸没有太大的变化，奔跑的步伐轻松中透着一种愉悦，看不出来是一个已经奔跑了三十多公里的人。心里不由得暗暗赞叹，一个女生如此强悍，真是了不得！绵德一姐，名不虚传。

此后，我略略提速，她也提速；我减速，她才减速。

她死死咬着我。

公路两边已是广袤的大平原了，夏天早晨的微风吹过稻田、田埂和行道树，天色幽蓝，白云还在睡懒觉没有浮上来。此刻，我忘记了饥饿，奔跑令我身心愉悦。

我再也没有甩掉她。

我们并肩跑进了骑马镇，这是一个普通得不能再普通的小镇，一个穿碎花睡衣的女人正牵着只土狗在步行道中央拉粑粑，臭气熏鼻。至于为什么叫骑马这么西部的名字，估计也无从考证了。我们在骑马农村信用合作社的门口停下了步伐。用时2小时35分。

我用赞叹的眼神看着魔女。她喘着气，抹了一把汗说："你赢了！"

我手机打字给她："平局，我们用时一样。"

盯着她的嘴唇，看见她说："不！你赢了。"

我不解地摇摇头。

她用手指了指自己的包，又指了一指我的包，然后，对我竖起了大拇指。

我明白了她的意思，她是说，我背这么一个带衣服的双肩包跑马拉松，而她只是一个轻便的水袋，从负重上看，无疑是我要强太多。尽管我的小背包可能只比她的大一倍多，但是几十公里下来，不知道要重多少，而且后背的轻微撞击和双肩的摩擦疼对于普通人来说都是难以忍受的。

我打字给她："我皮糙肉厚。"

她的眼睛瞪圆了，笑了起来，浓眉毛照例横成一字。她用力一挥手打手势，说："你跟我来。"

于是，我跟她横穿过骑马镇的主街，在对面一个兽医铺子前，蹿出一个戴大墨镜的纹脖大汉，此人高出我们足足一头，突然从侧面一把揪住了魔女的胳臂。

100

我吃了一惊，眼睛瞪大了要跳起来，打算冲上去拉回魔女。

但是，看见他们两个人都微笑着跳了起来，嘴巴张得老大地击着掌，看来是老相识了。

墨镜纹脖大汉带我们来到主街上一间叫"边炉人家"的小饭店，里面黑压压坐了一屋子人，看到我们都高高低低站了起来，一道道热情的目光投向我们，忽然便有人带头鼓起掌来。这让我感到有些懵，站在门口不知所措。

我听不见他们的话，但观察了一下，发现这些人多数身形匀称或者偏瘦，多数人还穿着半紧身的运动服，一看就是跑步圈的。魔女向大家作了一个深揖，然后拉着我入席。

墨镜大哥坐在我旁边，他比我足足高出半个头，后脖子绣着一朵细密的黑花，一身古怪的匪气。但他的心思细腻得很，知道我是听障，冲我说话时，他香烟味道很重的嘴巴总是正对着我，说得很慢，以方便我看清楚他的嘴型。他告诉我："这些朋友都是绵德的跑友，今日跑步一哥和一姐比赛，特地约在终点骑马镇聚会一次。"

"我提议，"一位满脸皱纹的硬朗老者站起来，举着一杯碧翠的绿茶大声说，"为今天的双雄赛，干一杯！"

接着，他又说："我干了，你们两位随意！"说完一仰脖喝光了他的茶，一片茶叶挂在嘴角。

墨镜大哥打字给我。"此人是当地马拉松老年纪录保持者黄金宝，"我盯着后者被风沙揉搓过却神采奕奕的脸，"六十七岁了，他坚持长跑四十多年呐！"墨镜哥感叹说，他的眼睛依然躲在漆黑的墨镜后面。

我钦佩地看着老人，他的双眼如同一对发亮的玻璃珠子，怎么看都和他的年龄不相符。

飒爽的魔女，一头红发，在跑步圈的饭桌上可说是灵魂人物。（可能她在绵德的名气太大了，因为三年来，没有男马拉松选手可以赢她，简直就是一个地方神话。）她还善于讲关于跑步的笑话，虽然我一个都没有听懂，但是，我显然看见了饭桌上空漂浮着欢乐的气泡。当全桌人都乐翻时，跑友们会一起用茶杯敲着桌子，一起跺脚，我悄悄地把手贴在桌面下面，闭上眼睛，通过手指的触感，感受着桌面的振动，它在我的指尖愉快地跳跃——震动产生的机械波把他们的快乐传染给了我，于是，我也咧开嘴笑了。

羊肉、牛肉涮得差不多了，大家的话题又重新聚焦到马拉松上。

左手边，一个戴着圆圆眼镜、皮肤微黄的人站起来，他用食指顶了顶自己眼镜的中间位置，慢条斯理地说："我有个提议啊……"墨镜哥打字跟我说："这是王刚，以前得过胰腺癌早期症状，后来医生建议他要多运动，于是他就开始跑马拉松，硬生生把症状跑没了。"

我看着他圆圆的细金属边眼镜，突然想起了《哆啦A梦》里的大雄。

大雄，不，王刚接着说："我们大家一起去跑地球上风景最美的马拉松，好不好？"他说出一个地名，大家一起附和。

"××××"

我没有看明白。

墨镜哥手机打字给我:"西昌邛海。"

他添了行字:"这个马拉松全程沿着湿地湖泊跑,在雪山下,景可绝了。"我仿佛立刻就跑到了湖边,从湖面上远眺雪山,雪山在湖面上呈现出变幻无穷的壮丽景象。

"我有一个哥们在邛海组委会告诉我,"他透露道,"今年有一对肯尼亚兄弟参赛。"

"肯尼亚?"我顿生崇敬之心,那可是长跑之乡。

"那对黑人叫基普鲍勃兄弟。其中哥哥的成绩2小时20分,弟弟2小时32分。"

魔女好奇地把头伸过来说:"叫什么名字?"

"基普鲍勃。"墨镜哥喊了一遍。

王刚听到了,往座位上一靠,他顶了顶圆眼镜说:"基本跑步!这名字就是天生要跑步的啊!"——他的嘴唇我读得很真切。

"谁的名字会叫'基本跑步',牛。"人们赞叹道。

墨镜纹脖大哥夹了一块牛肉,一边嚼一边打字给我说:"邛海马拉松,组委会还请来了一位香港高手,叫'天线哥',据说此人曾拿过澳门青年马拉松的冠军。"

他打字给我:"天线哥也是听障。"

我吃惊地看着他,原来世上还有另一个听障马拉松高手,他为什么叫"天线哥"?顿时,心里涌出一种奇怪的感觉,好想马上见到这个人。

黄金宝大叔最后又站了起来,朗声说:"秋天,大家相会川西邛海马拉松!别缺席啊。"

"看我们的魔女、曹关天和高手对决啰……"王刚缓缓地说,他说很慢,每一句话我都通过嘴唇看得很清楚。

"对！邛海马拉松对决。"

大家用茶杯敲了好一阵子的桌子。

呆呆望着眼前的茶杯，我心中对"基本跑步"的成绩做了估算——2小时20分，天！假如我比他慢五分钟跑到终点，那也是巨大的成就了，只是还不知道自己能否做得到呢，一切都是未知数。

看我一个人静静地坐在人群中像个局外人，墨镜哥也沉默起来，仿佛在追忆着什么。过了一会儿，他突然把脸转向我，说："我是××。"

我看着他的嘴，没有明白他的话。

他又冲着我说了一遍，"我是××……"我还是没明白后面两个字是什么。他顿了一下，摘下了一直戴着的墨镜，露出一个可怕的眼珠子，灰白色的眼球中间夹着一个爆裂的脏东西，乍一看像个被胡乱喷射了黑漆的白塑料球，一动不动，有点惊悚——原来前面他说的二字是"独眼"。

101

他看了我一眼，"楼塌了，水泥渣滓插进去了。"他用手机打字给我，"噗！"他嘴巴噘起吐气，捂住了眼睛，做了一个无奈的动作。

后面，他的字让我彻底惊呆了："地震，全家三口人，就活了我一个。"

"那以后，我的生活变得一团糟，每天喝得醉醺醺，人离死不远了，"他连续不断地打着字，"直到我遇见这群跑友，认识了魔女。"

墨镜纹脖大汉指了指对面的几个人和我身边的魔女，呷了一大口红茶，接着打道："第一次晨跑是大冬天，我冻得直哆嗦，跑了好久也没有热，后来，太阳的金光跳出楼宇，照亮了世界，我一下子就暖和起来，那一刻，我获得了一种莫名的平静，一种崭新的感觉，我明白自己又活了过来。"

他这么认真地对我说这个，我推测可能是他觉得我是聋哑跑者，更能理解他的痛苦吧。

他停下来看了我一眼，接着打字说："我现在每天在公园里跑个5公里、8公里，把伤心事搁一边去，连酒也不需要了。"说完，他低下了头，不说话了。我看见他脖子后面文的是一朵镶嵌着四片叶子的黑玫瑰和一颗发光的四芒星，油亮油亮的。

后来魔女告诉我，他叫老李，脖子后面的那朵玫瑰花代表他死去的妻子，那颗星是他的儿子，因为他老婆叫曹玫芳，儿子叫李星。他说，他每天背着她娘儿俩一起跑步，跑过酷暑，跑过寒冬，一直跑到天上相会的那一天。

102

那天大家都投宿骑马镇的春风旅馆，晚上八点半，集体作了一个8公里的夜跑。

我第一次跟这么多人在夜间奔跑，一串微微晃动的头灯在108

国道上首尾连绵相接。墨色绒布似的天幕上出现了一颗亮晶晶的北极星，远山隐在浓重的夜色里，路边稻田的清香和大地吐纳的芬芳，直钻进鼻孔，沁入心脾。

像是山涧里逆流的溪鱼，我迈着轻快的步子，一个人一个人地超越，跑到了队伍的最前面，和魔女肩并肩跑。

汗才出来，就被凉爽的夜风带走了。头发也被风吹起，欢快地跳着舞，这种轻盈的感觉传遍全身，让我感到自在和轻盈，好像所有的压力和束缚都被这微风带走。

特别是拐弯疾奔的那一刻，我们仿佛摆脱了地球引力。

这个迷人的夜，我们尽情地跑啊，几乎在贴地飞翔，完全忘记了白天跑完马拉松的疲惫。

奔跑时，我蓦地想起养蜂老人写在香烟壳子上的一句"逍遥自在、以心行气"，心想：这样的夜跑，这样贴地飞翔的感觉，不就是逍遥自在吗？我再次尝试太极的吐纳呼吸法，不知是什么原因（也许是心静了），此刻一口气被吸进鼻子来，就可以缓慢地、幽深地沉去丹田，舌顶上颚，吐出来的时候，那股气绵长而有力，让我的浑身充满了取之不尽的动源。

最后一公里，我们像一群在田野上奔跑的麋鹿，拥抱着自然赐予的那一份自由。

那一刻，我被跑步这种运动深深地感动着。

春天旅馆的单人房小得像个猫窝，我躺在床上，和隔壁的魔女用手机短信聊天，交流了许久夜跑的心得，微风扑面的自在感受，然后，我突然问她：

"你怎么爱上跑步的？"

她是个豪爽的人,另外可能也觉得我是听障人士,具有天生保密的优势,她就倒豆子一样跟我倾诉了她的秘密:"读高中时,我喜欢上一个高年级的同学,不是男生,而是一个身材颀长的女生,她是校田径队的长跑运动员。我不想提她的名字。那女生一头乌黑的短发,喜欢笑,笑起来就露出两排整齐的白细牙齿,迷人极了。不知为何,我痴痴呆呆地迷恋起她。为了接近她,我就跟她一起去练长跑。两人每天在绵德的涪江畔奔跑,像双子星一样,一起跑过大桥,跨过老街。一上来,我跟不上她,后来,为了可以跟上她,咬紧牙在晚上偷偷加练,半年后,终于可以追上那女生了。可是,她却被成都体育学院录取,走了。我也想报考体院,但是家人不同意,我和家人闹掰了。我后来去体育学院找过那女生一次,那女生不看我眼睛说,'你以后不要来找我了。'我蹲在学校操场上苦苦地守候她,发现她有了一个男朋友,而且是个马拉松运动员,那人曾拿过全省前三。"

"再后来呢?"

"后来他们结婚了,我们没有联系了。"

我可以感受到魔女黯淡的心情。

"我查了那个男的马拉松最好成绩,2小时29分。从此,我立了一个志,一定要超过他,感觉只要我超过了他,那个女生就会回到我的身边。因为,我知道她也是爱我的,她和别人结婚,是迫于社会压力。"

我瞬间领悟,她的绰号为何叫魔女了。

这段对话像闪电一样击中了我:原来,不光是我,连魔女这样阳光的人,都有自己的隐秘的痛处。后来,我又问魔女:"假如没那个女生,你还会跑马拉松吗?"

她想了很久才回复我:"我不知道,可能这就是缘分吧。"

她接着说:"跑步,让我逃离婚姻、家庭和社会对我的各种绑架,别人走的道路不是我要的……"

"理解,"我写,"我也是和别人不一样的人。"

"我快三十岁了,不婚无恋,单身一人,周围人总觉得我怪怪的。但是,只要一跑起来,我的生活就变得简单而纯粹,跑步让我自由自在地享受蓝天、空气,享受每一条路过的密林小径。"

"让我成为自己想要成为的那个样子。"

最后,魔女问我:"你为何跑马拉松?"

我陷入了沉思,这是我第一次这么认真地思考这个问题。考虑了很久,我回答:"最早,我的妈妈对我说,'关天,你跑吧,你跑起来和平常人没有啥两样'。的确很久以来,我拼命地跑步,只是想战胜对手,证明我和平常人没啥两样,甚至还更棒一点……但是,今夜我可能又感到了其他的什么……但是我写不出来。"

这时候,我想到杨子忧郁的眼神,仿佛在黑夜中小旅馆的天花板怔怔地看着我,我写道:"我现在倒也不知道为了什么跑步了……"

103

走进那家重庆小炒,火焰三尺高,油星子四处乱飞,长得像母夜叉一样的老板娘手里拿着黑乎乎的长柄炒锅,手腕一抖,飞得老高的牛肉片又重新回到锅里。

她一扭头,满脸是油渍,问我:"吃什么?"

我指指一个空座位,拿出手机打了两个大字给她看:等人。

刚才，杨子终于收到了我到成都的消息，估计吃了一惊，她说学校里面人多，让我到赞元老街的这家小店等她。

这家店只有十几个平方，坐了半屋子的客人，我特地选了最靠门口的位置。有大半年没有见面了，不知道她现在什么样子，人瘦了还是胖了？下巴是圆还是尖？呆呆地想着上一次见她的情景，那一根粗大的辫子，单眼皮下迷茫的眼神。

我抱着肩头，看着渐渐变黑的街景。一想到她马上就要来了，让我的心跳得厉害，脸似乎都有些发烧了，想见到她，但又后悔自己这么主动来找她，是不是打扰她今天的课程了。另外，我不知道见到她，两人面对面后是个什么样的情形。她已经是女大学生了，天之骄子，以后可能是老师，而我呢？是什么呢？什么都不是，只是一个会跑步的肉铺小哥，一个哑巴。

我内心潮动着矛盾，炽烈而备受煎熬。

但是，我想立即看到她，哪怕只是看一眼，就一眼。

我双手交叉在胸前，低头盯着桌子上的油渍，一只小虫犹犹豫豫地爬进桌缝里去了。

一个穿黑色长裙的女生突然站在我面前。

她身上多了一种说不出来的女人气息，只是脸色煞白，像霜打过的白菜，两眼下面全是黑眼圈，那根粗辫子没有了，变成了一头短发，刘海儿蓬乱得很，遮住了一半的眉毛。我唬地立了起来，都不敢相信这是杨子。

那顿饭，杨子吃得异常沉默，她常常放下手里的碗筷，静静地看着我，什么也不说。

我不敢看她，低下头，埋头吃饭。两人点了个鱼香茄子，一个钵钵鸡，两碗白饭。母夜叉老板娘胖乎乎的手捏了两串豆腐串，走向我们，说是给我们加的。

后来，她索性不吃了，拿起手机翻阅了一会儿，然后又放下了。

她的脸色越发白了。

我局促不安起来，也不吃了，不知道是不是由于是我的突然到达，让她这样的。

那只小虫子从桌子缝里爬出来，转了一圈，往桌腿迅速爬去了。

老板娘来回奔忙着，油烟充满了整个屋子，小饭店人来人往。

突然，豆大的泪珠从她黯然的眼睛里滚了出来。

没有看错，她竟然落泪了。

我顿时手足无措，把餐巾纸递给她，她捏着纸巾并不动，泪珠站在细小的眼眶里打转儿，然后她站起来，就走出了饭店。我结了账也赶忙追了出来。

小店门口，她站定后从包里拿出了一根烟，点上了。我没有看错，是"白芙蓉"，我想打字问她什么时候开始抽的烟，但没问出口。

她也递我一根，我点燃，呛了一口烟。

抽完烟，我们并肩走在温江老街上。街头正沉浸在一种迷离的夜色中，满街热腾腾的市井生活，自行车和摩托车如鱼一样蹿来蹿去，汽车堵成了长龙，尾灯连起来，像一条通体透亮的红色蜈蚣。

我不敢看她的眼睛。她脸色这么差，阴郁着，心一定被什么给缠绕住了，我所能做的就是静静地陪着她，和她走走。我忐忑地想，自己是不是在一个不正确的时间出现了。看来，惆怅的杨子变得忧郁了。看来，大学生活也没能让她快乐起来。

我们就这样走着走着，不知疲倦地走着。

老街上的房子都很多年了，刮风下雨形成了它们的每一道肌理，有些店还带着老式的院落，院子后面爬出来的密集的楝树树枝遮蔽了院子前面的店招牌。老街此刻正透着一种沉静的力量，让我们仿佛回到了黄岭的老街，地震前的那个老街，刺穿了时光的帷幕。

我抬头看看天，夜晚青黑的天上一抹被灯光照亮的白云，散乱着飘向北方。

我们走着走着，不知道走了多久。

两个人始终保持着一个手臂的距离。

侧脸看杨子，她的心情似乎也渐渐平静了一些。我们渐渐走到了赞元老街附近的小马路上，那里静谧得很，梧桐树的影子在路灯下拉得长长的，我们往她的学校方向走。又走了不知道多少时间，一处宿舍楼围墙的外面，我的手无疑间触碰到了她的小手，那棱角分明、细长的手。然后，她手指一动，就慢慢地拉住了我的手，我像被钉子钉在了原地，呼吸急促，心跳加快。

我们肩并肩站在那个宿舍围墙的下面。红砖围墙上斜刺出一根树枝，缀满了浅色的白花，一股或有或无的幽幽花香，随五月的风沁入鼻息。

两只手的手指交叉握了一会儿，扭头看见她浑身颤动着，眼泪又流下来了。

她把眼睛闭上了。

我迟疑了一下，身体倾过去，把嘴唇送到了她的嘴唇上。感到了一阵冰凉的东西，那是她脸上的泪蹭在了我的脸上，跌落在鼻尖上，她的眼睛闭着，头儿仰着，把身体靠在我的身上，她的舌尖碰到了我的舌尖，我们开始用力地吻着，吻着，吻着……我感觉自己的身体蒸腾到了几千米的天空中，融化在那朵暗夜里的白云里了，无数个不眠夜一直幻想着的这一刻，终于来了。

末了，杨子把脸侧过来，突然狠狠地咬了一口我的舌头。

我舌尖一痛，差点流出血来，我用手捏紧了她的手。

她捋了一下乱蓬蓬的短发，为了让我看清楚，她的嘴巴慢慢地说"走了"，因为晚上有公选课，她和同学约好一起去上课的。

她做了一个手势，让我待在原地，不用送她了。她把脸抹了一把，紧走了七八步，回头看了我一眼，然后就头也不回地走远了。我怔怔地站在围墙下，看着她轻微起伏的背影拐了个弯，不见了。

告别的时候，我伸出双手，手心向上，上下打水一样来回摆动了几下——希望她"好好"的，但是，不知怎么却僵在空气中了，像冻住了一样。

不知道她看见了没有。

小街上没有任何动静，我用手摸着那个围墙凹凸不平的红砖。微弱的灯光下，我发现那棵爬过墙头的树居然是一棵苦楝，每一穗花都是一串串像米粒一样的小花，那些花瓣小小的，如此不起眼，但是，聚在一起，却浓烈得很。

有一串苦楝花断落在地上，青涩而单薄。

我的舌头痛着。

站立着，我不禁伸出双手，手心向上，上下摆动了几下。

这是我最后一次和她接吻。

如果知道这是我这辈子最后一次和她接吻，我会倔强地站在那里不让她走吗？把舌头切下来，砌在那堵红墙里。

但后来随着年龄的增长，我明白时光绝不会定格在某处，终会流淌走的。

104

回来后,我发给她短信,没有回音。

不知不觉,一个多月过去了,发出的信都宛如石沉大海。我每天醒来第一桩事情就是查看短信,没有。晚上,睡觉前,再看一眼,还是没有。

这段日子,从家里跑到泥鳅岭镇的肉铺,傍晚再跑回来,我跑得特别狠。

一天早上,猛烈地下坡,左脚踩在一处低洼地,身体重心失去,整个人摔得飞了出去,胳臂上的皮被磨掉一大块,一碰衣服就痛,足足花了一周多的时间才恢复。

一生中还从没这样痛苦而焦虑的等待,从早到晚等她的信,注意力全在这上面,这种感觉真的要人命啊!

一种深深的挫败感升起,一道无力打破的帘幕垂落在眼前。

41天,47天,52天……都没有她的信。

回家时,我常常跑到那棵大苦楝树下,躺成一个大字,看着天上的流云。想起那双迷茫而忧郁的眼睛,想起那堵学校的围墙,以及围墙里面爬出来的那棵苦楝花。

我掏出杨子的照片,放在夕阳下,照片好像有了温度,总给我心里麻麻的、热烘烘的感觉。火红的枫树下,她低头看着地面,大辫子甩在右肩,蓝色的围巾蜷曲着。

那一低头的迷茫,却令我心胸起伏,于是我再也忍不住,从山坡上下来,在公路上玩命地奔跑起来。

我想发短信给她,编了一条长长的,写了我的思念,但是,想到我已经在上一封信中写了这些,现在再写,是不是太示弱了?而且破坏了我仅剩的一点自尊心……

于是，我又删除了短信。

那天，我数着是第58天没有回信了，日益感到一种挫折和自卑。我开始吃得很少，人消瘦下去，两个眼珠子突出来。经常神情都有些恍惚，那天，在猪肉铺里切肉的时候，一刀切在左手拇指上，那切肉刀又长又快，血猛地涌了出来，殷红的血争先恐后地往外挤，我用右手捂住，血滴在砧板上，一串血珠子镶嵌在猪肉上。

居然不觉得很痛。

我知道不可以这样了，再这样下去，感觉自己要废掉了。心里总像埋着一团燃烧不尽的火，用水浇不灭，用风刮不断，越是黑夜，越是熊熊燃烧着，烧得宛如燎原大火。

啊，这心里的火啊，如果未曾经历这一切，那该多好！

105

那天半夜，我彻夜翻转，睡不着，于是，爬起来去月光下的山里跑步。

知道自己处在低迷的浑浑噩噩中，感觉自己已不是自己了。

我到底怎么了？

106

11月4日,天气微凉。

我从西昌火车站下来时,抬头看了一眼天,湛蓝如洗。我忍不住拿手机拍了一张照片,发给杨子。

杨子并没有答复我。

次日,西昌的火把广场,近七米高巨大的红色出发拱门下,上万着红色战袍的跑者云集。

8点钟开跑前,当地彝族姑娘表演了打歌舞。穿着五色的裙子、戴着黑色大帽子的姑娘围成巨大的圈子,相互挽臂,上身前倾,重心向前,微微提臀,脚下踏地为节,面向圈心急舞,像满月的海潮大浪一样搅动着巨大的广场。

虽听不见她们高亢的歌声,但我观察到急促的一张一合的嘴巴,连同脚下的节奏,越来越快,越来越猛烈。最后,那些红色、黄色、橘色、蓝色的裙子都飞转起来,她们的表情粗犷而奔放。只是在一个舞者的脸上,她和其他人不一样,有一种迷离的眼神,我似乎看到了杨子的神情,我如痴如醉地看着,被一种快乐的气浪深深地击中了,这让我突然想起了去年夏天听见的那个雷声,心不免怦怦地剧烈跳动起来。

十多位来自绵德的跑者都使劲地击掌鼓励——马拉松赛前欢乐的一刻。

众跑者中,我看到了骑马镇"边炉人家"遇见的那个墨镜文身大汉,他脖子上的玫瑰花和四芒星在太阳下泛着熠熠的光;还有表情永远不慌不忙的大头,目光笃定;头上插了一根灰黑色秃鹫羽毛的长腿阿笑,细长的双腿,高人一头,表情似笑非笑;人们围着一位叫黄金宝的六十八岁绵德跑者,他身板硬朗,满脸沟壑纵横的纹路,他是老年马拉松纪录的保持者;此外,还有一个抗癌奇人,他戴着像哆啦A梦中大雄一样的圆眼镜,据说他得癌十年,跑步让他逐渐恢复了健康;最后的队伍里还挤着一个足有两百斤的胖姑娘,她的脖子和肚子都有大小不等的救生圈,脸上的笑容像是一朵绽放的牵牛花——她是跑马拉松减肥的,但是收效好像并不明显。

魔女和我并肩走到A集结区,47名精英组选手位于上万名跑者的最前列。

她指了指队伍最前面的两个黑人,我明白,这是她前阵子通过微信告知我的:那对黑人兄弟,基普鲍勃——"基本跑步"兄弟,是今天的夺冠大热门,也是我们两个的主要对手。但是,我最希望看到的港澳马拉松听障跑者"天线哥",他却没有来,这让我有点失望。自从上次的跑者聚会中知道了这位"天线哥"的存在,我忽然发现自己不孤单了。原来,世界上也有一个和我一样的寂静的马拉松跑者,还是个跑速惊人的家伙,我想象他每天在墨蓝的海边奔跑的样子,让我对他充满了神往。

现在身旁是那对黑人兄弟,都穿鲜红的跑步T恤,哥哥在拉伸大腿,弟弟在高抬腿热身,目测两人都比我略矮,精精瘦。

哥哥皮肤黑得发亮,剃了个光头,在人群中特别扎眼,像一个橄榄油瓶子;弟弟个子比哥哥略高,乌黑的额头上布满了浓密、细小的黑色发髻。

我喜欢观察选手的腿部,肯尼亚人的腿部让我大吃一惊,那像凳子腿一样细的脚踝和小腿,简直可以一折就断!这样的腿跑马拉松,简直不可思议啊。

这对肯尼亚兄弟选手,都是从东非大裂谷高原上一个叫乂坦小镇来的,那里是"长跑圣地",这个镇"制造"了许多跑步高手,到地球各地狂夺马拉松的奖金。这对"基本跑步"兄弟曾在江浙和广东各地马拉松征战,是成都体育界大佬特地邀请来参加比赛的。

一头红发的魔女眉毛锁着,看着我的眼睛,用力地点了两下头。

我看看她,不确定地也点了点头。这是我第一次和外国马拉松选手较量,也是我第一次看到外国人,尽管我俩昨天确定了一个交替领跑的团队战术,但是不确定可以奏效。

火把广场的打歌舞让我恢复了一些战斗元气,但是,我今天没有底气想象会跑成一个什么样子。

发令枪枪口的空气在微微震动。

西部高原上,上万人同时从红色的拱门后面奔跑出来,像草原上的马厩开栏放马一样,群兽呼啸奔腾。假如此刻从高空俯瞰,则像一团炙热的红色岩浆在大地上滚烫地向前流动。

第5届川西邛海湿地国际马拉松比赛正式开始了。

107

整个西昌邛海马拉松赛,平均海拔1500—2000米,42.195公里,顾名思义是绕着邛海跑。先是从火把广场起跑,经航天大道到海滨路,此后一直沿湖跑,途中经过湿地生态公园,最后再跑回火把广场。

第一个5公里,是从火把广场奔向湖滨。我和魔女两个人的出发状态不错,一直稳定在第一集团军的前部位置。我观察了一下,第一集团军有十几个人,大家相隔半米到一米不等,"基本跑步"兄弟在最前面领跑，长腿阿笑在第一集团军的最后面。

进入滨海路，开始了第二个 5 公里，并正式环湖跑。

幽蓝的邛海湖面上帆船在游弋，宛如白色鲸鱼的尾鳍高高地翘出海面，这里正在进行帆船比赛。西昌每年两个赛事同时举行，整个城市被欢乐的海潮侵袭了。

这时候，"基本跑步"兄弟的配速开始加大，看来他们的热身阶段已结束，明显拉开了和第一集团军其他人的距离。弯道的时候，我看到前面的哥哥轻松地迈着细腿，像是脱离了地球引力一样，看得我赏心悦目，暗生佩服。

肯尼亚兄弟组成了遥遥领先的新第一集团军，原来的第一集团军俨然变成了第二集团军，我和魔女两人仍然在其中交替领跑。

马拉松比赛，既是身体运动之战，也是一种心理战。如果有一位与自己实力差距不大的目标选手在前面领跑，你会明显感觉整个过程比独自跑要更轻松。

我们通过这种交替领跑，紧紧跟着黑人兄弟轻快跳跃的身影。

但我明白，"基本跑步"哥哥的速度远在我们三人之上，根据赛前资料来看，他的个人最好成绩是 2 小时 22 分，我如果能够比他晚十分钟跑完全程，已是巨大的成就了。而"基本跑步"弟弟的成绩和我、魔女在伯仲之间，他才是我们昨晚决定战术锁定的目标。

第二个 5 公里快要结束了，我们离开滨海路，跑进了湿地公园，浅褐色的海边木栈道直接架到了水面上，远远望去，一群人像是直接在水上飞奔，踏在一片巨大的蓝色镜面上。

阳光在高原上很柔和，仿佛经过了一层薄薄的滤纸过滤，变得清澈透明，透露出一种淡淡的凉意。

刚才从远处跑的时候，湖水还呈现蔚蓝的天色，跑近在湖面上时，看见栈道下的湖水荡漾透明的白亮；此刻放眼，不远处的水波则泛着淡绿或黛绿。我往后一看，绕着琼海跑的马拉松选手们，首尾相连，形成了一条巨大无比的红色游龙紧紧缠绕着杯中的湖水琼浆，迤逦壮观。

我呼吸流畅，大腿有力地带动着小腿，迸发出奔跑的节奏。

呼吸着微凉的空气，感受到了马拉松的美妙。

10公里标志一晃而过，肯尼亚兄弟由于哥哥的高配速引领，已经超出我和魔女半里多路，在弯道处目测，两个身体红色的黑点点在往前迅速移动，他们没有任何减速的可能。

"肯尼亚选手实在太强大了，他们才是真正的'坦克'。"我心里想着，看了一眼正在和我换位领跑的魔女。她的额头有细密的汗水，但是一脸坚毅和平和，呼吸均匀。

我知道像"基本跑步"哥哥这样的选手绝对是对我的无情碾压，但是他弟弟也是如此强悍，实在超出了我们的想象。我所能做的事情是保持配速不减，调整好呼吸和步频，奋力跟上。我推测，前面的10公里比我平时的配速足足提高了5%—8%。（当然，比赛时多数运动员都因为被带节奏，比平时要跑得快。）

前面就是半程马拉松的折返点，一个大拐弯后，出现了岔道，我和魔女仔细看了一下指示牌上的"全马"两个大汉字，选择了继续沿湖的全马路线，过了折返点。

我们又跑了几公里，眼睛往前方的湖面弯道搜寻时，那两个黑人兄弟已经完全跑得看不见了。

撒！他们速度也太惊人了，都看不见在什么位置了！——这样的跑速完全打破了我和魔女昨晚制定的战术，搞得我十分沮丧。

108

  继续沿着湿地公园跑了 2 公里，我在一处湖边弯道上，回头瞄了一眼后面紧跟着的第二集团军，约有七八个人，前后拉成一根红色的珠串，为首者在离我们二百多米的地方追着我们。长腿阿笑已经不见了。

  阳光刺眼，我眯缝着眼睛偶然再次往后眺望时，突然吃惊地看到：两个黑皮肤红衣服的人在稀稀拉拉的第二集团军跑者中穿插、超越，他们的配速明显比一般人快。我不敢相信自己的眼睛，趁着湖畔大弯曲的地方，又认真扭头看了一眼，确认了，是他们。我紧跑几步，用手指了一下后面，让魔女也去看，她也吃了一惊。

  "基本跑步"兄弟俩怎么跑到我们后面去了？他们什么时候跑到了我们身后？

  太诡异了。

  怎么回事？

109

  不过，我马上猜到了，这对黑人兄弟跑到折返点时，可能没有看清楚路牌（上面的英语字很小），往半程马拉松的岔道去了。事后，我才知道，因为半程马拉松也有其他肯尼亚黑人选手报名参加（他们结伴来，打算包揽全程、半程冠亚军的），所以，工作人员一时没有反应过来。等工作人员反应过来，由于"基本跑步"兄弟跑得太快了,已经多跑了好几百米,再加上折返,足足多跑了700米。

所以,他们反而出现在我们后面的第二集团军队伍里了。

这样,我和魔女继续维持着每公里3分38秒的高配速,在红色巨龙的最前方领跑。

但是,这对黑人兄弟的脚力实在惊人,即使多跑了路,他们依然一点一点地在向我们逼近,像两条慢慢游向猎物的黑蛇。

30公里处,我们的配速掉到了3分52秒左右,他们离我们的距离只剩下了一百多米。

过了一片芦苇地,栈道打弯,"基本跑步"兄弟飞着细瘦的四条栗色腿,双双超越了我们,从身边跑过去的时候,可以闻到他们身上的浓郁气息,和我们的完全不同。

看他们奔跑是一种享受,"基本跑步"哥哥眼睛明亮,嘴角微微上翘,露出洁白的牙齿;弟弟额头发光,脸上洋溢着一种发自内心的微笑。他们完全不像其他选手——由于长时间奔跑产生劳累,渐渐感到苦痛而眉头紧皱。

黑人兄弟比我领先了七八个身位,我有机会仔细观察他们的跑步。看得出,这对兄弟长期一起训练,有着默契的配合,跑步频率几乎完全一样。他们鸟一样的长腿,弹簧一般的脚踝,让身体在双脚之间不断往前发射、蹦弹,发射、蹦弹。

不一会儿,在一处枯水草平台处,他们又领先我们一百多米了。

对手是如此强劲,让我钦佩。

但是,我心里尚存一线侥幸,那就是"基本跑步"的弟弟不可能全程一直如此高速跟着哥哥,因为,他的个人最好成绩比哥哥要慢足足十八分钟,即使超常发挥,也不太会全程跟上哥哥。而现在马上过35公里了,马拉松的身体地狱时间正要来临,多数运动员在这期间会或多或少出现身体痛苦、过度疲劳和失速。

由于今天的比赛比平常跑得快太多，心脏、腿都开始接近极限承受，35公里刚过，我就感觉自己的状态变得很差，流汗增加，胸口发烫，呼吸开始急促，特别是四肢略感无力，腿有一点迈不开，第一次开始怀疑自己是否还能跑下去。会不会崩溃？这是我参加长跑比赛从来都没有过的，难道是因为川西高原的缘故吗？我赛前查资料，说邛海的海拔在1507米，对身体的影响并不大啊。

但是，我全身上下都有点不对劲了，接下去该怎么办？我看了看魔女，她受我影响，也放慢了一点配速。

疲惫中，我的意识出现了散乱，忧郁迷茫的杨子面庞突然出现在眼前，如果她在看比赛，就看到了正好在出丑的我。她会不会默默地把头别过去，一眼也不想看我，对我表示不屑？

我一边跑，一边胡乱想。

步伐就更慢了。

我们一放慢，后面的马拉松选手就慢慢地逼近了，一位跑姿奇特的彝族马拉松高手迈着有力的步伐上来了，离我们只有十几米远，他两只手在胸前像僵尸爪子似的摆动着，还常撩起T恤低头擦汗，露出一小截肚皮。

紧急关头，我深吸一口气，提醒自己注意力集中，凝神。脑子渐渐浮现出跟养蜂老人写在芙蓉牌香烟壳子背面的那句话："逍遥自在，以心行气"。他曾教我什么是"逍遥自在"——就是要让身体放松下来。

我发烫的胸口和加剧的呼吸节奏告诉我，比赛越激烈，人越是容易紧张焦虑。"逍遥自在"是要让人的状态松弛，这样才能像树枝上跳跃的猿猴一样，调动身体每一个部件的机能。"以心行气"就是要把散乱的专注力集中到呼吸吐纳上,不用杂念来干扰自己。这一刻,需要神聚气敛,宛如即将捕获青蛙的蟒蛇,把注意力都放在"呼"和"吸"上,把气吸入以后,慢慢地沉入丹田,再缓缓吐出。

上个月,我在家门口对着大山训练,有一点掌握太极的吐纳节奏,但是,今天的比赛,人一紧张,被环境干扰,就用不出来了。

110

36公里左右,马拉松"地狱时刻"完全降临。腿越发沉重,像被别人死死拖住一样,崩溃似乎已经来临。

此刻,我只好再次尝试,先深深呼出一口气,默念"逍遥自在",彻底放松一下四肢和躯干,也许是人已经太累了,居然奏效了,四肢不再紧绷。然后,我趁机深深地用口鼻吸入一口长气,收回散乱的心思,意念调集在呼与吸上,居然把一股气缓缓地沉入了丹田,沉了一会儿,再慢慢地吐出来。

如此反复了几十次,胸口发烫的感觉减弱了,喘息的急促在改善,虽然流汗没有迅速减少,但是,身体的不适应却得到了缓解,关键是——大腿也轻松了,仿佛缠住自己水草正在消失。

我一边跑,一边体会着"以心行气",气往丹田处一沉,浑身的元动力就长了出来,像从海底冒出咕噜咕噜的温暖洋流,大腿迈动的力量渐渐恢复。至于养蜂老人在那张香烟壳子上写的太极心法中最重要的"绵里藏针",还没有机缘可以体会到。

大约六七分钟后,我终于回到了正常的状态,暗自侥幸——今天的"马拉松地狱时刻"过去了。

这时候,观察魔女,她似乎也正经历着今天特别崩溃的地狱时刻。

我立即加速跑到她前面去,和她换了位,做最后6公里领跑。

线路即将离开邛海,前方七八十米的地方,我发现"基本跑步"兄弟只剩下弟弟了,哥哥已经不见了踪影,估计他已经结束了领跑,开始了最后一段的独自冲刺。

而"基本跑步"弟弟已经被哥哥36公里的高速领跑,特别为了追回多跑的1公里,速度比平时快了太多,中程估计有透支,那么,即使是这么强劲的运动员,他的马拉松地狱时间今天也有可能会降临。

我和魔女沿途补充了些矿物饮料,她举起右拳,给了我一个有力的加油手势,我也举起了右拳。我们彼此心领神会。马拉松竞赛这种交替领跑的心理鼓励是非常重要的,特别是最后一阶段,两个人跑和一个人跑完全不是一回事,关键时刻,我和魔女的一个眼神、一句话、一个动作、一个步伐和配速调整,都会产生海潮般的鼓励,产生心理动力。今天,邛海马拉松让我感悟到,人和山上的蜜蜂、黄岭镇的卷尾猴一样,都是群居动物,即使是跑步,也要从群体中汲取力量。

铆足了劲在前面领跑,我鼻吸口吐,气沉丹田,呼吸均匀而绵长,渐渐达到了身体的较佳状态。

我估计自己可以比魔女快五分钟到达终点,有望达到个人最好成绩。但是,今天我打算全程领跑魔女,目标锁定"基本跑步"弟弟。

我们和"基本跑步"弟弟的距离越来越近。

90米、70米、30米……

他离开了兄弟团队，变成了一个孤独的跑者，这最后几公里，对于他来说，是艰难的，他看不见前面的运动员，后面的运动员正在全力追赶他，一个人在和自己的身体对抗，他是难熬的，尽管他脸上一定依然洋溢着来自热带的天然微笑。

但是，他的速度往下掉了一点。

我们慢慢逼近弟弟了，他弹越式的鸟腿在我眼前翻飞。

111

回头看了一眼魔女，观察她的状况如何。

她咬着牙跟着我，硬生生地从地狱时刻回来，状态恢复得不错，再次冲我举起了右手，捏成了一个拳头，用力地点了点头。

最后3公里，是我们冲刺的时刻。而能否战胜"基本跑步"弟弟，取决于我这个领跑者的速度，魔女是一个刚毅的人，过了极限，我觉得她可以跟上我。上次去骑马镇的跑步，我每次要甩开她，都被她追了上来，她是一个完美的跟跑者。

我看了一眼前方，离黑人弟弟目测距离在二十五米左右。

我们离开瑰丽的邛海湖畔，告别那一汪巨大的碧绿湖泊，沿着一条马路，奔向此次马拉松的终点——火把广场。

我集中精神，四肢放松，然后深深地吸入一口气，把气从胸腔慢慢地沉入丹田，在缓缓地吐纳出来，这样又来回几次，身体开始轻松，大腿韧性陡然倍增，我把配速提高了5%。

我们两个人像飞翔向靶心的箭一样，奔跑起来。

25米、15米、8米、3米……

最后，我们终于超越了肯尼亚黑人弟弟，并肩的那一瞬间，我看到他脸上露出一丝惊讶，然后又消失在迷人的微笑之中了。

此后，他想努力再次追上我们。

但是，我调整好姿态，没有放低配速，魔女全程紧紧地咬着我。

最终，我率先冲过了终点线，坠入一片红色的欢乐海洋，魔女紧跟其后，我们被人群包围了，魔女被十几个跑友抬了起来，不断地抛向空中。双人组合今年明显激发了力量，魔女比黑人弟弟领先二十多米通过了终点线，成为大赛第三名，女子冠军，全程用时2小时30分。而我成为男子组亚军，成绩2小时29分，与肯尼亚哥哥的差距只有4分钟，创造了我个人的PB。

"基本跑步"兄弟本来想包揽冠亚军的，没想到半路上杀出我们这两个程咬金。尽管如此，黑人哥哥还是取得了2小时25分的卓越成绩，要知道，他跑了足足43.195公里。

晚上，组委会安排庆功宴，十几桌马拉松英雄相聚。

饭店大厅里立着一个火红的主背景板，写着"与世界　同奔跑"六个触目惊心的大字，肯尼亚兄弟站在那里，像是两道镶嵌在红布上的剪影。

就餐前照例是合影环节，台上亮丽的灯光刺得我睁不开眼，鲜花盆栽围了一圈，向日葵的花盘中心是一团深黄色的花蕊，宛如燃烧的火焰，周边薰衣草仿佛一串串紫色的珍珠，幽幽的淡香和饭菜香味混合在一处。

"基本跑步"哥哥热情地用双手握住了我的手，他微笑着，两颗门牙微微外露,黑瘦的脸上泛着一道明快。我也回以微笑,这一刻,他突然张开口,白牙红舌头,向我脸上连吐了三口唾沫,由于距离太短,我躲不开,唾沫星直直地飞过来,和口水、泡沫一起粘在我的脸上。我愤怒地用手抹了一把唾沫,把脸上的微笑一并抹走了,僵在那里几秒钟,然后猛地一把推开了他,走开了。

现场,所有人都呆住了。

112

这时候,有一个工作人员小步跑了上来,对我说了句什么,愤怒中的我盯着他翻动很快的嘴皮子,一时没看明白他的话,他又连比画带讲解地给我说了一遍,我还是不明白。魔女走了上来,再向我慢慢地说了一遍,我这才明白——"这是他们肯尼亚老家的风俗,对你表示祝福。"原来,吐口水是肯尼亚人打招呼和祝福的方式,令人哭笑不得。

于是,我走回到"基本跑步"哥哥面前,对他的身体也连吐了三口唾沫。

他笑了起来,嘴角弯弯得像天上的一道月牙儿。他的弟弟也跟着笑了起来,脸蛋子黝黑发亮,头上的小发髻黑油油的。

他们兄弟和我、魔女,四个人抱在了一起,又蹦又跳。

这时候,饭店里所有的人都欢腾起来了。大家又唱又蹦,长腿阿笑笑弯了身子,头上的秃鹫羽毛飘动着;大头缩在人后面,矜持地微微晃动脑袋;墨镜大哥捶着桌子甩着头,差点把他的大墨镜给甩了下来。

随后，服务员端上来一道"邛海烤鱼"，热气腾腾的美食把气氛推向了高潮。

这是跑西马的朋友朝思暮想的名菜，跑马拉松前不能大吃肉，现在则是想吃啥就可以吃啥、纵情饕餮的一刻，宛如高考放榜。

那道烤得焦黄的邛海鱼，上面撒满了红色辣椒，周边是绿色的蔬菜和嫩黄的柠檬，往桌上一搁，热腾腾的，浓郁的香味就直钻鼻腔。

马拉松英雄们顿时口水直流，英雄不再。

酒过三巡，肯尼亚兄弟舞动着头和双臂到了台上，跳起了肯尼亚草原舞蹈。"基本跑步"弟弟剧烈地甩动头部、屈伸腰部，胯部和臂部宛如筛糠似的抖动，几乎身体的每一个部位都在剧烈地运动，把所有人都看呆了，他们边跳边在台上向大家招手，各位跑步大神纷纷冲上了台，群侠乱舞，魔女嘴巴吼着什么歌，红色的头发跳动着；长腿阿笑一脚踩在了旁边"哆啦Ａ梦"王刚的脚背上，王刚的眼镜歪了，一把把阿笑帽子上的秃鹫羽毛抢走了……只有黄金宝大哥矜持地坐在原地，坐姿挺拔，像高山站立在平原之上；而墨镜哥一个人默默地站在阳台上抽烟，眺望着窗外闪闪发亮的高原天空。我也被拖上台去，但是，我不会跳，感觉害羞，不一会儿挣扎着像羊圈里逃亡的黑羊一样奔回了自己的座位。

后来，我教了肯尼亚兄弟一个手语"快乐"：伸出双手，手心向上，上下摆动几下。他们一下子就学会了，一边跳舞，一边来回摆动手掌。在场的几十个人都伸出手，手心向上，上下来回摆动着，像一群在跳集体的手掌。

气氛被推向了高潮。

忽然间所有的烦恼都离开了我，我感觉被一股温暖的潮水包围着，每一个细胞和毛孔都在快乐的呼吸，迎接马拉松带来的美好世界。

就在这欢乐的一刻，人群中我忽然想起了杨子，想起她忧郁的眼神，如果她也在现场，那该多好啊！

于是，我就去摸手机，看到有一条短信，是杨子发来的，我迫不及待地点击进去。

只有短短的七个字，但是，我整个人立即就被冻住了，像在温暖的春天里只待了一会儿，就被推落悬崖，坠入一个凉透了的冰窟窿。

我反复看着那七个字，呆呆的，那七个字像七把尖锐的刀，一刀一刀刺透了我：

关天，我们分手吧。

113

我的脸抽动了一下，巨大的颤抖通过了全身，我死死地按住手机屏幕，那上面的字一个也看不清楚了。

胸口很闷，透不过气来。

知道这一天迟早会来，但总想着可以晚一点来。一旦来临了，却又没有想到来得这么快，自己的心理准备全然无用，一切都还是那么猝不及防。心从夏天的午后一下子坠入无尽的凉夜，只有冷风在旷野上碰撞。

夜晚，我迷迷瞪瞪地跑出了住的旅馆，不知道所处何方，我要去哪里。

心头堵了一块巨大的磐石，脚步却像踩在棉花上一样无力。跑着跑着，我的左胸痛得厉害，接着慢慢蔓延到右胸，然后全身都疼痛起来。眼睛开始模糊，视线变得蒙眬。

不觉中又跑回了邛海的湖畔，脚步凌乱地跑着，几乎是不择路的，那些弯弯曲曲的湿地栈道，在黑夜月色下，黑黢黢的。

我一边跑一边想，杨子是个平常人，那么青春，还是大学生，而我呢？是什么？一个平常人都称不上的人，一个残疾人，一个聋哑人，一个肉店伙计，自己有哪一点配得上她呢？

一想到自己是聋哑人，今晚，我就特别恨自己，忍不住想要揪自己的头发，把自己往地上撞，撞翻了，再踩上几脚。

我恨那个卫生站，恨那个药，恨那个针灸医生，恨自己的命运。以后，漫长的日子，我又要恢复到以往一个人像狼、像蛇一样的孤单了，难道这就是聋哑人的宿命？

脑子好痛，思想混乱。

她，她！是这样萦绕在脑子里，折磨着我，咬啮着我。

就这样，我在邛海的湿地畔乱跑着，一次重重地摔倒在木头栈道上，手掌擦出血来，但是我浑然不觉。旁边是墨色的湖水，在月光下泛着冷冷的波光。远处一只水鸟扑打着翅膀飞了起来，嘴里可能叼着一条倒霉的鱼。

我痴痴呆呆地跑着，跑着，跑着，没有呼吸节奏，没有奔跑姿势，甚至没有看路。前面的湿地栈道打弯了，我没有看到，仍然直直地奔过去，几秒钟里，我觉察到整个人腾空了，重心完全失去，狠狠地跌入冰冷的水中。

水好冰，一下就没过脖子了，我迅速地往水底沉去。两只脚拼命地寻找到支撑点，在水里挣扎着，扑腾着，但是，湖边的水也很深,脚完全打不到底,整个人依然迅速地往湖里沉下去。

一种死亡的冰凉包裹了我,让我本能地睁大了眼睛。

冰冷的水刺痛了皮肤,闷住了鼻子,我开始透不过气来,一种窒息的难受。原来,自己是这么死掉的,我心里恐惧地想到,渐渐慌乱起来。

114

死亡的寒冷在冻结我的四肢,那种只有在棺材里才可能有的、在死人脸上才能摸到的感觉慢慢爬满了全身。

就在要被淹死的最后一刻,一种求生的本能突然控制了我。冥冥之中,我仿佛看到了一个关切的眼神在黑暗中看着我,"关天,关天……"是妈妈担忧的眼神,她向我伸出痉挛而骨瘦的手。

"我不要死,我不要死!"我在水里奋力挣扎起来。

双手和双脚都在玩命地打起水来,身体就一起一伏地在湖里挣扎着,嘴巴露出水面的时候,我大大地吸了一口空气。我希望有人可以看到我,来救我。但是,这湖边湿地的夜晚,哪里有人?况且这里离市区太远了。

强烈的求生欲望下,我再次拼命地手脚打水,慢慢地靠近掉下去的木头栈道,我一伸手抓住了栈道的边缘。

最后,我用尽全身的气力脱离湖水,攀上了木栈道,整个人缩成一团,浑身发冷,打着哆嗦。

我整个人蜷缩在木栈道上一动不动,不知过了多长时间,肉体才恢复了知觉,我知道自己得救了,但是,我也明白自己的心已经死去一回。

趴在地上，自卑、怯弱，像一条湿漉漉的狗。

浑身冰冷和湿透的感觉，让我泪流满面地想起那个高高的山坡，老苦楝树下，夏日的大雨如瓢泼，我们紧紧地抱在一起，咬到她滚烫的嘴唇。想到她，仿佛看到一团幽蓝的火在这漆黑的世界中燃烧着，但是，湖水的冰冷正把这团云火浇灭，把这一切打回极寒之地。

对我来说，和她相处只是一个短暂的海市蜃楼。

尽管是海市蜃楼，但是，它毕竟来过吧。

115

火车在我的心头猛地踩住了刹车。

从西昌开往成都的火车缓缓进站，我失神地走下车厢，不知道为什么要这里下来，不知道要去哪里，不知道该怎么办，茫然地走出火车站广场，走在混着人流、助动车流和自行车流的乱七八糟的马路上。

我只知道这是她读书的城市。

刚才在火车上，她给我发短信："我们做好朋友吧。"

我说："一辈子吗？"

她说："是的。"

看到好朋友几个字，泪终于强忍不住，悄然滚落了一脸。我怕别人看见，把头埋进了臂弯，我暗笑自己像个鸵鸟。

后来，不知不觉中，我跑了起来，沿着宽阔的成温路跑向温江老街。

我跑到了上一次和杨子会面的那家"重庆小炒"。

还是一屋子油烟，长得像母夜叉一样的老板娘站在靠门口的厨房里炒菜，手里拿着黑乎乎的长柄炒锅，火星子依然飞得老高。她依然问我要吃什么，我点了和上回一样的菜：钵钵鸡、白米饭，我一个人一点一点全部吃完了。

在旁边小店买了包"白芙蓉"，回到重庆小炒门口，平生第一次点燃了烟，想着她抽烟的样子，我抽了一根，一根接着一根，很快把半包白芙蓉抽光了，剧烈地咳嗽着，把肺都要咳出来了。

突然发现，咳嗽让心很好受。

我回头看着母夜叉一样的老板娘，瞥见她胖乎乎、油腻腻的手，心里对她说："这是我最后一次来这里吃饭了，天一亮，就坐大巴回去了，从此不再来了。"

天突然就下雨了，雨丝很细，很绵，粘在手上，像春天河边飘浮的柳絮。

我沿着老街走了很久，牛毛小雨终于把我全部打湿了，我抖了抖一头的水。后来，又走到杨子大学宿舍的那堵围墙下，不知道她现在在宿舍里吗？还是去上自修课了？我闭了眼睛，惘然地想，我和她中间只隔了一堵围墙，她的那头，明亮如琉璃象牙塔里的光，而我这一头，却肃杀凄凉。我不会去找她，不想拖累她。生活如此艰辛，谁又想和一个聋哑人牵手终身呢？

但是，如果突然在这里遇见她，又会怎么样？

我怔怔地幻想着。

遇见了，又能怎样呢？我嘴角露出一丝苦涩。

一条蜷伏在墙角的蚯蚓抖了一下，躬着背走了。

站在那堵围墙下面，看着那棵苦楝树。那树已经过了花期，曾经那么热烈开放过的花基本掉光了，仅剩的最后几株紫色花絮也被风吹落了，纤细的花绒，跌落在人行道上，被来来往往的路人踩成花泥，再和着细雨，踏成肮脏的土了。

蓦然，想起矗立在黄岭山坡上的那棵墨墨绿的大苦楝树下，雷暴雨天，我们的嘴唇都吻肿了，一切就像是昨天。

我在树下整整站了一夜。

116

失恋第四天，我回到了老家。

地震后，父亲在老屋旧址上新建了两间平房，外墙的红砖还没有贴瓷砖，已经有鸟带来了种子藏在墙缝里，歪歪扭扭地长出一株孤草，被秋风一吹，凄凉得很。

他的背驼得越发厉害了，因此没有看见我低沉的样子，他把一只竹篮扔给我，看嘴巴的动作，那意思是说：摘玉米去！

我不理他，把篮子一丢，它翻了个滚到桌子底下去了。

他愤怒地一扭头，拉我说："去收玉米，要烂了。"

我依然不理他，推开他，面无表情地往里屋走。

他生了气，骨瘦且青筋凸起的手一把拽住我的胳臂。

我挣扎着，他突然看到了我那张憔悴枯槁的脸色，吃了一惊，放开了我，厌恶地推了我一把，便不再看我，自己弯了腰，慢慢地捡了篮子，下地干活去了。

我到父亲的灶台上拿了一盒火柴,抱着杨子的信,跑出了家门,穿过了村子,爬上了那个山坡,来到那棵老苦楝树下。

在树下坐着,把杨子写给我的信默默地最后看了一遍。

那些看了又看、被展开折叠了很多次的信笺已经肮脏破损了。

好几份信上都抄了诗歌,因为,她刚去读大学的时候,我们常把自己喜欢的诗抄下来,寄给对方。记得,我抄了海子的《姐姐,今夜我在德令哈》寄给了她:"姐姐,今夜我在德令哈/这是雨水中一座荒凉的城/除了那些路过的和居住的/德令哈……今夜/这是唯一的,最后的,抒情/这是唯一的,最后的,草原/我把石头还给石头/让胜利的胜利/今夜青稞只属于他自己/一切都在生长/今夜我只有美丽的戈壁 空空/姐姐,今夜我不关心人类,我只想你。"

那天,我偶尔读到"今夜我不关心人类,我只想你"两句,不知为何,立即就被深深地打动,赶紧抄了下来,寄给了杨子。

后来,杨子写了一封信回我:"叫我姐姐?明明我比你小。"

有封旧信里夹了一张银杏的叶子,飘落下来,我捡了起来,她在枯萎的叶子上用歪歪扭扭的小字抄过的一句周杰伦的歌,"刮风这天我试过握着你手,但偏偏雨渐渐大到我看你不见",她可能觉得"雨"字写得不好,涂改了又重新写在边上。

那阵子,她知道我听不见歌,于是抄了些歌词给我,可能是为了让我也可以感受到一些她的世界。

现在,我要和她的世界告别了。

我点着了火,红色的火苗吞噬了一封又一封的信。

看着这些瘦小而茫然的字在火中受了惊吓一样,陡然变亮、变黑。我想到,她总是一个人独来独往,地震死里逃生后,她的眼里布满了迷茫，她一直提到，是不是每个人生来就是孤独而痛苦的？是不是每一个人都是在星空和黑夜下，西去而旋转的飞鸟？……

那些字都变成了黑灰，被风吹散了。

泪一滴一滴渗入草里，心被刺着了。

但是，我手上还紧紧捏着她送我的那张照片，火红的枫树下，她低着头，脸轻偎着一条蓝色的围巾。

那夜，和衣睡在床上，又不知过去多久。这些天的事情都蜂拥过来，整个人昏昏沉沉。

到了夜里，我翻了一个身，一脚踹掉被子，看见床边小窗户外面漆黑的天空，几颗孤零零的星星镶嵌在黑夜里，忽明忽暗，清冷异常。

躺了两天，不吃不喝。我知道，自己从此就要烂下去了。

梦见她给我写了一封信，上面清晰地写着"成都师范学院"几个红色的大字，我急切地要打开，想看看写的是什么，却被一个黑衣人劈手一把夺走，我追了上去，要夺回来，那个黑衣人却不放手，一路跑，我一路追，最后，他突然回过头来，他没有眼睛，一脸流淌的鲜血，居然是李峰。

我惊醒了。

117

我坐了起来，想出门走走。

软绵着脚，扛着沉沉的脑袋，挪出了红砖的平房。

大约是凌晨时分，山间起了一点薄雾，月光下对面修了一半的房屋朦朦胧胧，仿佛白纱帐似的，我打了一个寒战，人清醒了许多。

慢慢地走着，走着，我恢复了一点气力。

不知走了多久，加重的雾气让我几乎在山里迷失了方向，分不清哪里是山边的树林，哪里是村庄，哪里是回家的路。

忽然发现，我也不是很想回家。

我摸索着转到一座山的山脚下，地震后这里发生了一些隆起，但是妈妈的土坟还在，荒草爬满了坟头，雾气中连一只乌鸦都没有，她一个人孤单地躺在那里，和我一样孤单。

虚弱地扶着一棵叶子都落光了的树，我望着那突出地面的圆形墓，墓顶已经有些开裂了，裂缝中长了几丛枯萎的杂草，叶子上湿漉漉的。

我慢慢地靠着坟堆躺了下来，摊开双手，就这样直挺挺地躺在妈妈的坟上，睁眼看着雾茫茫的天空。

背很凉，渐渐地变湿了，但是我的心突然变得很平静。

原来，我好久没有来看望她了。

喜欢待在她的身边，似乎还可以感受到她的温度，感受到她的气息。感受到她正带着我坐在摇晃的公共汽车上，把我紧紧地搂在怀里；依稀看到她着急的背影，拉着我的小手，穿过街头，热切地寻找着针灸诊所的招牌。感受到最后一次看见她的样子，脸色苍白，逐渐变得急促的呼吸，痉挛抽搐的手；还感受到了那天，我捧着床底下翻出来的鞋盒子，泪水噙住了。

我想起了她的眼睛，那一辈子柔和而内疚的眼神。

想起她告诉我：关天，你爱跑步，就去跑吧。

雾渐渐变得越来越浓重，厚重得像是一堵墙，缠绕着一切，试图把我和整个世界隔离开来。

但是，我知道自己要做什么了。

118

大半年过去了。

快进入七月，天气热得像蒸屉。

田里的农活也进入了最白热化的时期。我们先用镰刀将成熟的稻子拦腰割断，然后打成小捆，一捆捆码起来。捆禾苗是个技术活，我总是笨手笨脚的，手脚配合差，禾苗动辄散了一地。

收割日的第二个早上，我想着恢复跑步的事情，走神间被镰刀割到左手食指，被割到的一瞬间并不痛，只是白肉翻了出来，鲜红的血滴在了水稻叶子上，像红色的露珠，我把手指放在嘴巴里吮时，才顿觉剧痛。

每天清晨，父亲把锄头塞进我的手里，拎着水桶，扛着锹，他头也不回地领头走出屋门，雾蒙蒙的梯田上，他佝偻着瘦小但是结实的身体，和那些杂草奋战着，枯黄的头发在风中舞动，我总是缩着肩膀跟在后面，漫不经心地锄上两锄。我开始琢磨跑步的事情，想着太极中的呼吸吐纳，不知不觉中摆起锄头来，有一次差点儿锄到自己的脚指头。

看见父亲嘴唇上翻来覆去就是有两句老话："跑步可以当饭吃吗？"

他挥手驱赶了一下七月的蚊蝇："不下田，吃个屁撒！"

通常，下午会休息一会儿，睡起来一脸的昏沉。

日落前，我出门跑步。

一旦跑起来，双脚有节奏地踏着地面，心率上来，汗顺着脸颊流淌，轻风拂面，昏沉感一扫而光。

跑步时，我在努力改掉一个坏习惯——自己和自己对话，我尝试去除杂念，心跳上来的时候，我逐步把注意停留在呼吸上，一吐一纳时蓄气丹田，缓缓吐纳，防止腹部故意的一起一伏，真正地自然放松四肢，体会太极中的"逍遥自在"，身体慢慢地变得越来越轻盈，心境也渐渐有点开朗。

太阳西沉，站在公路上，等一阵凉快的风吹过脸颊，然后双脚就飞起来了，跨过黄岭河，穿过泥鳅岭，穿梭在山林间，溪谷畔。

奔跑，清楚地体会到一种"活着"。

连续恢复训练了一段时间后，我的体力渐渐达到了去年邛海马拉松赛前的水平。

盛夏，讨厌的农田活更沉重了。

早稻收割后马上插秧，我和父亲把稻根、杂草用农具翻进田里，让它们腐烂，阳光毒辣辣的，水田被晒得烫脚，常常超过四十摄氏度。

每周我都会抽一个傍晚，去后山凹看看养蜂老人，我们并肩站在那棵冠盖大如天幕的樟树下，双手在空中画着一道道太极圆弧，脚步由慢到疾。墨绿的香樟树叶和紫黑色的小果子落在地上，一股淡雅的清香扑鼻而来。

7月10日那个日落，我永远也不会忘记。

我绕过土堆和山溪，转到后山洼，看到养蜂老人的那间红砖平房，蜜蜂四处胡乱飞舞着，那几十个蜂箱都移在两棵树的树荫下面，上面还加了绿色的遮阳布来降温，一切和往常没啥两样。

但是，我没有看到养蜂老人，走近房门，门上锁着一把小铁锁，锁表是淡淡的锈痕。我从小窗户往里看，室内一片黑暗，只有一丝微弱的光线从缝隙中透进去。

很奇怪，他居然也有不在家的时候。

我扭头打算走的时候，突然注意到门口地上躺了一张硬纸片，它悄然无声地躺在那里。我弯下腰，捡起来在手上翻看，是五牛牌香烟壳子拆开来的反面，(估计原来是夹在门上的)，上面没头没脑留了一句话："儿子病重，我回老家常州了。"

他匆忙地走了。

像一片落日余晖，消失在霭霭薄雾升腾的山间。

我从没想过——这个养蜂老人为何要一个人孤独地住在黄岭的山里，和村里多数人都不来往。今天还是第一次知道他有老家在常州，常州我不知道在哪儿，但推测是很远的地方。而且他居然还有一个病重的儿子，但是，他为何二十多年前就一个人背井离乡，抛下老婆孩子，来到四川的山里呢？难道真像村里传的那样，他年轻时在家乡犯了事，逃亡在外吗？还是欠了高利贷，逃亡异乡？他性格虽然古怪，但教我打太极时一脸祥和，缺腿的黑塑料眼镜下一对小眼睛黑亮而柔和，哪像一个逃犯？他教会了我认识第一个汉字"雨"字，教我太极要诀"逍遥自在"……只是他脸上的那条黯淡的长蜈蚣状的伤疤，似乎暗示着他不寻常的往事。

他走了，连个照面都没有打。

我扒着歪斜的木窗户框子，望着黑洞洞的屋子——不知道他是否还会回来。

记得，有一次他用树枝在泥地上写了一个大大的"米"字，告诉我——他姓米。当时我还想，居然姓这么奇怪的姓。

至于他叫什么名字，我是不会晓得了。

119

　　老人走后,我时常奔跑到那些无人的坑坑洼洼的山路上,如今,只有个别老爷爷、老奶奶仍执着地住在那样的山头上,他们家的门口还堆放着劈好的柴火、晾干的玉米,和多年前一样。

　　村庄如今多数都是废弃的房子,地震前这里曾住满了人,现在大都搬走了,断壁残垣,空空荡荡的,门窗几乎全烂了,只有夏蝇和蜜蜂在这些烂房子里自由自在地飞来飞去。

　　一些丝瓜和野葡萄的藤都长到空房子里面去了。

　　我停下来,看看那些丝瓜藤上的嫩黄色花朵,两根卷曲如蝴蝶的须。

　　那些孤独、美丽而热烈的丝瓜花。

　　那些没有主人的蜜蜂啊。

　　在山麓间寂寞地跑着,我回想起养蜂老人留下的"绵里藏针"四字,这是太极的发力法,隐而不显,只是自己至今还不得要领。

　　我虽然听障,但是,某些感知力却异常发达,邛海马拉松获益后,我已明白太极对于长跑意味着什么。

　　那就像一扇未被打开的石门,背后隐藏着无尽的珍宝和秘密。

　　回忆起上个月的一个早上,在蜂房旁后的空地上,风吹拂着老香樟树,树影投射在地上,形成一片片摇曳而斑驳的暗香。老人给我展示了"绵里藏针"。他让我双掌竖起,对着他猛地推过去,他则双足下蹬,放松背脊、四肢之后,膝盖不动,拧腰,双掌蓄劲缓缓发出,推在我猛烈袭来的双掌上,我当时感觉一股极大的力量袭面,像小船被巨浪卷住，顿时站立不稳，蹬蹬蹬后退了十多米远，一屁股坐到了地上，掀起一片土。我摸着发痛的屁股蛋子，深深明白了"绵里藏针"这四个字里面蕴藏着一种巨大的力量，那是一股无形的冲击波。这四个字中既包含了温柔如棉的柔顺，又蕴藏了如针般尖锐的坚韧。

多年来我在欧阳老师的指导下，主要通过增加跑量、维持间歇跑来提升耐力，苦练举重物、下蹲，以增加腿部的肌肉和力量，总体训练是偏刚猛的。但是，上次西昌邛海马拉松比赛的最后关头，"马拉松地狱时刻"，我用上了太极吐纳法，一种"逍遥的自在"产生的柔软让我摆脱了窘态。人通过放松四肢，调整呼吸，凝神专注，可在奔跑时节省体力，减少了无谓的自我能量消耗。这可能就是太极的妙处。

那么，在"逍遥自在"的基础上，如何"绵里藏针"呢？

我四处查寻"绵里藏针"的意义，说是大柔才会产生大刚。绵是身体柔软、放松，针是瞬间发出刚劲的攻击——宛如棉花里面裹着铁针，你感觉四肢是柔软的，身体里面的硬核却宛如一块金刚石。

琢磨这句话很久，但如何把"绵里藏针"用在跑马拉松的身体发力上，还真是一个难题。

那个寂寞的傍晚，我奔跑在山间，突然看见一群飞鸟密集着飞过头顶，翅膀飞快震动着划过天空，一道漂亮的弧线，我呆呆地望着它们远去，痴想到，如此柔弱的翅膀可以带动躯体飞得这么高这么快，这是不是绵里藏针呢？

120

我又开始无休无止地在那些空旷的山峦小径上,尽情地奔跑着。告别了杨子后,我终于重新活了过来。

脑子甚至冒出了一个自己以前从没想过的问题:人为什么要活着呢?

或许,活着可以呼吸新鲜的空气,可以在山野看鸟看蜜蜂飞来飞去?或许可以看空房子里的野梅和丝瓜花绽放,可以体会到奔跑的心跳和呼吸?

转眼七月中旬已过,我家还有三四亩的梯田没有插上晚秧,那些梯田东一片、西一片,分散得很,工作量比在平原要多了几倍。

一天上午,我正在和父亲弯腰插秧。忽然,前面的父亲直起了身子,他似乎看到了什么东西,佝偻着向梯田旁的水泥路上眺望,一点夏风拂动着他的半头枯发。我也停下来,直起身,手搭凉棚一起眺望。

一辆红色的桑塔纳汽车挣扎着爬上坡,拐了两个弯,一点点变大。

渐渐可以看到驾驶员是个戴眼镜的年轻人,旁边也坐了一个人。

车子来到了我们面前的路边,突然停住,副驾驶门一开,一个拄拐杖的人跳了下来。

他没有右腿,撑着拐杖,向我奋力挥舞着手。

这打破了我们上雀角村几个月来的沉寂。

121

　　他在田埂上一高一低拄着拐杖，剧烈晃动着上身向我走来，像一只摇摇摆摆的鸭子。

　　半年不见，小张伟的紫脸圆了，焦黑的头发整齐地对半分着，鼓起的大肚腩里面像是塞了六七个大面包。他一只胳臂下面熟练地支着拐杖，一手冲我挥舞着一张粉色的纸头。

　　我用农田旁的溪水洗净了手，迟疑地在衣服上擦干净，拿过他递来的纸。

　　上面是四川省残疾人协会发出的信笺，写着："根据马拉松个人最好成绩报名单，特地邀请曹关天先生代表四川省，参加第十届全国奥林匹克残疾人运动会，请于7月23日前赶到成都参加省田径队安排的集训。"

　　一道激动而愉快的火花闪现在我脑子里，然后是热烘烘的一片。

　　我点了下头，蹭着鞋底的泥，不安地瞥了一眼父亲。

　　这时候，父亲也接过了我的纸头看了一眼，一个大大的泥巴印子跃然纸上，他低垂着眼睑，脸上皱纹的沟壑抖动了一下，他把纸推还给小张伟，低声说："去不了！"

　　小张伟皱着眉毛说："这是残联的大事啊，三天后是最后报到日，"他冷冷地看着父亲的眼睛，"省领导还要会见参加全国比赛的选手，你不让关天去？"

　　父亲用泥巴手指了一下稻田，几个人放眼望去，散落的梯田上水汪汪的一片。

　　"七天就要插完秧，关天走了，谁给我干这么多活？"父亲干瘦的手拽着我的胳臂，脖子上一根青筋凸起来，说，"他不去！现在不

299

抢种粮，年底连西南高原风都没得喝撒！"

小张伟口里嚼烂的椿树叶从嘴角掉下来，跌落在田埂上。

122

下午，我跟魔女发了条短信："入选中国奥林匹克残运会四川队，但俺不能去报到，因为爸要我帮他七天内插完秧！！倍儿郁闷。"

发出去了，我发现自己其实只是想找个人诉一下苦而已。

很久，没有回复。估计魔女正在单位开会，她为一家广告公司工作，常常晕头转向加班到晚上九、十点钟。

到了傍晚，她突然微信上问我："明天星期几？"

我打字给她："星期六。"

"那好。"她回复了这两个字，估计又去忙了。

123

第二天一清早，我和父亲扛着农具，沿着山路走到梯田，水田白闪闪的，像一面巨大的镜子，倒映着旁边的树木和附近墨绿色的山峦。

我们两个撸起裤脚管站在田里时，看到山坡下面来了一堆人，高高低低的，兴高采烈说着笑着，快步小跑着上山。

渐渐近了，发现他们都穿运动短装，跑得轻快而富有弹性，像一堆乐符跳跃在山路上。领头的一头红黑相间的短发，子弹一样有力的身子骨，身形很熟悉，是魔女！我简直不敢相信自己的眼睛，一时呆在了原地。魔女的黑发在红发下面长出来一小截，短发紧贴头部的曲线，在微风飞扬，有股不羁的洒脱；她后面跟着个高个子，两条细长的腿像两根长长的火柴棒，眼睛笑眯眯的，头上吸汗带上插着一根乌黑的羽毛，是长腿阿笑；左边一个戴墨镜的大汉，脖子上文了玫瑰花和星星，步伐稳健而刚毅，正是墨镜大哥；抗癌奇人王刚也来了，他跟《哆啦A梦》中大雄一样的圆眼镜闪闪发亮；此外，我还认出了六十八岁的老头——黄金宝，他面容宛如一张陈年的寻宝地图，皱纹交织，肩膀宽厚，奔跑时身形微倾而有力……绵德马拉松界的活跃跑友来了十七八个。

他们把我团团围住，魔女拍了一下我的肩膀。

看到这么一群人在上雀角村如此偏僻的山野出现，父亲的眼神中闪过一丝惊诧。

魔女、黄金宝大叔和父亲讨论了一会儿分工，就脱了鞋，个别换上防水裤，多数则是赤脚就下大田了。他们中不乏有小时候就干过农活的，如墨镜大哥和黄金宝大叔。其中，后者弓了背插秧的手法灵巧而熟练，每一根手指仿佛都长了眼睛，秧苗距离像尺量过一样的，一会儿就遥遥领先了；魔女没插过秧，她跟在父亲旁边，一边学，一边插，一上来动作很笨拙，后来，渐渐自如，宛如水田中的舞蹈；抗癌明星王刚和他长跑一样认真而执着，他每次把秧苗插入田中，都会用食指、中指按实，他圆乎乎的眼镜上不一会就沾上了泥巴，就更像淘气的大雄了……

在这场马拉松界的插秧大赛中，墨镜哥始终紧咬着黄金宝大叔，他每次快要追上大叔时，他就会暂停一下，直起腰，目光深沉地望着远处热气蒸腾的群山，他脖子上的那朵玫瑰花和四芒星在阳光下闪耀着黑色的光芒，每一笔精细刻画的花瓣都绽放了，每一个角都舒张开了它的锋芒。我蓦地想起了那次骑马镇"边炉人家"的聚餐，他或许是在已故妻子的凝视下，背着已在天国的儿子一同插秧吧……

长腿阿笑两条颀长的腿，远远望去，像是一只火烈鸟站在涟漪扩散的湖面上。他左脚深陷淤泥里，拔出来的时候用力过猛，顿时站立不稳，整个人横向摔了出去，重重地跌进水田里，溅起一片水花，众人扭头看他时，发现长腿阿笑已经变成半个泥人，头上扎着黑色秃鹫羽毛也变成了泥巴羽毛，水田里出现了一个大泥坑，看见"泥人"像风中的稻草人一样地晃动着双臂，嘴巴叫唤的样子，大伙儿一通爆笑。魔女身体剧烈抖动，笑得前仰后合；王刚的眼珠子笑得圆圆的，几乎要都斗在一起了；黄金宝大叔微眯着眼睛，脸上的陈年地图愉快地皱在了一起；连墨镜哥都摘下来了墨镜，用手背擦拭了一下白塑料球一样的右眼……

炽热的风火辣辣地刮过田野，一大片整齐而碧绿的秧苗在田里轻微地摆动着。附近山峦上湿热的草木味、略带甜意的野花香味、深沉的大地芬芳，还有远处人家炊烟的烧火味，这些气味交织在一起，扑鼻而来，令人沉醉。

我赤裸的双脚插在泥巴田里，久久地望着马拉松跑友们弯腰插秧的样子，忽然世界变得模糊起来，这一场景令我受到电击一样，全身麻木，喉咙像被堵住了，一股酸性的流质涌向鼻子的根部。

124

7月23日，我按时赶到成都，住在省队宿舍。

在成都强化集训了近一个月，于8月20日抵达天津。

全运会和残奥会在天津同时举行，满城彩旗的海洋。马路中间悬挂着"欢迎来自祖国各地的运动健将！"的横幅，大街小巷清扫得一干二净，连几片大叶子掉下来，也立马有戴袖章的自愿者跑过去拾起来。

仅剩的几条老街，从远处就能闻到各种香气，烤肉串、炸麻花、烙饼夹鸡蛋，还有糖火烧、驴打滚等等。小吃摊前，老板们忙碌着吆喝着，或用大勺舀起一勺热气腾腾的豆腐脑，或用小刀在煎饼菓子上熟练地划上几刀，让人看着口水流出来，又舍不得地咽了回去。

晚上，残联马大姐请客，带我们一群四川的运动员去吃狗不理的包子。

结果，水上北路的狗不理包子铺挤满了和我们一样的外地客人，根本没有空位，需要等一个半小时，我们丧气地走了出来。

自贡的短跑王李驰饿得像一只冬眠醒来的熊，他抽动着鼻翼，圆眼睛四处扫射，穿越闹腾的小街，直接锁定在几十米外的"狗不倒"包子铺。

于是，狗不理吃不上，我们就吃"狗不倒"。

这家店铺只坐了一成不到，很多大圆桌子都是空着的。

每人要了两笼包子、一碗牛肉汤。那个包子蒸得热气腾腾的，吃在嘴巴里，味道却像是嚼蜡，好在大家都训练了一天了，饿得前胸贴后背，味道好坏并不在意。

吃包子时,马大姐说:"开幕式,听说会有国家领导人出席。"

"哪一位?"李驰眼睛放光了。

马大姐正要回答,突然被一阵嘈嘈声打断了。

包子铺里面横着走进来一位北方大汉,平头,粗脖子上围了一根大金链子,眼神不太友善。他叉着腰,用手指指点点,长得矮小略带弓背、看上去老实巴交的店主走上前去,和他理论起来。最后,大金链子失去了耐心,猛地一拍桌子,拎起店主的领子,几乎把他提了起来。可怜的店主两只脚乱蹬着离了地,像一只吊在店门口的广东烧鹅,眼睛发红,几乎就要落下眼泪。

我用手语问残联马大姐:"大汉是黑社会吗?"马大姐笑了,她会打手语:"什么黑社会啊,大汉说他儿子昨天来这里吃东西拉肚子拉个半死。"

"店主不承认?"

"当然。"

过了一会儿,警察来了,门口看热闹的人越来越多。

我痛恨这种围观,因为自己也曾有在黄岭镇被围观的经历。趁大家聚拢,我就走到包子铺旁的小店去转一转。

它的门脸朴素而低调,没有霓虹的闪烁,只有一块简单的木质招牌上用朴素的字体写着"树人杂志店"五个字。

店里角落里坐着个银发老人,在一张木桌上喝茶,见我进去,冲我点了个头。

满墙的花花绿绿,放眼望去竟然全是杂志,像是穿越到了十年前的邮局,那些杂志从小说到历史,从时尚美容到科技地理,种类之多令人眼花。

这年头,杂志屋还真不多见。

在一堆杂志中,我先看到了一本介绍中国地震带分布的《国家地理杂志》,我随手翻看了一会儿;紧接着,在这本杂志的边上,看到了一本叫《田径·领跑者》的杂志,今年八月份的一期。

封面上一个人很帅气,两眼炯炯有神,高鼻梁,只是耳朵侧面长了一根奇怪的银色蜗牛式的天线,像是魔鬼的小触角。旁边的配字:"香港马拉松新秀——'天线哥'林志聪传奇"。

喔,这就是大家经常提及的那位著名的听障跑者——天线哥?

125

上次西昌马拉松,我差一点要遇见这位跑者,但是他后来没来。

迫不及待地翻开杂志,我阅读起这篇对天线哥的独家采访。

原来,这个"天线哥"林志聪五岁的时候,在一次车祸中脑部受损,失去了听力。他的父亲是香港的龟苓膏大王,家里很有钱,在顺德有上千亩养乌龟的池塘,全家到处找名医给孩子治疗耳朵,一直无果,直到2015年,人工耳蜗技术诞生,他是全港第一个做此手术的人,于是耳朵旁就插了一个蜗牛状的小天线,从此,人送绰号"天线哥"。

林志聪从小喜欢跑步,在香港的扯旗山、粉岭、维港都留下他的足迹。他特别擅长爬坡跑。他最早拿了香港青少年10000米冠军,后来,慢慢增加每周的跑量,改跑马拉松,征战内地,取得了不菲的成绩。读香港科技大学以来,父亲有意培养他接龟苓膏生意,但是他全无兴趣,他一心只要做一个马拉松大王。

父亲拿他没有办法,就帮他找了一个最好的德国教练马克西训练他。马克西曾是柏林马拉松、波士顿马拉松的前三名。马克西用科学的方法训练他，跑量、间歇跑和核心体能训练相结合，到了去年，"天线哥"的成绩已有了大幅提升，并在大阪大学生马拉松、长城马拉松、杭州湿地马拉松拿了好名次，连著名的厦门马拉松也进了前五。

杂志刊登了林志聪的几张照片，其中一张是他在出征大阪马拉松时拍的，眼神威猛热烈，跑步短衣短裤外面居然披了一件猩红色的斗篷，非常骚气，旁边站着他的德国教练和一个女助手。斗篷！我心想，他居然有拳击手的斗篷！

他的大腿瘦长、黝黑而皮肤紧绷，是天生的跑者之腿。

《田径》杂志的最后一句话是，"天线哥"林志聪将参加天津的中国第十届残疾人奥林匹克运动会，他个人最好成绩是 2 小时 25 分，在这一类运动员中排名第一，预祝他得冠。

看到"得冠"二字，我的肚子突然翻江倒海起来，一阵一阵抽搐地疼痛，我丢了钱拿了杂志，捂着肚子飞奔到门外，站在街口，眼睛四下里去找公共厕所。

126

公共厕所在马路斜对面，等红绿灯时，我的腿肚子已经在不停地打颤了。我强忍着，怕出现尴尬的场面，夹着屁股，一路碎跑，来到了公厕，但是，公厕四个位置都被人占了。我抬头一看，四川队短跑王李驰排在我前面，他也捂着肚子，好容易挨到他前面的一个人从蹲位里出来，李驰捂着肚子猫腰钻了进去，半天没有出来。

我的肚子高潮一浪接着一浪袭来,万物搅动,冷汗乱冒。

双腿交叉,我下半身运足了气和力,死挨了一阵子,终于有一个人出来了,我就往里间猛蹿过去,这时,我的大腿颤抖得像筛糠,肚子仿佛要爆炸。

当天晚上,拉肚子拉得人虚脱,浑身无力。

后天就要比赛了,身体却软得像一团棉花,咋办?我想起了那个金链条大哥涨红的脸,难怪他那么愤怒,试图手撕那个"狗不倒"店主。我突然也很想跳起来,去抽那矮个老板的耳光,再踹上几脚。

你个砍脑壳的!长相上这么老实,真的很蒙人。

第二天躺了一整天,到了下午,马大姐给我和李驰送来了益生菌冲剂,吃了下去,到了傍晚才算完全止住拉肚子。

明天就是 8 月 25 日了,马拉松要在万众瞩目中进行了,这可是国家领导人也会出席的一场重要比赛啊。

我站在洗手间的镜子前看着自己,脸色呈现一种灰白色,眼神黯淡无光,一副低垂的沮丧,还没有和"天线哥"比赛,似乎已经输了。

晚上 10 点就上床了,翻来覆去睡不着,于是坐起来喝了点马大姐送来的果汁。

看到魔女给我发了一条短信:"天气预报,天津明天要刮 6 至 8 级大风,如果逆风,要注意避风。"

我回道:"明白。"

她鼓励我:"你实力强,应该可以拿牌。"

我想告诉她:"昨晚起拉了一天肚子,身体发软。"但是,不想让她太担忧，就默默地删除了这一条。

床头放着那本《田径》杂志，我并不想看封面上那相貌俊朗者，林志聪笑得很天真，嘴角上扬，宛如高高在上的白天鹅。

随手往杂志里面翻了一翻，我的眼睛落在最后一篇，是国外体育信息编译。这一期刊登了一个叫丹尼·德雷尔的美国人文章，大黑体字标题一下子让我汗毛都竖立了起来——《太极跑——不费力的革命性跑法》。

我顿时惊呆了，眼珠子和眉毛拧在了一起，原来世界上早已有人把太极运用到跑步中去了！

这篇文章的副标题是《20多万跑者的亲身实践》。

像孩子和猎豹一样，自由地奔跑吧！
——（美）丹尼·德雷尔，太极跑创始人

这是他的名言。

原来，世界上真有一个人不但搞太极跑，还形成了一套体系，成为太极跑宗师！而且，这个人竟然还是个美国人。

如获至宝，我赶紧地读了起来，迫不及待地想看看他的太极跑要领在哪里？

文章主标题下面刊登了张作者奔跑的照片，这是个头发乌黑的中年跑者，如果不看他的大鼻子和深邃的眼睛，乍一看会以为是个中国人。看得出，他跑步时，有一脸与众不同的轻松自在。

丹尼说，1997年，他在科罗拉多州遇到一个叫朱希林（音译）的太极拳老师，朱老师向他介绍了一种运动观念，即以人的中心部位（丹田，肚脐下面）的运动带动四肢的运动。丹尼很好奇，慢慢地开始尝试把这种省力而又充满力量的神奇运动运用到跑步中去。后来，旧金山的另一位太极拳徐老师又教了他老子的哲学，"以天下之至柔，驰骋天下之至坚"，他举例，水是天下最柔软的东西，却可以自由穿行于天下最坚硬的东西之间，如神勇无比的将军，在百万军中自由驰骋，可击穿、围合、吞没各种巨大的岩石。

丹尼说，猎豹是地球上跑得最快的动物，四肢并不像老虎那样粗壮，相反却像灰狗那样皮包骨头，脊柱柔软而弯曲，那么它为何跑得这么快呢？秘密就在于它的躯干，那是储存"气"的地方，当一头猎豹奔跑时，它的力量源于躯干而不是四肢。

他写道，要想让"气"通过躯干把力量传递到腿上，需要身体非常放松，使"气"如"水流过管道"一般传送过去。

那么，身体放松到何种程度呢？丹尼提到了太极的高超艺术——绵里藏针。

看到"绵里藏针"四个字，我几乎从床上跳了起来。

127

"逍遥自在，以心行气"，"吐纳自然，绵里藏针"——这是养蜂老人教我的十六个字。这段时间，我把前十二个字融入跑步中，尝试奔跑融入太极吐纳和放松，就已取得了一连串收获，但我一直搞不懂最后四个字"绵里藏针"讲的是什么。没有想到，这本杂志里刊登有这么一篇文章，感觉就是为我写的。而且，偏偏让我在比赛之前读到这篇文章，冥冥之中，是不是上天的安排？有时候你不得不相信有命运这种东西的存在。

我感觉到浑身激动，心跳得很快，拿杂志的手都在微微地颤抖了。

丹尼这样写"绵里藏针"，他说马友友、泰格·伍兹、费德勒这些各领域的顶级选手，他们的身体是如何做到令人难以置信的动作的？在他们的访谈中可以得知，其实，他们什么也没有做，只是让自己放松后静候事情的自然发生——无为而治。他们的注意力在哪里，他们身体的气就跟向哪里，他们从不被迟疑、焦虑、紧张、恐惧或者过多的自我意识干扰。

绵里藏针到底是什么？就是让身体成一条直线，气沉丹田，同时四肢要像棉花一样的柔软，毫不紧张。可以想象一下，"一根针垂直地立在一个棉花球里"，这根针就是身体的中心线，让脊柱形成一条直线带动躯体的自由转动，而身体其他部位宛如棉花一样放松、灵活，不对四肢的运动产生任何阻碍。

这和太极中的"卸力"原理是一致的，不和猛烈的外力形成硬碰硬的对抗，同时也不和内力形成阻碍对抗。

他特别强调，跑步时要把意志、能量都集中在丹田，放松其他部位，这样我的动作就会来自中心而非肌肉了。这样，减少了身体力量的阻碍，一场马拉松下来，大约可以节省百分之二十左右的体力。

这种"绵里藏针"的方法就好像银河有一条轴，所有的星星都围绕它转动。

文章两千多字，看得我热血沸腾，原来，今天的我随手翻开的，居然是一本金叶宝藏。

我心中默念了几遍，绵里藏针，绵里藏针。

然后，我就迫不及待地从床上下来，赤脚站在宾馆客房的地板上，闭上双眼，脑海中浮现"一团棉花，垂直立着一根针"的意象，四肢放松，气沉丹田，然后逐步把气如水流一样运到四肢去，最后，把自己想象成一只奔跑中的豹子，气流到四肢，四肢充盈了奇异的力量。如此反复练习了一个多小时的运气，身体也渐渐有点恢复正常。

我推测自己拉肚子后，比赛时的总体力估计下降二成左右，要硬拼也拼不起来，不如采取"绵里藏针"的方法，或许可以节省体能，一来一去，一减一增，还有一丝跟上天线哥的可能。

想到这，我再次上床，澎湃的心情也平复了许多。

心想，就等第二天的比赛吧。

终于，沉沉睡去。

128

8月25日，天蓝得像清晨的黄岭河水。风并不大，看来天气预报不准，几绺猫胡须状的流云往西悠悠地飘着。

马拉松出发广场上，一个人头戴笑面大头佛、手执大葵扇引着两头巨大的醒狮登场了。红的狮子调皮，黄的狮子威猛，这时候，我发现天略微起了一点风，因为狮子肚皮上的衣襟被风吹的微微作颤。它们一摆头，一翘尾，逗得人群一阵欢笑。接着，它们摇晃着脑袋，纵身上了两根一米多高的梅花桩，在梅花桩上依然生动地眨眼、直立、作揖，然后再一纵身上了更高的两根足有一米八高的梅花桩，引得在场近万人热烈拍手。

"第十届全国奥林匹克残疾人运动会"几个大字出现在主背景板上，大约有十位穿着西装、打着各色领带的领导在台上高高低低站成一排，他们拍着手欢迎一位级别最高的领导上台，那首长戴着黑框眼镜，挺着肚腩，满面春风走到台上，站在了最中央。

今天，残疾人运动会和天津马拉松同日举行，现场足足有上万名跑者。

我在听力障碍组别里面，第一次看到了"天线哥"林志聪本尊。

他个子中等，眼珠子很大，下巴宛如被斧子劈过一样，并没有杂志上那么英俊，但是，他的笑容倒是和照片里一样明亮而天真。耳朵上挂着一个手枪型的塑料钩子，伸出根天线，连接着一个亮银色的纽扣，突兀吸附在脑袋后侧方，乍一看，像是有什么东西从脑袋中长出来，略带惊悚感。

我盯着这东西看了一会儿，想这可能就是传说中的人工智能"耳蜗"吧，该手术极其昂贵，好像在美国才能做，但是取这么扎眼的亮银色，这不是等于向世界宣布他是个听障吗？

他披着一件黑色的斗篷，风吹拂着斗篷的下摆。七八个体育媒体记者围着他，在给他拍照。

我突然想到，同样作为听力障碍选手，现在的林志聪应该可以听见沿途观众的加油声！关键时候，这可是个决定性因素。

马拉松的"地狱时刻"是多数跑者翻白眼、筋疲力尽的一刻，如果这时可以听到了观众的加油声，哪怕这个加油声是变形失真的，但这毕竟是声音，特别在最后一公里冲刺时，这就好像给没油的坦克加了点汽油，给跑者打了一针强力兴奋剂。

采访结束，"天线哥"轻松地迈着步子穿过众多跑者。

一丝光亮跃入他的眼睛，他眺望着起跑线的前方。

我的目光穿过人群，一直跟着他。起跑前，我瞥见了他的鞋子，居然是一双骚粉色的跑步鞋，后跟有一个微微翘起的透明气垫，是两千多元一双的新款耐克跑步鞋，此鞋的足底像安装了一个有支撑的弹簧，足部包裹得紧而且透气好。我盯着那个气垫看了很久，想象穿在自己脚上会是个什么样子。我再默默地看了看自己的鞋子，是上次邛海马拉松赛后买的，已经黑乎乎的，鞋帮子都掉色了，鞋底前部也磨出了一小块光滑面。职业马拉松选手通常两三个月就要换一双鞋，我已经坚持用了快半年了。

"天线哥"林志聪走到赛道边上的围观人群中，一位长着柔和圆脸的金发女孩伸出手，帮他摘下了黑色的斗篷，他微笑着搓着拳头，高抬腿活动了一下身子，走到了赛道当中。

赛道上，他的旁边站着一对双胞胎兄弟，都染着一绺金色的头发。

台上，戴眼镜的领导人高高举起的不是发令枪，而是一面红色的令旗，宛如戏台上的武将，这样发令方式可能是考虑到听障运动员的特殊情况。

天津残奥会马拉松的赛道设置成一个巨大无比的回形针，一开始朝正东方向跑，绕海河和城市一大圈后，最后绕回到中央点。

听力障碍组大约有一百多名来自全国各地的顶级选手，提前率先开跑，半小时后再开跑的是四千九百多名天津马拉松的普通跑者。

8点整，一阵大风突然吹过，吹得主席台的篷子晃了一下。

领导人手上的红色令旗一甩，全国第十届残运会听障组马拉松比赛正式开始了！

现在的气温还算不错，27摄氏度。众跑者像被放出马厩的群马，奔腾起来。

只是才跑了一会儿，参赛者们都个个心里喊苦，今天的马拉松太难了——因为该死的风正在加大力度，令大地渐渐为之颤动。

　　沿途的树枝满头满脑地摇晃着，一些叶子被直接吹落下来，在人群中飞舞。
　　我发现越跑越艰难。因为刚才还是侧顶风，跑到主道上的时候，几乎变成了正面顶风跑。风速非常不稳定，像拍打礁石的海浪，一阵小，一阵大。大风来时，人都晃动，需要低头躲风，而前面的领跑者乍一看，似乎被风吹得静止不动。
　　跑过一个工地，一阵大风扫起了尘土，漫天飞舞，迷住了好多马拉松选手的眼睛，我也一边揉着眼睛，一边往前奔。
　　第一梯队在奔跑二十分钟后相对固定下来，但是，这些最强的跑者们都心知肚明，今天的马拉松将是一场史无前例的苦战。

129

　　跑在最前面的 9 人当中，"天线哥"林志聪和染一缕金发的双胞胎兄弟组成了一个箭头型的先锋小梯队。每隔一段时间，他和双胞胎兄弟就交替领跑。
　　他和这对双胞胎跑者始终奔跑在整个队伍的最前面，距离我约一米，这短短的一米好像一条鸿沟。我知道如果过早地跨越这条鸿沟，就要提前调整配速，过早把速度带上去，会增加自己的气力消耗，后半程就完了。
　　看样子，他们三个人要一路领跑了，这是极具实力的选手才会采用的战术，一种强势碾压、势必夺冠的架势。通常，多数马拉松夺冠者前几段都是全程跟跑，最后过 30 公里，甚至 35 公里以后才突然发力加大速度，力争拉开距离，摘得冠军。

紧跟着双胞胎后面的人，除了我以外，还有 5 位，其中一个剃平头的小伙子，梗着脖子跑得很拼，脸色微微发白；还有一个来自大连的阔脸汉，头上系着绣有狗头的汗巾，那头巾上写着"RUN DOG"，他是去年环渤海湾马拉松的亚军，个人最好成绩 2 小时 29 分，人送绰号廖哈奇，因为他头上的狗头就是他家哈奇士的像，据说，此人常常牵着他的狗一起在海边练习跑步。

我明白，今天的阻力不但有大风，还要对付林志聪的跑步天团，以及环渤海亚军廖哈奇，而我自己从"狗不倒"包子铺拉肚子事件当中刚刚才恢复，元气减损。

想到这些，我深深地吸入了一口气，把气缓缓沉入了丹田，通过运气调节呼吸，放松四肢，提高大腿肌肉的效率。

前半程节奏被逆风搞得较慢，我跟随第一集团跑过 20 公里时，用时 1 小时 18 分 27 秒。

30 公里不到的地方，身旁那个剃平头、脸色发白的小伙子突然偏离队伍，跟跟跄跄地往路边的马路牙子冲过去，蜷着上肢倒地不起，我估计他今天的状态不好，速度又被第一集团带得过高，跑崩了。这时风小了许多，第一集团军人数减少到 7 人，不少人觉得都要采取行动了。

带"RUN DOG"狗头绣像的廖哈奇第一个发起进攻。他本来和我一路肩并肩，但一过 30 公里点之后，他陡然提高了速度，用近乎挑衅的自杀式配速奔跑，一下子就超过了领头的天线哥和双胞胎兄弟。

这种后半程的加速进攻，获得领跑位置，目的是为了打乱我们的配速，看我们跟还是不跟。

第一梯队果然被带着整体加速。

我控制好节奏，也略微提速跟跑了一会儿，发现拉肚子导致今天的身体状况明显跟不上第一梯队的这次提速，我越担心，越紧张，配速就掉下来一点，一阵风吹过，身体打了一个晃。

"我不行了？"我心头一紧。

看到廖哈奇、天线哥和双胞胎跑者和我的距离已经拉到三四十米了。我们中间还穿插进来一个穿白衣白裤的跑者。

到了32公里处，马拉松比赛的现场态势是：廖哈奇、天线哥和双胞胎在最前面，他们紧跟着转播车；后面二十多米处跟着白衣跑者；再后面十来米是我和另一个选手挤在一起，并肩奔跑。

头上的汗大量地往外冒，腿开始酸痛，身体进入了极限时刻，而且前两天的拉肚子导致的体虚似乎也正在浮现。

我告诉自己别慌，把心先镇定住，一次又一次地深深吸入长气，把气沉入丹田，呼出时绵长有力，把气调得顺畅一些，如此反复了十来分钟，让我从奔跑中渐渐缓过一点劲来，勉强可以跟上大家的步伐。

接着，我突然想起昨晚尝试过的"绵里藏针"，是不是在今天可以用一下？

130

我一边跑，一边放松四肢，把自己想象成一团大棉花，"放松，再放松，"我心里默念道。然后，再次吸入一长气，把气慢慢藏于丹田，让大脑的意念也集中在丹田的气息上，如此吐纳几次，只关注自己的丹田，身体的紧张完全消失了。接着，把丹田和身体想象成一根铁针，把气缓缓吐纳出来时，运输呼气到了两条腿上。

如此吐纳，不知多久，担忧、紧张和焦虑都没有了，两条腿虽然柔软，但是力量从身体正绵绵不绝注入下肢，虽然前几天拉肚子，身体较软，柔软中却迸发出一种奇特的力量，分外有力，倒比以往的每一次跑步都更有气力。

"以柔克刚"，我脑子里面灵光一现，原来，这就是中国哲学和太极一直强调的。我平时只知道增加跑量、练大腿、练气力，却从来不知道如何把这些力气从身体里面发出来，运输到四肢，达到气力的最大使用效率。结果，拉肚子似乎间接地帮助了我，让我四肢软下来，无法和自己的肌肉进行对抗，不怎么消耗体能，四肢如棉反而有助于气的运输。

正如丹尼所述，气沉丹田、"绵里藏针"时，身体由于紧张、焦虑产生的能量抵消和浪费没有了，能量被最大化的存贮，发挥出功效。

大约十来分钟，我的双腿从绵软中恢复了气力，越跑越畅快，渐渐摆脱了身边的那个跑者，一点一点逼近了前面领先我约五米的白衣跑者。

前方，天线哥正在独立追赶廖哈奇，他已经结束了和双胞胎兄弟的交替领跑。

到了35公里的标记，我超过了白衣跑者，用时2小时5分，并慢慢跟上了双胞胎兄弟。

赛道沿着前进道跑了一阵子，再次拐向正东，一股大风正面刮来，我被吹得一晃，脚下一个趔趄。

我先把脚步稳住，看了一眼前面约三米处的并肩双胞胎兄弟，他们也被风吹得几乎停滞了一秒钟，一绺金色的头发在空中飞舞着，像枯萎的芦苇花。他们急速地回头瞥了一眼我，我发现他们看起来跑到了身体的极限阶段，嘴巴在呼吸时张得有点大，一头汗。

想起了魔女昨晚发来的短信：注意避风。接着，脑子里面灵光一现，我想到了"绵里藏针"和太极的最基本卸力手法：不和猛烈的外力硬碰硬。

于是，我加速跑到了双胞胎身后半米的地方，跟在他们身后，和他们形成一条直线，这样正面东风吹来的时候，他们两人的身体像门板一样帮我卸了力。当风向转了十五度后，我也在后面对应反方向转十五度，像太极拳中的那个不倒翁，转来转去，目的就是不让大风直接吹到我。

高大的双胞胎弟变成了我的一堵挡风墙。

这样跑到了37公里处，我把风对自己的影响降到了最低。

这时，风突然小了。

前方，"天线哥"林志聪发动了新一轮攻势，他在微微地提速！他要超过领先的廖哈奇。

廖哈奇显然不愿意放弃，他脑袋晃动得厉害，但脚下没有丝毫松劲。他一边跑，两只手还向后面左右各撩了几次，判断天线哥的距离，同时试图维持高速，保持领先。后来，他甚至还回了一下头，我看见了他满脸的痛苦表情，眉毛、鼻子都拧在一起了，像他头上的狗头像一样，我知道他快完了。

显然他前面已经拼得有点体力透支了。

经过两小时多的拼杀后，不取决于你的速度绝对能力，而是取决于维持高速的能力还剩下多少。马拉松跑友间有一句名言:"一个赛跑选手就像个守财奴,对于自己的精力总是斤斤计较,他得时时刻刻知道自己花费了多少精力,避免在过早的那一刻破产。"

跑过一个公共汽车站旁时,廖哈奇终于从领头的位置掉了下来,跌在了天线哥、双胞胎和我的后面。

我知道,他爆掉了。

最前面天线哥遥遥领先,接着是双胞胎兄弟。

他们组成的箭头方阵直指终点。

风力减弱了一些,我觉得机会来了,深深地吸了一口气,放松躯干,把注意力依然留在丹田,运气到四肢,提高配速。我从双胞胎身后绕了出来,超过了他们,那两簇跳跃的金色往后去了。

我慢慢地向第一梯队最前面的那人追了上去。

131

天线哥略带骚气的粉红色鞋子上下翻飞着。

我忽然发现他背后贴着"林志聪"三个字,还有他的跑步号码 A066,看得非常清楚了,好吉利的数字,这简直就是为夺冠准备的。但是,为何会从后面看到他的号码布呢?我盯着跳跃的 A066 看了好一阵子,忽然明白了,这个林志聪和一般人不一样,他每次比赛都把号码布反贴在后背!他是个特立独行的家伙。

我越跑越放松,吐纳运气像流水一样自如。

"绵里藏针"让我今天受益匪浅。

我在他后方约两米的地方紧紧跟着。

这时,赛道开始向西折返了,向出发广场进发,到了回形针最后的大转折点。

树枝剧烈地抖动着,风又起来了,我这时发现,队伍前列的人全部变成了顺风跑,和刚才顶风跑完全不一样,人被风吹得往左前方直扑,像有一个人在背后推我一样。

大家的配速明显加快了,大有把逆风受阻的时间补回来的架势。但是风一阵一阵不稳定地推着人,身体像波浪下的小船。

我尝试着利用风的推力,调整自己的步伐,但是,一时间不得要领,反而乱了呼吸的运气,还差一点被一阵大风推出跑道。

眼看着天线哥和我又一次拉开了距离。

跑到约三十八公里处,我观察到风是一阵一阵的,当中有间歇,终于摸索到了一个方法对付它。吸入一口气沉入丹田,身体宛如一根铁针,这时候等一阵后侧风猛地刮到自己的身上,身体核心部位就吃上力了,这时,左脚往前迈出半步,用力一撑地,让自己的奔跑之力和风的推力合而为一,可产生往前的一股推力,这样身体的受力就不乱了。

这和划船一样,整齐划一的气力才可使小船的速度达到最高。"借力打力,绵里藏针"也正是太极的妙处。尝试了两次之后,我渐渐适应了风的侧推力,自己的配速大大提高,有风之神助,跑起来也轻松一些了。

我想自己这几天身体比较虚,现在趁着有风力加持,可以跑得快一点。

快到40公里处了!我的配速维持在3分50秒左右(每公里),

达到了我个人最佳的状态。终于，福源道在望了，远远看到了天鹅湖度假村的标志，在这里，我追上了"天线哥"，他亮银色的人工耳蜗在脑旁熠熠生辉。

并肩的那一会儿，他微微侧头，淡淡地看了我一眼，脸上没有惊讶、挣扎、惶惑的表情，而是一种舒畅，他整个人像是阳光下自由飞舞着的蝴蝶。

这是小孩子跑步才会有的表情，的确与众不同，我想。

借着顺风，我拉开了距离，一骑当先，在队伍的最前面，紧紧跟着转播车。

我的注意力一直集中在丹田上，但是看到转播车的那一刻，我脑子里面飞过一丝杂念：杨子会不会在电视上看到我呢？如果她能够看到，她会怎么想呢？快过去了一年了，杨子，我曾经牙床里的隐痛，现在越来越淡了。我在努力忘记她，但是，她还是会不定期地、措不及防地浮出我大脑，像海面上漂浮着的冰山浮冰。

不行，不行，我不能去想这个，念头还是回到丹田上，放松四肢地奔跑。

回形针的赛道继续向内折返。

随着赛道方向的改变，风向又成了左侧逆风，顺风结束了。

我拿了一瓶路边的盐汽水，大口猛喝了两三口，扔掉。又跑了一会儿，小肚子忽然觉得有点不舒服，像有很多虫子在里面咬啮肠壁，这干扰了我的气沉丹田。每次把气沉下去，都被小肚子的疼痛搅乱，气在体内一通乱撞。同时开始感到浑身酸痛无比，嘴唇干渴，口腔内的热气灼人，胸口发热、头晕，足底甚至有轻微的抽筋！

一种崩溃前期的预感突然抓紧了我。

我心知不妙，身体前几天拉肚子导致虚脱后，又经历了今天的长时间奔跑，最后还是逃不出这个身体的地狱极限。

一束强光从远处的云层里射下来，刺眼无比。我再次深深地呼吸了几下，想把浑身的运气调理一下，但是不行，我感到了疲惫和力不从心，脚步滞涩，速度一下子掉了下来，无力地瞥了眼手腕上的电子表，配速掉到 3 分 55 秒了。

我像一个溺水者，挣扎在残奥会马拉松决赛的最后 2 公里。
真正的马拉松比赛从这里才刚刚开始。

132

不一会儿，后面的"天线哥"和双胞胎兄弟就追了上来，"天线哥"超过我的一瞬间，我感到了无力，看到他微笑的面庞，自卑像泉水涌出地表；双胞胎超过我的时候，我感到了身体的绝望和肚子的疼痛在交汇，我感到自己完全跑不动，胸口发烫，呼吸乱了。

双胞胎的金发也在前面跳跃。

不行了，我不行了。我的大脑也出现了一片混乱，太极跑所提及的原则都抛到九霄云外去了。

"放弃吧。"那一刻，我的脑子里仿佛有一个人拉扯我。

真想死掉算了。看到我离转播车越来越远，离天线哥越来越远，我甚至有点自暴自弃了。

这时候，无意间看到路边站了一群人，手上都拿着残运会和马拉松的旗子，向我使劲挥舞着。

当中，我看到了一个扎粗大辫子的姑娘，眼睛细细的一条缝，眉眼好像是以前的杨子！她挤在人群中，嘴巴一张一合，焦急地喊着加油，向我大力挥舞着双臂，摇曳着两面小小的黄蓝相间的旗子。

猛地，我脑子里腾起一股暖流，浑身的血都冲上来了。

虽然仅仅一两秒钟，就从她面前跑过去了，但是，她的面容和身影却像刀一样刻在了我的脑子里。

难道杨子也来为我加油了？虽然我并不能确定那就是她。但当时，我从她大幅晃动的手臂和焦急的喊加油的口部动作，看到了一种我渴望已久的热情和关怀。

我的心像有巨大的锤子在敲击，脸燃烧起来，不知为何，那股莫名冲上来的热血正涌向四肢，浑身顿时充满了力量。

不能放弃，我要使出自己最后一点力气，跑完这场马拉松。

我死死地咬着牙，忍着痛，跟着第一梯队。

最后一公里路标出现的时候，肚子不痛了，乱风的力道也小了许多。

我把注意力再次集中到呼吸和丹田上，想起昨天读的那篇丹尼的文章，他讲绵里藏针的最高境界是提高专注力，不受干扰，如果要提高速度，就一定要掌握它。这种不受干扰的专注力，就像一只猫眼睛一眨都不眨地盯着一只鸟，一条鳄鱼趴在泥塘里面一动不动地等待喝水的鹿靠近。

这一刻，我忘记了配速，忘记了赛道的风，忘记了杨子的眼睛。

时空仿佛凝固了。

我重新深深吸入一口气,像石块缓缓地沉入大海一样,气沉入丹田。我就像一只爬向鸟的猫,四肢是柔软的,爪子软软地落在地上,所有的意念都注视着自己的猎物:奔跑。

我的大脑和四肢形成了一个真正的团队,我把沉入丹田的气,绵绵不绝地运行向双腿,没有任何东西障碍我、阻挠我。

周边的跑者、救援车、转播车、观众、自愿者全都消失了。

我仿佛自由奔跑在一个寂寥、无边无际的荒原上。

42公里的牌子一闪而过,200米、100米、50米……我的脑子里面澄空一片。

不知道何时又追上了双胞胎兄弟,他们的金发被远远地甩在了后面。

最后50米的冲刺,绝对是一场大搏杀。

天线哥比我领先一个身位,我们都在做最后的努力,用尽残存的力气奔向终点,不,简直是飞向终点。我深深吸入一口气,沉入丹田,身体像铁棒,四肢柔软如猫爪子——试图和那丹尼文章中所引述的老子的话一样,"以天下之至柔,驰骋天下之至坚"。

终于,红色的终点线看到了,周边密密麻麻好像都是人脸。

40米、30米、10米……我几乎完全追上了天线哥。

撞线的一刹那,我们双臂都剧烈地向后摆动,身体前倾。

但是,我的第六感知道他的胸脯还是比我提前一点点撞线,就这么一丁点,我推测大概是几厘米的微弱优势。

大脑空落落的,心头涌上来一阵干涩、懊悔,夹裹着一丝失望。

自己终于还是和全国冠军擦肩而过了。

我四肢软而无力，想一屁股坐在终点线旁的空地上，但人群像潮水一样围上来，我只好站直了，挤出笑容混在人群中，默默地想：今天尽全力了，在这样的全国赛事中尝试了太极绵里藏针，有了 PB。

这也算是一种收获吧。

涌向裁判席时，"天线哥"微笑地走了过来，一把搂住我。我低着头，眼泪差点不争气地流了出来，我知道自己心里还是有一点酸酸的难受。

我完全没有注意到他身上的汗湿透了，耳朵后面的天线都歪了。

他笑着跟大家打招呼，眼睛依然明亮。很多人走向天线哥，祝贺他夺冠，他的女助手和德国教练跑过来抱着他，把他举得高高的，像踩高跷一样。

大家拥簇着我们走向了工作人员台。

人们等待裁判长的最后宣布。

铺着洁白桌布的工作台，一个穿西装的粗壮女子站了起来，嘴巴努动着喊着，我盯着她的嘴唇看了又看，简直不敢相信她的话，我脑子里面嗡嗡嗡的。

我怀疑自己读错唇语了，就又扭头去看残联为大赛配的那个胖子手语翻译，他站在西装女子旁边，使劲地打着手势，像一个蹩脚的指挥家，他宣布："今天的冠军是曹关天！"

在场所有人都惊呆了，特别是我，因为我清清楚楚地知道，天线哥和我几乎同时撞线，但他应该比我先触线零点一秒钟吧。

133

  但是,一切以号码布计时芯片为准。

  黑色 LED 计分屏上的红色数字显示,第一名的成绩 2 小时 28 分 17 秒,曹关天。第二名,2 小时 28 分 18 秒,林志聪。

  他居然比我慢了一秒,会不会搞错了?

  我睁圆了眼睛,死死地盯着屏幕,以为自己出现了混乱的幻觉。但是,计分屏上明明白白地写着曹关天,第一名。我知道号码布、计分屏都是精准的,通常是不会出错的。

  接着,三两张笑脸向我涌来,接着是七八张,最后是数不清的笑脸向我弥漫过来。

  我知道自己得了冠军,是我,的确是我,得了全国冠军,并创造了我个人的最好成绩!

  一阵大风旋转着刮向人群,尘土飞扬,眼睛在风中酸痛。

  到底是什么原因,是我,而不是天线哥林志聪得到了冠军?

  难道,冥冥之中,是妈妈在保佑我吗?

  一想到妈妈,想到上天早早地已经把她招去,看不到我全国夺冠的这一天,我的眼泪终于还是没有止住,落下来,像溢出堤坝的水,扑簌簌地流了一脸。

  登台领奖前,我才知道"天线哥"林志聪为何没有得到冠军。

  原来,他的号码布没有像我们一样贴在胸前,而是酷酷地贴在背后,在撞线一瞬间,我们两个的身位差不多,他甚至还比我靠前几厘米,但是,我的号码布却比他的号码布先过线,而记录成绩是以号码布中的芯片过线为准。

  天!

太惊险了,居然还有这样的奇事!如果现实中没有发生,没有人会想象有这么接近的马拉松比赛。

人们拥簇着我们走向领奖台。

我看了一眼林志聪,我想他大概一定很沮丧、痛苦、难受。但是,他只是捂住了嘴巴,好像尖叫了两下,然后不一会儿就恢复了平静,脸上洋溢着恬淡的笑容。

他今天没有披斗篷。

冠亚军领奖台上,我们两个打着手语,聊了几句。

他绷着脸,突然伸手重重地捶了我一拳,打手语说:"这个冠军是我送你的!"

我看着他的眼睛,不知道该说什么。

他又盯着我的眼睛,打手语说:"一定要还我哦!"

我依然紧张地看着他,不明白他的意图,难道他对比赛成绩不满要起诉组委会?

"跟你开玩笑,你欠我一个人情哦!"他突然咧嘴笑了,手势飞快地打着。

我也咧开了嘴巴,反捶他一拳:"活该!谁叫你反贴号码……以后不反贴了吧?"

"不,我还是要反贴!"他笑着打了一个大大的手势,像一个耳朵带天线的交通警察。"说实话,逆风那阵子,我有点跑得崩溃,今天的中程配速太高了。"

原来天线哥这么强的选手也会跑得很崩溃,我一下子释然了。

"今天的风很顽皮,"他的手语动作幅度很大,"这样的比赛,完赛就很开心。"

我点点头。

他拥抱了我。颁奖结束,他问我:"哪天回去?"

"四川田径队集体下周二回去。"
"那么，明早，一起去海河边跑步吗？"

我们正聊着，颁奖台下，出现了一辆闪烁着救护灯的 120 车辆，灯光旋转着刺眼的蓝光。拥挤的人群让开一条通道，大家七手八脚把一个人抬上了救护车。

134

海河金汤桥，河水像顽皮的精灵，跳跃不定，水面上一大团浊青裹着一片银光。

一个脱得赤条条的、只穿格子短裤的光头男人，背后布满紫褐色的拔火罐的圆印子，站在桥上大幅度甩手、踢脚，做着夸张的热身运动，身边渐渐聚拢了一堆看热闹的人，许久，他慢慢地手足并用，爬过金汤桥栏杆，像殉情者一样地直直地挺立在大桥桥沿上，然后一捏鼻子，宛如一根冰棍似的跳入水中。

水花不大，人群一片掌声。

我正看得出神，旁边有人拍了我一下，一扭头，原来是天线哥林志聪也到了。

那个光头男人在海河里野游，他的自由泳动作特别漂亮。

我指指游泳者，双手掌心朝天，上下两下，意思愉快。

林志聪笑了，用手语回复："这里让我想起香港的赤柱，那里有个 FANTASY 无人的海滩，我读中学那一会儿，常去那里游泳，可以一直游到几海里外的一块大礁石上。"

我打手语说:"我没有看过海呢。"

林志聪若有所思地看了看我。

我对着他打手语说:"家门口有条溪水,小时候,我一到夏天就跳进去,特别解暑。"

"我在游泳池里学会的自由泳,可是我还是喜欢在大海里游,"他打着手势说,"一度,我想练铁人三项。"

我很好奇:"那么怎么只练跑步了呢?"

"我爸爸说,一个人不能同时追逐两个兔子,我就放弃了铁人三项。"他停了一停,接着用缓慢的手语说:"再说,跑马拉松让我真正体验到什么是生命。"

我看了一眼远处男人划动的手臂,然后把头转向他。

"跑马拉松都会经历痛苦、崩溃和绝望。就像昨天,廖哈奇在25公里后的超高配速奔跑,好容易坚持到终点,抽筋倒地,把一肚子的水都呕吐了出来,后来被救护车送走,这是黑暗、绝望的一刻。但是,只有经历过了这一切,挺了过来,重新站在起跑线上,才能理解什么是马拉松啊。"

我看着他停在空中的手,突然想起遭遇地震的死难同学、用钢杵戳断小张伟腿后的呕吐、与杨子分手的绝望、妈妈离世后自己的孤独,这和跑马拉松到崩溃的那一刻如此相似。

我发了一会儿怔。

正静默着,他突然向我身后一挥手,和不远处的一个人打起了招呼。

"忘了告诉你,还约了一个好朋友一起来跑步,"林志聪打手语说,"他可是一个运动员中的'哲学家'。"

黑脸蛋、双臂肌肉过人的"哲学家"周力洪过来了，但是他只有上半身，下半身只着运动短裤，短裤下半截空荡荡的瘪着——完全没有双腿，看着有点吓人。他灵活地用双手推动着一个特质轮椅，靠拢过来。

我要上前帮忙推，他摆着手说，自己可以搞定。

林志聪向我介绍，这是竞速轮椅马拉松运动员周力洪，他是本次残运会轮椅马拉松的第三名。

周力洪的脸被太阳晒得焦了似的，颇有电视里泰国人的感觉，一个嘴角微微上翘着，脸相有点滑稽。

"他的马拉松速度，比基普乔格都要快，1小时29分。"林志聪打手语告诉我。

周力洪嘴角一翘，用食指戳一戳他的轮椅说："这个是我的光速跑鞋！"

135

我们三个人沿着海河一起跑了5公里，然后原路折返。

周力洪把速度和我们调得差不多，有时候眼看到他要撞到一个路人，他却总能灵巧地一停一拐就绕过去了。

三人最后再次跑到金汤桥下，找了一个可以看桥的好位置休息。

我和林志聪半靠在草坪旁的凳子上，周力洪则滚着轮椅坐在我们旁边。周有许多聋哑朋友，他不但懂手语，而且我很诧异他的手语非常之好。我们三个人聊起来，没有啥障碍。

来金汤桥野游的人比早晨又多了，一个接一个地从桥头的沿边上往水里扎，有的是自由落体，有的是标准的扎猛子，还有个五十岁的大叔上来就能来个反燕式，像飞身翻入悬崖的勇士。有一个小伙子看来有点水平，居然来了一个向前翻腾两周半抱膝，但更多的还是张开双臂，来个燕儿飞，或是鲤鱼式跃入水中。周力洪是天津人，他熟悉这一带，他说："我小时候也来这里跳水玩，一跳就是半天，围观的人越多跳得越起劲，蹦到河里，再游到岸边，再爬上桥头，再跳下河，如此乐此不疲。"

我看着他的腿，心想不知道他哪一天开始不可以跳水了。

周力洪好像看出来我在想啥，他把头转向我，对我打手语说："那年我才十五岁，和父亲骑着自行车去看《指环王》，路口避让一辆小汽车，我骑的车往左晃了一下，跑到左边的车道上了，结果没有看到后面开来的大卡车，被这辆装满拆迁旧砖的大卡车死死地压在轮子下了……"

我看着他的嘴巴，仿佛自己也在车祸现场。

"医院好人多，医生还送我一副免费假脚。"他打着手语的样子有点滑稽，说："但是，没多久发现脚踝胫后动脉断了没有接好，大腿渐渐变紫，坏死……后来又去二次手术。"

我难过地看了一眼他。

"高位截肢，"他停顿了一下，比画着好像不是在说他自己，"感觉只剩半个人了！是不是很恐怖？哈哈……我坐上轮椅的那阵子，心情沮丧，恨透自己，也恨透了世界，甚至用削笔刀割伤手腕，用自己的血在纸上画画。我无处发泄痛苦，把自己关在屋里，打算自暴自弃。这样过了大约半年，有一天，我爸爸说：如果你不是一个懦夫的话，是不是可以做点啥？于是，他扔给我一篇残疾人马拉松比赛的新闻。"

"开始轮椅马拉松，最艰难的是什么？你们想象不到——是去体育馆跑道的路上,人们都直愣愣地盯着你看,甚至围上来看,看得你恨不能找个洞钻进去,看得你浑身发毛。"周力洪的目光挪向前方,说:"我后来在天师大操场上,偶然遇到一个听障姑娘,常常结伴一起绕圈,我的手语就是跟她学的。有一天,她向我推荐了一本书,我读完后,感觉有人把我的手铐打开了,整个人像被从无期徒刑的牢房里放了出来。因为,书里有句话说到我心里去了——'人生就是认识自己,接受自己'。"

"这是苏格拉底的话。"周力洪拍了一下空空如也的大腿,打手语说:"像是一盏灯点亮了我!从那天起,我说恐怖就恐怖吧……自己就是残疾的,又怎么样?!为何要去做什么平常人?我干吗不可以接受自己的残缺,接纳别人的异样眼光呢?此后,我就尝试着下半身只穿运动短裤,让别人看到自己没有下肢,当别人再停下来盯着我时,我就回他一个微笑,挺起胸膛转动轮子,安然地经过他,这样过了半年,就根本不在乎别人的眼光了。"

我蓦地想起自己读小学时被同学围观的事。

"我已经和自己和解了。"周力洪平静地打着手语。

"就像一个找到了工作的出狱者,我感觉轮椅马拉松变成了海湾大风车,只要我每天去推轮子,它就会让我发电。"

后来,林志聪打手势问我:"你为什么跑马拉松?"我愣了一下,自己似乎已经很久没有思考这个问题了,就好像有人问我为何要每天吃饭一样。

"也许,想证明自己和平常人一样?"我想了一下,慢慢地打着手语,说,"我虽是个听障人,但在跑步上,并不比平常人差,甚至比他们还要强一些吧。"

我双手放在腰间做了个跑步的动作,接着打手语:"妈妈曾对我说，你跑吧，你跑起来和常人没啥两样。"

林志聪点点头，周力洪若有所思地看着金汤桥。

"但是，现在想想，觉得妈妈说得既对也不对，"我打着手语说，"周力洪刚才说的提醒我了，因为我就是听障，不用逼迫自己去和平常人一样吧。"

"岂止是不一样，还挺与众不同呢！"林志聪指指着他脑后亮银色的耳蜗。

周力洪和我都笑了。

"你呢？为何跑马拉松？"我和周力洪最后都把脸同时转向天线哥林志聪。

136

林志聪伸出食指和大拇指成九十度，双手握拳放在腰间上下两下，打手语说："我天生爱奔跑。"

他眼波安静，接着打手语："或许每个人天生都有奔跑的欲望，需要做的只是将它释放出来而已。"

我点点头，眯起眼睛盯着他。

他把拇指贴在嘴唇上（手语：爸爸），打道："他曾要我接龟苓膏的生意，但是，我不喜欢杀乌龟，也从来不爱吃龟苓膏。"

周力洪插话道："原来，龟苓膏真的要杀很多乌龟。"

"我家的大鱼塘里有几万只乌龟，四肢张开，在水中悠游着。"林志聪做了一个鬼脸，伸直了小指和食指，弯曲两下（手语：兔子），接着打手语说，"我们跑马拉松的人，跑起来个个像兔子，兔子怎么会喜欢吃和他比赛的乌龟呢?"

我们顿时笑得前仰后合。

他打手语道:"每天日出前,我就去半山跑步,一边跑一边看还在沉睡的港岛,像一只露出水面的海龟。"他特地慢下手势,右手盖住左拳,左拳只露拇指在外,像乌龟一样伸缩了几下。"我爸拗不过我,后来给找了个德国教练,叫马克西姆。他告诉我,马拉松是一种生命状态,如果你想得到一些东西,就跑 100 米;如果你想体验到一些东西,你就跑马拉松。"

我若有所思地看着林志聪,听他继续打手语说:"原来的我和关天一样,总想征服些什么,证明自己是强者。直到去年七月的一天,我偶然想到,自己难道只是为了冠军而奔跑吗,这个冠军就是生命的全部意义了吗?"

他停顿了一下,接着说:"我忽然觉得都是一堆狗屎。因为,再伟大的冠军,如格布雷西拉西耶这样的,也终会被遗忘,对吧?奖牌最终都会蒙尘,世上的一切都将归于尘土……"

我若有所思地将拇指、食指、中指互捻,如捻土一样弄了几下。(手语:尘土)

他接着说:"人生就是一场游戏,如果只是为了赢,我们就会变得执拗,金钱和名誉成为我们的终点,我们就没有享受到游戏所带来的快乐,而游戏才是生活的本质。"

"所以,从去年起,我开始学习享受马拉松,享受奔跑。"
我瞪大了眼睛看着林志聪,陷入了短暂的沉思。
这是我第一次听说,去享受马拉松。

林志聪停了会儿,接着打手语说了一件事:"日本有一匹退役名马,叫拱心石,这匹世所罕见的快马,瘦小如驴,通身黑褐色,每次闸门一开，就漂亮而自由地奔跑，跑得像一场刮过场地的狂风。它是一匹能享受奔跑、享受比赛的马。

"它在最后一次比赛中，突然马失前蹄，倒在地上抽搐了一阵子，猝然离世，让现场所有人为之震撼，并对它肃然起敬。对于一匹享受奔跑的赛马来说，奔跑就是它的生命，奔跑就是它全部的宇宙。一匹赛马在奔跑中死去，不是很有意义吗？"

"对于拱心石来说，或许这也是一件幸福的事哪。"周力洪补充道。

"希望，"林志聪打手语道，"我能和它一样，在奔跑中死去。"他看着远处的金汤桥，忘记了打手语，自言自语地说："跑到生命的最后一刻。"

此刻，一个穿绿色泳裤的瘦男人慢慢地手脚并用翻过金汤桥的栏杆，在仄仄的桥沿上站得笔直，宛如一个青岛啤酒瓶子，站了足足十秒钟，吊足了观众的胃口，然后突然曲体跳向海河，人们期待一个完美的入水，但是，他在河面上摔了一个大饼，水花四溅。

周边围观人群的嘴巴一起咧了开来。

137

2021年初春，第一波疫情结束了，有些马拉松比赛恢复了。

去镇上办事的邻居给我捎来了一份快递，牛皮纸的封皮。

打开，一张通红的邀请函，大黑体字写着"怒江100公里越野赛"，比赛时间是5月22日。我默默地盯着"100公里"几个字，心突突地跳了起来，闭上眼，脑海里全是怒江的山峦和旷野，奔跑在蓝天下，感受耳畔的风。

但是，我不想给父亲看，把信往桌子旁悄悄一丢。

他还是猜到了什么，趁我不备打开邀请信，在枯瘦的手里快速翻看了一下，眼睛突然就爆出来了，灰白干枯的头发和眉毛几乎都要竖起来。

他一直反对我跑马拉松，曾说，跑步是浪费体力，不如种地，还有一份收成。

他嘴巴开始嘟囔起来。

我瞪着他，反复打着"不要你管！"的手语。

他有点被激怒，脸皮颤抖起来，怒视着我。

我不退缩，狠狠地盯着他。

终于，他颤抖的手点着我的头，我看到他的嘴唇翻动着，在骂："跑，跑，跑！你个瓜娃子，跑100公里马拉松，这不是找死啊，脑袋打铁的啊！"

我不理他。

眼睛瞪了他一眼，把手里的饭碗一把反扣在桌子上，走到自己的小屋子去了。

138

绵德有个马拉松跑友群，我在里面发布了自己要参加怒江100公里越野赛的事情，说我5月16日出发前往F省黑石市，问有没有人一起去。

像一块石头丢进了微信群的水塘,大家纷纷跳出来,但也仅仅是预祝我远征成功,没有人真的有空一起去 F 省跑 100 公里。因为这一轮疫情结束后,很多人的工作刚刚有点恢复,抛不开。另外,100 公里越野跑,这个数字也不是一般的马拉松跑者可以承受的。聊到后来,除了一堆热烈支持的表情符号,就没有下文了。

最让我失落的是,魔女说她也去不成了(我记得还是她鼓动我去跑的呢)。她前阵子脚踝又扭了,冷水马拉松的旧伤发作,需要静养一段时间。

5 月 15 日,趁着父亲外出,我偷偷地准备行囊。
魔女突然来短消息:"路过绵德吗?"
我打字:"可能。"
"中午来我家弯一下,小聚。"

16 日星期六中午,绵德新苑,门口保安还是那个长着古怪脑袋的人。

我推开魔女家的棕色铁门,吓了一跳,满满一屋子的人!好家伙,小半个绵德马拉松圈的人都聚在这里了。

原来,大家约了今天在这里聚会,墨镜哥、长腿阿笑、大头、黄金宝……那么多熟悉的笑脸,一群黑色透亮的人!一脸风霜的黄金宝大叔闪动着温暖的眼神,长腿阿笑盘起了他的两条大长腿,头顶的秃鹫羽毛歪斜了,抗癌明星王刚圆圆的《哆啦 A 梦》大雄款的招牌眼镜,露着新剃的光脑袋……看我一错愕,大家全都像小孩子似的高兴地跳了起来,雀跃着、欢呼着。

魔女家的餐厅太小了,只能坐 6 个人,于是十多个人就在客厅铺了一张红格子的大野餐桌布,菜摆在当中,大家全都席地而坐。

等我在地上"落座",黄金宝大哥拍了拍粘了面包屑的衣襟站了起来,他说得很慢,好让我看清他的嘴巴发音,他说:"本月是绵德马拉松跑友群五周年,大家能聚在一起是缘分。过两天,曹关天将远征怒江 100 公里越野赛,我也想去跑,但是我跑不了这么远……"

大家的嘴巴瞬间一起张得很开。

很久没有看到大家了,我挤在人群中,从每一张笑脸上都感到了久违的春光。原来大家约好,每个人都带一道川菜来魔女家聚餐,结果 15 人带了 18 道川菜,因为事先在小群里报过菜名,所以还不带重复的。

长腿阿笑带来了他老婆烧的宫保鸡丁,鸡丁嫩滑,花生嚼在嘴巴里,干脆得很;有人捶他一拳说:"你头上的羽毛和鸡丁有关系吗?"

那盘夫妻肺片是大头带来,麻辣有劲,肺片和薄牛肉细嫩,散发着一股鲜香味。阿笑问他:"这么高级的做法,你自己整出来的?"大头摸了一下鼻子,承认:"隔壁的一家冷菜馆捎来的。"

抗癌明星王刚做什么事情都像跑马拉松一样认真,他说给麻辣烫加热了 2 分 20 秒,温度正好。这缸子麻辣烫绝了,粉丝裹着白菜冒着热气,红火腿肠兑着碧绿的香菜,金色油豆腐挤着香茅赤色鸡串,端上来时,他的圆眼镜片上布满了雾气。于是,他摘下眼镜,埋头仔细地在麻辣烫上浇了一大勺子的麻酱、花生酱,撒上辣椒粉、葱花,顿时,五彩呈现。

大伙儿把鼻子凑上一闻,那香辣味直冲脑门儿,口水往肚里咽。——这并不是王刚的作品,是他九十五岁的寡居奶奶特地烧的。

墨镜哥依然目光深沉地坐在人群中,他现在越发不怎么爱说话了。今天,他脖子后面的黑色玫瑰花和四芒星和他一样沉静。

风风火火的魔女居然也有了贤惠厨娘的样子，让我暗生诧异。她一头火红色的短发在厨房里穿梭，不停地帮大家热菜、送碟子、加水。

　　后来，她左手捧出一盘金黄透亮的麻婆豆腐，右手一盘手抓飞饼走进客厅。

　　大头故意皱眉说："这个手抓饼怎么成了川菜？"

　　我盯着长腿阿笑一本正经地翻动的嘴皮子，推测他好像说了一句："这是印度版改良川菜。"

　　所有的菜都聚在野餐桌布上，麻辣烫缸子居中而立。大伙儿吃前先集体拍照"消毒"，我配上文字"生活滚烫，不如一碗麻辣烫——远征怒江100公里越野赛前的跑友小聚"发在微信朋友圈。

　　不一会儿，欧阳老师在下面留言："除了跑步，麻辣烫也是上苍给你的大礼包啊！"后来，天线哥林志聪也看到了，他留言："那要享受一场麻辣奔跑！"

　　众跑友正欢闹着，忽然，围坐的人们停止了说话，所有人都把头扭过去看门口。

　　我推测是有人在敲门了，魔女一个箭步跑过去开了门。

　　门开了，我把喝水的一次性纸杯重重地拍在野餐桌布上，一个拄着拐杖的人出现在门口。

139

　　他在门口顿了一下，和众人打着招呼，特别冲着长腿阿笑挤了一下眼睛，然后嗅着鼻翼，费力地拄着拐杖，一拐一拐走了进来。

竟然是小张伟。

我呆住了。

他变得比以前更胖了，肚子凸起，像围了个小救生圈。右腿鞋子上方露出一段金属的杆子，散发着冷冷的光，这段杆子让我的心剧烈地刺痛起来。

小张伟手上还拎了一个鼓鼓囊囊的塑料袋，赘肉和大塑料袋让他走起来更加费劲了。我有些感慨地望着他走进来，心生茫然：这个人和当年在后面追打我的小男孩是同一个人吗？

原来，他偶然通过阿笑知道我要去挑战100公里怒江越野跑，今天正好开车来绵德残联办事，就顺道到魔女家弯一下。

我双手撑地，慢慢从地上直起身。

他拐到我面前站定了，一手撑着拐杖，一手把手上的塑料袋费力地提起来，交给我。

塑料袋里是个鞋盒子，里面躺着一双乌黑的新越野跑鞋。

他看着我的眼睛说，然后左手握拳，右手在左拳上方四处摩擦了一阵子。

我看了一会儿，忽然明白了他的意思，他是让我先穿几天，让鞋子磨磨脚（以免跑步时不适应）。

一把攥着鞋子，我的目光触碰到他的目光，他眼神中少年时的那种冷冷的东西完全找不到了，换成了一种安定而柔和的暗光，像是木制旧家具发出的，只是眼珠子比原来往外凸出了，布了一些血丝。

我用力地点了点头。

我手中紧握着新跑鞋，一股皮革和橡胶的香味扑鼻而来。我仿佛已踏上了怒江岸边的土地。眼前的山峦仰望着天空，像远古的巨人，红褐色的岩石勾勒出他的眉骨，那凝视深邃天空的目光充满了沧桑和深沉。

混浊的泥浆水翻滚着奔腾而下，河岸崩塌，向着巨大的沟壑、荒岭滚滚而来。

我即将在那条大河边挑战100公里越野赛，踏着翻滚的河水向前奔跑，在漫长而艰苦的旷野上狂奔。我仿佛站在山梁上，单手遮住眉毛，眯眼眺望着这条闪闪的河流，隐约望到了远方终点的模糊轮廓。

神往的事情即将被实现，心中有一种空寂和不真实感。

今天是3月26日，距怒江100公里越野马拉松赛还有57天。

蓦地想起天线哥说的，"享受奔跑吧！"

第三部

生死荒野

《体育月刊》记者姜卓怒江 100 公里越野赛亲历记

1

5月19日，距离怒江100公里越野赛还有3天。

把《无声的马拉松》书稿塞进行李箱，姜卓有点兴奋，心像一只飞出笼的小鸟，涌动着一股推着他往前的气流。他即将搭中午的班机飞往F省，自毛大青批准他请假跑怒江越野赛以来，他一直憧憬着这一天。

姜卓妈妈带着他的女儿小姜姜送他去机场。女儿长得很瘦小，穿着一套略显宽大的上衣，两只手被长袖管掩盖了一大半，那是奶奶总是要给孩子买大两号的衣服所致，唉，谁叫孩子的亲妈不在身边呢，他心里滑过一丝微微的酸涩。

在虹桥T2外下车时，姜卓瞥了一眼窗外的蓝天，一丝流云正被五月江南的暖风拉扯着，飞往南方，他的心已随之飞往南方了。

小姜姜嘴巴里含着姜卓在全家给她买的三色冰激凌，开始融化，一滴正顺着她的嘴角往下淌。但是，她没有注意到这个，她把一件东西塞进爸爸的双肩包，姜卓低头一看，是那件不分男女的蓝色防晒衣，像海洋一样深邃的蓝色。这是她在淘宝上买了送给他的礼物，质地很差，薄得像知了的翅膀。

"你要穿小姜姜买的防晒衣哦！"女儿搂着他的脖子告别时说。

他并不喜欢在跑步时穿防晒服，那感觉像个娘们儿。"嗯。"他点了点头。他想得说点感谢宝贝女儿之类的话，但是，话在嘴巴里打了个滚，憋了半天，他居然说了一句象征父亲权威的话："回去别忘了背单词，少玩游戏哦！"

　　通过安检口的时候，姜卓回头看了一眼女儿，她的冰激凌融化了，笑容却没有融化。

　　"这个女儿，算是被你养到了。"姜卓家楼下的保安常常对他说这个，他不知道该不该相信保安的话，因为他发现女儿常常背着自己找保安玩手机里的《王者荣耀》，对此他也是睁一眼闭一眼。

　　现在，姜卓彻底放飞了，他将去为自己而奔跑，管他的女儿呢。

　　作为一个酷爱马拉松的《体育月刊》资深记者，他偶尔也利用职务之便，跳过抽签环节，通过特殊通道参加各地的马拉松赛事。记得新年后，姜卓获得了怒江100公里极限越野赛（山地超级马拉松）的官方邀请，一个F省大哥打电话来，说组委会免去了他1000大洋的报名费，并提供三晚的当地住宿；作为交换条件，他回来需要写上一篇关于这场怒江越野赛的报道。考虑到他一直采访的曹关天也将参加这次越野赛，为了近距离地观察他，为书稿增加温度，他毫不犹豫地同意了。

　　在怒江越野赛之前，姜卓并没有跑过100公里这么长的公里数。但是，他也不是没有经验的菜鸟，还是有一定的越野赛基础的，他跑过越野长城50公里赛、九华山越野50公里赛，但是，前年他参加完秦岭50公里山地越野赛后，发誓言，其中充斥着毒药般的决心："妈的，我再也不跑马拉松了！"

2

前年六月，那场秦岭 50 公里越野赛历历在目。

为了怕中暑，选手们六点半就从三面佛开跑，几个大神选手在姜卓前面跑，一会儿就不见了踪影。此后约有 30 公里都是在秦岭持续上坡，海拔累计提升了一千四百多米，跑到后来他的膝盖和腿肚子酸痛无比，看着前面没有尽头的山坡，仿佛永无止境，这景象令他感到无比煎熬。

20 公里以后，乳白的山雾被吹走了，太阳出来，天气开始变得炎热，他流汗不止，头开始晕眩，怀疑自己有一点中暑，心态渐渐崩溃。好在路旁两个志愿者玩命地喊"加油"，还有个染蓝发的姑娘送来一瓶红牛，姜卓咕咚咕咚猛灌了两口，才缓过劲来。

爬上山巅后，他突然跑进茂密的草丛，随手将运动短裤拽下，轻松地排出一泓黄色液体。这个看似迷信的仪式，或许是一种心理暗示，让他仿佛重获了一种力量。后面，果然就开始顺风顺水，又都是下坡路，他把配速也大大提高了，但不知道这一切只是假象。

这样的状况持续了 10 公里后，他感到小腿发软，脚底板仿佛有一团棉花，头一晕重心瞬间失去，人突然像跳水一样向下栽去，摔倒在地上，向前滑了一米多，随即失去了知觉。

不知过了多久，他被人搀扶着坐了起来，手掌和膝盖都火辣辣的烧痛感，他颓然坐在一块石碑上，像一头追赶猎物失败的犀牛，喘息不已。四肢疲惫不堪，仿佛已经到了极限，他第一次萌生了弃赛的念头。

坐了许久，看到后面连慢吞吞的两个中年跑友都冲上前去了，姜卓大喊一声，站起来咬着牙接着跑。

他拼尽全力奔跑着,气喘吁吁接近了50公里越野赛的终点。他头痛预裂,而且有一种呕吐感,感觉自己的腿仿佛两个鬼魂在跳探戈,呼吸散乱得很。姜卓心中的微弱希望犹如一盏小灯,苟延残喘地闪烁着,希望自己能够在越野赛关门前的最后一刻跑进那一道门缝里。

他拼尽全力地跑着,但时间已经不再属于他,门缝也越来越小。

最终,门无情地关上了。

他在秦岭越野赛关门时间后的三分钟,摇摇晃晃地跑到终点。

"切糕!切糕!"姜卓心里有无数个声音在骂自己、责备他自己,"切糕"是关门跑友的专用词。

姜卓捧着组办方发的"宇宙无敌"肉夹馍,一股肉香温柔地扑来,嘴唇皮和手指头都在不听使唤地颤抖着,当时,眼泪就滴在了饼上面,他扭过身去,希望不要有人看到他一个大老爷们的眼泪,然后,就着眼泪把饼一起吃进了肚子。

"妈的,下次不跑了!"他对自己斩钉截铁地说。

3

秦马回来后,姜卓真的停跑了。

仅仅才过去三个多月,那年秋天的一个下午,他在逼仄的办公室里,从发烫的电脑后面抬起头来,看到小窗外一抹透明的天空。啊,久违的蓝色,以及一朵渐渐化开的白色棉花云,不知为何,他突然陷入了一种无法自拔的空洞,开始怀念那场自虐的越野马拉松,怀念犀牛追赶猎物崩溃的瞬间，那一刻，他想起了草木从自己身边呼啸而过的感觉，想起了山峦上的青松和薄雾混合在一起的景致，想起了跑道旁的加油声，想起了咸味的泪水和肉夹馍，那时他活着，那时他奔跑，那时他的心脏在嘭嘭嘭地跳。

他想，他曾那样拥抱过自己的生命，曾经在那片绵延的森林草木之中，双脚紧紧拥抱着大地的脉搏，——感受活着。

他又开始想念马拉松了。

是不是太贱了？

这时，他明白了一点，马拉松是一场自虐的狂欢。

而每一个热烈生长的生命除了日渐迈向死亡外，不都在渴望一场狂欢吗？

于是，姜卓又恢复了日复一日的奔跑训练。

次年北京马拉松，他感到自己的脚底板仿佛安装了弹簧——居然破天荒跑进了315[①]。

4

5月21日中午12点，距怒江100公里越野赛还有二十个小时。

在通往怒江的县城外公路起点上，姜卓终于见到了曹关天本人。

他们相约一起跑个8公里，热身，并适应一下比赛气候。

一片红褐色的砾石包裹着公路的两旁，不到中午，炽热的太阳

---

① 3小时15分，对于业余跑者来说，是个不错的成绩。

已经开始炙烤大地。

他本人长得和姜卓想象得不太一样。双方通信那么久了，在视频里也看过他，知道他体型虽小，但应该是一个浑身散发着荒蛮力量的家伙。

但现实中的他完全不是这样的。

给人的第一印象是清瘦而矮小。

他戴着一副IT男的细金属框眼镜，头发像锅盖一样地扣在黑瘦的脸上，两块腮晒得红里泛黑，眯起的眼睛清澈、沉静中略带一点点腼腆，像个刚完成军训的工科男，这形象和"铁皮壁虎"的外号似乎搭不上界。

曹关天默默注视着姜卓，微曲双手的食指、中指，做指尖欲碰状，姜卓猜他是说"终于见面了"，于是，他用力地点了点头，仿佛这手语和点头已经越过了崇山峻岭，也省去了千言万语。

他们在公路上跑起来，奔向8公里之外的怒江河岸，如同两个燃烧的火把在黑夜中移动。

曹关天始终放慢自己的脚步，与姜卓并肩，带着他跑。

备战越野赛时，姜卓在苏州河畔跑步时曾心想：如果有一天，自己和曹关天在一起奔跑、一起训练会是怎样的场景？曹关天会怎样迈腿？怎样发力？

现在，这一切变成了现实。

曹关天跑在身边，上下微微起伏，黑瘦的双腿有力地弹跳着，身躯像一匹不知疲倦的野马。

姜卓努力追赶着他的节奏，感受着从他传递过来的力量。

路旁，几棵高原灌木无精打采地耷拉着叶子，上面粘了尘土卷曲起来。有跑友昨天告诉姜卓说："根据我去年的经验，这次越野跑要当心中暑哦！"这一点，姜卓今天也看到了，阳光挺晒的，这样的天跑100公里超级马拉松，可能会导致人体热衰竭，看来明天尽可能要减少负重。

他边跑边眯眼看着蒸腾的荒山谷。突然，曹关天一伸手，指了一下右前方。

在刺眼的阳光下，远处开阔的砾石谷上不知何时出现了一片白色的波浪，翻滚着，一上来只有半米高，拍打着地面，如同炸雷般向姜卓他俩的位置袭来。

他们不禁停了下脚步。

几分钟后，这些海浪开始汇聚成巨大的浪潮，咆哮着向前推进，如同一支汹涌澎湃地向前进的军队。浪花闪烁着银白的光芒，就像是一颗颗珍珠镶嵌在黑色的海面上。渐渐地，它们变高了，大约有三四米，仿佛一座座小山坡挺立在大海之中。海浪愈来愈大，盛开着无穷无尽的白色花朵，在海面上翻滚着，它们疯狂地撞击着砾石谷地面，不断地推进。它们的高度也在不断攀升，越卷越高，渐渐仿佛一座座高塔屹立在大海之中，但随时可能崩塌。

这片海洋的颜色也在不断变幻，从最初明亮的蓝白色，到后来深邃的紫色，再到最后的漆黑一团。这支海浪的庞大军队，不断地向前推进着，推进着，眼看就要冲到公路上来了，打算毫不留情地吞噬掉地面的一切。

但是，仅仅十分钟不到的时间，一切就都消失了。

足足好一阵子，两个人呆呆地立在原地，任凭热浪从砾石谷地上袭来，扑打在脸颊上。

此时，一位当地老人骑着毛驴慢悠悠地经过，大概是看惯了山市，他散漫地丢了一句："幻象啊，一切都是幻象。"

踹了脚毛驴，嘟嘟囔囔地走远了。

后来他们继续奔跑，一口气跑到了怒江边，爬上高高的山崖。

曹关天静谧的眼神凝视着怒江的弯弯曲曲处，雄浑苍凉，砂砾沟壑一个一个被码着，宛如外星球表面。千万年来，怒江高原永远被时光凝固了。

这一刻，他眯着眼睛，让风吹着自己的黑黝黝脸庞，想着刚才那场海市，感受着一种自然的召唤。

渐渐地，他眼神里与生俱来的腼腆消失了，透露出一种难以言喻的东西，一种不被任何事务干扰的安定和坚毅。

他久久注视着那条河，仿佛可以看到怒江越野赛 100 公里外遥远的终点。

5

21 日晚上 6 点钟，距离怒江 100 公里越野跑开赛还有最后十四个小时。

姜卓走进怒江酒店的会议室，一股刺鼻的人气和热烈的说话声浪袭来，里面足足挤了一两百号人，其中不少是各地马拉松和越野跑的大神。

会议室座位旁还放了一二十个小马扎。

姜卓发现宋炎（又称越野跑"宋神"）和曹关天早早地坐在了最前排左侧，后者着蓝色发白的旧运动衣，在人群中身板笔直地坐着，他略带腼腆地伸手推了一下眼镜。

一个平头小伙，穿着紧巴巴的黑白条纹运动衣快步走上台，瞄了眼一屋子的好汉，他略带腼腆表情的脸白了一下，操着浓重的F省口音自我介绍道："大家好，我，我叫商生贵，是赛道总监，负责今天的100公里赛前技术会。"

他咽了口唾沫，接着说（感觉上是在背诵）："欢迎大家跟着夏天的节奏，来到大美怒江红土林。今年是第四届怒江山地马拉松和越野赛，参赛者接近一万人，其中172人参加100公里越野赛，剩余的多数人是健康跑和21公里半程山地马拉松。"

姜卓左边的红衣跑者拉了一下他的衣服，低低地说："去年赛道总监不是这个人。"

"人都换了。"前面的宋炎也扭头插了一句。

商总监用手上的激光笔，指着投影上的一张环状大赛道图，投影的光打在他的脸上，一半阴一半阳，他说："越野赛将途径赤龙沟、观景台、野岭寨、白家坑等地，路上设有9个打卡计时点。"

他低眉半举着一只黑色的GPS手表，说："请大家安静一下，好吗？我给大家讲讲如何使用这个？谁知道按哪一个按钮是看定位的？……"

接着，他又花了些时间介绍如何辨别路标。"那些系在枝头、灌木上的红色绸带，还是挺醒目的……"商总监接着讲，"怒江越野赛多为自然起伏的山地，山间土路或砂石路多，爬坡会遇到碎石、乱石障碍，从景区入口到山下怒江第一湾的22道弯还修在2.3公里的悬崖峭壁上。"

姜卓边听边自我总结，这个100公里越野赛有三大难点，一是赛道海拔不低，累计爬升3500米，平均高度在2000米上下，对于他这样的平原业余选手，这个高海拔有点挑战。二是出了怒江红土林景区之后，绝大部分都处于荒岭无人区，CP3至CP7段是没有手机信号的，一旦跑错路，很难联系上人；三是100公里越野赛限时二十小时完赛，选手要在每个计时点规定关门时间内完成打卡，否则就算退出比赛。

特别当赛道总监公布后面一条时，姜卓心里暗暗叫苦不迭，二十小时对像他这样的业余选手来说是极大的挑战——哪个小子定的这个规定？TNF北京100公里越野赛关门时间二十八小时，一些人最后走到了终点，也来得及完赛。

"换赛事公司了吗？"姜卓皱着眉头问旁边的红运动服跑者。

红运动服摇摇头，说："公司没换。"他接着拗了一拗脖子，大嗓门说道："就是工作人员全是新面孔。"

"本地公司换人太勤了。"姜卓说。

"估计薪资留不住人吧。"

台上的平头赛道总监，扯着细细的声音说："大家一定记好了，CP打卡点，你们通过时必须打卡才能算成绩，"他清了一清喉咙说，"往年有的人忘了打，那就莫得（不）算成绩，跑得贼快也没有用。"

"跑得比贼快，也莫得用。"一个河南口音的跑者在下面尖着嗓音说。

大家哄地一声大笑。

姜卓注意到曹关天在侧前排坐得很端正，他没有笑，质朴的脸庞黑里透红，他静谧而安静地盯着赛道总监的嘴部。

不知道他通过唇语理解到的赛事总监说的内容有多少呢？特别当说话的人带着浓厚的F省地方口音。

他不由得为曹关天捏了一把汗。

蓝头巾跑者在人群中提问时，曹关天把头转过来，正好和姜卓四目相撞。

姜卓伸手在空中打了一个问号，意思：你明白了吗？

曹关天居然缓缓地摇了摇头，看来商总监的F省口音严重困扰了他，读唇语不管用了。这时，有人站起来打开窗户，给一屋子的人透透气，但是一股冷风突然吹进屋子，空气中顿时弥漫着高原的凉气。——这里的气温降得好快！姜卓心想。

"马上，汪（万）剑齐发了！"最后，平头商总监说，"但是，要注意撒，CP3莫得（没有）任何补给，大家要以最快的速度通过，厚衣服、吃的东西都放在转运点CP6。"

这场比赛的关门时间是二十小时，大部分选手都要在途中过夜。CP6设置存包处，选手们可以提前把衣物、食物运过去，到时候，跑到那里就可以换双鞋、换件衣服或吃点东西，也减轻了出发时的负重。

但是，当时没有人注意到这一点——CP6离出发点足足有62.4公里远。

会议结束时，有位头发茂盛得像黑森林一样的跑者急匆匆推门进来，嘴巴连呼"来晚了，来晚了"。他只来得及扛着自己的补给背包，放进一只巨大的黑色转运大包，由赛事组统一运送到CP6。至于明天的赛道多少是砾石谷路，多少是沙地和上坡的山路，什么是路标，迷失方向怎么办，他估计是一头雾水。

姜卓听到络腮胡石奎和旁边的人扯着喉咙说话："明天天气如何？"

旁边一个跑者胸有成竹地说："去年的经验哦，五月，这地儿的荒原到了中午被太阳一烧烤，人像红薯，当心中暑。"

于是，有人问赛道总监："冲锋衣白天不穿的话，可以放进转运车，转运到CP6去吗？"

"可以。"赛道总监随口答道。

"到太阳落山了再穿,这样白天的六十多公里,可以减轻重量。"姜卓和多数人也是这么想的——大约可以减轻 0.5 至 1 公斤的负重。据研究负重 0.5 公斤在荒野奔跑一天,就要多付出两千多大卡的能量消耗,大约三十个鸡蛋。

就这样,姜卓特地把蓝色冲锋衣从随身包里抽了出来,放进了转运袋。曹关天也扛着自己的红色双肩包,塞进了黑色的转运大包,不知为何,曹关天塞进去的那一刻,姜卓看到关天的手在空中停顿了一下,像是有点犹豫,然而,最终还是塞进去了。

宋神、络腮胡石奎、卫煋等人也和姜卓、曹关天一样,把含冲锋衣的补给包都塞进了大转运袋。

当时,还没有人知道,这是一个致命的错误。

错误就像黑暗中的鬼魅,悄无声息地潜入,而死神则握着铮亮的镰刀正站在不远的地方,默默注视着一切。

6

5 月 22 日早上 7 点,距离怒江 100 公里越野赛还有一小时。

天透青灰色,空气不太透明。

姜卓看了一眼手机上的气温,12.5 摄氏度,略带些许凉意。天气预报显示今天的气温为 9 至 19 摄氏度,白天有 3 至 4 级的西南高原风。(5 月 22 日 11 点 42 分,气象局曾发布了降温和 7 级大风的预告,但是运动员都已在山路上奔跑了。)

摆渡车是几辆依维柯面包车，很多人彼此认识，大家打着招呼，坐上了车，出发去越野赛的始发点。

如果这是五月一个正常的日子，那午后的温度会达到20摄氏度以上，在干燥晴朗的西南高原，阳光会像烤地瓜一样迅速烤热大地。熟悉马拉松的人都知道，这样的天气要防晒，同时需要及时补水，防止脱水导致的电解质紊乱。

然而，没有人知道，一股遮天蔽地的冷气云团正汹涌于途。

摆渡车上，姜卓旁边坐了一个着粉色跑步短装的重庆妹子，姣好的面容上有一块浅黑色的晒伤印记，两眼略有点开，短发梳到耳朵后面，他们聊了一会儿天，姜卓突然想到什么，问她，"有没有人说你眉眼有点像某个女星？"

"周冬雨。"旁边倒扣一顶白色的耐克帽、戴着无框眼镜的男子转过头来说。姜卓一看，原来是这两天打过招呼的越野跑大神——宋炎。

他斯文的长相中带着一点反叛，他在国内的越野跑中可谓无人不知，他保持了越野跑的全国纪录，去年在十二小时的超级马拉松中跑出了139公里的惊人成绩，再次刷新纪录。人人都说他拿冠军拿到手发软，所以，人送绰号"宋神"。他是本届越野跑的头号种子，也是去年怒江100公里越野跑的冠军。

重庆妹子笑了，眉毛弯弯的说："是旷野版的。"

宋神说："你比她好看多了去了，听说你下个月就要结婚了？"

旷野周冬雨抬手，露出纤细无名指上的一个小小钻戒说，"是啊，婚礼定在6月22日，当天也是我的生日。"

这是颗发着微光的半克拉左右的小小石头，车里几个跑友都异口赞叹起来。

"但是，这次跑完，我可能就再也不跑了，"她突然眼睛失了焦，黯然说，"我家那位反对我跑马拉松和越野跑。"

她又补充道："跑步和结婚，就是鱼和熊掌。"

宋神也不知道说什么好，大家沉默了一会儿。

这时旁边一个跑友突然插了一句，问："宋神，听说你去年生了女儿？"

宋神很高兴提到这一点，他笑起来眼睛在眼镜后面眯成一条缝，说："跑马拉松的，好像生女儿多啊。"

"跑多了，精液的酸性度高——《科学》杂志上说的。"一个光头跑友神秘兮兮来了一句。

"你就胡诌吧！"宋神笑着捶了他一拳，他从包里掏出手机，女儿的照片就是锁屏。大家一起伸脖子看，那女儿长得细眉细眼的，挺像他的，抱着一只虎纹家猫的脖子。

"才十九个月大。"他亲了一下手机上的照片。

"还是女儿贴心，我也是女儿。"姜卓说着，把他的女儿照片拿给大家看。

"我没有说错吧，你们的精液酸性度都高！"光头跑友又来了一句。

大家又是一阵哄笑。

车子往前一冲，司机踩了重油门，在加速爬坡。

"结婚，回归家庭也挺好的。"姜卓小声对旷野周冬雨说了一句。

声音太小了，不知道她听到了没有。

依维柯面包车"咯噔"颠簸了一下，然后一个急转弯，远处的红土林在望，巨大、怪异而震撼的赤色、赭黄色石山映入眼帘。

这时，姜卓突然瞥见面包车最前面，坐着那个熟悉的消瘦背影，蓝色发白的运动衣随车上下跳动了一下。

是曹关天。

他正一个人默默地望着窗外的景致，大家的喧嚣、谈话和他没有什么关系，他似乎和车内的热闹景象隔了一层透明的玻璃。

"听障是不方便的，但，寂静无声也能带来内心的宁静，这是普通人无法体验到的。"姜卓突然想起，曹关天曾这么写信告诉他。

多数听障人的世界是一颗寂静的星球（部分可听到些声音，像陨石落在火星表面）。

这是上帝赐予他们的福分，不用受制于那世间的嘈杂。

不知道此刻，他心里的宁静是怎样的？
关天昨天短信中写的"享受奔跑的自在"，会是什么样子呢？

摆渡车行驶了二十分钟左右，到达了出发点峡谷广场。跳下车的时候，姜卓打了一个寒战，好像从一个温暖的春天，赤裸着上身跳入冰凉的冷水河中。

姜卓抬头瞄了一眼天空，太阳依旧没有出来，山梁后面爬上来一些铅云，天色暗淡下来。刚才在上车前看到的那片青灰色，现在也密闭起来，一片森冷，整个世界都透着一种阴沉。

气温没有升高。

上万人云集在起跑线，场景壮观。绝大多数人都是参加 5 公里健康跑的欢乐群众。

172 名参加 100 公里越野跑的人站在队伍的最前面，他们中不少人只穿着短裤和运动排汗衫；一些人穿着单薄的长袖运动衫；穿户外冲锋衣的寥寥可数。

由于气温低，姜卓看见宋神、曹关天、旷野周冬雨、络腮胡石奎和多数不认识的跑友云集一处，都在起跑线就地蹬腿、跳跃、高抬腿、弯腰热身。由于空间不大，此起彼伏地跳跃热身，场面活像一个池塘里的鱼群遇上了捕捞季节。

起跑前，姜卓心里堆积了激动、紧张和些许惴惴不安，毕竟是第一次参加这样的 100 公里越野赛，以前参与的大都只是普通马拉松或者 50 公里越野比赛。

他忍不住去看曹关天，后者蓝色发白的身影挤在一堆跑者中，细框眼镜后的眼神依旧沉静，宛如挂在漆黑苍穹上的两颗星。曹关天整理了一下随身轻便背包的绑带，然后直起身，此刻正好一阵风刮过附近的防风林，吹过跑友队伍，拂过他的脸庞时，他锅盖似的头发被风吹乱了。

后来，他就站在那里，静谧的目光凝视着伸向远方的无尽道路，两块晒得红里泛黑的腮发着微光。

姜卓突然想起某首诗："一站在跑道上，我就像一只愉悦而自由的海燕，向苍天张开了翅膀。"

起跑线后，他俩静静地站在人群中，期待着一场浩荡的奔跑，就像大海期待着风暴的来临。他们将向着风沙起的地方，向着前面的荒原发起挑战。

此刻，风正变得越来越凉。

7

如果说马拉松是这些跑者的起点，那么越野跑就应该是所有跑者的归宿。

普通马拉松是万人齐跑的路跑赛，像沙丁鱼一样被挤在人群中，多数是在城市的盆景中奔跑，旁边可能是一个鹿头人或者是个长了根尾巴的阿凡达；而超级越野马拉松距离长，50公里、100公里、160公里，甚至还有217公里长度的，能参加这样奔跑的人数少，但都是真正的强者，这些人纯粹和大自然碰撞，在山林中、荒野中安静地、孤独地奔跑，远离喧嚣，把和别人的竞争更多地转化为与自己的一场较量，挑战自己，这种乐趣或许只有参与者才能完全明白。100公里跑的距离是普通马拉松的两倍多，但是难度是普通马拉松的5至6倍，甚至要更多。普通马拉松关门时间是六小时，越野跑却要长得多，如北京TNF100公里越野赛的关门时间则是二十八小时，有些人在最后几个小时内，由于疲惫会出现意识混乱，摔伤、迷路甚至大小便失禁。有位跑者就曾说，自己出现了隧道幻觉，一直觉得自己在某个黑暗的隧道里奔跑，而微光永远在远处跳跃，黑暗的隧道似乎没有尽头。

100公里的奔跑，每个跑者都宛如荒野之狼，驱使着自己去探索未知地域。

这是地球上最考验人的极限忍受力的运动。

所以，对于多数人来说，越野赛的主要目标不是名次，而是完赛，就这一点而言，它就已经超越了所有的跑步赛。

喜欢越野跑的人的孤独和执着，是常人无法理解的。

越野跑中，所有人都只是一个孤独的跑者，没有加油喝彩声，永远只能自己激励自己，如在荒野中踟蹰独行的一只小蚂蚁，从日出时分跑入黄昏，从天光大亮跑进漆黑麻乌的深夜，独自牙关紧咬，奔跑在荒野、溪谷、砾石谷、山林间，像一群修道的苦行僧。

独自奔跑在荒野，只有风声、脚步声、呼吸声和心跳声，往往前后一两公里都看不到人影，黑夜降临，只剩孤独和恐惧，这是越野跑者常有的事。荒野跑者需要应对山地、荒漠、草原、森林等复杂地貌，需要卓越的身体平衡与灵活，需要强大的意志和耐挫力。

奔跑者可以呼吸到野外的新鲜空气，闻到松针落下的气息，森林苔藓、地衣呼出的潮湿味，踏到荒山裸原飞起的砂砾，听见风、流水和瀑布的声音，感受到旷野和大地的脉搏；鞋子一次又一次发力触碰在石头和土路上，卷起尘土和泥巴——这样粗犷的自然感是跑在水泥地上所不能比拟的。

我们的祖先就是像这样手持叉子长途追赶野兽，奔跑在荒野的。越野跑是野性的回归，更接近于人类奔跑的本源。

这样与其说是一场挑战，不如说是一场来自原始宗教的洗礼，一种灵性的自我觉醒。

8

上午8点，随着一声尖锐的枪响，场上的选手们瞬间爆发出一阵欢呼和呐喊，一群离弦之箭向前齐射出去。

第四届怒江100公里越野赛正式开始了！

心随着枪声一下子抽紧了，姜卓用力挥舞了一下右拳："喔，开始了。第一次100公里！"

越野跑的自由欢畅、煎熬挣扎与崩溃，都将在前面等着他，他今天可以坚持到最后吗？

姜卓看了一眼曹关天，曹在人群中也扭头回看了他一眼，锅盖式的头发下神情腼腆而庄重，眼睛里闪着一丝光亮。

曹关天冲着姜卓，面露微笑，双手手心朝天，上下摆动了两下。

姜卓也看着曹关天，手心朝天，上下摆动了几下。

大部队百腿奔腾，往红土林景区跑了起来

曹关天依然是那件磨损的暗蓝色长袖运动 T 恤，料子较薄，胸口白底牌子上写着黑色的号码 A003，腰间束了一条黑色的马拉松收纳腰带，下身运动短裤；宋神（号码牌 A001）也穿着薄款跑步服，后背为带有水袋的跑步背心，短裤下两条颀长有力的腿；而旷野周冬雨（她的号码牌 A021）穿得更凉快，粉色的短袖配粉色的跑步短裤。由于路途有 100 公里之远，为了跑出最佳状态，多数人都尽可能地减少负重。俗话说，百步成千斤哪。

姜卓抬头看了一眼天色，更暗了，风比上摆渡车的时候大了许多，估计有 4 到 5 级。

温度不但没有上升，而且有下降的趋势。

跑了 3 公里后，姜卓发现自己的身子居然一点都没有热起来，这是十分反常的，再看看周边跑步的人当中，由于大都是短装打扮，穿冲锋衣的没几个，所有大家都跑得略快一点，以增加体温。

姜卓在运动 T 恤外面套了一个放能量棒的跑步背袋，背袋里面有女儿小姜姜给的一件浅蓝色防晒衣。临行前，她把它塞进了姜卓的双肩包，尽管她还只是一个四年级的学生，但是机灵鬼懂事，她说："西南高原地方晒，你一定要穿小姜姜给的防晒服哦。"她偷偷在淘宝上花了 35 元压岁钱，给姜卓买了一件防晒衣，尽管透气性有点差，但那份暖心没得说。

曹关天、宋神所在的第一梯队9至10人摆脱大部队的速度极快，像一个不断突进的箭头。记得在最开始时，姜卓还可以凝视到曹关天所在的第一梯队的奔跑，他仿佛一只健硕的麋鹿跟着一群同伴，跳跃似的往前突进，有力的腿蹬着红土林的大地，卷起一股尘土，那些尘土像影子一样跟着他。

十来分钟后，曹关天蓝色身影消失在硕大的红褐色石蒜的拐弯处，接着，整个第一梯队都进入了远处的红土林深处。

后来才知道，那是姜卓这辈子最后一次看到曹关天。

9

天空被巨大的红土林阵搞得支离破碎。

去第一打卡点（CP1）的路，都是在红土林的缝隙里穿行，那些像外星球表面留下的亘古遗迹，横在姜卓他们面前，直插入天空。

经千百万年来的地壳上升、风化雨蚀，红褐色砂砾岩巍峨而怪异，像瓦格纳谱写的《众神的黄昏》，居高临下俯视着众跑者。姜卓混在大队伍里，在奇石世界中发力奔跑，感觉生命像甲虫一样藐小。

抬头目测红土林最高处，足有两百多米高，个别陡峭的山崖凌空斜出，像马上要急急跌落，却又稳当地站立在那里。

姜卓暗想，"自己得加快点速度！"二十小时完赛，这个要求苛刻得像在黑暗中摸索地上的一根针！比北京100公里赛的关门时间少了整整八小时呢！

又跑了一阵子，姜卓发现胸口一口气太闷，跟不上第二梯队的节奏，只好慢慢落下来，融入了第三梯队。昨晚睡得一般，半夜还起来尿了一泡长尿，但今早的身体状态还是极佳的，洗了热水澡，三五个小肉包子、一碗浓甜豆浆下肚，临离开餐厅，还往嘴巴里塞了两根香蕉。

五月，F省这里的天气干凉干凉的，适合跑长路。

一出红土林，前面一马平川，风渐渐就大了。

过了CP1打卡点，风越来越大了，身体没有出汗，反而起了一层鸡皮疙瘩。跑步背心后袋里的蓝色防晒衣被刮得飞出一个角，姜卓小心翼翼地塞回去，心想，再冷就穿它。姜卓突然暖心地想起，小姜姜真是爸爸的小棉袄呐，回去要给她买块大巧克力奖励下。又转念想到，好几天没有和她一起睡前读书了，她平时总是会说，"爸爸能不能和我一起上床看故事书？"姜卓照例翻出一本大开本的《丁丁历险记》——阿道克船长走路撞在一根柱子上，痛得不但眼冒金星，而且是整个的星系、星云都冒出来了。

想到这里，姜卓不由笑了，吸了一把鼻涕。这时候是顺风，跑起来还不算吃力。

前面一个跑者的帽子突然被一阵风给吹跑了，那帽子随风往上空一窜，腾空而起，然后急坠下来，沿着跑道平滑出十来米。

旁边的一位红衣跑者一通笑。

但是他的笑声还没有结束，一阵风又袭来了，他架在鼻梁上的墨镜居然就被风吹跑了，姜卓看见那墨镜空中拐了弯，往路旁的草丛中急速滑了过去。

11点05分，离CP2打卡点还有1公里，风力加大了，变成了侧逆风，天空也突然飘起了冰凉的小雨，天地都浸在一片灰色当中，跑道马上又湿又滑。

姜卓被凉雨淋湿了，脸、手和露出的腿都凉飕飕的，一阵浇心的寒意袭来，他牙齿打了个颤。

看看周边第三梯队前后的二三十个人，表情坚毅，可能大家个个觉得：这点寒雨算个屁！全都面不改色、毫不动摇地往前奔跑，姜卓也加快了速度。

终于看到CP2打卡点的大牌子了，硕大的CP2红色大字下面，写着一行小字"恭喜你已经完成了24公里，距CP3还有8.5公里，关门时间：……"姜卓知道，从起点到CP1有13公里，CP1到CP2有11公里，都是平坦柏油路，这是整个赛程中最轻松的路段，像是一场考试的送分题部分。

在几丛稀疏的灌木下，两个穿白色衣服的工作人员站在一张木头桌子旁，桌子上面放了一桶水，桌子下方放了一桶水。

水桶立在枯黄的草和凌乱的石头当中。

只有水？

这个打卡点也太他娘的简陋了，姜卓心想，主办方抠门得有点恶心吧！

打好卡，姜卓探头问一个志愿者："有没有其他喝的？"

"没有，到CP4就有了。"年轻的小伙子淡淡地看了姜卓一眼，他正勾着背，把手背缩在衣袖里面，跺了跺脚。

姜卓7点钟前吃的包子早就在前面24公里化成虚无了，看来只能吃一根自带的能量棒了，本来这些能量棒他打算留到最后的二三十公里才吃的。

"晕！"姜卓像鸭子抖水一样，抖抖身子继续往前跑。

去 CP3 的上坡路横在眼前。红色的赛道丝带系在山脚下的灌木上，在风中微微抖动。一条碎石土路蜿蜒往上，尽管只有 8.5 公里，但面前的山峰高耸，海拔将陡然提升 1000 米，而且全是砂石路，好几段陡峭而崎岖，还有怪石、刺荆挡道。

放眼望去，沉重的黑云正加速汇集堆积，锁住了山顶。

10

在以往的比赛中，这一段都无比艰难而费力，选手们需要手脚并用往上爬，一旦受伤就很麻烦，因为救援的越野摩托车上不去。

顶风往上吃力地爬了十几分钟，奇怪！姜卓突然看见前方七八十米的山坡上，几个跑者的衣服都鼓了起来，原地站着一动不动。

"他们为何不跑了？"姜卓心里纳闷。

等姜卓自己跑到那个光秃秃的山坡，他才发现自己也原地跑不动了，原来这里有一个山坡缺口，一股强逆风刮过来，风力已经大到七八级，人顶着大风，很难前行。

雨一梭子一梭子地来了，渐渐越发密实。风裹挟着冷雨打到脸上，雨中居然还夹着一些不起眼的纤细小粒子，像密集的子弹打过来一样。眼睛被雨水糊住，睁也睁不开，只能眯着缝儿，视线严重受到影响。

风雨像狂舞的鞭子，赛道旁的低矮灌木被吹得像喝醉了酒，剧烈地摇晃着。

身体湿掉后，被风一刮，姜卓的牙齿打起了哆嗦，浑身剧烈地颤抖，感到阵阵刺骨的寒意，跑在姜卓前面的红衣选手蹲在路边，背着风，抖抖索索地取出了一件红色的冲锋衣，费力地穿了起来。

姜卓后悔没有带冲锋衣，但他想到了女儿给他的那一件薄防晒衣，他伸手从后背袋中取了出来，套在身上，尽管薄得宛如蜻蜓的翅膀，风雨一打湿，就完整粘在了身上，用处不大，可他心里此刻却滚过一丝暖意。

风还是那么野蛮，刮到姜卓身上，感觉像是被一条条藤条抽打，刺痛越来越强烈。

雨粒子更粗大了，比刚才的还要大，往山坡望去，一片黑雾盖住了一切，隐约看到一两个身影出没在寒雨中，都是在极其缓慢地移动，不，简直就是在蠕动。

一阵狂风刮来，打湿的泥土飞溅起来，扑在姜卓裸露的小腿上，姜卓站立不稳，脚下一滑斜摔出去，磕在碎石头上，殷红的血珠子往外渗，膝盖血糊糊的一片，但奇怪的是膝盖完全不痛，只是有一点麻感，可能太冷了。

姜卓的牙齿、头、身体、腿，每一个部件都在剧烈地抖着。山顶的黑色云团渐渐完整地包住了山头，寒气顺坡滚下来。风越来越大。

温度迅速下降到了零摄氏度以下。

姜卓不知道自己是要继续往前跑，还是下撤到山下，他估计自己在离 CP2 约三公里的地方。

突然，姜卓看到了几个相互搀扶的人，从雨雾中钻了出来，有两个人估计也摔伤了，哀号着往山下跑。"我们弃赛了。"其中一个浑身哆嗦的跑者冲姜卓咕隆了一句。姜卓看见他的手臂上都是血和几条斜向的刮伤，脸色惨白，他们都只穿着短衣短裤。

他们一瘸一拐下山几分钟后，雨变得更加狂乱了，当中夹着一粒粒粗大的白色颗粒，晶莹透亮，打在脸上，打在腿上，打在所有裸露的地方，都会留下红印子，刺痛无比。

姜卓颤抖的手捏住几颗渣粒子一看，惊呆了，这分明是冰雹！

11

冰粒子在渐渐变大，有一颗像子弹一样大小，猛砸在姜卓脑袋右边侧，滑落开去，他感到头"嗡"的一下。他捂着头，把跑步背心拆下来顶在头上。

是不是要退赛？姜卓牙齿打战地问自己。

一个声音从姜卓身体内冒出来：这是你的第一个 100 公里越野赛，怎么就可以稀里糊涂退赛了呢？而且，前面有几十个人都爬上去了，宋神、曹关天、旷野周冬雨、红衣跑者都在前面呐，他们都没有退赛，你为何要放弃呢？

踌躇中，膝盖上的血已经开始凝结，姜卓咬紧牙关，奋力往坡上挪动着步子。雨夹冰雹越来越猛，视线开始模糊，有些看不清路了。

渐渐连步子也无法迈动了，似乎有点无法控制自己的四肢。姜卓裸露的小腿、手和脸颊，除了被冰雹打痛以外，还有一种刺骨的尖痛，风像锥子一样地扎进他的身体里，让他感觉自己的四肢都要结冰了。

这时候，姜卓突然看到了路边倒着的一个短袖跑者。

他满脸是血，可能摔倒了，还露着胳臂，躲在一块大石头旁边，躺在地上一动不动。不知是死是活？姜卓挨过去，也躲在那块石头下面，身体挨着他的身体。

姜卓哆嗦着手去摸顶在头上的运动背心后侧，居然摸到一件防寒毯，他想起来了——这是赛事的强制性装备，一张 PET 膜材质的银色薄膜，像锡箔纸一样薄。披在身上没多久，一阵猛烈的风从东面刮过来，防寒毯被风刮扯裂了，（我 ***，质量这么差！要命！）一半飞走了，还有一半也完全捏不住，挣扎了一下也被刮跑了。姜卓看见两片银色的毯子在空中垂死舞蹈了一下，就滚到附近的荒野上，刹那间就像银色的鬼一样消失了，姜卓完全没有力气去追那毯子，只能眼睁睁看着它消失在荒野里。

温度越来越低，姜卓不由得抱住了那个躺在下面的跑者。那人在昏迷中喊着："冷、冷，被子！"姜卓抱住了他，他也紧紧地抱住了姜卓。

姜卓从没这么紧紧而且长时间地抱住一个男人的身体，但，这哪里是一个人体呢？感觉自己抱住了一根冰棍。

他几乎没有什么体温了。

这时候，又有两个跑者跌跌撞撞地从山上下来，一个是穿白色长袖的中年跑者，还有一个居然就是络腮胡二郎，他愤怒地跺着脚，胡子上挂满了白色的冰渣子。他们四个人团团地抱在一起，其中一个人拿出了一张薄薄的防寒毯子盖在四个人身上，但是，毯子太小了，根本无法遮住姜卓的身体。

姜卓又想起什么，他伸手去摸跑步背心里的能量棒，悲哀地发现：背心刚才脱下来顶头上时，里面的六根能量棒也翻了过来，一起丢了。

顿时眼前一片漆黑。

在那块大石头后面躲了二十多分钟，施虐的冰雹像是被按了 OFF 键，突然就停了。但姜卓浑身湿透了，寒冷让他剧烈地颤抖，意识渐渐有点儿模糊。

他脑子开始反复出现一个念头，原来，自己会死在这片荒野。

"小姜姜，爸爸再也不能给你讲《丁丁历险记》了。"濒死前的幻觉依然是最割舍不下的人间事，蒙眬中眼眶发酸了，那是全身唯一有温度的地方。

四个紧紧抱在一起的人当中，一个中年大叔在不住地嘟囔，像是在向上帝忏悔着什么；另一个络腮胡二郎，只穿着短袖短裤，他在玩命地蹬腿，踢起一团土腥味的湿土，他骂骂咧咧地在和这天气抗争着。

实在冷得不行了，那络腮胡二郎突然掀掉了防寒毯子，晃晃悠悠地站了起来，朝着下山的方向摇晃着走了过去，一边走，一边仰面吼着什么，突然，他开始脱绿色的跑步短袖，露出白花花的肚子，衣服脱了一半卡住了，狂风抽打着他裸露的肌肤，但是他还是像和史前猛兽搏斗似的，硬生生把外面的那件短袖运动服给脱掉了，拿在手里，像一面旗帜，但是，瞬间，被一阵狂风刮走了，那运动衫迅速变成一个小绿点，消失在寒风中。

姜卓知道他因为失温出现了严重意识混乱，想挣扎着起来，去按住他，拉他回来再钻进防寒毯子里，但是姜卓怎么都站不起来。

剩余的三个人都默默注视络腮胡，看见赤膊白脊梁的他歪歪扭扭了十几步路，然后突然脸朝下，像个油瓶一样扑倒在地上，胡子下面流出道弯曲的黑血，晕厥过去了。

这时，一股暗褐色的、三厘米左右高的山水从砂砾的山坡上冲流下来。

姜卓的心乱了，他想到底是该往上爬到CP3呢，还是退下去回到CP2？他隐隐知道，自己陷入了一个进退两难的境地——这里到

CP3 有 3 公里的上山路，而退到 CP2 还有 5 公里的下山路。

这样骤寒的天气，呈三十度斜坡的砂土地带，湿滑坑洼泥泞，山雨四处夺路往下冲刷着山路，人每走 100 米都困难，更不要说 3 公里了。

姜卓看了一眼运动手表，下午 12 点 25 分，姜卓果断按下了红色的 GPS 救援按钮，他希望赛事组委会可以立即派出救援队。

他紧紧抱着的那两个跑友，也都意识模糊，刚才还在说话，现在渐渐都要昏睡过去。

姜卓喊道："不要睡，不要睡过去。"

那两个人还是睡了过去。

姜卓知道自己也快要睡过去了，"小姜姜，爸爸要看不到你了"。

终于，他头一歪，也不省人事了。

12

不知过了多久。

姜卓慢慢睁开了眼睛，世界白茫茫的一片。

风哗啦哗啦地扯动着姜卓的防晒服，脸紧紧压在石子和泥土上，石子都嵌到肉里去了，但一点都不觉得痛。姜卓隐约间似乎听到一个熟悉声音在叫他："爸爸，爸爸！"好像是女儿小姜姜的声音，她怎么来了？寻着声音，姜卓想扭转过头，但是，脖子像被铁箍箍住了，不能动弹。

这时，姜卓再次听到了她的叫声。"爸爸，爸爸！"

一股巨大的暖流瞬间传遍了姜卓的全身，"小姜姜！小姜姜！"

姜卓脱口而出，但是喉咙却发不出任何声音。

　　风雨中，姜卓似乎看到了一个身影站在面前六七步的地方，马尾巴、粉色的头箍。她在那里看着姜卓，黑眉毛一挑，好像在说："你怎么躺在这里啊？！"

　　姜卓挣扎着从那个跑友身上站了起来，但是，脚一软，又坐了下去。

　　她向后跳着，小手在向姜卓招着："爸爸，爸爸，起来啊！起来啊！和小姜姜一起玩。"

　　姜卓虚弱地撑着手掌，尝试直立起来，凛冽的寒风似乎比刚才小了一点，但是，天地满是灰白色的寒气。

　　她冲姜卓挥舞着小拳头，说："爸爸，站起来，站起来！"

　　软得像面条一样的姜卓，颤抖着站了起来，但是，膝盖一软，倒在地上。

　　她继续喊姜卓："站起来啊！"

　　姜卓在地上奋力挣扎着，手抓着湿土。

　　最后撑着地，半爬半蹲、摇摇晃晃地站了起来，姜卓知道自己全部的气力都用光了。

　　但是，小姜姜还在向他招手，那黑眉毛依然一挑，眯起来的双眼清澈得像荒漠中的一泓清泉，爸爸怎么能让她失望呢？

　　于是，姜卓一点一点地挪动着双腿向她移过去。

　　她手里似乎拿着一个风车，在前面走，一边走一边回头说："爸爸来抓小姜姜啊。"

　　姜卓喘着没有温度的鼻息，心里在说："小姜姜，爸爸不行了，走不动了。"

　　她扭头说："爸爸，你行的！来抓我呀。"

　　姜卓心里一个细弱的声音在说："爸爸真的不行了。"

她说:"爸爸,你行的,你行的!"

姜卓的眼泪唰地流出来,可以感觉到泪的温度,它不争气地沿着姜卓的脸颊往下淌。

姜卓对自己说,爸爸怎么可以在小姜姜面前哭呢?但,这次爸爸真的不行了,不行了。姜卓的眼泪更加汹涌地流出来。

姜卓泪眼蒙眬地看着她,又往前挪动了十几步。

终于再次站立不稳,倒下了,这次姜卓的脸朝下,重重地撞在了碎石地上,眼镜片在撞击中破碎了,在身体的重压下,玻璃碴子钻进了眼眶里,这一次,一阵绞心的剧痛刺破了姜卓的神经,像是被闪电击中的野兽,他大叫一声,彻底醒了过来,看到自己面前灰白阴冷的天地,刺骨的寒气覆盖着裸露的荒野,一个人影都没有,哪里有他女儿小姜姜?

姜卓一张嘴巴,发现嘴巴里面咸咸的,舔了一下,舌头不知何时被咬破了,鲜血淋漓。

眼眶里、嘴巴里、膝盖上都是血,这些疼痛让姜卓短暂地清醒了过来,此时的姜卓完全没有方向,只是艰难地挪动着步子,向远处的山峦走去。

姜卓不知道哪里是 CP3,也不知道这里离 CP3 有多远。

大概走了二十分钟,大约也就几百米的距离,眼睛、舌头的疼痛消失了,身体的剧痛也消失了,姜卓的意识再次出现了幻觉。

姜卓模糊的意识中突然闪现:昨晚的技术会上那个平头总监说,只有 CP4 才有补给,CP3 是没有任何补给的,即使幸运地走到 CP3,那也是没有任何可吃的东西,热水、能量棒更是妄想,暴露的山体,更无处可躲。

到了 CP3 也是徒劳,这个念头一旦产生,姜卓像被铁榔头击中了后脑勺一样,彻底崩溃了。

姜卓抬不起脚，人开始发晕，腿一软，再一次摔倒下了。

下午1点29分，姜卓躺在冰冷的荒野上，这里离CP3不到2.7公里，他的身体和冰冷的砂石地、泥浆水睡在一起了。

幻灭前，他仿佛看到女儿在苏州河北的老公房里，扒着窗口眺望，等自己回家，等他一起去玩跳绳游戏。女儿啊，她才九岁啊，姜卓仿佛看到了她黑洞洞的无神的眼睛，单纯的眼神，她小学都没有毕业啊，不能让她没有父亲，不能。

"姜卓要起来，姜卓不能死。"他在地上苦苦挣扎着，却再也不可能站起来。他心里咒骂这鬼冰雹，咒骂这无法抗拒的骤寒……寒风正把他浑身仅剩的一口热气带走，他的意识越发模糊了。

姜卓希望在幻象中再次看到小姜姜，让她跳动的黑眉毛、清泉的眼神和铜铃般咯咯的笑声陪自己走完最后的一段人生。

但是，这次女儿没有出现。

他已不再感受到疼痛，像一具逐渐变冷的尸体。人处于冻僵麻木状态，意识渐渐消失。

亘古的寂寥。

怒江边的荒山秃岭上，远处的沟壑梁峁如凝固的海浪。

慢慢地，他闭上了眼睛，他将永眠在这片不毛之地。

原来死亡是这个样子。

13

下午1点29分，CP4补给点（离姜卓倒下的地方8.2公里处）

的白色帐篷外面。

脑后扎根油叽叽大辫子的摄影师陈新在不停地跺脚,"这个鬼天气!"他暗自庆幸自己穿了一件有厚绒内胆的骆驼牌冲锋衣,早晨起床他还在犹豫要不要穿这件厚重的户外装,因为他脖子上的家伙已经够沉的了。

他举着沉甸甸的尼康单反,眯缝着左眼,冲着羊肠小道的尽头转动着焦距。

但是小道的尽头,是雾气弥漫的荒坡,静得瘆人,什么都没有。

他已经在这里苦等了两个多小时了,根据往年的比赛经验,第一集团军将很快出现在他的镜头里,一家F省的网络媒体支付了400元钱给他(交通费还要自己承担),如果不是爱好,他才不会为这400元冻得像一只北方冬天下水道的耗子。他将负责拍下宋神、曹关天等高手们跑过CP4的一刹那,其中曹关天是网络编辑要求多拍几张的。如果可以,他可以拍下他飒爽的奔跑姿态以及阳光下滴落的汗水。

但现在,苍白的寒雾锁着冰冷荒原,这些人如果有汗水,都快结冰了吧?

他目光一次一次扫视着砂石小道的尽头,还是没有人从那个裸石荒山上下来。

没有人。

马尾辫陈新的手指头开始发硬,然后像失去了知觉似的彻底僵掉了,成了一块冰冷的石头,他担心能否按动快门。

时间挨到到了下午2点31分,他不敢相信自己的表,和旁边一个头发遮住眼睛、腼腆的工作人员对了一下时间,的确已经过了2点30分了,第一集团军几乎比原定计划晚了一个小时。

依然没有一个人跑到 CP4，这真是奇怪啊。

一个都没出现。

他不知道是该钻进帐篷躲躲寒气呢，还是在门口继续守候。

时间一分一秒地过去了。

陈新狠狠跺了几下脚，心中暗想：第一集团的宋神、曹关天……你们跑到哪里了？

他身后的 CP4 的补给点尽管很简陋，但帐篷里有个小炉子，炖了肉汤，一堆黄不拉几的香蕉摆在木头桌子上。蓝天救援队的两个队员开始小声讨论，"奇怪！为什么一直都没有选手来——按照宋神的速度，这不应该啊，往年他八个多小时就完赛了"。

太不可思议了。

人们决定去迎一迎选手们，两名蓝天救援队员出发了，陈新背着沉重的相机，慢慢地挪着步子，跟在他们后面上了对面的秃山。

他的大辫子上沾满了寒冷的雨雾水。

2 点 39 分，在秃岭上爬了一两百米，陈新终于远远看见了两个人从山上走下来，那是蓝天救援队的一个小伙子架着护送来的第一个选手。

是个戴眼镜的中年大叔，他的嘴唇歪斜，脸色像死人一样苍白，救援队的小伙子把自己的外套脱下来给他穿，但是他的肤色依然惨白。救援小伙子自己立即冻得瑟瑟发抖。

一起下坡护送大叔进帐篷。

歪嘴唇大叔的牙齿磕碰打着架，他说："忒、忒、忒冷！"

他今天原来只穿了件皮肤衣，不防风、不防水，被雨淋湿了。

他还说山上很多路标都吹没了,自己跑错了两公里,用离线地图才找到路。

陈新告诉他:"你是第一个跑到 CP4 的人。"

歪嘴唇眼镜大叔惊呆了,他嘴唇皮抖得更厉害了说,"真的?"

陈新说:"前面没有人。"

"这是俺第一次 100 公里越野跑,俺这么牛?"

"你估计多长时间跑完全程?"

"俺的目标是完赛,二十小时以内。"

"我的天!这么说,你不是第一集团军的?居然跑了第一个!"

"靠,俺还真是第一名啊?"他以为陈新在开玩笑。

"目前是,你看到宋神、曹关天他们了吗?"

"俺沿途跑来,看到一些人失温了,根本没有看到宋神他们,"他加了一句,"俺估计自己是跑在中偏后的人。"

奇怪,那么宋神、曹关天和第一集团的顶尖选手去哪里了?陈新疑惑地再次把眼光投向面前的那片秃山荒岭。

14

1 点 29 分,姜卓摔倒在冰冷刺痛的荒坡上。

宋神正在离姜卓只有 980 米的一处山坡荆棘丛旁做着最后的爬行。

11 点 02 分时,宋神跑在所有人的最前面,像一个迅猛突进的黑点。西南高原风渐渐猛烈，吹得人站立不稳，一团黑暗而狰狞的浓云汇集在他的前方。但是，他没有停下步伐，在乱石路上找着落脚点，他每一步插进去都非常果断，两条不停迈动的大腿，像是一台不知疲倦的永动机。

他持续朝位于山顶的 CP3 攀登，二十多分钟过去了，眼前的砂石地变得很难走，一直延伸到黑云笼罩的山头。系在石头上的赛道红绸子在风中剧烈抖动着，仿佛做着垂死挣扎，突然一阵狂风的拉扯，红绸子飞了起来，跳到远处的荆棘丛里，不见了。接着，他倒扣在头上的白色运动帽也霍地跳起来，像一只放了气的白色气球，随风消失得无影无踪。

一阵寒雨骤然从天而降，接着是冰雹，手指头大小的晶莹剔透物狠狠地砸在身上、石头上，噼里啪啦撞击着大地，顿时粉身碎骨。

他的头突然被什么重击了一下，嗡的一声，接着，剧痛和晕眩让他失去了重心，摔倒在地。但是，他迅速恢复了知觉，用手一撑地，呼的爬了起来。又一阵冰雹猛烈地击打着大地，像淘气的孩子在楼顶向他丢石块。

他的额头都是血，浑身湿透了，但他伸手一抹脸上的血，继续跌跌撞撞往前跑。

从来没有人推测过宋神意志力的海洋有多深，他耐力的天空有多广阔。

记得读书时，田径队高手在操场上跑了 50 圈之后就都不想再跑了，但是他停不下来，他会一口气跑 80 圈甚至 100 圈。作为中国排名第一的越野跑选手，他在健身房的训练量让所有人目瞪口呆。上午有人看见他在跑步机上跑步，到了中午吃了中饭回来，发现他还在那台跑步机上！

他一跑就是三四十公里，健身房老板——八块腹肌的李仪是他的好友，他多次对宋神开玩笑说，"你再这样跑，我就要他妈的多收钱了——跑步机被你磨坏了！"

晚上九点半健身房关门后，他经常会去城市的第一高楼世茂中心爬楼，从一楼爬到七十几楼。这样宇宙级的刻苦精神背后，是他机器人似的魔鬼忍耐力。

11点25分，温度在零摄氏度上下，他几乎冻僵的身体被冻雨完全浸透了。冻雨在荒野间升起了鬼魅般的白色纱帐，把他的眼镜蒙上水和汽，还有额头流淌下来的血，他抹了几把，前方的路就更加看不清了，他被石头绊倒，再次重重地摔在了地上。

这一次，他想挣扎着站起来，却没有成功。

狂乱的大风又刮过来，眼镜不知丢在何处荆棘丛中了，他的眼睛被吹得几乎睁不开。他眯缝着眼睛，勉强抬头去看前面的乱石路，但是，红绸子路标在哪里？一条也没有了。

是该退到CP2，还是继续攻顶到CP3？退下去估计有六七公里的路，往上也是没有任何补给的，他也同样陷入了两难。"已经撤不下去了。"他迷糊中意识到，自己像士兵，前后都被敌人包围了，只能往前冲了。

他曾在长距离荒野跑中经历过无数苦痛，却从来没有像今天这样，寒冷和伤痛让他无法控制自己的身体。他站不起来，不知该往哪里爬。

寒原上白茫茫的一片。

即使如此，他依然思考了一下方位，两手指甲用力刨地，蹬着两条腿，努力往北坡爬动起来。胳臂一点一点往前艰难地挪着，指甲裂了，手掌和肘部的运动服袖子都磨烂了，凭着强大的毅力，他居然爬了五百多米，他想找一块大岩石或者荆棘丛躲避狂风和寒雨，但是，附近一片空旷，什么都没有。

这个凛冽的荒原上，刺骨的寒风中，他浑身打战，渐渐停止，头部和身体剧烈的疼痛在消失，四肢的肌肉渐趋僵硬。

他按下了 GPS 定位器上的红色救援按钮。作为中国的越野跑之神，这是他的第一次，也是最后一次。

15

前方碎石堆后面有一片灌木丛，他凭着最后一点知觉，慢慢地爬了进去。

他在灌木丛里爬着，顽强地用双手向前扒着砂石，让他像一只野兽，穿过灌木，爬着、挪着，血从膝盖上流了出来，冻住，再流出来，再冻住，疼痛在很远的地方躲着他，就这样一直往前爬着，挪动着，直到膝盖的皮和大小腿局部都磨烂掉了，骇人的白色膝盖骨裸露出来，粘上了土石，但是，他还是朝着山顶方向爬着。其间，他失去了意志，昏死过去，但是不知道何时又醒了过来，他只要一醒过来，就继续坚定地往前爬，没有什么可以阻止他往前爬。

他爬得越来越慢，最后像一只狂风冻雨中的乌龟，像一只蜗牛。他的四肢突然不抖动了，体温已经低到了一个极限。

他没有放弃生命的最后可能，他顽强的求生欲望像海啸中的战舰，他几乎已经不是在爬，而是在一点点地抠着土蠕动，他没有放弃，他不会放弃，直到生命的最后一刻。

在宋神的生命字典里，找不到"放弃"这两个字。

蒙眬中，他仿佛看到救援的人群正从荒坡上向他跑来，其实那只是他一点点失去意识前的幻觉。

蓝色的生命火苗随时会被扑灭。

距离山顶的怒江越野赛 CP3 打卡点仅剩 827 米，宋神的 GPS 信号永远停止在了这里。

像是狂风肆虐的大海中的一只铁锚，永远锚在那片荒野上。

1 点 48 分，他的 GPS 轨迹停止了。

一个小时过去了，没有救援；两个小时过去了，还是没有救援……整整五个小时过去了，救援在哪里？

16

1 点 29 分，姜卓倒在荒原上的时候。

离宋神仅仅 400 米不到，一片偏离赛道的冰冷乱石荒坡上，曹关天拖着已经僵硬的四肢，向着前方做着最后的冲刺，只是他的眼睛已经看不见了，腿拖着脚，与其说是向前跑，不如说是走，或者说是向前挪动。

他的最后方向也不是 CP3，而是一处无法辨别方向的无人山岭。

他或许觉得，他不可以停下来。

他也不想停下来。

曹关天早晨起跑时，天空曾经有一片蓝色，他向着这短暂出现的蓝色暗暗祈祷，让他可以在十小时内舒畅地奔跑完这 100 公里，这毕竟是他的第一个百公里越野跑。

然后，他奔跑过城堡一样高耸的、投下巨大阴影的怒江红土林，这些亘古的巨石令他想起了家乡黄岭的那些山脉和沉默的石灰石；接着，他跑出红土林，路过了有浓密灌木的砂地、村庄，他想起冷水老家那些田鼠出没的果园；他跑过路旁呆立着的扛鸟枪的猎人和一两片孤独的坟地，他想起了扛着锄头在农田像稻草人一样伫立的爸爸，还有后山妈妈的那片坟地……

他的双腿持续有力地拍打着地面，像鼓者用鼓棒有节奏地敲打着鼓面。

后来，他跑过了平静的怒江河滩和裸露的峡谷，终于进入了连绵的砾石荒山谷。

他大口呼吸着荒原的气息，看着前面奔跑者扬起的灰尘，路旁灌木奋力长出的嫩叶子，荆棘在贫瘠的山地倔强地挺立着，他忽然被一种感动包围了，在那一刻，他终于明白，为何所有人都说，越野跑是马拉松跑者的最终归宿。

那是所有马拉松选手都向往的一种自我心灵的游荡，一种奔跑灵魂的逍遥。

他想起妈妈说的，"你跑起来和常人没有啥两样"。但是，自己毕竟永远和常人是不一样的，自己是终身听障和言语障碍，但是，经过了这么久，跑过了这么多路，现在的他已经接受了残缺的自己，同自己讲和了。他慢慢悟出来，正因为聋哑，上帝按下了静音键的同时，却给他打开了一扇窗户：奔跑，这赋予了他另一个崭新的生命体，让他去发现那个更好的自己。

奔跑中，他可能还想起了天线哥林志聪说的"在自己的宇宙里，享受奔跑"是什么，觉察生命是什么。

像黄岭山中的蚂蚱一样，在草丛中享受自己的跳跃；像池塘里的乌龟一样，在水中享受自己的悠游；像赛马场的拱心石赛马一样，享受在椭圆形赛道上的奔跑。

每人都花了一辈子去找寻，找寻属于自己的那一个果壳。

他找到了。

椭圆的，表面或许有着深棕色的纹理。

他很轻松地跑着，渐渐脑子澄空，尽心尽力地往前跑着。

11 点左右，过了 CP2，奋力上山。

风力突然加大了，小石头和沙土竟然被吹了起来，有两次吹进了眼睛，生痛不已。

浓重的黑云被刮了过来，包围了这一片山脉，天色骤暗，像一个魔鬼张开斗篷遮住了天地。

黄豆大的冻雨急速降落下来，砸在额头上，感觉有碎玻璃和白色的晶体！冰雹！他吃了一惊，一个鸡蛋大的冰雹猛烈地砸在他的额头上，顿时绽开一片血迹。他想找掩体，但是这一片荒原连一棵小树都没有。

他一边跑，一边用双手护着头部。

突然，他感到了寒冷，打了一个剧烈的寒战，浑身猛地颤抖起来。他想起了他的冲锋衣，由于大家都建议下午要防暑，所以，衣服全部存放到赛道 62 公里处的 CP6 换装点。还有三十多公里，才可以穿上。他摇着锅盔式的头发，苦笑了一下。

天气越来越糟糕。荒原上裸石和砂土被风雨、冰雹搅和在一起，捯饬得一团糟，那些系在石头上的红色路标绸子都不见了踪影。

他咬紧牙，牙齿开始剧烈打架。

能见度极低，前方的宋神看不见了，原先前后一两百米的其他跑者一个也看不见，一阵大风雨刮过，甚至连自己的脚都看不清楚了。

前方蒙眬中出现了砂土岔路,他不知该选哪一条。他们第一梯队 6 个人相互都距离数百米,雨雾中,看不见彼此,而地上原先的少量足迹,都被风雨掩盖起来了。

去 CP3 的赛道在哪里?CP3,CP3 在哪里?他完全看不出来了。

他浑身冷得发痛,暴露出来的大腿更像失去了知觉似的。他停了一下,把眼镜拿了下来,用运动服的边擦了一下,通过水珠,他眯缝着眼睛,望见山坡上白茫茫的一片。

这是一段极其容易迷路的地形,平时不下雨都要很认真打量才能辨识方向,这时候冰雹、冻雨从天上汹涌而下,像是从喷沙器喷出来的,玩命地砸向人脸。

冰雹碎碴四溅,把眼镜脱下来的瞬间,他的眼睛几乎被冰雹划伤。但是,戴上眼镜,眼镜全部花了,看不见天地。

随后,时速 70 公里的狂风正刮过大地,风裹着雨点打到脸上,像密集的子弹打过来,眼睛在强风密雨下睁不开,他在风中摇晃着身躯。他看了看那遥远的山头,知道 CP3 可能就在这座山的顶部,于是,他选择了一条貌似上山的路继续奔跑。

他知道,不可以停下,一停下就会加速失温。

但是,他的四肢越来越不听使唤了,开始僵硬,他想坐下来休息,休息,就休息一下,但是这个感觉并不能让意志超强的人放弃奔跑。

他想找一个掩体,但是附近连一个猎人的小石屋都没有。

到了 12 点 58 分,他已经摔倒了五次,第一次摔倒,他单手一撑就站了起来,第二次摔倒,他用两只手用力撑地,站了起来……第五次摔倒,他的嘴巴里都是血,眼镜不知道去了哪里,他咬着牙,忍着剧痛,一点点又站了起来,接着向前跑,不,只是走。

1 点 28 分,他又一次重重地跌倒了,身体僵硬地蜷在地上,就这么倒下去了吗？他可是一个绝不认输的人，去年五月上旬，他们一群跑者在河边跑步，突然下起了大雨，其他人都停了，只有他还在跑，甚至越跑越快，别的人都走了，他还在往前跑，他在奔跑中发现了一个和别人不一样的自我，一个倔强的自由跑者。

"没有什么能够把我打垮……"他想着。

起来，起来。方向 CP3！

这次，他花了十多分钟的时间，先是从地上伏起身子就用尽了力气，他跪在地上，然后双手一点点抠着泥泞的山土，撑着，抵着，他的手指已经冻得拳曲起来了，呈现黑紫色，他无法站起来。

他咬破舌头，咸味的血液浸泡在口腔里，刺痛着他的神经。他承受着所有的痛楚，使出余下的全部气力用来对付寒冷的巨拳。

他又试了一下，对自己许诺："我还要再试一次站起来。"尽管他的双眼已经模糊，一会儿看得见，一会儿看不见……

但他随即又倒了下去。

他忽然看到了养蜂老人，脸上一道长蜈蚣状伤疤的他在静静地注视着他。

曹关天最后一次尝试用太极的呼吸吐纳，放松四肢，把一口寒气深深地吸入肺部，沉入丹田，丹田像结了冰，然后，借着这口气，他把身体的最后一点力量都集中到腿上，顽强地站了起来。

忽然，他感觉自己不冷了，浑身暖洋洋的，好像有一股暖流袭击了自己的心脏。

他接着向心中的 CP3 方向迈出了一步。

脑子出现了一些意象。

他觉得是跑在四川老家的山峦上，那里下了场大雪，他沿着山路、结冰的溪水奔跑着，雪花诗意地落在肩上，就这样，跑过了整个冬天。

仿佛又回到了从前，一个人孤身跑在山野间，小黑子在旁边伴着他，四蹄腾空。还有胸口跳跃着大辫子的杨子，她在身旁轻快地跑着，他们一起穿过丛林野径，跨过沟壑小溪，越过山岭陡坡。

他看到了前方的欧阳老师，他骑着小电驴回过头，对他招手，快点赶上来！他看见了杨子、天线哥梁志聪、魔女，他们欢畅地跑在他旁边，和他在海河边肩并肩奔跑着，享受着余晖，风中飘荡着低飞的江鸥。

后来，他居然还看到了奔跑中的陈晓翠，她跑起来时，波点裙子像麦浪在滚动，整个人仿佛黄岭风日里长着的小兽，黝黑的肤色，一头倔强的短发随风拂动。

跨越了那么漫长的孤独，他终于来到了这里，来到这片荒野，找到了陪伴生命的伴侣：跑步。

他渐渐感悟到了奔跑的自由和愉悦，不再为证明什么，不再为战胜谁，只为享受越野马拉松，享受一份来自自然的挑战和心灵深处的自在。即使面对着如此严苛的荒原，他面对如此粗粝的生命绝境，也甚是坦然。

奔跑搭起他心中那座高耸的通天塔。

17

最后，他一头栽倒在了砾石路上。

离 CP3 只有 371 米的荒坡上。

这片荒原光秃秃的，只有砂土和石头，以及一些低矮的灌木。一眼望去，附近所有的山谷都是相似的。

A003 的 GPS 线路显示，他在野外足足挨到了深夜，最后一点生命的蓝色烛火才灭，而脱节的赛事救援还在遥远的路上，迟迟没有赶到……

曹关天是整个荒原上撑得最久的那一个，仿佛曾经历过冰川纪的最粗粝的生命。

死前，他双膝着地，跪对着无尽的荒峦。

原处荒山绵延，山峰刺破天空。

历经亿万年风雨的大自然创造出一种无与伦比的壮阔。

18

半睡半昏迷中，姜卓看到头顶上突然出现一轮巨大的太阳，灼烤着一切，天瞬间热得发狂，大地仿佛着了火，一些似雾非雾的灰色热气团压在喉咙上，透不过气来。居然感到了一种燥热，没错，是燥热。一股奇怪的暖流突然袭击了姜卓，姜卓从内到外，感到难耐的炎热，他尽管只穿着运动衣短裤以及一件防晒服，但是，该死的，姜卓突然感到了一种无法言喻的热。

巨大的骄阳赤裸裸地照着姜卓，而姜卓脚下不是冰冷的荒山，而是滚烫的沙漠，这炎热正要夺取姜卓的最后一丝呼吸、最后一滴血。

混沌中，姜卓的体内有一团火在燃烧，烧得腿、脚、手臂都是巨烫的。

姜卓有要爆炸的感觉。

他居然像挺尸一样地慢慢坐起来，第一件事是想去脱衣服。是的，他要脱衣服！姜卓想把仅有的薄防晒服、跑步衫甚至跑步短裤都脱掉，全部脱掉，赤身裸体地躺在这片砂土上。

姜卓用力去扯衣服，想把它们扯下来，但是他的手完全不听使唤。

他勉强呼出一口气，已经渐渐没力气吸入气了。

他的心脏跳一跳，停一停；停一停，跳一跳。那几乎是它为姜卓这个人做出的最后努力和挣扎，那是一个溺水将死之人。

这时候，灰雾中出现一个人，像鬼似的全身皆白，他在姜卓面前浑身不停地颤抖着，衣服被风吹得哗啦哗啦的。他的脸是如此惨白，像鬼屋里面吊在墙上的白面死尸。很快，他就在姜卓前面不见了。

这一刹那，姜卓又从酷热掉进寒冷的冰窟窿中。

姜卓又躺了下去，燥热和寒冷交替出现，身体的痛苦达到了一种要撕裂他的地步。这种濒死的感觉让他颤栗，让他恐惧。他知道自己再也忍受不下去了，只能缩成一团，像一个被踩死的蚯蚓，只希望死亡快点降临。

不知过了多久，完全没有了时间观念，姜卓仿佛在冥界和人界徘徊着，用一丝的游息连接着。他努力地想去睁开眼，要从冰凉的荒原中醒过来。

蓦地，姜卓竟然听见了有人说话的声音，仿佛从一个很遥远的山洞传来：

"现在他的脉搏怎么样？"

另一个人的说话声,很粗,带着一种听不懂的口音:
"体温上来了,脉搏五十九。"

接着,太阳、灰热气团、冰窟窿、白色的鬼影全部都消失了。姜卓奋力一睁眼,世界由模糊变得渐渐清晰,才发现自己躺在一个昏暗简陋的洞穴里,身上盖着一件厚棉袄。

一张黑瘦而沧桑的面孔挂在姜卓眼前,一对友善的小眼睛眯缝着,像是刚钻出洞的两只小老鼠。看见姜卓醒过来,小黑子老鼠眼睛亮了起来,像是发现了面包屑。

洞穴很小,只有五六平方米,弥漫着一股刺鼻的湿柴火燃烧的烟味。洞里肩并肩围坐着七个人,多数是越野跑的选手,大家中间烧着一堆熊熊的火,那些红色的火星子在柴火上跳跃着、燃爆着。

姜卓打量起面前的黑瘦汉子,他腰间系着一条粗糙的皮带,皮带上赫然插着一把猎刀,上身穿着一件被烟熏得难以分辨原本颜色的毛衣,并没有外套的踪迹,他忽然意识到,自己的身上正盖着一件外套,心中的感激顿如一股暗流悄然涌动。

"我在哪里?"姜卓问。

"地球上。"一个小小声音引来一阵笑。

"CP3 不到。"身旁一个穿红色运动裤的跑者回答姜卓。

"我都不记得发生了什么……"姜卓迷茫地向红运动裤说。

"大家都差点挂掉!是他救了我们大家。"红运动裤双手合十朝向黑瘦的猎人,说:"帮我们捡了命回来。"

小黑老鼠的眼睛黯淡了一些,显得有点不好意思,后来姜卓知道他叫杨厚林,猎人,就住在石洞山坡下的一个小村庄里。

他说:"上午我在山坡上查陷阱,天气还可以,但到了中午,天就变了，那雹子呼呼的大得要砸死人，我赶紧进洞躲雹子。才躲了一会儿，就发现洞口出现两个穿短裤的人，搀扶着走，已经冻得不行了。"

"是我们两个。"一个平头跑者和鼻子冻得发紫的大叔举了一下手，像两个投降的士兵。

猎人杨厚林操着F省口音接着说："我把他们扶了进来，说你们这是找死啊，天这么冷，只穿着短裤、短衣？"

"谁知道他妈的鬼天气变得这么操蛋！"平头跑者嘟囔道。

"他们跟我说，后面还有好几个都不行了。我就拿了件衣服，出去找人，"猎人接着说，"两点多钟，石洞外面不远处又站着一个人，立那里像木桩子一样一动不动，外面又是大风又是冻雨，我感觉不对劲，跑上去问他，对方说他脚抽筋动不了了，我就赶快背着他回到石洞里。"

"那个木桩子是我。"红色运动短裤丢了根木材进火堆说。

鼻子冻得发紫的大叔操河南口音，他说："还好，杨大哥在这个石洞里藏了柴火、裤子和书，我们穿了他的裤子。"

"实在没辙，连一本小学语文书也当柴烧了，我们才暖和过来。"红运动短裤说着，愧疚地举起一页还没烧掉的有放风筝图的语文书封面。

火堆对面还坐着一个跑者，是一名黝黑的少年，他精神尚可，看姜卓仔细看他，他冲姜卓比了一个"耶"的动作。

姜卓后来明白，原来这5个人都淋了雨，跑到CP3不到的地方就严重失温了，但是他们运气好，正好遇到猎人杨厚林和他的石洞。

"但是，今天最幸运的是你小子！"鼻子冻得发紫的大叔用粗糙的手指头指着姜卓说。

19

"我们几个人都以为你已经死掉了，"鼻子冻得发紫的大叔接着说，"因为你身体僵了。"

他说："杨大哥顶着大风和冻雨出去搜人的时候，看到你在离这个石洞五六百米的地方趴着，脸磕在砂石路上，面颊这里都是冻住的血迹，脸像死人一样煞白，手里还紧紧地攥着自己的防晒衣。"

"半昏迷了，只记得看见了白色的鬼。"姜卓心有余悸地说。

"杨大哥就把你背了回来，寒雨大风中，一拐一拐足足走了一里多地。进了石洞，他帮你脱掉湿衣服，用棉衣包了起来，放在火堆旁边烤，大约过了一个多小时了。你体温一直不升，昏迷中还要霍地跳起来脱衣服，吓死人了。"

"你小子命忒大了！"红运动短裤插了一句。

"鬼门关里走了一遭，"姜卓眼眶湿了，说，"刚才，看了一下我的运动手表，在 34 公里处停留了 2 小时 34 分 24 秒，也就是说我在山上晕倒、昏迷了两个半小时了。"

姜卓感激地望着猎人。

猎人杨厚林却低下头，两只黑亮的老鼠眼睛变黯淡了，额头上深深的皱纹揪在了一起。

许久，他抹着眼泪道："当时，你附近还有几个人，俺救不过来了，因为，过去的时候就已经完全僵了，有一个小伙子只穿了背心。"

泪从他脸上黑色的褶皱里慢慢地滑落下来："他们还好年轻啊。"

20

救了姜卓他们之后，猎人杨厚林打电话给村书记，"山上出大事了"。

村书记组织了二十多名村民，让每个村民都带上了两三件冬天穿的棉衣，还有一些馍馍、大饼和热水，噌噌噌地赶上山去救援了。

等待救援的时候，姜卓他们继续在小石洞里烤火。

天渐渐黑了，户外的气温在进一步下降。

杨厚林说："这里海拔 2200 米啊，四五月份的夜里，尿也会结冰。"大家担忧地望着黑黢黢的洞外，不知道比赛是否已经中止，也不知还有多少人仍然在荒野上挨冻，有没有人会死。

这时，平头跑者透露了一个信息："一点多，我已经不太行了，跑过一个蓝天救援队队员身边，听见他在打电话，说，'我的经验是比赛必须马上中止！'但是，赛事方显然还在犹豫，蓝天队员很生气，又强调了一遍，'必须立即中止！'"

大家听了，一阵死寂的沉默，都明白：如果后面没有人通知比赛中止，大批马拉松选手依然会继续跑向骤寒的冰雹之岭，原因很简单，100 公里越野跑选手本来就是一群意志力宛如钢铁的家伙，他们心中有一堆始终燃烧着的火。

"昨天下午，天热得像夏天，谁知今天会这样？！"红短裤说。

"我们这天气变化大着呐，突然下雹子大降温是家常便饭。所以，我会在洞里备一些衣服、大饼和柴火，"猎人杨厚林说道，"前年我就差点被冻坏了，六月份，山里突然就下起了大雹子，我也只穿了单衣，赶紧逃下山，到了山脚下冻得牙齿都咬到舌头，说话都不利落了。"

"带冲锋衣就好了。"一个跑者喃喃自语，他突然"啪"地猛抽了自己一个耳光，痛苦地说："如果我带了冲锋衣，至少可以救活一个同伴。"

"该死的，赛事救援在哪儿？！"鼻子冻得发紫的大叔怒道，"我12点50分左右感觉不行了，那时候就按了随身设备的求救按钮，但是，没有任何反应。"

"我也按了，没有啥鸟用。"红运动短裤说道。

"按国际惯例不是二十分钟就要赶到救援地的吗？现在，已经过去三四个小时了，连个救援的影儿都没有。"

"这个赛道设计，多数线路是不连公路的无人山区，即使发出求救，救援队一时半会儿也是赶不上来的。"红运动裤摇摇头说。

没有人知道，第一条救援信息其实在比赛当天11点50分发出，12点17分赛事机构收到了蓝天和参赛选手的求救，但是由于仅仅39名蓝天队员分布在100公里的赛道上，救援力量严重不足。组织方的无能暴露无遗。突发事件袭来时，他们的反应如同蜗牛般迟缓，关键时刻，决策显得犹豫不决，既不敢果断停赛，也无法迅速展开救援。所以，那段从CP2到CP4的赛道14公里的路程，成了一片被文明抛弃的蛮荒之地。对于急需救援的参赛者来说，则成了一段无法逾越的鸿沟。在那片荒凉的山地上，参赛者们只能依靠自己的意志和体能苦苦支撑。他们的每一次呼吸都显得那么艰难，每一次迈步都在与死神赛跑。

好在遇见了猎人大叔，几个人暗暗后怕地想到，连说"侥幸，侥幸"。

"还有那个位于山顶的CP3，什么补给物资都没有！"鼻子发紫的大叔忽然提起这个事情了,说:"假如拼命跑到那里,也是两眼一抹黑啊!"

姜卓揉着发痛的额头,心生恐怖,"是啊,如果自己再往前多跑几百米,猎人大叔可能就看不到自己了"。

杨厚林用棍子捅了捅火堆说:"乡里越野马拉松办了四年,我一直弄不明白你们这些城里人为啥愿意交钱来受这个苦?"他黑老鼠眼睛闪动了一下,接着说:"这土山坡啊,我们'上得不爱上了'!"

姜卓看着他,抿了一下嘴巴,没回答。

他用力搓着冻紫的大腿,探头看石洞的外面,雨停了,暮色和阴云罩着荒岭。他着急地想,大规模的救援什么时候才能开始呢?

时间正一分一秒地流逝。

21

晚上 8 点 15 分,煤球一样的乌云笼罩着连绵起伏的无人区。。
气温陡然降到了零摄氏度左右。
风停止了,连荆棘枝和枯草叶子都一动不动。
一种洪荒的寂静出现在山岭之上。

这时,有一个晃动的雪白光柱滑过黑暗,是手电筒的光!接着,又一个晃动的雪白光柱出现在荒岭上,接着是一片手电筒光柱。

伴随着摇晃的手电筒光柱,呼喊声撕破了寂静,是操着各种口音的人们:

"喂——这里有人吗?"

"哎——可以听见我们吗?"

"还有活着的吗?"

……

在狭小坑洼的山沟里摸索时,一个搜救队员的脚被什么绊了一下,差点摔倒。他用手电筒一照,是一个人的腿,顺着光柱再仔细一看,不由得屏住了呼吸,是个穿着粉色运动短裤、短衣的姑娘,胸口的号码牌是 A021。

她仰面躺在灌木下的砂石地上,睁大了眼睛看着来人,嘴角像月牙一样弯弯的,正发着迷人的微笑,像极了一个刚收到求婚戒指的女人,她的左手弯曲在自己的胸口。

搜救队邹队长知道,人挨冻去世,很多是保持笑的表情。

姑娘粉色运动短裤下那对颀长的大腿血肉模糊,血凝结成一团团的黑色糊状物,估计她在寒雨、冰雹和冷雾中,忍着流血和伤痛,爬了一两个小时,最后找到了这道低洼的山沟。

她的左手搁在胸口,冰冷而僵硬,却死死地、别扭地拳曲在那儿。年轻队员感到奇怪,手电筒照过去,发现姑娘无名指上戴着一颗小小钻戒,小石头在黑暗中熠熠发亮,戒指正对着心脏位置的上方。

搜救队中的个别跑者认出这位面容有点像周冬雨的重庆姑娘,他们知道她的事情:本来这次跑完,她就不跑了,因为下个月,她要嫁人了。

如今,她却微笑着躺在冰凉死寂的大地上。

看到她脚上的一只跑鞋不知去了哪里,邹队长咬紧了嘴唇,他和年轻队员们一起打着手电筒在四周搜寻。后来,在六十多米开外的岩石旁,找到了那只粉色的跑鞋,鞋上沾满了黄泥巴和黑色的血迹。

尸体转运下山前，邹队长脱下脖子上的挡风头巾，把重庆姑娘跑鞋上的泥巴和血迹用力擦干净，然后，他双膝跪了下来，凝重地帮姑娘把鞋子穿了回去。大家都明白，这是这位准新娘最后一次穿上跑鞋。

队员们掩住心中的伤痛，小心翼翼地把她抬起来，高高地举着，像重庆土家族山民抬着出嫁的新娘子一样。

邹队长一把揪下帽子，立在夜空下，目送转运队伍下山。

年轻队员们轮流抬着担架，下到通车的CP4，足足花了三个多小时。

22

午夜，寒冷让姜卓丢失了睡意，在石洞里偎着火，不知救援何时来。

柴火有点湿，在火里噼里啪啦地爆裂着。

这时，姜卓忽然想起什么，问旁边的那个伙伴："你在路上碰到过一个穿蓝色长袖跑步服的人吗？他的号码是A003。"

那个伙伴茫然地摇摇头。

这时，半躺在火堆旁的红运动短裤好像想起了什么，慢慢挣扎着坐起来，把头转向了姜卓，说："前半截我还跟得上第一梯队，在不到CP2的山坡上，我曾经碰到一个穿蓝色运动服的人。"他从地上完全直起上身，接着说："他跑在我旁边，趁着上坡他调整步伐，我在侧面向他打了个招呼，他微笑着指了指自己的耳朵。我忽然明白，他听不见，后来他就跑远了，他的步子打着沙地，像一头小鹿。我当时看了一眼他的号码布,如果我没有记错的话,好像是 A003。"

"当时,他的状态怎么样?"

"他看起来轻松自在,"红运动短裤说,"像一阵风似的,跑不见了。"

"像一阵风似的,"姜卓喃喃地重复着红运动短裤的话,他知道跑步就是曹关天生命的一部分,跑步对于他来说,就像黄岭河无声流淌的河水,就像春山上空飘动的云朵,就像稻田里吹过的一阵野风……

奔跑融在了他的血液里。

23

死亡笼罩着怒江畔的裸原。

凌晨一点不到,曹的尸体被发现了。

那是一片巨大的乱石群,横亘在通往山顶的路上,即使是晴天,也很难辨别出通往山顶的道路究竟在哪里。他躺的地方,已经偏离赛道一百多米,但是离 CP3 距离却也只有 371 米了。

"他是所有种子选手中,离 CP3 最近的那一个!"邹队长蹲在地上,悲伤地端详着他,"也是离马拉松终点最近的那一个。"

手电筒光下,曹关天那清癯的脸庞苍白如纸,仰面躺在一片低矮的梭梭草上,咧着嘴巴、微笑着看着头顶那片渐渐明亮的夜空,在被冻得硬邦邦的脸颊上,一股沉静的神情依稀可辨。

"A003找到了！"

"那个听障跑步一哥找到了！"

所有人都停下了手上的搜寻，慢慢地、哀伤地聚拢过来。

大家敬畏地看着躺在地上的这位年轻人，他锅盖式的头发下爬着弯曲的黑血迹和几处伤痕，苍白的脸上却有一种恬淡和从容，无人可以推测他的内心经历过怎样的风暴。

邹队长等五六个人"嗨"地一声，捉手举脚把他抬了起来，踩着泥泞的山坡，左右摇摆着朝山下走去。下坡的山路依旧崎岖艰难，横七竖八的乱石无处下脚，不少地方都需要大家单手支撑着石头攀爬过去。

走了两三里地，起了一点风。

这时，邹队长吃惊地看见黑暗的山岭居然变得又白又亮，无需手电筒了，他抬头去看天，一轮近乎圆满的月亮从云层中钻了出来。

头顶的这一片夜空变得像海洋一样澄净。

荒岭上，一位参加搜寻的猎人没有马上离开，在曹关天躺过的那块石头下面，背着风，他点燃了几张随身带来的纸头。

一团微弱的小火在岩石的暗处燃烧起来，火苗跳跃，猎人盯了一会儿火，直起身子，朝着澄净的月空，哼起了一首苍凉的F省小调。

那歌声在荒岭上响了起来，回荡着。

其他人听见了，都停了脚步，站立不动了，他们每一个人都知道这是附近怒江滩的一首古老的送葬民谣《一壶老酒》，那挽歌像是从荒蛮的大地里吐出来，又被吞进头顶的天空：

喝一壶老酒啊，让我回回头啊

回头望见妈妈的泪在流啊

每一次我离家走啊

妈妈送儿出家门口啊

一步三回头啊

回头望见妈妈的泪在流啊

喝一壶老酒啊　醉上我心头啊

……

24

清晨6点45分，一群放羊的村民拿着棉袄出现在石洞口。

"下山吧。"杨厚林对姜卓说着，踢灭了火。

一股熏人的烟腾起。

于是，姜卓几个人裹着棉袄，在"die""sui"等当地土话发音的包围下，被热心的村民们护送着下了山，这条姜卓曾经奔跑过的路，下来也花了足足两个多小时。

脚踏上水泥公路的那一刻，身子在棉袄里已热得出汗了，姜卓回头凝望那片横亘在怒江畔无边无际的裸原，那片被黑暗和死亡笼罩着的冰凉秃岭，正沉睡在清晨一层薄薄冷冷的灰色雾气当中。

唉，姜卓实在不敢想象，172名越野跑选手中，有21位永远地长眠在了这片荒岭上。

没有人接受这是一个真实发生过的事情。

而姜卓，居然从这场超级越野马拉松灾难中存活了下来，这不能不说是一个奇迹。

事后，一连七天，姜卓都一动不动地躺在当地人民医院的四人间的病床上。

昏昏沉沉。

姜卓的新闻记者同行们来来去去，他面对着墙壁蜷曲着身子，半昏睡着，没转过头来和他们说过一句话。

他仿佛始终游走在一场奇怪的梦中，未曾真正醒来。

第八天晚上七点半，姜卓接到了一个电话，女儿小姜姜打来的。

她在电话的那一头，铜铃般的声音问姜卓："爸爸，今天是星期二，你忘记了啊？"

"我上个礼拜星期二就给你打电话了，但是也没有通。"

……

"你好吗？"女儿问。

姜卓沉默着。

她又追问了一句："爸爸，你还好吗？"

姜卓哽咽了，许久，才缓缓地说了一句：

"爸爸，很——好。"

放下手机，他不自觉地深呼吸了两下，然后慢慢地从病房里走出去。那医院的院子里种了一棵叫不出名字的大树，树冠把天空遮了小半个，一阵风吹过，顶部的树枝婆娑起舞，他突然发现，树枝上方的天空像湖水像海洋一样湛蓝湛蓝的，深不可测。

他不由得站在原地，双手手心朝天，上下微微颤抖着，这次没有摆动。

想起那天技术分析会后,他给曹关天发过一条短信:"祝你明天进前三。"

"十小时完赛就可以了,"曹关天回复道,"遇到天线哥后,我开始明白——战胜别人不是马拉松的唯一目的。"

"那会是什么?"

"享受自由地奔跑。"他补充道。

尾　声

1

从 F 省回来后，姜卓又恢复了杂志社日复一日的工作，采访、写作和编辑稿子。

这年头，看杂志的人越来越少，大众杂志变成了小众事业，街上贩卖杂志的书报亭在几年前就神秘地消失殆尽了，年轻一辈都不知道当年街上曾有许多书报摊这回事了。所有人只拿着手机，读微信、刷抖音、翻 B 站，吃饭、走路、上厕所都抱着不放，就差做爱的时候再瞄上两眼了。

姜卓给杂志写的《怒江越野赛亲历记：无法抵达的终点》去年给杂志带来十二万本的销量，但是仅仅是昙花一现，热度维持了一阵子，也就烟消云散了。

转眼，十一个月过去了，经济氛围日益阴沉，某头部公司"暴雷"倒闭的新闻此起彼伏，杂志发行也一天不如一天，一切犹如黑夜中即将烧尽的红烛。几位相伴了十多年的老同事突然离职了。最后一二期还能按时出刊，全凭几位责任感爆棚的留守编辑在苦苦维持。副社长马大青每天苦着个脸，好似一颗发了霉的土豆，到了发薪日的前几天，他就佝偻着背，瞪着充血的牛眼睛，龟缩在他透明玻璃的小房间里面，那玻璃仿佛一道屏障，将他与外界的纷扰隔离开来，他常常木鸡似的一动不动许久。

到了四月底，终于，大伙都心惊肉跳地等到了最后的结局：一把发亮的不锈钢锁永远锁住了杂志社的大门。

原来，一切事物的终点都是死亡。

诗人北岛说，"一切死亡都有冗长的回声"。真的吗？

姜卓不知道。

他却忽然有了一丝解脱感，原来心里也做好了走的准备，但是只要杂志一天没有解散，半数人还是愿意留下来，他们是一群具人文情怀的小文青，不愿意去微信公众号写违心的广告软文。

失去工作的第一天，姜卓不清楚自己该去哪里，该做些什么。

他独自坐在厨房里一张老旧的折叠桌旁，思绪纷乱地盘旋着，想到家里下个月的五六千元的固定开销没了着落，想到一个年过四十的人再就业之艰难，好比一只年迈的渡鸦，试图在众鸟密集的贫瘠森林中找到新的栖息地，谈何容易？他昨日的解脱感顿时消失得无影无踪，一种淡淡的阴霾附着在心上。

妈妈出去买菜了，估计此时女儿正在昭化路第三小学上下午的体育课。

他打开手提电脑查邮箱，一时手贱，无意间点到发件人曹关天，发现其中居然有一封深黑色的未读邮件，他迟疑了一会儿，点开读了起来，发件时间2021年4月9日，越野赛一个多月前他发给姜卓的，关天写道："昨天晚上，再次梦见了妈妈，她好像开了一家卷饼铺子，站在冒着热气的窗口默默注视着我，我可能正在跑一个马拉松比赛，她嘴巴一张一合地大声给我说着什么，可是我听不见啊。事后，我却会意了，她在说：'跑吧，关天，如果你感到高兴，就多跑跑吧！'

眼睛突然很酸，要知道，姜卓可不是一个轻易会落泪的人。

四年前，妻子离开姜卓的时候，一边整理行李，一边把毛领衣服塞进行李箱时说："我压根儿没有见过你流过眼泪，估计我的葬礼上你也不会流泪,你是一个没有感情的人。"她在打躲避球时找到了一个可为她掉眼泪的人,走了,留下姜卓和小姜姜在一个灰蒙蒙的老公房里。

那天,女儿站在沙发上扒着窗户口往楼下看,看妈妈把行李扔到一辆雪佛兰的后备厢里,她扭头看了一眼女儿,迟疑地哆嗦了一下,终于砰的一声关上车门,车子开走了。小姜姜哇地哭了,哭得撕心裂肺的,眼泪像一颗颗露珠滚落下来,滴在她手里紧紧搂着的芭比娃娃的脸上,那是妈妈给她买的新礼物。

即使那样,姜卓也像前妻说的那样——没有流泪。

姜卓只是躺在床上,用手臂蒙住眼睛,维持这个动作很久很久,直到手臂完全僵硬、隐隐生痛。

但是,这一次,不知为何,姜卓突然感到一股悲伤涌上心头,泪水几欲溢出眼眶,然而却依然被无形的壁垒困住。

"我不是一个没有感情的人吗?!"

后来,他就突然想去跑步了。穿上跑鞋,系紧鞋带,沿着江苏路往苏州河方向跑去。

他跑过那些挨挨挤挤的公寓、不再冒烟的厂房,跑过散发着一半果香一半腐烂的摊头,跨过苏州河桥,看见矿泉水瓶子在河边的泡沫里翻滚着,两条小豺狗在街心公园厮打,身旁蹿过长啸而过的助动车骑士,他感到一种莫名的熟悉感。

发足奔跑了两个小时,跑得膝盖的旧伤有点痛。

冷风抚在脸上。

但心中的阴霾却如电影散场渐渐消遁,世界变得有些许亮光了。

他居然忘记了自己是在申城河边,仿佛回到了遥远的砾石谷,回到了怒江畔的亘古荒原之上。

他仿佛又听到了那汹涌的江水在翻滚，感受到那刺入骨头钻入脾脏的寒风，淋到了那场突然降临的暴风雨和狂舞的冰雹。他看到了那正在前方领跑的消瘦身影，那上下翻动的、遒劲有力的大腿，那湿漉漉的锅盖头发，以及那渐渐变得沉静而坚毅的眼神……像是一团暗夜里熊熊燃烧的篝火，全部闪现在自己的脑海中，跑着跑着，他忽然觉得自己变得很轻很轻，如同一朵向天空轻盈飞翔的蒲公英。

站在河边，他紧闭双眼，长长地舒出一口气。

突然，双眼模糊，泪如雨下。

2

不知为何，姜卓突然决定去一趟远方，虽然又会离开女儿小姜姜多日，但他还是下定了决心。

因为，失业也有一个好处，就是有了大把时间。时间不再归档，而是像疯长的野草。

把女儿托付给妈妈，临赶飞机前，姜卓抱了一本16开大的《丁丁历险记之金钳螃蟹贩毒集团》的书，和她一起读这个故事，红鼻子的阿道克船长和他的威士忌酒第一次出现了，他和丁丁一起漂浮在地中海上，谩骂着烈日以及空中的扫射。从这本书开始，丁丁的历险发生了质的变化，变成了丁丁和他的朋友们的共同历险。

漫画里面，丁丁被机枪扫射、被酒瓶子猛烈地击中头部，都不会死的。

但是，现实生活中，曹关天却离开了。

——姜卓忽然想道。

一辆浑身都在抖动的小面包车停了下来，它把姜卓拉到了绵德市冷水县的那座山上，这是曹关天家所在的那个村子。如今公路都修得很好，可以直接通到他家所在的村子。而记忆中，曹关天在信件里提到，水泥马路只修到山脚下。

姜卓想去看看让曹关天刻骨铭心的那棵苦楝树，那棵满头树冠插向天空的大树。

儿时，他在树下被人痛揍，被按着头皮吃屎；后来，他长大了，在这个树下，他看到了远处的河流、村庄、山峦、田野，还有过他的爱。

在上雀角村，姜卓询问了几个村民，问那棵大苦楝树在哪儿？

村民们都语焉不详，说不清楚村子附近哪里有那么大的一棵苦楝树，说附近的山坡上有很多近百年的大树，有的长在山冈上，有的矗立在梯田间，有的插在河谷中，多到数都数不清楚。

后来，姜卓又去看了曹关天家屋子后面的那一片竹林，地震后的隆坡还在。

阒无人声。

枯黄的叶子像鹅毛一样飘落，厚密地铺在地上，踩上去松软而静谧，黄绿、嫩绿相间的竹子直愣愣地插向墨蓝的天空。

太阳光穿过茂密的竹叶缝隙射下来，从远处看，像一把把锋利的宝剑斜刺向地面，无数碎银撒在地上，忽然，有一阵风梳理过竹林，无数碎银跟着一起摇曳起来，像曾经看到过的怒江上的粼粼波光。

姜卓踩在竹叶地上，抚摸着关天可能摸过的那些竹子，他忽然想到——面对那场突然降临的黑暗的暴风雨和冰雹，在生命的最后关头，曹关天为何不放弃登顶，直接下山呢？相反，他采取了继续奔跑，毅然向 CP3 发起最后的冲锋，直到生命燃尽。

这是为何呢？

相同地，宋神那些顶尖的越野跑选手一个也没有选择放弃，而几乎全都是继续顶着暴雨、冰雹攻顶。

姜卓摸着那根笔笔挺的竹子，心里闪过一个念头，这是不是因为 100 公里越野跑是一种极限运动，而不是 42.195 普通马拉松的原因？

极限运动就像麦哲伦的一场冒险航行，把纵帆船开到了 1520 年世界航海地图的外头，进入一片人类尚无任何记忆的海洋。越野跑是一种忍耐力的冒险——身体上需要战胜极度疲倦、肌肉酸痛、恶劣环境、体能下降甚至腿脚和各种受伤，心理上则需要克服自我怀疑、疲惫、懈怠、焦虑、恐惧等各种负面情绪。这是跑者在挑战自己身体的宇宙，探寻人在荒野奔跑忍受力的上限。

关天这些顶尖选手长期和恶劣的环境、痛苦的身体状况搏击，一旦踏上征途，就宛如麦哲伦的船队，始终会被巨大的力量牵引着，加速驶入无边无际的大海，他们义无反顾地向前航行，再也没有回头的意愿。即便面临无尽的艰辛和挑战，他们的目标始终如一，那就是完成一次震撼的航行，实现一场壮丽的奔跑。

3

记得去年元月，姜卓和关天通邮件的时候，探讨过一些不着边际的人生问题。

曹关天来信说在微信上读到了玛丽·奥利弗的那首诗，"告诉我，你的计划是什么？你将怎样度过你狂野而珍贵的一生？"

他写信说，那些老家的树干上留着一只只的蝉蜕，寂寞如一间间空屋，但是主人们不知道躲到哪里去了，它们忘了自己的老家了吗？

生命是有意义的吗？

一个人、一只蚂蚱或蝉，他们的生命有何两样呢？

对他来说，一个听障人，年少时就开始了狂野的人生。

贫穷、苦难、歧视几乎就是他生活的一部分。

这些年不间断的奔跑，进入了马拉松辽阔的世界，让他渐渐接受了那个残缺的自己，接受了自己遭遇的一切。

欧阳老师也曾经告诉过他，"奔跑是上天给你的最好的安排"。

马拉松让他苏醒，让他接受自己的残缺和不完美，让他同自己和解，他渐渐开始享受奔跑，享受马拉松比赛，享受搏击苦难带来的欢乐，享受奔跑的自由自在——这可能就是他诠释的人生意义吧。

人生或许是没有意义的，只是每个个体赋予了它独特的意义。

这让姜卓想起了远征南极的罗伯特·斯科特队长，他在暴风雪肆虐的南极雪沟里如受重伤的狼一样艰难穿行，明知前路险恶，但依然在常人无法忍受的痛苦中抵达南极，最后，在零下56摄氏度的地方，力竭和食物耗尽，他颤抖着冻伤的手指头，最后给他妻子留下一封绝笔信：

关于这次远征的一切，我能告诉你什么呢？它比舒舒服服地坐在家里不知要好多少！

罗伯特·斯科特

1996年史上最大的珠穆朗玛峰山难，加拿大邮递员道格在8300米的雪山上，已知道身体不行了，但这是他毕生登顶理想的最后一刻，他不想选择放弃，而是毅然决然地选择继续攻顶。他的步伐缓慢而滞重，像一头中了枪流血不止的北美野牛，一步一步地向着8848米顶点挪动，他的呼吸变得越来越无力而短促，眼里却有一把熊熊燃烧的火。他耗尽了最后的一点力量，把支持他的小学校旗插在了地球的最高点，他再也没有力气下山，踉跄地倒在雪山上，死于下午的珠峰暴风雪中。

假如，斯科特和道格都活到八九十岁，如多数平凡人一样，在日复一日繁缛的生活中死去，或者浑身插满管子睡在医院的病床上，在病痛的呻吟中死去……还是，像前面那样，在他们神往的珠峰或南极的征途上死去，对于他们来说，哪一种生命更有意义呢？

当然，这或许是无解的，一千个哈姆雷特就有一千个答案。

是死于奔跑中，死于攀爬中，死在搏击中，死于暴风雨中，还是死于酒吧的餐桌旁，死于医院的病榻上，死于温软的席梦思上？哪一种生命更有意义呢？

想问一下竹林的答案。
但只有风轻轻拂动竹叶的沙沙声。
碎银在地上晃动。

4

村里有两户人家在盖新房子了，只有关天家还是那一栋红砖平房，估计就是大地震以后盖的。

他父亲黑瘦黑瘦的，背驼得厉害，手上青筋暴起。

他本来是不接受采访的，但听说姜卓是特地从外地来的，又是关天的友人，就勉强应了一声，在姜卓面前放了一杯热水。

他们坐在屋子里面聊了几句，堂屋挂了一些关天的奖状和奖牌。

后来，渐渐相顾无言，姜卓走出去站在屋外的空地上，几只鸡悠闲地在脚边走来走去，一朵灰白的孤云在墨蓝的天空中飞着，向西南高原急行，仿佛在追逐属于自己的那一片苍穹，不一会儿就没了影子。

天只留下一片无边无际的澄明，就好像那朵云不曾来过。

只有姜卓知道，云曾经来过。

离开冷水县前，姜卓又去残联找到了小张伟。

他们约了开车一起去看看关天。

坐进车里，嘴巴里嚼着什么东西的小张伟把拐杖递给姜卓，伸手勾住车框，左脚一蹬地，屁股熟练地挪上了驾驶位置。在山道上，他把小汽车开得飞快，遇到路面不好时，车子猛地颠了起来，他脸上红扑扑的腮肉也会跟着一起抖几下。

他们聊着那场怒江畔的越野跑，彼此唏嘘了一阵子，他说："没有想到死了 21 个人。"姜卓说："不是 21 个，是 22 个。"小张伟说："难道我自己搞错了吗？"姜卓说："事后一个月，那个管比赛的黎长官从 11 楼的家中一跃而下，头摔得稀巴烂，是怒江越野跑死亡的第 22 人。"

车轮在崎岖的山路上飞快地滚动着，小张伟梳理得整齐的头发被风吹乱了。

姜卓打破沉默，问："你听说过杨子这个人吗？"

小张伟嘴巴里慢慢地嚼着什么东西，散发着类似椿树叶子的清香，他打了一把方向盘，缓缓地说："她是地震中曹关天班少数活下来的人。"

"读书时总是扎一根特别粗的辫子？"姜卓用食指轻扣车窗。

"像一条夹紧的老虎尾巴，"小张伟嘴角微微上扬了一下，他接着补充道，"听说她回来了，在新黄岭学校当老师，教什么不清楚。"

"有欧阳老师的消息吗？"

"他现在成都九中，不过去年寒假回来过一次。"

远处，一头黄牛横在山道上，愣愣地看着车子。

"他去找校长谈了，打算帮本地建一支少年长跑队，争取体育特色学校，"小张伟猛按喇叭，"毕竟我们这小破地方也出过一个全国冠军啊。"

等牛走开后，车子在婉转的山路上继续疾驰，周围的山野树叶罩着一层午后太阳的暖白色。

"你知道吗？少年长跑队可能也一直是关天的心愿，"他把两只白胖的手趴在方向盘上，"比赛前一个月，关天曾托我给残联的朋友捎过一封信。"

"信？"

"是的，那份信里说他想当一名体育老师。"

姜卓的食指停止了扣玻璃，转向小张伟，或许是长期坐着的缘故，后者的眼珠子凸得很厉害，但是，眼神柔和，泛着木制旧茶几的光——

"可能，他想像小时候遇见欧阳那样吧，带小孩子一起跑步。"

车子拐了两个弯,来到一座山脚下的墓地,几座老式的土坟像冻结的波浪一样站立着。

小张伟把日渐肥胖的身子挪下车子,拿过拐杖,奋力地一拐一拐在前面带路,来到墓地东头的两座坟旁边。

老坟边上的草已很茂盛了,开着过膝的白色野花,细窄石碑上红色的姓和黑色的名字全都模糊不清了;而另一座坟边上却还是小草,低矮得很,碑上红色的"曹"字格外鲜亮。几只灰喜鹊在附近的野梨花树枝上跳跃着,被脚步惊动,喳喳喳地尖叫着,拖着长长的蓝灰尾巴扑棱走了。

两座坟紧紧地挨在一起。

姜卓知道,他们母子在这里相会了。望着在春天里绽放的马兰菊和那些无名野花,他心底起了一些涟漪,他想,每个人来到这个世界都不会永久滞留,而是会离开,只是在离开前,你有没有像那些马兰菊一样怒放过呢?

坟旁,一个驼背的老头静静地坐在石板上,背佝偻得厉害,他鸡爪子一样消瘦的手抓着一块抹布,手背上青筋暴起。

他把刚刚擦完墓碑的抹布放在身旁,眼睛深沉地眺望着远处群山。

一只窸窸窣窣的小动物出现在坟头旁,是只褐色的壁虎,它粗短的四肢爬上石碑,站在背阴处,静谧地探视着周边的景致,停了许久,然后倏地一下突然而果断地消失了,像闪电一样。姜卓蓦然想起了曹关天的绰号"铁皮壁虎",腿短和速度快,他们是如此相似,静静地活在不受人关注的角落,安静地看着世界,据说所有的壁虎都是静默无声的。

风在山上吹了一整天，发出嫩枝的树在轻轻地晃动。

在太阳落山前的那一刻，天空被染成金灰色，蓦地有一颗巨大的流星划破天空，那颗明亮的流星迅速燃烧着自己，分秒必争的，照亮着整个东方的天空，然后爆炸一样的突然消失了，隐没在那无尽的地平线上空。

他怔怔地对着天空看了很久，想起了一首诗：

　　暗夜　暴风雨中，
　　他寂然独奔，
　　犹如璀璨的火流星，
　　撕裂了黑夜的裳，
　　追逐着自由的诗篇。

那一刻，他站在那里，捕捉到了自己内心深处的一股思绪，犹如向导在迷雾中指引出方向。

凝视着远方，他面露微笑，双手手心朝天，上下来回摆动了两下。

他明白，自己回去以后要做什么了。

感觉自己仿佛正在苏醒，一股力量在体内升腾起来，汇聚涌动。

姜卓替小张伟拿着铝合金拐杖，看着他熟练地挪着肥大的臀部上了车，先行开下山去了。

他自己则沿着黄岭公墓通往小镇的山路跑了起来，跑过冒着炊烟的农舍，跨过暗绿的溪水，野山梨花香在傍晚的山谷间弥漫着，他想就这样一直自由自在地跑下去，跑下去，不问为什么。

奔跑着，云雀明亮的歌声突然响起，听起来就像长跑者响亮的心跳声。

远处的峰峦被和煦的春风包裹着。

山川竟是如此浩荡。

2022 年 2 月 17 日第一稿于不空书屋

2022 年 5 月 31 日第二稿于上海新冠闭门期间

2022 年 12 月 31 日第三稿于不空书屋

2023 年 3 月 7 日第四稿于 FAUST CAFE（浮士德咖啡馆）

2024 年 1 月 27 日第五稿于芽庄

鸣谢

上海国际马拉松赛冠军、国家级运动健将、著名长跑教练　徐继博

美国 UIUC 伊利诺亚州香槟分校　刘卓尔

编剧　陈小玉

华东师范大学文学博士、上海师范大学老师　吕丽盼

青年翻译家、上海外国语大学博士　陈赢

知名出版人　张芸

青年作家　Rachel Zhu

听障舞蹈演员、咖啡师　Andy

青年编剧作家　钱可陈

广告人和写作人　胡猎猎

对本书的建议和贡献。

特别鸣谢

上海钟书阁　贾晓净老师

本书受真实事件启发,具体人名、地名、比赛名等一切均为虚构。

谨以此书向那些孤独地奔跑在路上的长跑者致敬!